U0546420

古典詩文研究論稿

自序

　　本書分成十二單元，每一單元為一篇論文，前面的幾篇學術性論文，是較早的舊作，分別發表於《東海中文學報》、《中國文化月刊》以及《書和人》期刊。首篇〈簡明中國散文史〉發表於東海大學《東海中文學報》第9期（1990年，原作〈中國散文史〉），其次，〈歐陽修傳〉發表於《中國文化月刊》138期（1991年），〈東坡傳〉發表於《中國文化月刊》135期（1991年）。〈趙甌北生平事略〉發表於《書和人》611期（1988年），〈清代文學家蔣士銓〉亦發表於《書和人》823期（1997年）。〈袁枚、蔣士銓及趙翼的交遊〉則發表於《東海中文學報》11期（1994年），取其中部分。發表時間較近的有：〈袁枚、趙翼、蔣士銓三家同題詩比較研究〉刊於《東海中文學報》19期（2007年），〈乾隆三大家：袁枚、蔣士銓、趙翼不同文史成就之探討〉發表於國立中山大學中文系與中央研究院中國文哲所舉辦第七屆國際暨第十二屆全國清代學術會議（2012年），〈從《興懷集》、《獨往集》看蕭繼宗先生生平與人格思想〉載於《東海中文學報》18期（2006年）。〈蕭繼宗先生寫景詩的探討〉則發表於《東海中文學報》23期（2011年），〈蕭繼宗先生感懷詩的探討〉發表於東海大學主辦：中國古典詩學新境界學術研討會（2011年）。只有〈袁枚的生平事略〉

一篇，因為此次出版重點之一是袁枚、蔣士銓、趙翼三家詩研究探討，為了補「袁枚生平」論述不足才寫的（2013 年）。

這些論文，探討：「散文發展史」、「詩人與詩」的論述，以古典詩文為主，符合書名《古典詩文研究論稿》的意思。書中論文，原是作者作研究，提取部分發表於學術性刊物的作品。〈簡明中國散文史〉與《簡明中國詩歌史》是同時寫的，為了教學方便，簡要論述中國散文與詩歌的發展，而《簡明中國詩歌史》已於 2004 年由臺北的文津出版社出版，〈簡明中國散文史〉收錄在本書。〈歐陽修傳〉、〈東坡傳〉是北宋二大文學家的生平與文學內涵的論述。〈從《興懷集》、《獨往集》看蕭繼宗先生生平與人格思想〉，〈蕭繼宗先生寫景詩的探討〉，〈蕭繼宗先生感懷詩的探討〉，是因為撰寫《蕭繼宗先生研究》（全書整理待出版），提取部分內容，論述現代古典詩人蕭師繼宗先生生平與作品，屬於詩與詩人專題研究。而袁枚、蔣士銓、趙翼是乾隆三大家，個人從事這三位詩人花了相當長時間研究，先後完成的著作有《袁枚的文學批評》、《趙甌北研究》、《蔣心餘研究》，書中針對袁、蔣、趙三家包括：生平、交遊、同題詩、文史不同成就作探討，作比較研究，在華人社會較少學者作此探究。

把舊作、新作歸納整理成為一本新書《古典詩文研究論稿》很有意義。可以提供中國散文史簡要的論述，探討歐陽修、蘇軾的生平與文學內涵。蕭師繼宗的生平及寫景詩、感懷詩的特色，知曉他文學的深厚實力，詩歌方面的才華。至於乾隆三家詩比較研究探討更是清代研究學者想要探索的。這方面

個人累積長時間研究所得。這些作品，在出版前夕，也作一些修正、增補，使內容更充實。整理完成可作為博碩士班課程「詩與詩人研究」「古典詩文研究專題」的教材或參考書，也可以作為國際學者，一般文史愛好者研究的參考。

最後，要感謝中文系碩士班張珮綺同學，以工讀方式協助部分舊稿打字。內人也幫忙整理。同時感謝華藝學術出版社編輯團隊的協助，使這本書能順利出版。

王建生　於大度山

2013 年 3 月

目次

自序 i
第一單元、簡明中國散文史 1
第二單元、歐陽修傳 131
第三單元、東坡傳 159
第四單元、袁枚的生平事略 187
第五單元、趙甌北的生平事略 195
第六單元、清代文學家蔣士銓 207
第七單元、袁枚、蔣士銓及趙翼之交遊 215
第八單元、袁枚、趙翼、蔣士銓三家同題詩比較研究 229
第九單元、乾隆三大家：袁枚、蔣士銓、趙翼不同文史成
　　　　　就之探討 313
第十單元、從《興懷集》、《獨往集》看蕭繼宗先生生平與
　　　　　人格思想 343
第十一單元、蕭繼宗先生寫景詩的探討 389
第十二單元、蕭繼宗先生感懷詩的探討 419
附：本書作者著作及書畫展覽活動表 445

第一單元：簡明中國散文史

　　文學，在我國《論語》時代專就經書學術（博學古文）言，范曄撰《後漢書・儒林傳》（卷69，上、下）外，別立〈文苑傳〉（卷70，上、下），將經生與文士分開。到了南朝，劉勰（約西元466～約532）《文心雕龍・總術篇》有：「今之常言，有文有筆，以為無韻者筆也，有韻者文也」[1]，將有韻之「文」與無韻之「筆」分開。蕭統（501～531）在所輯《文選》云：「若其讚論之綜緝辭采，序述之錯筆文華，事出於沉思，義歸乎翰藻，故與夫篇什，雜而集之」[2]，要求有思想、有麗辭的作品。

　　散文，在唐宋稱「古文」，相對於駢文。本文所指「散文」，凡不受聲律、句子形式限制的作品，都包括在內。如論理的先秦哲理散文，記事的如《春秋》《史記》歷史散文，抒情的如魏晉、晚明小品，寫景的如山水遊記等等。今就其發展，分別論述。

---

[1] 劉勰撰《一文心雕龍》,〈總術〉第44，頁6，臺北：商務四部叢刊正編，1979年。

[2] 蕭統編《文選》，六臣註,〈序〉，臺北：商務四部叢刊正編，1979年。

第一章　先秦諸子
第一節　哲理散文

先秦諸子，是以學術思想為主的時代。

春秋戰國，周室衰落，貴族式微，平民可以為卿相，學術文化已非貴族專有，新人物興起，《莊子‧天下篇》說：

> 天下大亂，聖賢不明，道德不一，天下多得一，察焉以自好。譬如耳目鼻口，皆有所明，不能相通，猶百家眾技也，皆有所長，時有所用。雖然不該不徧，一曲之士也，判天地之美，析萬物之理，察古人之全，寡能備於天地之美，稱神明之容，是故內聖外王之道，闇而不明，鬱而不發，天下之人，各為其欲焉，以自為方。[3]

由於天下大亂，大道不明，一般曲士，各執其一，各為其所欲，以至內聖外王之道，闇而不明。從另一個角度來看，正因為周室統治力的薄弱，諸侯的紛爭，知識分子為迎合諸侯的統治需要，各立新說，以應時勢。當時較為重要者：

一、《論語》（以孔子為中心之論纂）

在諸子散文中，以《論語》為最早。根據《漢書‧藝文志》載：

---

[3] 郭慶藩撰《莊子集釋》，第 33，頁 462，臺北：世界書局新編諸子集成本，1972 年。

《論語》者，孔子應答弟子時人，及弟子相與言，而接聞於夫子之語也，當時弟子各有所記。夫子既卒，門人相與輯而論纂，故謂之《論語》。[4]

據《史記・孔子世家》，「孔子，生魯昌平鄉，陬邑人」，「生於周靈王21年（魯襄公22年，西元前551），卒於周敬王41年（魯哀公16年，西元前479）[5]。《論語》一書，「弟子各有所記」，當在春秋末；「輯而論纂」，已直在戰國之初[6]。

《論語》這部書，從形式上說，似格言式的語錄體，片言隻語，往往需要解說，這是因為當時物質條件貧弱，詳細意義，須憑口說。從內容上講，書中通過仁道思想，言忠言恕，對舊有文化的推崇，（好古敏以求之者——〈述而篇〉；郁郁乎文哉，吾從周——〈八佾篇〉）；對於道德政治（為政以德，譬如北辰——〈為政篇〉；道之以德、齊之以禮——〈為政篇〉；歲寒，然後知松柏之後彫也——〈子罕篇〉）；及人倫關係（君使臣以禮，臣事君以忠——〈八佾篇〉；君君、臣臣、父父、子子——〈顏淵篇〉；上好禮、則民易使也——〈憲問篇〉；益者三友，損者三友——〈季氏篇〉；君子有三愆、君子有三戒——〈季氏篇〉），亦多方論及。

在《論語》中，亦有記載有關對文學的看法，如孔子云：

---

[4] 班固撰《漢書》，王先謙補註，卷30，志第10，頁20，臺北：藝文印書館本，1955年。

[5] 司馬遷撰《史記》，卷47，〈世家〉，第17，頁1，臺北：藝文印書館本，1956年。

[6] 此從葉慶炳教授之說。見葉著《中國文學史》，頁15，臺北：弘道文化事業，1980年。

《詩三百》，一言以蔽之，曰思無邪。（〈爲政篇〉）

又：

《詩》可以興、可以觀、可以群、可以怨。（〈陽貨篇〉）

又：

辭，達而已矣。（〈衛靈公篇〉）[7]

這些看法，都是後人對於「詩」「文」重要文學理論的依據。

先秦諸子，除《論語》外，根據劉勰《文心雕龍・諸子篇》說：

> 孟荀所述，理懿而辭雅；管晏屬篇，事覈而言練；列禦寇之書，氣偉而采奇；鄒子之說，心奢而辭壯；墨翟隨巢，意顯而語質；尸佼尉繚，術通而文鈍；鶡冠綿綿，亟發深言；鬼谷渺渺，每環其義；情辨以澤，文子擅其能；辭約而精，尹文得其要；慎到析蜜（密？）理之巧；韓非著博喻之富；呂氏鑒遠而體周；淮南汎採而文麗；斯則得百氏之華采，而辭氣之大略也。[8]

---

[7] 以上所引《論語》，見何晏撰《論語集解》，臺北：商務四部叢刊正編，1979年。

[8] 同註1,〈諸子〉，第17,頁6。

由於「李（老子，老聃）實孔（孔子）師，聖賢並世」,「莊周述道以翱翔」（亦〈諸子篇〉語），重在思想、明道（後代學者亦尊其書為經，如《道德經》、《南華真經》）。茲就其所述，孟、荀、管、晏、列禦寇、鄒子、墨翟、尸佼、尉繚、鶡冠、鬼谷、文子、尹文、慎到、韓非、呂氏、淮南及老莊諸子，擇要分述如下。

二、孟子

孟子（西元前372～西元前289、名軻，鄒人）繼孔子之後，儒家以孟荀為最。他提倡「性善」，主張仁道思想、落實為王道政治，以民為貴、伸張正義（所謂：聞誅一夫紂矣，未聞弒君也——〈梁惠王〉下；取之而燕民悅則取之，……取之而燕民不悅則勿取——〈梁惠王〉下；民為貴，社稷次之，君為輕——〈盡心〉下）。[9]

根據《史記‧孟荀列傳》載：

孟軻、鄒人也，受業子思之門人。道既通，游事齊宣王，宣王不能用。適梁，梁惠王不果所言，則見以為迂遠而闊於事情。當時之時，秦用商君，富國強兵，楚魏用吳起，戰勝弱敵；齊威王宣王用孫子田忌之徒，而諸侯東面朝齊；天下方務於合縱連橫，以攻伐為賢，而孟軻乃述唐虞三代之德，是以所如者不合；退而與萬章之徒，序《詩》《書》、述仲尼之意，作《孟子》七篇。[10]

---

[9] 以上用焦循、焦琥撰《孟子正義》，臺北：世界書局新編諸子集成本，1972年。

[10] 同註5，卷74,〈孟荀列傳〉，第14，頁1。

孟子處於「爭地以戰，殺人盈野，爭城以戰，殺人盈城」（〈離婁〉上）的時代，各國以富國強兵為急，以攻伐為賢，而孟子述唐虞三代之德，倡仁政，與時不合，難怪只好退而著書立說了。在當時，孟子闢邪說、放淫辭、拒楊墨，反縱橫，文章氣勢為諸子之冠。所謂「滔滔滾滾」、「波瀾壯闊」、「其鋒不可犯」，正是孟子文章的特長。

《孟子》文章上承《論語》，下開韓文，如：《論語‧子路》第十三云：

> 子貢問曰，鄉人皆好之，何如？子曰：未可也。鄉人皆惡之，何如？子曰：未可也。不如鄉人之善者好之，其不善者惡之也。[11]

《孟子‧梁惠王》下則云：

> 左右皆曰賢，未可也，諸大夫皆曰賢，未可也，國人皆曰賢，然後察之，見賢焉，然後用之。左右皆曰不可、勿聽，諸大夫皆曰不可、勿聽，國人皆曰不可，然後察之，見不可焉，然後去之。左右皆曰可殺、勿聽，諸大夫皆曰可殺、勿聽，諸大夫皆曰可殺、勿聽。國人皆曰可殺，然後察之，見可殺焉然後殺之。故曰國人殺之也，如此然後可以為民父母。[12]

由此可見兩者關係。

---

[11] 同註7，頁9。
[12] 同註9，卷2，頁85。

《孟子》對後世文章影響很大。如韓愈的博辯明快,便從《孟子》來;韓愈的〈原道〉、〈答李翊書〉、〈與孟尚書〉等作品,顯然受其影響。其次,孟子提出「氣」的觀念,也影響後代文論。本來孟子所說的「氣」,指「持其志,無暴其氣」(〈公孫丑〉上),或「浩然之氣」(〈公孫丑〉上),就人格修養、氣度道義言,到了曹丕《典論・論文》,《文心雕龍・養氣篇》、韓愈〈答李翊書〉,「氣盛,則言之短長與聲之高下者皆宜」,就成為論文的依據。到了清代,更有所謂「神理氣味格律聲色」論文。

三、荀子

荀況,字卿,荀也作孫。約生西元前 310 到 330,卒約西元前 230,據《史記・孟荀列傳》云:

> 荀卿,趙人,年五十,始來游學於齊。……田駢之屬、皆已死齊襄王時,而荀卿最為老師。齊尚脩列大夫之缺,而荀卿三為祭酒焉。齊人或讒荀卿,荀卿乃適楚,而春申君以為蘭陵令。春申君死而荀卿廢,因家蘭陵。李斯嘗為弟子,已而相秦。荀卿嫉濁世之政,亡國亂君相屬,不遂大道,而營於巫祝,信機祥;鄙儒小拘,如莊周等,又滑稽亂俗。於是推儒墨道德之行事興壞,序列著數萬言而卒。[13]

此為荀子一生大要,及時代環境。

荀子思想上繼《論語》,下開李斯、韓非(皆其學生)。他

---

[13] 同註 10,頁 5。

與孟子同為孔子卒後二大思想家，主張性惡論，盼能藉助後天學習增廣人之本質，與孟子性善不同。他的作品如：〈勸學篇〉云：

> 君子曰，學不可以已。青、取之於藍而青於藍，冰、水為之、而寒於水。木直中繩，輮以為輪，其曲中規。雖有槁暴不復挺者，輮使之然也。故木受繩則直，金就礪則利，君子博學而日參省乎己，則知名而行無過矣。故不登高山、不知天之高也，不臨深谿、不知地之厚也，不聞先王之遺言，不知學問之大也。干越夷貉之子，生而同聲、長而異俗，教使之然也。詩曰：嗟爾君子，無恆安息，靖共爾位，好是正直，神之聽之，介爾景福，神莫大於化道，福莫長於無禍。吾嘗終日而思矣，不如須臾之所學也，吾嘗跂而望矣，不如登高之博見也，登高而招，臂非加長也，而見者遠，順風而呼，聲非加疾也，而聞者彰，假輿馬者、非利足也，而致千里，假舟檝者、非能水也，而絕江河，君子生非異也，善假物也。……[14]

學與思都重要，但仔細衡量，學似乎重要多了。因為學，可以善假於物，增廣智能。孔子說：「吾嘗終日不食、終夜不寢、以思，無益，不如學也」（《論語・衛靈公篇》）。在〈學而篇〉亦有「學而時習之」，〈雍也篇〉有「博學以文，約之以禮」；這些話都是〈勸學篇〉的思想淵源。

《荀子》〈勸學〉、〈非十二子〉（在卷 3）、〈天論〉（在卷

---

[14] 王先謙撰《荀子集解》，卷 1，頁 1，臺北：世界書局新編諸子集成，1972 年。

11)、〈解蔽〉(在卷15)、〈正名〉(在卷16)等篇,帶有論辯形式,屬哲理散文的發展。就《荀子》一書言,開先秦據題抒論的風氣。從文學欣賞角度說,荀子文章多比況,如〈勸學篇〉的「螾(蚓)無爪牙之利,筋骨之強,上食埃土,下飲黃泉,用心一也。蟹六跪而二螯,非蟺之穴,無可寄託者,用心躁也。」[15] 綜觀孟荀兩家,確是「理懿而辭雅」。

附帶提到《荀子》有〈成相篇〉(卷18、第25);和〈賦篇〉(第26),(含:〈禮〉、〈知〉、〈雲〉、〈蠶〉、〈箴〉),藉詠物以說理,影響後代詠物賦。而〈成相辭〉,屬勞動時所唱歌曲,雜有七言句子,對後代歌謠,也產生影響。

四、墨子

墨子(西元前468〜西元前376)[16],他的生平據《史記・孟荀列傳》,附云:

> 蓋墨翟,宋之大夫,善守禦、為節用,或曰並孔子時,或曰在其後。[17]

對墨子身世,敘述模糊。孫詒讓《墨子傳略》云:

> 墨子名翟,姓墨氏,魯人,或曰宋人。[18]

---

[15] 同註14,頁5。
[16] 此據孫詒讓撰《墨子閒詁》,〈墨子後語〉,上,〈墨子年表〉,第2,頁13,臺北:世界書局新編諸子集成,1972年。
[17] 同註10,頁6。
[18] 同註16,頁2。

又云：

> 生於魯仕宋，其平生足跡所及，則嘗北之齊，西使衛，又屢游楚，前至郢，後客魯陽，復欲適越而未果。文子書偁墨子無煖席，班固亦云墨突不黔。……勞身苦志，以振世之急，權略足以持危應變，而脫屣利祿，不以累其心。……其於戰國諸子，有吳起商君之才，而濟以仁厚，節操似魯連，而質實亦過之，彼韓呂蘇張輩，復安足算哉。[19]

此言其生平大要。《漢書・藝文志》云「墨家」：

> 墨家者流，蓋出於清廟之守。茅屋采椽，是以貴儉；養三老五更、是以兼愛；選士大射，是以上賢；宗祀嚴父，是以右鬼；順四時而行，是以非命；以孝視天下，是以上同。[20]

此言墨家學說要旨，在於兼愛、貴儉、上賢、右鬼、非命、上同等思想。

墨子處在封建社會，上階級只圖本階級利益，又身逢亂世，兵連禍結，生靈塗炭。因此，他以社會改革家、宗教家的精神，提倡：兼愛、非攻、非命、節葬、非侈、非樂，都站在實用的立場論說，他並主張賢人政治，以鬼神為控制帝王之工具，假託天的意志，讓社會中理智薄弱而宗教信仰強的，因畏天奉行其學

---

[19] 同註 16，頁 1。
[20] 同註 4,〈藝文志〉，卷 30，頁 44。

說。也因為如此,反映在文學上,變成尚質與實用的文學觀。

　　《墨子》書部分有組織、有標題,《墨子》文章是論辯文體的開始。他對於論辯文的方法與要旨,發表許多意見,如:〈非命〉下:

> 子墨子言曰:凡出言談,則必(當作不)可不先立儀而言。若不先立儀而言,譬之猶運鈞之上,而立朝夕焉也。我以為雖有朝夕之辯,必將終未可得而從定也。是故言有三法?何謂三法?曰:有考之者,有原之者,有用之者。惡乎考之?考先聖大王之事。惡乎原之?察眾之耳目之請(案,古通情字)。惡乎用之?發而為政乎國,察萬民而觀之。此謂三法也。[21]

　　所謂「立儀」,指寫文章前,預擬的準則。所謂「三表法」,指層次分明的論理方法。「考之者」,是要求證於古事;「原之者」,是要取證於現實;「用之者」,則求證于實際的運用。在〈少取篇〉又有:

> 辟也者,舉也物而以明之也。侔也者,比辭而俱行也。援也者,曰子然。我奚獨不可以然也。推也者,以其所不取之,同於其所取,予之也。是猶謂也者,同也,吾豈謂也者,異也。[22]

　　「辟」,指譬喻。「侔」,是辭義齊等。「援」,是援引前例以推

---

[21] 孫詒讓撰《墨子閒詁》,卷 9,〈非命〉,第 37,頁 172,版本同註 16。
[22] 同註 21,卷 11,頁 251。

理。「推」,是推理。「同」,是求同。「異」,是求異。此皆為哲學論辯。

墨子除了提出哲學論辯方法外,他的文章層次分明,富于推理,如〈非攻篇〉:

> 今有一人,入人園圃,竊其桃李,眾聞則非之,上為政者得則罰之。此何也?以虧人自利也。至攘人犬豕雞豚者,其不義,又甚入人園圃竊桃李。是何故也?以虧人愈多,其不仁茲甚,罪益厚。至入人欄廄,取人馬牛者,其不仁義又甚攘人犬豕雞豚。此何故也?以其虧人愈多,苟虧人愈多,其不仁茲甚,罪益厚。至殺不辜人也,扡(同拖,奪也)其衣裘,取戈劍者,其不義又甚入人欄廄、取人牛馬,此何故也?以其虧人愈多。苟虧人愈多,其不仁茲甚矣,罪益厚。當此天下之君子,皆知罪而非之,謂之不義。今至大為攻國,則弗知非,從而譽之,謂之義。此可謂知義與不義之別乎?[23]

此段說理極為精彩。墨子通過竊桃李、攘人雞豚、取人馬牛,殺不辜之人,眾皆知其不義而非之,推理至大不義為「攻國」、而眾人「弗知非」、且「從而譽之」,令人悲哀,邏輯極為周密。《文心雕龍》說《墨子》書「意顯」,似應再強調條理。

墨子文章的缺點不但是「語質」,而且婆婆媽媽,太嚕囌,主要原因是墨子「上說下教」,而教化的對象是百姓,知識水準低,所以有些話,不得不反反覆覆的說解。

---

[23] 同註21,〈非攻〉上,第17,頁81。

五、老子

老子，據《史記‧老莊申韓列傳》云：

> 老子者，楚苦縣厲鄉曲仁里也，姓李名耳，字伯陽，諡曰聃，周守藏室之史也。孔子適周，將問禮於老子。……老子迺著書上下篇，言道德之意，五千餘言而去，莫知其所終。或曰老萊子，亦楚人也。……。或曰（周太史）儋即老子，或曰非也，世莫知其然否。[24]

老子身世，司馬遷已不能明，是以紛說甚多。而《老子》書，後人亦以戰國時人所作，馮友蘭《中國哲學史》云：

> 《老子》為戰國時之作品。蓋一則孔子之前，無私人著述之事，故《老子》不能早於《論語》，二則《老子》之文體，非問答體，故應在《論語》《孟子》後。三則《老子》之文，為簡明之「經」體，可見其為戰國時之作品。[25]

雖然清儒汪中以來、梁啟超、馮友蘭等皆以《老子》書為戰國時代作品，然由《墨子》、《莊子‧天下篇》、《荀子‧天論篇》等，都引過老子或老聃的話看來，使我們推想老子應在春秋時代，《老子》書或在《論語》之前。在《莊子‧天下篇》

---

[24] 同註5，卷63，〈老莊申韓列傳〉，第3，頁1。
[25] 馮友蘭著《中國哲學史》，頁210，香港：文蘭圖書公司，1967年。

有：

> 老聃曰：知其雄，守其雌，為天下谿。知其白，守其辱，為天下谷。人皆取先，己獨取後。曰：受天下之垢。人皆取實，己獨取虛。……曰：堅則毀矣，銳則挫矣，常寬容于物，不削於人，可謂至極。[26]

此段與《老子道德經》第 28 章所言相近，文字略有不同。後人往往以《莊子》之文，為老子原本。

老子政治思想，如清靜、無為、小國寡民，也許是動盪社會的產物，甚至主張「愚民政策」，(如《老子道德經》18 章云：大道廢、有仁義；慧智出、有大偽。19 章云：絕聖棄智，民利百倍。65 章云：古之善為道者，非以明民，將以愚之，民之難治，以其智多)。人生思想則主謙退，(如《老子道德經》第 9 章：功遂身退，天之道。66 章云：江海所以能為百谷王者，以其善下之)，無欲，(《老子道德經》第 1 章云：常無欲以觀其妙。13 章云：吾所以有大患者，為吾有身)。[27]

由於老子智慧，往往表現在人生、政治上，尤其從消極方面來理解、看清問題，提昇人的思想層次，與儒家積極進取，同樣有益人生問題的瞭解。尤其對仕途失意的人來講，頗具安慰作用，是以後人對老子思想闡揚多。然而，在文學方面，有所謂「信言不美，美言不信；善者不辯，辯者不善」(《道德經》81

---

[26] 同註 3，〈天下篇〉，第 33，頁 473。
[27] 所引《老子道德經》，皆見王弼撰《老子道德經注》，臺北：世界書局新編諸子集成，1972 年。

章），把文學視為糟粕，實在有欠公允。

六、莊子

莊子（約西元前369～西元前286），根據《史記・老莊申韓列傳》的敘述：

> 莊子者，蒙人也，名周。周嘗為蒙漆園吏，與梁惠王齊宣王同時，其學無所不闚，然其要本歸於老子之言，故其著書十餘萬言，大抵率寓言也；作〈漁父〉、〈盜跖〉、〈胠篋〉以詆訿孔子之徒，以明老子之術；〈畏累虛〉、〈亢桑子〉之屬，皆空語無事實。然善屬書離辭，指事類情，用剽剝儒墨，雖當世宿學，不能自解免也。其言洸洋自恣以適己，故自王公大人，不能器之。[28]

莊子與孟子是同時代人物，是大思想家，也都是大散文家。他的天才，用〈天下篇〉的話：

> 以巵言為曼衍，以重言為真，以寓言為廣。獨與天地精神往來，而不敖倪於萬物，不譴是非，以與世俗處。……上與造物者遊，而下與外死生無終始者為友。其於本也，宏大而辟，深閎而肆。其於宗也，可謂稠（**本作調**）適而上遂矣。[29]

---

[28] 同註5，卷63，〈老莊申韓列傳〉，頁4，臺北：藝文印書館，1955年。
[29] 同註3，〈天下篇〉，第33，頁475。

莊子文思寬遠，表達之文體不一，而採用語言以巵言、重言、寓言為主。巵言，指隨時日新之論；重言，本諸耆老之說；寓言，指寄之於他人之言。所言「獨與天地精神往來」、「上與造物者遊，而下與外死生、無終始者為友」，顯現莊子思想上不斷揚棄，不斷超越，達到絕對自由、絕對逍遙的境界。

《莊子》書，基於超脫的思想，在文學方面，說理至精、譬喻巧妙。如：〈逍遙遊〉篇有「北冥有魚」、「化而為鳥」、「其名為鵬」；又，「蜩與鷽（音學）鳩」、「朝菌」、「蟪蛄」；及，「藐姑射之山，有神人居焉」，「不食五穀，吸風飲露，乘雲氣、御飛龍」；讀到這些文字，如置身神話故事，格外引人。第二篇〈齊物論〉，有「天籟」、「地籟」，及「民」（人）、「鰌」（鰍）、「猨猴」對居處的感覺；「麋鹿」、「蝍蛆」、「鴟鴉」對吃方面的嗜好；又有「狙公」（古之好養猿猴者）「朝三暮四」的賦芧等等，都是有趣的譬喻故事。第三篇〈養生主〉，有「庖丁解牛」；〈山木〉第20有「螳螂捕蟬」，也都富於哲理、諧趣故事。是以《莊子》書開後代寓言體先河。

莊子的文章對後世影響深，如韓愈、柳宗元、蘇軾等等都受其影響。東坡嘗歎曰：「吾昔有見，口未能言，今見是書（指《莊子》），得吾心矣」。而金聖歎把《莊子》列為第一才子書，可見《莊子》書是後人崇拜、學習的對象。

七、韓非

韓非（？～西元前233），據《史記・老莊申韓列傳》載：

> 韓非者，韓之諸公子也，喜刑名法術之學。而其歸本

於黃老。非為人口吃,不能道說,而善著書,與李斯俱事荀卿,斯自以為不如非。非見韓之削弱,數以諫韓王,韓王不能用。於是韓非疾治國不務修明其法制,執勢以御其臣下,富國彊兵,而以求人任賢,反舉浮淫之蠹而加之於功實之上;以為儒者用文亂法,而俠者以武犯禁,寬則寵名譽之人,急則用介冑之士,今者所養非所用,所用非所養;悲廉直不容於邪枉之臣;觀往者得失之變,故作〈孤憤〉、〈五蠹〉、〈內外儲〉、〈說林〉、〈說難〉十餘萬言。然韓非知說之難,為〈說難〉,書甚具,終死於秦,不能自脫。[30]

以上是韓非生平大要。他與李斯俱事荀子。由於韓非疾其國不務修明法制,求人任賢,富國強兵,是以著書十餘萬言。而〈內、外儲說〉,〈內儲〉,為君之內謀,〈外儲〉,聽臣下言行,體例特別,後人以為「連珠」體之祖。

韓非思想結合法家刑、名、法、勢、術而成為封建專制的思想體系。如在「術」方面,〈外儲說〉左上云:

故有術而御之,身坐於廟堂之上,有處女子之色,無害於治;無術而御之,身雖瘁臞,猶未有益。[31]

強調「術」在統治者治理國家的重要。又,〈外儲說〉左下,第

---

[30] 同註28,頁5。

[31] 王先慎撰《韓非子集解》,卷11,第32,頁196,臺北:世界書局新編諸子集成,1972年。

33 有「恃勢而不恃信」,〈外儲說〉右下第 35 亦有:

> 國者,君之車也;勢者,君之馬也。無術以御之,身雖勞,猶不免亂;有術以御之,身處佚樂之地,又致帝王之功也。[32]

由此可知「勢」「術」的重要,與儒家的修齊治平道德政治不同。

韓非任法任刑、重功利。文章有嚴峭峻刻、推理縝密,善用證據,比喻巧妙,句法工整等特點。後人學法家之最著者如柳宗元、王安石等。

八、《呂氏春秋》

《呂氏春秋》是呂不韋(?~西元前 235)門下客共同創作。關於呂不韋,在《史記》本傳云:

> 呂不韋者,陽翟大賈也,往來販賤賣貴,家累千金。……莊襄元年,以呂不韋為丞相,封為文信侯,食河南洛陽十萬戶。莊襄王即位三年薨,太子政立為王,尊呂不韋為相國,號稱「仲父」。……是時諸侯多辯士,如荀卿之徒,著書布天下。呂不韋乃使其客人著所聞,集論以為八〈覽〉六〈論〉十二〈紀〉,二十餘萬言,以為備天下萬物古今之事,號曰《呂氏春秋》,布咸陽市門,縣(懸)千金其上,延諸侯游

---

[32] 同註 31,卷 14,頁 259。

士賓客、能增損一字者,予千金。[33]

以上是呂不韋生平大要。呂門下客所著《呂氏春秋》,也叫《呂覽》,它代表中國古代思想的綜合,故《文心雕龍》云「鑑遠而體周」。呂不韋見當時魏有信陵君,楚有春申君、因此也招致食客三千,集論所聞,以為八〈覽〉、六〈論〉、十二〈紀〉、備天地萬物古今之事,稱為《呂氏春秋》。《漢書・藝文志》載:

> 雜家者流,蓋出於議官,兼儒墨、合名法,知國體之有此,見王治之無不貫。[34]

《四庫全書總目提要》云:

> 不韋固小人,而是書較諸子之言獨為醇正。大抵以儒為主,而參以道家墨家。故多引六籍之文,與孔子、曾子之言。……所引莊列之言,皆不取其放誕恣肆者。墨翟之言,不取其非儒、明鬼者;而縱橫之術、刑名之說,一無及焉,其持論頗為不苟,論者鄙其為人,因不甚重其書,非公論也。[35]

「其持論不苟」。「論者鄙其為人」、「不重其書」、「非公論」,紀昀所說甚是。

---

[33] 同註 28,卷 85,〈列傳〉,第 25,頁 1。
[34] 同註 4,卷 30,頁 48。
[35] 紀昀撰《四庫全書總目提要》,卷 117,雜家類一,《呂氏春秋》,頁 14,臺北:藝文印書館,1969 年。

《呂氏春秋》以前，所著文章往往未有標題（常取文章開頭字為題），或部分有標題（如《墨子》書），未有統系。自《呂氏春秋》後，漢人著文，體裁力求統一，此是一創例。然就其書內容，雜湊各家，有如類書。

第二節　歷史散文

一、《尚書》

《尚書》，是五經之一，故又稱《書經》；是中國最古的歷史，也是最古的散文。所謂左史記言，右史記事。言指《尚書》，事為《春秋》。《尚書》包括：虞、夏、商、周四代，有今古文之分，據屈萬里先生云：

> 經學在漢初，尚無今文、古文之說。自孔壁書出，益以河間獻王所傳、及民間山崖屋壁所得之經籍，皆為先秦文字所書；漢時通行者為隸書，遂謂先秦字體為古文，謂隸為今文。故今古文之分，初誼甚簡。嗣因今古經文既不盡同，傳經者說解亦異；復以劉歆欲立古文經於學官，與博士爭論甚烈，於是今古文兩派，遂儼如水火。而孔壁古文尚書，較伏生所傳之今文尚書，增多 16 篇（分之則為 24 篇），後世或信或疑，故問題尤多。[36]

---

[36] 屈萬里著《尚書集釋》，〈概說〉，頁 12，臺北：聯經出版社，1983 年。

由於孔壁書出,用先秦文字書者為古文經;而以漢時通行之隸書所書者為今文經。文字既異,說經、傳經者不同,是以當時今古文之爭有如水火。屈先生分析今古文脈絡,十分清晰。

又,《尚書》中最古的散文是〈周誥〉,而〈周誥〉的文字佶屈聱牙,傅斯年先生云:

> 〈周誥〉最難懂,不是因為他格外的文,恰恰相反,〈周誥〉中或者含有甚高之白話成分。又不必因為他是格外的古,〈周頌〉有一部分比〈周誥〉後不了很多,竟比較容易懂些了,乃是因為春秋戰國以來演進成的文言,一直經秦漢傳下來的,不大和《尚書》接氣,故後人自少誦習春秋戰國以來書者,感覺這個前段之在外。[37]

傅先生之說極是。〈周誥〉屬文告,為當時白話。雖經文飾、但疑與〈周詩〉不在同一方言系統中,加上時代變遷,當然不易為後人理解。難怪唐代韓愈要歎:「〈周誥〉殷盤,詰屈聱牙」(〈進學解〉)了。

今試取《尚書・盤庚》上篇云:

> 盤庚五遷,將治亳殷,民咨胥怨。作〈盤庚〉三篇(指上中下)。盤庚遷于殷,民不適有居,率籲眾慼,出矢言,曰……。[38]

---

[37] 傅斯年著《傅斯年全集》,第一冊,〈中國古代文學史講義〉,頁3,臺北:聯經出版社,1980年。

[38] 孔氏傳《尚書》,〈盤庚〉上,第9,頁1,臺北:商務四部叢刊正編,

又,〈盤庚〉中云:

盤庚作,惟涉河以民遷,乃話民之弗率,誕告用亶。其有眾,咸造,勿褻在王庭。盤庚乃登進厥民,曰:「明聽朕言,無荒失朕命。」嗚呼!古我前后,罔不惟民之承,保后胥慼,鮮以不浮於天時。殷降大虐,先王不懷厥攸作,視民利用遷。汝曷念我古后之聞?承汝俾汝,惟喜康共,非汝有咎,比于罰。予若籲懷茲新邑,亦惟汝故,以丕從厥志。今予將試以汝遷,安定厥邦,汝不憂朕心之攸困,乃咸大不宣乃心,欽念以忱,動予一人,爾惟自鞠自苦。[39]

文中大意是:盤庚要把百姓遷到黃河邊去,聚集了許多反對者,告訴他們遷新邑是為了他們自己利益,安定國家,盼百姓不必驚慌,自尋煩惱。

二、《春秋》

《春秋》為我國第一部有系統之編年史。杜預《春秋・序》云:

《春秋》者,魯史記之名也。記事者,以事繫日,以日繫月,以月繫時(指春、夏、秋、冬四時),以時繫年,所以紀遠近、別同異也。……孟子曰:楚謂之

1979 年。
[39] 同註 38,頁 4。

《檮杌》,晉謂之《乘》,而魯謂之《春秋》,其實一也。[40]

因為春為生物之始,秋為成物之終,始春終秋,故曰《春秋》。春秋本為普通名詞,孔子作《春秋》書後,為專有名詞。

孔子何以作《春秋》?蓋周室東遷,周德既衰,官失其守,采詩制度廢棄,諸侯橫暴,是以孔子作《春秋》,以寓褒貶。《孟子》云:

世衰道微,邪說暴行有作。臣弒其君者有之;子弒其父者有之,孔子懼,作《春秋》,《春秋》,天子事也。[41]

就是這個意思。由於《春秋》是「天子事也」,所以孔子說,「知我者,其惟《春秋》乎,罪我者,其惟《春秋》乎」[42],以表明著作心跡。也由於《春秋》理盡一言,語無重出,雖子游、子夏之徒,不能贊一辭,所謂「筆伐」「筆削」。

《春秋》編年始於周平王49年(魯隱公元年,西元前722),止於周敬王39年(魯哀公14年,西元前481),242年之魯國歷史。

---

[40] 杜預撰《春秋經傳集解》,〈序〉,頁1,臺北:商務四部叢刊正編,1979年。附案:「檮杌」,原指似虎之惡獸,為楚民族所崇拜。《孟子·離婁下》云:「晉之乘,楚之檮杌,魯之春秋」,「檮杌」已為楚國歷史。
[41] 同註9,〈滕文公〉下,頁267。
[42] 同註41。

三、《春秋左氏傳》

由於物質條件貧乏,《春秋》記事極簡短（後人曾譏為「斷爛朝報」），到了戰國時代,《春秋左氏傳》作者,以《春秋》為大綱,參考一些史籍,完成了《春秋左氏傳》。

《春秋》學在漢代有：左氏、公羊、穀梁、鄒氏、夾氏五家,後「鄒氏無師,夾氏有錄無書」,故僅存其三。而古代「經」與「傳」皆別行,古文經與左氏傳配合,始於晉杜預作注。

《春秋左氏傳》依《春秋》編年記事,以魯為中心,起隱公元年,迄於哀公27年（西元前722～468）,歷隱、桓、莊、閔、僖、文、宣、成、襄、昭、定、哀十二公。

關於《左傳》的作者,司馬遷〈十二諸侯表・序〉以為「左丘明」作,後代紛說頗多,有以劉歆、吳起等為書之作者[43],然大抵學者以左丘明為書之作者。至於左丘明是誰？有說孔子友朋,有說魯國史官,有說一位盲者。據《論語・公冶長》載：

> 子曰：巧言、令色、足恭,左丘明恥之,丘亦恥之。
> 匿怨而友其人,左丘明恥之,丘亦恥之。

劉寶楠《正義》云：「左丘明與孔子同時,而卒於孔子後。……（《史記》太史公）自敘篇稱,左丘失明,厥有《國

---

[43] 可參高葆光著《左傳文藝新論》,頁7,臺中：東海大學出版,民國74年（1985）8月4版。

語》,史公以左丘連文,則左丘是兩字氏,明其名也」[44]。

《左傳》文字的高度技巧,主要表現在外交辭令及戰爭描寫上,如:〈燭之武退秦師〉:

> (燭之武)見秦伯曰:「秦、晉圍鄭,鄭既知亡矣。若亡鄭而有益於君,敢以煩執事。越國以鄙遠,君知其難也;焉用亡鄭以陪鄰?鄰之厚,君之薄也。若舍鄭以為東道主,行李之往來,共其乏困,君亦無所害。且君嘗為晉君賜矣,許君焦、瑕,朝濟而夕設版焉,君之所知也。夫晉何厭之有?既東封鄭,又欲肆其西封;若不闕秦,將焉取之?闕秦以利晉,唯君圖之!」秦伯說,與鄭人盟。[45]

燭之武言亡鄭,倍晉而薄秦;不亡鄭(舍鄭),外交行李(吏)互為往來,無害於秦。且晉嘗負義於秦,而其貪慾無窮無盡、無有饜飽,將肆(拓展)其西封(邊境)而闕秦,步步細密推理,令人佩服。

再如,「城濮之戰」(魯僖公 28 年)、「殽之戰」(僖公 33 年)、「呂相絕秦」(魯成公 13 年)、「鄢陵之戰」(魯成公 16 年)等等,都是該書傑作。至於《左傳》「豔而富,其失也巫」,豔,指文辭之美,富,指其史料豐富,而「其失也巫」,是因古代社會尚巫(古人認為國家二件大事,是祭祀與戰爭),為舊史通病,難以避免。當然,《左傳》書中,對於姓名稱呼前後不能統

---

[44] 劉寶楠等撰《論語正義》,〈公冶長〉,第 5,頁 109,臺北:世界書局新編諸子集成,1972 年。

[45] 同註 40,〈僖〉下,第 7,頁 10,僖公 30 年。

一,確使讀者感到困惑。

四、《國語》

《國語》,據司馬遷〈報任安書〉說:「左丘失明,厥有《國語》」,然,近人考證(如瑞典高本漢《左傳真偽考》),該書作者,與《春秋左氏傳》不同。《國語》共 21 卷,分記:周、魯、齊、晉、鄭、楚、吳、越等八國事蹟,與《左傳》相比,它的用辭要支蔓多了。其作品如:

> 厲王虐,國人謗王。召公告王曰:「民不堪命矣。」王怒。得衛巫,使監謗者。以告,則殺之。國人莫敢言,道路以目。
> 王喜,告召公曰:「吾能弭謗矣,乃不敢言!」召公曰:「是障之也,防民之口,甚於防川。川壅而潰,傷人必多;民亦如之。是故為川決之使導,為民者宜之使言。故天子聽政,使公卿至於列士獻詩,瞽獻典(曲?),史獻書,……民之有口也,猶土之有山川也,財用於是乎出。猶其有原隰衍沃也,衣食於是乎生。……」王弗聽。於是國人莫敢出言,三年乃流王於彘。[46]

此召公諫厲王弭謗的故事,勸厲王治國,宜讓百姓自由言論,否則如河川潰隄,災害更大,內容精彩,文字確實冗長。

---

46 韋昭注《國語》,上,第 1,頁 4,臺北:商務四部叢刊正編,1979 年。

五、《戰國策》

《戰國策》是戰國時代史料彙編，作者無可考。據羅根澤考證，以為蒯通所著[47]。流傳至今的本子，是西漢劉向整理過的，分：東周、西周、秦、齊、楚、趙、魏、韓、燕、宋、衛、中山等12國，共33篇，名為《戰國策》（或稱：《國策》、《國事》、《短長》、《事語》、《長書》、《脩書》）。

據劉向《戰國策‧序》云：

> 戰國之時，君德淺薄，為之謀策者，不得不因勢而為資，據時而為畫（原脫畫字）。故其謀扶急持傾，為一切之權。雖不可以臨國教，化兵革，救急之勢也。皆高才秀士，度時君之所能行，出奇策異智，轉危為安，易亡為存，亦可喜，皆可觀。[48]

在序文中，劉向指出當日時代特質（君德淺薄），也說明《戰國策》文字的特質（扶急持傾、轉危為安、易亡為存）。書中如蘇秦的合縱、張儀的連橫、魯連的解紛、鄒忌的幽默，都極盡鼓舌搖脣之能事。例如：〈鄒忌脩八尺〉章：

> 鄒忌脩八尺有餘，而形貌昳麗，朝服衣冠，窺鏡，謂其妻曰：「我孰與城北徐公美？」其妻曰：「君美甚，徐公何能及君也！」城北徐公，齊國之美麗者也。忌

---

[47] 羅根澤著〈戰國策作者考〉，《中山大學周刊》，第12期，廣東：中山大學。

[48] 鮑彪校注《戰國策》，頁3，臺北：商務四部叢刊正編，1979年。

不自信,而復問其妾曰:「吾孰與徐公美?」妾曰:「徐公何能及君也!」旦日,客從外來,與坐談,問之,客曰:「吾與徐公孰美?」客曰:「徐公不若君之美也」明日,徐公來,孰視之,自以為不如,窺鏡而自視,又弗如遠甚。暮寢而思之,曰:「吾妻之美我者,私我也。妾之美我者,畏我也。客之美我者,欲有求於我也。」[49]

原本不如城北徐公美的鄒忌,由於妻妾的私心、客人的有所求,矇蔽事實,皆言美於徐公,鄒忌由此推想一國之君,受朝臣妻妾之蔽甚多,因此諫齊威王,使群臣面刺,譏謗威王,結果國家大治。

《戰國策》文字,機警、雄辯;然,儒家卻排斥《戰國策》,以為「敗人心術」。原因是《戰國策》縱橫捭闔,只講是非、利祿,沒有理想(儒、道、墨,心目中都有未來的理想世界)。但從另一個角度來看,由於時代的需要與物質文明的進步,《戰國策》的語言藝術,在散文發展上是一大進步;而這種文體,對後代散文家有很大影響。

---

[49] 同註48,卷4,頁4。

第二章　兩漢時期

秦朝（西元前221～西元前206）國祚短，在文學方面，如荀子賦、李斯的銘屬韻文系統。散文方面，如李斯的〈諫逐客書〉、〈獄中上二世書〉，及泰山、琅琊臺、之罘、東觀、會稽等地刻石。〈諫逐客書〉，開後代駢儷之先。

漢代為統一的帝國，不像春秋、戰國時代，政治、社會的分裂，所以先秦諸子，取好時君，紛說甚多。漢初散文，上承戰國，為策士文體餘緒；爾後史傳體，如司馬遷《史記》、班固《漢書》；文士文如；鄒陽，蔡邕；王充則主「疾虛妄」，破除華飾，重在思想內容。

第一節　《戰國策》餘緒

從漢初到武帝時，凡120年，其中作品著錄於《漢書・藝文志》的如：儒家有平原君7篇、陸賈23篇、劉敬3篇、賈山8篇、賈誼58篇、董仲舒123篇、兒寬9篇，公孫弘10篇，終軍8篇，吾丘壽王8篇，莊助4篇；法家有鼌錯21篇；縱橫家有蒯子5篇，鄒陽7篇，主父偃28篇，徐樂1篇，莊安1篇，待詔金馬聊蒼3篇；雜家有《淮南子》內外54篇，東方朔20篇[1]，其中以儒家最多。臺靜農先生論兩漢的散文演變云：

---

[1] 見班固《漢書・藝文志》，卷30，頁31，〈藝文志〉所載，如儒家尚有：《虞氏春秋》15篇，《高祖傳》13篇，《太常蓼侯孔臧》10篇，《孝文傳》11篇，河間獻王《對上下三雍宮》3篇，《虞丘說》1篇，《臣彭》4篇，……。臺北：藝文印書館本，1955年。

> （由漢初至武帝朝）這一百二十年思想的變化，前七十年在政治上反映的是黃老思想；後五十年則為武帝以政治的力量統一思想而形成了儒術一尊。由於前朝的黃老思想在政治上表現的寬容，所以當時的儒家，能以策士的激切，指責時病，最切現實政治，絕無空洞不合實際的議論。如《新語》之作，是為了說明秦漢得失的原因，〈過秦論〉與〈至言〉更以秦喻漢。……武帝期以後的奏疏文，則是用前期的體製，「緣飾以儒術」，於是平實有餘，而激切明快的風格已不大多見了。至於鄒陽等雖然上承荀李一派，但發展到了武帝朝，已經變質，其特徵是弘大與華麗，可是只宜於抒寫情感，而不適用於傳達思想，因此形成了後來與學術分立的文士文。[2]

分析漢代初以來散文演變，極為清晰。如陸賈（楚人，為漢大中大夫）《新語‧道基篇》云：

> 君子以義相褒，小人以利相欽，愚者以力相亂，賢者以義相治。《穀梁傳》曰：仁者以治親，義者以利尊，萬世不亂，仁義之所治也。[3]

此儒家之議論。再如賈誼（西元前201～西元前169，字長

---

[2] 臺靜農著〈論兩漢散文的演變〉，原載《大陸雜誌》第5卷6期，收在羅聯添編的《中國文學史論文選集》，頁220，臺北：臺灣學生書局，1985年。

[3] 陸賈著《新語》，上，〈道基〉第一，頁5，臺北：商務四部叢刊正編，1979年。

沙，雒陽人）的〈過秦論〉：

> ……秦無亡失遺鏃之費，而天下已關矣。於是從散約敗，爭割地而賂秦，秦有餘力而制其弊，追亡逐北，伏屍百萬，流血漂櫓，因利乘便，宰割天下，分裂山河，彊國請服，弱國入朝。……及至始皇奮六世之餘烈，振長策而御寓內，吞二周而亡諸侯，履至尊而制六合，執敲朴而鞭笞天下，威振四海。南取北越之地，以為桂林、象郡，百越之君，俛首係頸，委命下吏，乃使蒙恬，北築長城，而守藩籬，却匈奴七百餘里，胡人不敢南下牧馬，士不敢彎弓而報怨。於是廢先王之道，焚百家之言，以愚黔首；墮名城、殺豪傑，收天下之兵，聚之咸陽，銷鋒鏑、鑄以為金人十二，以弱天下之民，然後踐華為城，因河為池，據億丈之高，臨不測之淵以為固，良將勁弩，而守要害之處，信臣精卒，陳利兵而誰何。天下已定，始皇之心，自以為關中之固，金城、千里，子孫帝王萬世之業也。始皇既沒，餘威震於殊俗，然陳涉、甕牖繩樞之子，氓隸之人，而遷徙之徒也，才不能及中人，非有仲尼、墨翟之賢，陶朱、猗頓之富，躡足行伍之間，而俛起阡陌之中，率疲弊之卒，將數百之眾，轉而攻秦，斬木為兵揭竿為旗，天下雲合響應，贏糧而景從，山東豪傑並起而亡秦矣……。[4]

文章如長江黃河，巨浪洶洶，文意取攻守二義，以權謀為攻，以仁義為守，此漢初《戰國策》之餘緒也。

---

[4] 賈誼著《新書》，卷1，頁10，臺北：商務四部叢刊正編，1979年。

第二節　史傳文體──《史記》、《漢書》

一、司馬遷《史記》

歷史散文，戰國時代已趨成熟，到漢代《史記》、《漢書》則為我國史學、文學巨著。茲分述如後：

《史記》含十二〈本紀〉（敘帝王）、十〈表〉（繫時事）、八〈書〉（詳制度）、三十〈世家〉（列諸侯）、七十〈列傳〉（誌人物），作者司馬遷（西元前145～西元前86，字子長，夏陽人）。據《史記・太史公自序》云：

> 太史公曰：「先人有言：『自周公卒五百歲而有孔子。孔子卒後至於今五百歲，有能紹明世，正《易》傳，繼《春秋》，本《詩》、《書》、《禮》、《樂》之際？』意在斯乎！意在斯乎！小子何敢讓焉！[5]」

據錢大昕考證，「孔子卒於魯哀公十六年，至漢武帝太初元年（西元前479至西元前104），凡三百七十五歲，云五百歲，誤矣。」[6] 可知司馬遷所云「孔子卒後至於今五百歲」，是錯的。不過從司馬遷上面這段話看來，《史記》是繼承《春秋》的精神。事實上，如果我們仔細的考索，《春秋》有濃厚的尊王攘夷思想、為賢者、尊者諱；而《史記》則尊王不攘夷（為〈夷狄列

---

[5]　司馬遷撰《史記》，卷130，〈太史公自序〉第70，頁8，臺北：藝文印書館，1955年。

[6]　錢大昕撰《廿二史考異》，卷5，頁95，收在錢大昕《讀書筆記廿九種》，臺北：鼎文書局，1979年。

傳〉），且抱持實事求是的實錄筆法，兩者有很大的不同。

有關《史記》文學的特點，高葆光有〈史記文學蠡測〉一文，他舉出：「(1) 每篇立一中心，描寫不同的面貌使其活現。(2) 用詼詭的筆法作巧妙的諷刺。(3) 雄悍的筆力。(4) 悲壯的情調。……」等二十點[7]，敘論頗富。當然，《史記》之所以不朽，從文學角度講，是「藉人以明史」，換言之，「凡與社會各部分有關係之事業」，（不限於政治方面），「皆有傳為之代表」（梁啟超語），亦即司馬遷掌握每一階層，每一民族、只要與社會息息相關的，即將其面目活現，使他的《史記》，是「活」的書，社會上、甚至各番夷都愛讀的書。

《史記》為千古奇文，隨手拈來都是好文，如〈伯夷列傳〉云：

> 或曰天道無親，常與善人。若伯夷叔齊，可謂善人者，非耶？且七十子之徒，仲尼獨薦顏淵為好學，然回也屢空，糟糠不厭，而卒蚤夭，天之報施善人，其何如哉？盜跖日殺不辜，肝人之肉，暴戾恣睢、聚黨數千人，橫行天下，竟以壽終。……余甚惑焉。儻所謂天道，是邪（耶）？非邪（耶）？[8]

又如〈屈原本傳〉：

> 屈平疾王聽之不聰也，讒諂之蔽明也，邪曲之害公

---

[7] 高葆光著〈史記文學蠡測〉，見於《東海學報》，15卷，臺中：東海大學。
[8] 同註5，卷61，頁3。

也,方正之不容也,故憂愁幽思而作〈離騷〉。〈離騷〉者,猶離憂也。夫天者,人之始也;父母者,人之本也。人窮則反本,故勞苦倦極,未嘗不呼天也;疾痛慘怛,未嘗不呼父母也。屈平正道直行,竭忠盡智,以事其君,讒人間之,可謂窮矣。信而見疑,忠而被謗,能無怨乎?屈平之作〈離騷〉,蓋自怨生也。〈國風〉好色而不淫,〈小雅〉怨誹而不亂;若〈離騷〉者,可謂兼之矣。上稱帝嚳,下道齊桓,中述湯武,以刺世事。明道德之廣崇,治亂之條貫,靡不畢見。其文約,其辭微,其志絜,其行廉,其稱文小而其指極大,舉類邇而見義遠。其志絜,故其稱物芳。其行廉,故死而不容自疏。濯淖汙泥之中,蟬蛻於濁穢,以浮游塵埃之外,不獲世之滋垢,皭然泥而不滓者也。推此志也,雖與日月爭光可也。[9]

司馬遷博學多能,忠心為國,為李陵孤軍深入匈奴,力盡被俘事遊說,漢武帝以為朋黨阿私、下獄論罪。所以寫到伯夷、叔齊「積仁絜行而餓死」,顏淵稱為好學,「而卒蚤夭」,屈平正道直行,竭忠盡智,卻是「信而見疑、忠而被謗」,最後自沉汨羅,「天之報施善人,其何如哉?」說的是屈原、顏回、伯夷、叔齊,何嘗不是在向上蒼控訴自己的遭遇。

《史記》為後代學習古文的典範,不論唐宋八大家、明代歸有光、清代桐城、陽湖等派,無不以祖宗司馬遷之文。而唐宋傳奇、元明戲曲,其中故事,亦往往取材《史記》。

---

[9] 同註5,卷84,〈屈原賈生列傳〉第24,頁1。

二、班固《漢書》

《史記》是通史,《漢書》為斷代史;《史記》多散行文字,《漢書》尚駢偶句法。東漢至唐,崇駢文,文士愛《漢書》;唐以後,散文漸成風氣,《史記》漸盛。

《漢書》為班固所撰,先由父親彪、經固、昭及馬續補而成。班固(西元32～92,字孟堅,扶風安凌人,今陝西咸陽東北),所著《漢書》,繼續他父親彪著述(作後傳65篇),記載漢高祖元年(西元前206),至王莽地皇4年(23),共230年歷史。由十二〈帝紀〉、八〈表〉、十〈志〉、七十〈傳〉組成,共八十餘萬言,一百篇,開創我國第一部紀傳體的斷代史。其中〈藝文志〉一篇,敘述古代學術源流,記載皇家藏書目錄,對學術貢獻大。該志一方面可考古代藏書真偽(可參梁啟超〈漢志諸子略各書存佚真偽表〉[10]),一面可由此窺知周秦文化。

《漢書》亦如《史記》,每篇傳記,能抓住一主題,加以細膩深刻的描繪;而其文字整飾、舖張,成為六朝駢文先聲。此外,在〈外戚傳〉,暴露宮闈黑幕,在〈霍光傳〉,揭示外戚專權,富有社會現實的意義。

蘇軾謫黃州,抄寫《漢書》三次,朱司農隨意考他,他立刻應聲熟背數百言[11]。前人亦謂「三日不讀(《漢書》),便覺俗氣逼人」。可見《漢書》對後代文人影響大。其作品如〈蘇武傳〉:

---

[10] 梁啟超著〈漢志諸子略各書存佚真偽表〉,收在顧頡剛主編《古史辨》,第4冊,香港:香港太平書局,1941年。

[11] 見梁廷柟編《東坡事類》,〈耆舊續聞〉,卷7,臺北:廣文印書館,1991年。

於是李陵置酒賀（蘇）武曰：「今足下還歸，揚名於匈奴，功顯於漢室。雖古竹帛所載，丹青所畫，何以過子卿（案：蘇武字）！陵雖駑怯，令漢且貰（案：寬赦之意）陵罪，全其老母，使得奮大辱（案：指降敵之事）之積志，庶幾乎。曹柯之盟（案：指李陵欲劫單于，如曹劌劫齊桓公），此宿昔之所不忘也！收族陵家，為世大戮，陵尚復何顧乎？已矣，令子卿知吾心耳！異域之人，壹別長絕！」陵起舞，歌曰：「徑萬里兮度沙幕，為君將兮奮匈奴。路窮絕兮矢刃摧，士眾滅兮名已隤。老母已死，雖欲報恩將安歸！」陵泣下數行，因與武決。[12]

比較蘇武與李陵，同流落於匈奴，為不幸之人，然蘇武不降之忠貞志節，有歸漢榮耀之日，而李陵雖一直抱持為國犧牲的壯志，卻鮮有人知（至少漢庭不知），此天壤之別，亦所以李陵悲泣的原因。

第三節　文士之文

漢初鄒陽、枚乘、嚴忌、司馬相如等，以文學游於諸侯，與戰國末期宋玉、景差之流相同。在《昭明文選》卷39，「上書」類，選有：李斯〈上秦始皇帝書〉，鄒陽〈上書吳王〉，（鄒陽）於獄中上書自明，司馬長卿（相如）〈上疏諫獵〉，枚

---

[12] 王先謙撰《漢書補注》,《李廣蘇武傳》第24，頁21，臺北：藝文印書館，1955年。

叔（乘）〈奏書諫吳王濞〉,（枚乘）〈重諫舉兵〉[13]，可知戰國秦代文士上書游說之風，漢初猶盛。而《文選》卷45，「對問」類，有：宋玉〈對楚王問〉，東方曼倩（朔）〈答客難〉，揚子雲（雄）〈解嘲〉，班孟堅（固）〈答賓戲〉[14]。此類散文，或以婉轉之筆，寫心中煩冤（如鄒陽〈獄中上書〉自明），或以詼詭之筆，寫牢騷不平（如東方朔〈答客難〉），或揭露外戚專橫，社會競尚逢迎（如揚雄〈解嘲〉），此文士之文。

另一由史傳文蛻變之文士文，如蔡邕碑傳文。蔡邕（西元132～192，字伯喈，陳留圉人），著有《蔡中郎集》，大半為碑銘，他在碑傳文的地位，猶之司馬遷之於史傳文。這種碑傳文的價值在那裏？臺靜農先生云：

> 他的辭句能鎔鑄經典而自然渾成，通篇結構謹嚴而淵懿，轉折處不用虛字而不見痕跡，敘事能以簡制繁，夾敘夾議，銘辭則胎息〈雅〉〈頌〉，讀起來聲調和平靜穆。可是這種藝術，完全屬於形式的一面，而被後來的文士所崇拜的也正是這一面。自東漢以後，文學走向形式的路，無視內容，但求文字排置之工巧，所以蔡中郎成為碑傳文的開山了。[15]

此說極是。碑傳文「結構謹嚴」，「敘事以簡制繁」，「聲調和平靜穆」，重形式藝術。

---

[13] 蕭統編《昭明文選》,〈六臣註〉, 卷39, 臺北：商務四部叢刊正編, 1979年。

[14] 同註13, 卷45。

[15] 同註2, 頁225。

至於蔡邕的作品如：〈郭有道太原郭林宗碑〉：

先生名（諱）泰，字林宗，太原界休人也。其先出自有周，王季之穆，有虢叔者，實有懿德，文王咨焉。建國命氏，或謂之郭，（即？）其後也。先生誕膺天衷，聰叡明哲，孝友溫恭，仁篤柔惠。夫其器量弘深，姿度廣大，浩浩焉，汪汪焉，奧乎不可測已。……於是建碑表墓，昭銘景行；俾芳烈奮乎百世，令問（聞？）顯乎無窮。其詞曰：
於休先生！明德通玄；純懿淑靈，受之自天。崇壯幽濬，如山如淵。禮樂是悅，詩書是敦；匪惟摭華，乃尋厥根。宮牆重仞，允得其門。懿乎其純，確乎其操。洋洋搢紳，言觀而高。棲遲泌丘，善誘能教。赫赫三事，幾行其招。委辭召貢，保此清妙。降年不永，民斯悲悼。爰勒茲銘，摛其光燿。嗟永來世，是則是效！[16]

郭泰為東漢末大學者，與河南尹李膺友善，范滂嘗讚許：「天子不得臣，諸侯不得友」之高士，蔡邕作碑銘多，皆有慚德（諛墓），獨此文無愧色。

---

[16] 蔡邕著《蔡中郎文集》，卷2，頁1．臺北：商務四部叢刊正編，1979年。

第四節　王充

王充（西元271～？，字仲任，會稽上虞人），是東漢大思想家，所著《論衡》30卷，85篇，二十餘萬言。根據〈自紀篇〉載：

> 俗性貪進忽退，收成棄敗。充升擢在位之時，眾人蟻附；廢退窮居，舊故叛去，志俗人之寡恩。故閑居作〈譏俗〉〈節義〉十二篇，冀俗人觀書而自覺。……充既疾俗情，作譏俗之書，又閔人君之政，徒欲治人，不得其宜，不曉其務，愁精苦思，不睹所趨，故作政務之書。又傷偽書俗文，多不實誠，故為《論衡》之書。[17]

可知王充著《論衡》，激於世情，或貪慕榮貴、凌薄寡恩；或疑神信鬼，誕論天地；或不曉政務，虛言禍福。是以王充又言：

> 《論衡》者，所以銓輕重之言，立真偽之平，非苟調文飾辭，為奇偉之觀也。其本皆起人間有非，故盡思極必以機（當作譏）世俗。世俗之性，好奇怪之語，談虛妄之文。何則？實事不能快意，而華虛驚耳動心也。……冀悟迷惑之心，使知虛實之分，實虛之分定，而華偽之文滅；華偽之文滅，則純誠之化，日以

---

[17] 王充著《論衡》，卷30，〈自紀〉第85，頁3．臺北：商務四部叢刊正編，1979年。

摯矣。[18]

即是此意。

王充思想與道家略近，主張自然主義，反對當時流行的讖學、緯學，抨擊迷信。在〈自然篇〉云：

> 天地合氣，萬物自生，猶夫婦合氣，子自生矣。萬物之生，含血之類，知飢知寒，見五穀可食取而食之，見絲麻可衣取而衣之。……《易》曰：黃帝堯舜垂衣裳而天下治，垂衣裳者，垂拱無為也。孔子曰：大哉堯之為君也，惟天為大，惟堯則之。……堯之德，蓋自然之化也。《易》曰：大人與天地合其德，黃帝堯舜大人也，其德與天地合，故知無為也，天道無為……。[19]

陳拱以為「由於夫婦生子之無目的於生而生，所以知天、地之生人和生萬物，亦是無目的於生而生的」，[20]由自然之化顯見其自然無為思想。

另外，在《論衡‧逢遇篇》云：「操行有常賢、仕宦無常遇；賢不賢，才也；遇不遇，時也」[21]。〈命祿篇〉云：「才高行厚，未必保其必富貴；智寡德薄，未可信其必貧賤。……命則不

---

[18] 同註17，卷29，〈對作〉第84，頁7。
[19] 同註17，卷18，〈自然〉第54，頁1。
[20] 陳拱著《王充思想評論》，頁60，臺北：臺灣商務印書館，1996年。
[21] 同註17，卷1，頁5。

可勉,時則不可力,知者歸之於天」[22]。又,〈命義篇〉云:「項羽用兵過於高祖,高祖之起有天命焉,國命繫於眾星,……眾星在天,天有其象,得富貴象則富貴,得貧賤象則貧賤。……禍福吉凶者、命也」[23]。等等說法,皆與道家「無為」、「自然」、「命定」之說合。

王充《論衡》對孔孟亦多推崇,然書中有〈問孔〉、〈刺孟〉等篇,對於聖賢言論,亦有「問」、「刺」不同之意。如〈問孔篇〉云:

> 宰我晝寢,子曰:朽木不可彫也,糞土之牆不可杇也,於予,予(一作與)何誅?(案:見於〈公冶長篇〉)。是惡宰予之晝寢。問曰:晝寢之惡也,小惡也,朽木糞土,敗毀不可復成之物,大惡也,責小過以大惡,安能服人?使宰我性不善如朽木糞土,不宜得入孔子之門,序在四科之列,使性善孔子惡之,惡之太甚過也。人之不仁,疾之已甚亂也,孔子疾宰予,可謂甚矣。[24]

認為宰予不過是白天睡個覺(晝寢),比喻成朽木糞土,太過份了。又如:

> 子貢問政。子曰:足食、足兵、民信之矣。曰:必不得已而去,於斯三者何先?曰去兵。曰必不得已而

---

[22] 同註17,卷1,頁9。
[23] 同註17,卷2,頁5。
[24] 同註17,卷9,頁5。

去，於斯二者何先？曰去食。自古皆有死，民無信不立。（案：見於〈顏淵篇〉）。信最重也。問：使治國無食、民餓，棄禮義，禮義棄，信安所立？傳曰：倉廩實知禮節，衣食足知榮辱，讓生於有餘，爭生於不足，今言去食、信安得成？春秋之時，戰國饑餓，易子而食，析骸而炊、口饑不食，不暇顧恩義也。夫父子之恩信矣，饑餓棄信，以子為食，孔子教子貢去食存信，如何？夫去信存食，雖不欲信，信自生矣。去食存信，雖欲為信，信不立矣。[25]

由此可見王充確為獨立思想大家，他從生活中體悟道理，以為民以食為本，見解令人耳目一新。而其散文，即以此新穎思想為主，文筆生動，影響後代深遠。

此外，漢代散文尚有政論性的，如桓寬的《鹽鐵論》、王符的《潛夫論》[26]；及歷史性記事散文如劉向的《新序》、《說苑》[27]等。《說苑》以纂集諸子言行為主。《新序》則輯錄漢以前史書經傳和傳說材料，如「孫叔敖故事」：

孫叔敖為嬰兒之時，出遊，見兩頭蛇，殺而埋之，歸而泣，其母問其故。叔敖對曰：吾聞見兩頭之蛇者死，嚮者吾見之，恐去母而死也。其母曰：蛇今安在？曰：恐他人又見，殺而埋之矣。其母曰：吾聞有陰德者，天報以福，汝不死也。及長，為楚令尹，未

---

[25] 同註 17，卷 9，頁 14。
[26] 均見臺北：商務四部叢刊正編，1979 年。
[27] 《新序》、《說苑》亦見於商務四部叢刊本，1979 年。

治而國人信其仁也。[28]

這是耳熟能詳的故事。《新序》尚有「舜盡孝道」（卷1）、「扁鵲見齊桓侯」（卷2）、「和氏璧」（卷5）、「不食嗟來之食」（卷7）等等精彩故事。

---

[28] 見於劉向著《新序》，卷1，頁1，臺北：商務四部叢刊正編，1979年。

第三章　三國魏晉南北期

第一節　蜀、吳散文

三國吳蜀文學,不如曹魏盛,所謂「建安七子」,便是圍繞曹操父子的文學家。然諸葛亮(181～234,字孔明,瑯琊陽都人)文武全才,他的:〈為後主伐魏詔〉云:

> 朕聞天地之道,福仁而禍淫。善積者昌,惡積者喪,古今常數也。是以湯、武修德而王,桀、紂極暴而亡。囊者漢祚中微,網漏凶愚,董卓造難,震蕩京畿;曹操階禍,竊執天衡,殘剝海內,懷無君之心。子丕孤豎,敢尋亂階,盜據神器,更姓改物,世濟其凶。當此之時,皇極幽昧,天下無主,則我帝命隕越于下,昭烈皇帝體明叡之德,光演文武,應乾坤之運,出身平難,經營四方。……有能棄邪從正,簞食壺漿,以迎王師者,國有常典,封寵大小,各有品限,及魏之宗族、支葉中外,有能規利害審逆順之數,來詣降者,皆原除之……。[1]

語句鏗鏘有聲。又,其傳世大作〈前出師表〉云:

> 臣亮言:先帝創業未半,而中道崩殂。今天下三分,益州疲敝,此誠危急存亡之秋也。然侍衛之臣,不懈

---

[1] 諸葛亮著《諸葛丞相集》,〈詔〉,頁1,收在重校精印《漢魏六朝百三名家集》,臺北:松柏出版社,1964年。

於內，忠志之士，忘身於外者，蓋追先帝之殊遇，欲報之於陛下也。誠宜開張聖聽，以光先帝遺德，恢弘志士之氣，不宜妄自菲薄，引喻失義，以塞忠諫之路也。宮中府中，俱為一體，陟罰臧否，不宜異同。若有作姦犯科，及為忠善者，宜付有司，論其刑賞，以昭陛下平明之治。不宜偏私，使內外異法也。侍中、侍郎郭攸之、費禕、董允等，此皆良實，志慮忠純，是以先帝簡拔以遺陛下。愚以為宮中之事，事無大小，悉以咨之，然後施行，必能裨補闕漏，有所廣義。將軍向寵，性行淑均，曉暢軍事，試用於昔日，先帝稱之曰「能」，是以眾議舉寵為督。愚以為營中之事，悉以咨之，必能使行陣和睦，優劣得所。親賢臣、遠小人，此先漢所以興隆也；親小人、遠賢臣，此後漢所以傾頹也。先帝在時，每與臣論此事，未嘗不痛恨於桓、靈也。侍中、尚書、長史、參軍，此悉貞良死節之臣也，願陛下親之信之，則漢室之隆，可計日而待也。臣本布衣，躬耕南陽，苟全性命於亂世，不求聞達於諸侯，先帝不以臣卑鄙，猥自枉屈，三顧臣於草廬之中，諮臣以當世之事。由是感激，遂許先帝以驅馳。後值傾覆，受任於敗軍之際，奉命於危難之間，爾來二十有一年矣！先帝知臣謹慎，故臨崩寄臣以大事也。受命以來，夙夜憂勤，恐託付不效，以傷先帝之明。故五月渡瀘，深入不毛。今南方已定，兵甲已足，當獎率三軍，北定中原，庶竭駑鈍、攘除姦凶，興復漢室，還于舊都；此臣之所以報先帝而忠陛下之職分也。至於斟酌損益，進盡忠言，則攸之，禕允之任也。願陛下託臣以討賊興復之效，

不效,則治臣之罪,以告先帝之靈,若無興德之言,
則戮允等,以彰其慢。陛下亦宜自課,以諮諏善道,
察納雅言,深追先帝遺詔,臣不勝受恩感激。今當遠
離,臨表涕泣,不知所云。[2]

一片忠心報國,讀之者無不臨表涕泣。

此外,李密曾仕蜀漢後主時尚書郎,蜀亡,晉武帝徵召他作官,因祖母年老多病而請辭,所上之書即傳世的〈陳情表〉。至於東吳,文才略少,如陸凱、諸葛恪而已。

第二節　建安散文

一、曹氏父子

建安(196~)雖是漢獻帝年號,其時文學、以曹氏父子和建安七子(孔融、陳琳、王粲、徐幹、阮瑀、應瑒、劉楨)為中心。曹操(155~220,字孟德,譙人)散文,文字樸素簡潔,有如其詩。如他的〈求賢令〉:

> 自古受命及中興之君,曷嘗不得賢人君子,與之共治天下者乎?……今天下尚未定,此特求賢之急時也。……若必廉士而後可用,則齊桓其何以霸世?今天下得無有被褐懷玉、而釣於渭濱者乎?又得無盜嫂(嫂?)受金,而未遇無知者乎?二三子其佐我明揚

---

[2] 同註1,〈表〉,頁2。

仄陋,唯才是舉,吾得而用之。[3]

由〈求賢令〉知曹操求賢士定義是「唯才是舉」,不論品德。又如他的〈答袁紹書〉:

> 董卓之罪,暴于四海,吾等合大眾,興義兵,而遠近莫不響應。此以義動故也。今幼主微弱,制於奸臣,未有昌邑亡國之釁,而一旦改易天下,其孰安之,諸君北面,我自(西向)。[4]

表面上興「董卓之罪」,扶「幼主」,實則見他「挾天子」「令諸侯」的心態。

曹丕(187〜226,字子桓,操次子)散文,以清麗勝,不同其父之質樸。如〈與吳質書〉,〈又與吳質書〉(二篇),再如,〈又與吳質書〉:

> 二月三日丕白:歲月易得,別來行復四年,東山猶歎其遠,況又過之。……昔年疾疫,親故多離(即罹字)其災。徐陳應劉,一時俱逝,痛可言邪?昔日游處,行則連輿,止則接席,可曾須臾相失?至觴酌流行,絲竹並奏,酒酣耳熱,仰而賦詩。當此之時,忽然不自知樂也。謂百年已分,長共相保,何圖數年之

---

[3] 曹操著《魏武帝集》,〈令〉,頁3,收在重校精印《漢魏六朝百三名家集》,臺北:松柏出版社,1964年。

[4] 同註3,〈書〉,〈尺牘〉,頁18。

間,零落略盡,言之傷心。[5]

悼念友朋,自傷年逝,文筆清新流暢,為後人喜愛。他的《典論》一書,只剩〈自序〉(見《魏文帝集・序》)、〈論文〉(見《魏文帝集・論》)兩篇,餘則散佚。

曹植(192～232,字子建,丕的同母弟),不但是中國偉大詩人,散文成就亦高。在〈求自誠表〉云:

> 臣植言:臣聞士之生世,入則事父,出則事君,事父尚於榮親,事君貴於興國,故慈父不能愛無益之子,仁君不能畜無用之臣。夫論德而授官者,成功之君也,量能而授爵者,畢命之臣也。……若使陛下出不世之詔,效臣錐刀之用,使得西屬大將軍,當一校之隊。……[6]

可知曹植主「論德而授官」,與曹操之「唯才是舉」,政治觀念不同。又,〈求通親親表〉云:

> 每四節之會,塊然獨處,左右唯僕隸,所對雖妻子,高談無所與陳,發義無所與展,未嘗不聞樂而拊心,臨觴而歎息也。臣伏以為犬馬之誠,不能動人,譬人之誠,不能動天,崩城隕霜,臣初信之,以臣心況,徒虛語耳。若葵藿之傾葉,太陽雖不為之迴光,然終

---

[5] 曹丕著《魏文帝集》,〈書〉,頁18,版本同註3。
[6] 曹植著《陳思王集》,〈令〉,〈表〉,頁12,同註3。

向之者,誠也。臣竊自比葵藿。[7]

以葵藿向日比喻己之誠心。文中婉轉悲激、誠心慷慨,令人悽惻。

二、建安七子

七子中的孔融(153～208,字文舉,魯人),有《孔少府集》。如〈與曹操論酒禁書〉:

> 夫酒之為德久矣。古先哲王,類帝禋宗,和神定人,以齊萬國,非酒莫以也。故天垂酒星之燿,地列酒泉之郡,人著旨酒之德。堯不千鍾,無以建太平,孔非百觚,無以堪上聖。樊噲解戹鴻門,非豕鍾酒,無以奮其怒,趙之廝養,東迎其主,非引卮酒,無以激其氣。高祖非醉斬白蛇,無以暢其靈。……故酈生以高陽酒徒,著功於漢,屈原不餔醩醨,取困於楚。由是觀之,酒何負於政哉。[8]

一片歪理、歪例,亦頗令酒徒樂道。至於他的代表作〈薦禰衡表〉[9],〈與曹操論盛孝章書〉[10],文氣勢盛。

陳琳(?～217,字孔璋,廣陵人)、阮瑀(?～212,字元瑜,陳留人),擅長應用文,(《典論・論文》:琳、瑀之章表書

---

[7] 同註6,頁13。
[8] 孔融著《孔少府集》,〈書〉,頁3,同註3。
[9] 同註8,表,頁1。
[10] 同註8,書,頁3。

記、今之雋也）。徐幹（171～218，北海人），著《中論》二十篇，為時人推崇。

第三節　正始散文

魏齊王芳正始（240～）時期，由於政治紊亂，文士動則被殺，如何晏為司馬懿所殺，嵇康為司馬昭所殺，張華、石崇、陸機、陸雲等八王之亂被殺。受了這個時代環境影響，儒學衰微、老莊復活、倡無為放任；佛教輪迴和因果報應之說，能麻醉精神上的苦悶；於是形成清談頹風。蔡元培先生說：

> 清談家之思想，非截然舍儒而合於道佛也。彼蓋滅裂而雜揉之，彼以道家之無為主義為本，而於佛教則僅取厭世思想，於儒家則留其階級思想及有命論，⋯⋯於是其所餘之觀念，自等也，厭世也，有命而無可為也，遂集合而為苟生之惟我論。[11]

所論極是。如阮籍、劉伶的放誕，謝鯤好鄰家女，女投梭折其兩齒（見《晉書》本傳、及《世說新語》）。此時散文家有阮籍與嵇康。

阮籍（210～263，字嗣宗，陳留、今開封人，瑀子）。著有〈達莊論〉、〈通老論〉、〈大人先生傳〉等文，盡力反對儒家，歸於老莊無為自然。在〈達莊論〉云：

---

[11] 蔡元培著《蔡元培先生全集》,〈中國倫理學史〉, 頁 59, 臺北：商務印書館, 1968 年。

自其異者視之，則肝膽楚越也；自共同者視之，則萬物一體也。人生天地之中，體自然之形。身者，陰陽之積氣也；性者，五行之正性也；情者，遊魂之變欲也；神者，天地之所以馭者也。以生言之，則物無不壽，推之以死，則物無不夭。自小視之，則萬物莫不小；由大觀之，則萬物莫不大；殤子為壽，彭祖為夭，秋毫為大，泰山為小，故以死生為一貫，是非為一條也。[12]

此說源於莊子思想（見〈齊物論〉、〈秋水篇〉）。又，阮籍〈大人先生傳〉，通過虛構之人物，反對虛偽禮法、及駁斥世俗富貴、名譽等觀念，其文云：

大人先生，蓋老人也，不知姓字。……以萬里為一步，以千歲為一朝，行不赴而居不處，求乎大道而無所寓，……大人先生……應之曰：……夫大人者，乃與造物同體、天地竝（並）生、逍遙浮世，與道俱成，變化散聚，不常其形。天地制域於內、而浮明開達於外，……故與世爭貴，貴不足尊；與世爭富，富不足先。必超世而絕群，遺俗而獨往，……細行不足以為毀，聖賢不足以為譽，變化移易，與神明扶，廓無外以為宅，同宇宙以為廬，強八維而處安，據制物以永居，夫如是則可謂富貴矣。[13]

---

[12] 阮籍著《阮步兵集》，〈論〉，頁13，同註3。
[13] 同註12，傳，頁15。

大人先生所說，亦由《莊子》出。

嵇康（223～263，字叔夜，譙國銍、今河南夏邑人），亦好老莊，反禮法，與阮籍同。嵇康散文，比詩歌更具強烈思想性、反抗性，如〈與山巨源絕交書〉云：

> 老子、莊周，吾之師也，親居賤職，柳下惠、東方朔，達人也，安乎卑位，吾豈敢短之哉？又仲尼兼愛，不羞執鞭，子文無欲卿相，而三登令尹，是乃君子思濟物之意也。所謂達能兼善而不渝，窮則自得而無悶。……有必不堪者七，甚不可者二，臥喜晚起，而當關呼之不置，一不堪也；抱琴行吟，弋釣草野，而吏卒守之，不得妄動，三不堪也。……剛腸疾惡，輕肆直言，遇事便發，此甚不可二也。以促中小心之性、統此九患，不有外患，當有內病，寧可久處人間邪？[14]

以老莊思想為歸，文筆則喜怒笑罵。動盪社會，士人或瘋或顛，以全性命，故言「今但守陋巷，教養子孫，時與親舊敘離闊，陳說平生，濁酒一盃、彈琴一曲，志願畢矣。」

第四節　兩晉散文

兩晉時代，重詩賦，忽略散文，故散文亦趨於駢儷。王羲之〈蘭亭集序〉和陶淵明〈桃花源記〉，可謂無獨有偶，以口語的形式寫出，不受當時駢儷影響。然這與蕭統的「綜輯辭采，錯

---

[14]　嵇康著《嵇中散集》，頁3，同註3。

比文華;事出於沉思,義歸乎翰藻」選文的標準不合,所以《昭明文選》並未摘錄。

王羲之(321〜379,[15] 字逸少,瑯琊臨沂人)在永和9年(西元353)所作〈蘭亭集序〉云:

> 永和九年歲在癸丑,暮春之初,會于會稽山陰之蘭亭,修禊事也。群賢畢至,少長咸集。此地有崇山峻領,茂林脩竹,又有清流激湍、映帶左右,引以為流觴曲水,列坐其次。⋯⋯人之相與俯仰一世,或取諸懷抱,悟言一室之內,或因寄所託,放浪形骸之外,雖趨舍萬殊、靜躁不同,當其欣於所遇,暫得於己,快然自足,曾不知老之將至。及其所之既惓,情隨事遷,感慨係之矣。向之所欣、俛仰之間,已為陳迹(跡),猶不能不以之興懷,況脩短隨化,終期於盡,古人云,死生亦大矣,豈不痛哉。⋯⋯[16]

此文為清談家共同的宣言。直斥莊周「一死生為虛誕,齊彭殤為妄作」;以「欣於所遇」、「快然自足」,重現實享受。「情隨境遷」、「感慨係之」,慨歎人生之無常。句法以散句為主,樸實自然。《王右軍集》中,有〈方回帖〉、〈重熙帖〉、〈嘉賓帖〉、〈安石帖〉⋯⋯ 帖文甚多,又有〈十七帖〉,為其著名草書,可惜大半斷簡。

---

[15] 魯一同撰《王右軍年譜》云其生卒為:「307 至 365」,收在沈雲龍主編《近代中國史料叢刊》,臺北:文海出版社,不著出版時間。

[16] 王羲之著《王右軍集》,〈書〉,〈序〉,頁 41,同註 3。

陶淵明（365～427[17]，潯陽柴桑人）曾祖侃，為晉大司馬。淵明有名的散文如：〈桃花源記〉[18]，〈五柳先生傳〉[19]。〈桃花源記〉，是作者假想的烏托邦，以為黑暗政治之避難所。至於〈五柳先生傳〉：

> 先生不知何許人也，亦不詳其姓字，宅邊有五柳樹，因為號焉。閑靜少言，不慕榮利，好讀書，不求甚解，每有會意，便欣然忘食。性嗜酒，家貧不能常得，親舊知其如此，或置酒而招之，造飲輒盡，期在必醉，既醉而退，曾不吝情去留。環堵蕭然，不蔽風日，短褐穿結，簞瓢屢空，晏如也。常著文章自娛，頗示己志，忘懷得失，以此自終。贊曰：黔婁有言，不戚戚於貧賤，不汲汲於富貴，極其言、茲若人之儔乎？酣觴賦詩，以樂其志，無懷氏之民歟？葛天氏之民歟？[20]

作者把自己貧窮蕭索、不慕榮利、縱情詩酒的情懷，表現出來。

---

[17] 逯欽立著《陶淵明年譜蒿》，以淵明生卒為：376～427，見《中央研究院史語所集刊》，第20本，上冊。
[18] 陶淵明著《陶彭澤集》，〈記〉，頁4，同註3。
[19] 同註18，〈傳〉，頁8。
[20] 同註19。

第五節　南北朝散文

　　南北朝時代，對有韻之文、與無韻之筆，觀念清晰。其時重文輕筆。當時較重要散文作家如：范曄和酈道元。

　　范曄（397～447，字蔚宗，順陽、今河南淅川人）所撰《後漢書》90卷，頗具剪裁之功。史書〈文苑列傳〉由此開始。《宋史‧蘇軾本傳》云東坡，「讀東漢〈范滂傳〉，慨然太息。軾請曰：軾若為滂，母許之否乎？程氏曰：汝能為滂，吾顧不能為滂母邪？」[21]。范滂是位剛正廉明的人，嫉惡如仇，東坡從小讀其傳，由敬佩而仿傚，一以見《後漢書》描寫生動，一以言范滂大勇精神。在《後漢書‧范滂本傳》云：

范滂，字孟博，汝南征羌人也。少厲清節，為州里所服。舉孝廉，光祿四行。……慨然有澄清天下之志。……其母就與之訣，滂白母曰：「仲博（案：滂弟）孝敬，足以供養。滂從龍舒君歸黃泉，存亡各得其所。惟大人割不可忍之恩，勿增感戚。」母曰：「汝今得與李杜（案：指李膺、杜密）齊名，死亦何恨？既有令名，復求壽考，可兼得乎？」滂跪受教，再拜而辭。顧謂其子曰：「吾欲使汝為惡，則惡不可為，使汝為善，則我不能為惡！」行路聞之，莫不流涕。時年三十三。[22]

---

[21] 脫脫等修《宋史》，卷338，〈列傳〉，第97，頁1，臺北：藝文印書館本，1955年。

[22] 范曄撰《後漢書》，卷67，〈列傳〉第57，頁14，臺北：藝文印書館本，1955年。

讀來令人感動。

酈道元（西元？～527，字善長，范陽涿鹿人）他的《水經注》是注解漢代桑欽的《水經》。此書不僅具有地理、歷史上的價值，也具有文學的成就。《水經注》分河水、汾水、澮水、……江水、青衣水、桓水、若水……等等。如卷34，〈江水注〉云：

> 自三峽七百里中，兩岸連山，略無闕處，重巖疊嶂，隱天蔽日，自非停午夜分，不見曦月。至于夏水襄陵，沿泝阻絕，或王命急宣，有時朝發白帝，暮到江陵，其間千二百里，雖乘奔御風，不以疾也。春冬之時，則素湍綠潭，迴清倒影。絕巘多生怪柏、懸泉瀑布，飛漱其間，清榮峻茂，良多趣味。每至晴初霜旦，林寒澗肅，常有高猿長嘯，屬引淒異，空谷傳響，哀轉久絕。故漁者歌曰：巴東三峽巫峽長，猿鳴三聲淚沾裳。[23]

描寫巫峽兩岸高峻山勢、湍急水流、傳神；文字亦清麗。其他如：楊衒之《洛陽伽藍記》，記載洛陽佛寺，同時反映北魏政治、文化、和社會。

南北朝時，山水小品文學極為發達。散體短篇、或文士往來書牘，往往有許多精美作品。如陶宏景（452～536，字通明，丹陽秣陵人）的〈答謝中書書〉：

---

[23] 酈道元撰《水經注》，卷34，頁3，臺北：商務四部叢刊正編，1979年。

山川之美,古來共談。高峰入雲,清流見底。兩岸石壁,五色交輝。青林翠竹,四時俱備。曉霧將歇,猿鳥亂鳴。夕日欲頹,沉鱗競躍。實是欲界之仙都,自康樂以來,未復有能與其奇者。[24]

又如吳均(469～520,字叔庠,吳興人)的〈與宋元思書〉:

風煙俱靜,天山共色,從流飄蕩,任意東西。自富陽至桐廬,一百許里,奇山異水,天下獨絕。水皆縹碧,丈千見底,游魚細石,直視無礙,急湍甚箭,猛浪若奔。夾岸高山,皆生寒樹,負勢競上,互相軒邈,爭高直指,千百成峰。泉水激石,泠泠作響。好鳥相鳴,嚶嚶成韵(韻)。蟬則千轉不窮,猿則百叫無絕。鳶飛戾天者,望峰息心;經綸世務者,窺谷忘反。橫柯上蔽,在晝猶昏,疏條交映,有時見日。[25]

描寫富陽至桐廬沿途山水風景,「奇山異水,天下獨絕」,生花妙筆,令人歎為觀止。

---

[24] 清．許槤評選,黎經誥箋注《六朝文絜箋注》,卷7,頁10,臺北:新興書局本,1959年。
[25] 同註24,卷7,頁12。

第四章　唐宋時期

第一節　唐代散文

我國散文，自東漢以來，日趨駢儷，六朝為文，要求「五聲相宣，八音協暢」、「前有浮聲」、「後須切響」[1]，文章只重形式上的聲音（聲）和辭藻（色），意義反而被忽視。到了唐初，史家如李百藥（《北齊書》）、魏徵（《隋書》）、姚思廉（《梁書》、《陳書》）、令狐德棻（《周書》）、李延壽（《南史》、《北史》）等人，在其所著之文學傳或文苑傳中，一致鄙視江左宮商之音，聲色之文，想建立人倫教化之實用文學。

有唐一代，《全唐文》收錄的散文作家有三千零四十二人，與清聖祖御製《全唐詩》，收二千二百餘詩人相比，《全唐文》有過之無不及。而唐代散文，猶如詩歌，略可分初、盛、中、晚四期。

一、初唐

「王（勃）、楊（炯）、盧（照鄰）、駱（賓王）當時體」，初唐四傑，沿齊梁綺麗，「輕薄為文」。獨陳子昂起而反抗。

陳子昂（656～695，梓州射洪人）在〈修竹篇〉，〈序〉云：

> 文章道弊五百年矣。漢、魏風骨，晉、宋莫傳，然而文獻有可徵者。僕嘗暇時觀齊、梁間詩，彩麗競繁，

---

[1] 見沈約撰《宋書》，卷67，〈列傳〉第27，〈謝靈運傳論〉，頁34，臺北：藝文印書館本，1955年。

而興寄都絕,每以永歎。思古人常恐逶迤頹靡,風雅不作,以耿耿也。[2]

所云「漢魏風骨」,重內容、寄託及章法結構;而兩晉南北朝詩文重形式,所謂「齊梁間詩,彩麗競繁,而興寄都絕」,言齊梁間,內容頹廢,令人長歎。子昂以「文章薄伎」,務求賢聖仁義道德,開啟唐宋古文運動端倪。

二、盛唐

至於盛唐,齊梁派駢體日衰,蕭穎士(西元717~?,字茂挺,蘭陵人)、李華(生卒不詳)等,提出「宗經」、「載道」、「尚簡」;獨孤及提出文氣的問題;柳冕更主張「文章本於教化,發於情性」;元結主張「救世勸俗」[3]。

湛若水在〈元次山文集序〉云:

> 太上有質而無文,其次有質而有文,其次文浮其質,文浮其質,道之敝也。……物之生也,先質而後文。故質也者,生乎天者也;文也者,生乎人者也……故人之於斯文也,不難於文而難於質,不難於華而難於朴,不難於巧,而難於拙。余自北遊觀藝於燕冀之都,得之子而異焉。欲質不欲野,欲朴不欲陋,欲拙不欲因,卓然自成其家者也。[4]

---

[2] 陳子昂著《陳伯玉文集》,卷1,頁9,臺北:商務四部叢刊正編,1979年。

[3] 參中國文學史研究委員會撰《新編中國文學史》,第2冊,頁309,高雄:復文圖書出版社,出版時間不詳。

[4] 元結著《元次山文集》,湛若水〈序〉,頁1,臺北:商務四部叢刊正編,1979年。

質,指內容;文,指形式。文中所敘「太上有質而無文」、「先質而後文」,強調質文的主從關係,與李華的〈質文論〉同。又提出文章的特點:質、朴、拙,與齊梁之風不同。

元結(723～772,字次山,河南魯縣人)在《元次山文集》中,如:〈七不如〉、〈七篇〉,〈第五〉云:

> 元子以為人之貪也,貪於權,貪於位,貪於取求,貪於聚積;不如貪於德,貪於道,貪於閑,和貪於靜順者爾。於戲!貪可頌也乎哉,貪有甚焉,何如。[5]

又,〈第七〉云:

> 元子以為人之忍也,忍於毒、忍於媚、忍於詐惑、忍於貪溺;不如忍於貧、忍於苦、忍於棄污、忍於病廢者爾。於戲!忍可頌也乎哉,忍有甚焉,何如。[6]

從逆向思考,讀來,頗富哲理。

三、中唐

到了韓愈(768～824,孟州河陽人)提倡仁義道德,復儒家之古,旗幟特別鮮明,是以後人一提起古文運動,都以韓愈為先。其實,韓愈時代古文地位並不重要。在宋代歐陽修的〈唐次山銘〉云:

---

[5] 元結著《元次山文集》,卷5,頁6,臺北:商務四部叢刊正編,1979年。
[6] 同註5。

唐有太宗致治之盛，幾乎三代之隆，而惟文章獨不能革五國之弊。既久，而後韓柳之徒出，蓋習俗難變，而文章變體又難也。次山當開元（713～741）、天寶（742～755）時，獨作古文。[7]

又，歐陽修，〈記舊本韓文後〉云：

韓氏之文，沒而不見者二百年而後大。施于今，此又非特好惡之所上下。[8]

韓愈卒（824），到歐陽修（1007～1072）發揚光大其文，約二百歲，可見「古文」在當時並不流行。後人以韓愈為「唐宋八大家」之首，應感謝歐陽修知貢舉時，大力倡導韓文。趙翼《二十二史箚記》，有「唐宋古文不始于韓柳」條云：

宋景文（宋祁）謂唐之古文由韓愈倡始，其實不然。按《舊唐書・韓愈傳》：大曆、貞元間，文字多尚古學，效揚雄、董仲舒之述作。獨孤及、梁肅最稱淵奧。愈從其徒游、銳意鑽仰，欲自振於一代。舉進士、投文公卿間，故相鄭餘慶為之延譽，由是知名。是愈之先，早有以古文名家者。今獨孤集文集尚行於世，已變駢體為散文。其勝處有先秦、兩漢之遺風，但未自開生面耳。又如《陸宣公奏議》，雖亦不脫駢

---

[7] 歐陽修著《歐陽文忠公集》，卷140，〈集古錄跋尾〉，卷7，頁12，臺北：商務四部叢刊正編，1979年。亦見於《六一題跋》，卷7，頁15，臺北：廣文書局本，1931年。

[8] 《歐陽文忠公集》，同註7，卷73，〈外集〉，第十。

偶之習，而指切事情，纖微畢到，其氣又渾灝流轉，行乎其所不得不行，此豈可以駢偶少之？此皆在愈之前，固已有開風氣者矣。[9]

甌北此論，特具卓識。唐代古文運動在韓愈以前，如陳子昂、張說、蘇頲、韓休、李華、顏真卿、元結、權德輿、獨孤及、梁肅、陸贄等人，亦以復古為職志。只是這些人，雖崇尚復古，卻未如韓愈完全以復儒家之古為宗旨，像元結反聲病、梁肅、權德輿立論在於政教，只有韓愈抓住儒家之道，以為復古，終身闢佛老，有如孟子拒楊墨，於是後人往往以韓愈是最先提倡復古運動。[10]

古文受重視，要等到北宋。因為北宋由漢人建立的統一社會，宜建立載道之文；當時有志青年對西崑體的反動，歐陽修的大力倡導韓文，王安石的科舉要考策論等等因素，且歐陽修稱韓愈為文宗，蘇軾尊其為百世師，韓愈在古文的地位於是鞏固。

韓愈在〈答李翊書〉云：

始者非三代兩漢之書不敢觀，非聖人之志不敢存，處若忘，行若遺，儼乎其若思，茫乎其若迷。當其取於心而注於手也，惟陳言之務去，戛戛乎其難哉。[11]

又，〈南陽樊紹述墓誌銘〉云：

---

[9] 趙翼著《二十二史劄記》，卷 20，頁 20，臺北：廣雅書局本，1984 年。
[10] 參拙著《趙甌北研究》，頁 678，臺北：臺灣學生書局，1988 年。
[11] 朱熹校、韓愈著《朱文公校昌黎先生集》，卷 16，頁 9，臺北：商務四部叢刊正編，1979 年。

惟古於詞必己出,降而不能乃剽賊。[12]

照韓愈的看法,文章要「詞必己出」;「非聖人之志不敢存」,為聖道作文。韓愈著名的散文,如〈原道〉:

> 博愛之謂仁,行而宜之謂義,由是而之焉之謂道,足乎己無待於外之謂德;仁與義為定名,道與德為虛位,故道有君子小人,而德有凶有吉。老子之小仁義,非毀之也,其見者小也。坐井而觀天,曰「天小」者,非天小者,彼以煦煦為仁,孑孑為義,其小之也則宜。其所謂道,非吾所謂道也,其所謂德,德其所德,非吾所謂德也;凡吾所謂道德云者,合仁與義言之也,天下之公言也,老子之所謂道德云者,去仁與義言之也,一人之私言也。[13]

以仁義道德,明儒家之說,並以佛老怪誕不經而闢之。又如〈雜說〉,其四云:

> 世有伯樂,然後有千里馬。千里馬常有,而伯樂不常有。故雖有名馬,祇辱於奴隸人之手,駢死於槽櫪之間,不以千里稱也。馬之千里者,一食或盡粟一石,食馬者不知其能千里而食也;是馬也,雖有千里之能,食不飽,力不足,才美不外見,且欲與常馬等不

---

[12] 同註 11,卷 34,頁 2。
[13] 朱文公《校昌黎先生文集》,卷 11,〈雜著〉,頁 1。臺北:商務四部叢刊正編,1979 年。

> 可得,安求其能千里也!策之不以其道,食之不能盡其材,鳴之而不能通其意,執策而臨之曰:「天下無馬!」鳴呼!其真無馬邪!其實不知馬也![14]

以千里馬喻賢才,伯樂喻賢相(知己),賢才不乏,而特賢相(知者)少;豪傑不遇知己,無法展布其材,如千里馬「駢死槽櫪間」,哀哉。又,〈祭十二郎文〉:

> ……去年,孟東野往,吾書與汝曰:「吾年未四十,而視茫茫,而髮蒼蒼,而齒牙動搖。」念諸父與諸兄,皆康彊而早世,如吾之衰者,其能久存乎,吾不可去,汝不肯來,恐旦暮死,而汝抱無涯之戚也;孰謂少者歿而長者存,彊者夭而病者全乎!嗚呼!其信然邪?其夢邪?其傳之非其真邪?信也,吾兄之盛德而夭其嗣乎?汝之純明而不克蒙其澤乎?少者彊者而夭歿,長者衰者而存全乎?未可以為信也。夢也,傳之非其真也。東野之書,耿蘭之報,何為而在吾側也?嗚呼!其信然矣!吾兄之盛德而夭其嗣矣!汝之純明宜業其家者,不克蒙其澤矣!所謂天者誠難測,而神者誠難明矣!所謂理者不可推,而壽者不可知矣……。[15]

此貞元19年(803),韓愈36歲作,情至之文,一字一血淚。
　　談到柳宗元(773〜819,字子厚,山西河東人),與韓愈並稱「韓柳」。然,二人在思想上,文學上有若干差異。如韓愈宗

---

[14] 同註13,卷11,頁10。
[15] 同註13,卷23,〈祭文〉,頁8。

儒，排斥釋老，作〈原道篇〉闢之；信術數，思想上較保守。柳宗元雖也崇佛，出入於佛道，曾作〈曹溪大鑒禪師碑〉、〈南嶽彌陀和尚碑〉、〈龍安海禪師碑〉等（皆在《註釋音辯唐柳先生集》卷6），宣揚禪道，反迷信，思想較進步。又，韓愈重視儒家之道，主實用文學；柳宗元則主文道並重。在文學方面，韓愈主文從字順之散文，而柳則不摒絕駢儷之文。韓文雄奇，屬陽剛，柳文雅健峻潔。

柳宗元在散文方面成就，主要在寓言體與遊記文章。寓言體文章，從《莊子》、《韓非子》、《戰國策》以後，很少有好的作品，《柳宗元集》中，寓言體故事短而生動者多，如〈捕蛇者說〉（《註釋音辯唐柳先生集》，卷16）、〈種樹郭橐駝傳〉、〈蝜蝂傳〉、〈梓人傳〉（同上，卷17）、〈臨江之麋〉、〈黔之驢〉、〈永某氏之鼠〉（同上，卷19）等。如，〈永某氏之鼠〉：

> 永有某氏者，畏日，拘忌異甚，以為己生歲直子，鼠，子神也，因愛鼠不畜貓犬，禁僮勿擊鼠，倉廩庖廚，悉以恣鼠，不問。由是鼠相告，皆來某氏，飽食為無禍。某氏室無完器，椸無完衣，飲食，大率鼠之餘也。晝累累與人兼行，夜則竊齧鬥暴，其聲萬狀，不可以寢。終不厭。數歲，某氏徙居他州，後人來居，鼠為態如故。其人曰：是陰類，惡物也，盜暴尤甚，且何以至是乎哉？假五六貓，闔門、撤瓦、灌穴，購僮羅捕之，殺鼠如丘。棄之隱處，臭數月乃已。嗚呼，彼以其飽食無禍，為可恒也哉？[16]

---

[16] 童宗說註釋、張敦頤音辯、潘緯音義、柳宗元著《註釋音辯唐柳先生集》，卷19，頁7，臺北：商務四部叢刊正編，1979年。

這種諷刺性的寓言,非常生動,深刻。

柳宗元貶永川(順宗永貞元年,33歲)、柳州(元和10年,43歲),作了不少山水遊記。如:〈遊黃溪記〉,〈始得西山宴遊記〉、〈鈷鉧潭記〉、〈袁家渴記〉、〈石澗記〉、〈小石城山記〉(皆在《註釋音辯唐柳先生集》卷29)等等,姚鼐《古文辭類纂·雜記類》,選至十八篇,遠勝韓愈、歐陽修等大家,亦勝過酈道元《水經注》,可見其遊記文學的地位。

中唐散文,除韓柳外,以劉禹錫(772～842,字夢得,彭城人)、白居易(772～846,字樂天,韓城人)、元稹(779～831,字微之,河南人)為著。由於宋代歐陽修倡韓愈文,使得後來元白等人之文不顯,《舊唐書》所謂「若品調律度,揚搉古今,賢不肖皆賞其文,未如元、白之盛也」,又云:「元和主盟,樂天而已。」[17]

劉禹錫的作品,如其描述洗心亭〈洗心亭記〉云:

……嘯侶為工,即山求材,盤高孕虛,萬景坌來。詞人處之、思出常格;禪子處之,遇境而寂;憂人處之,百慮冰息。鳥思猿清,繞梁樞櫨,月來松間,雕鏤軒墀,石列筍虡,藤蟠蛟螭,脩竹萬竿,夏含涼飇,斯亭之實錄云爾。[18]

文字清麗。

---

[17] 劉昫撰《舊唐書》,卷166,〈列傳〉第116,頁24,臺北:藝文印書館本,1956年。

[18] 劉禹錫著《劉夢得文集》,卷27,頁5,臺北:商務四部叢刊正編,1979年。

又,白居易的作品,如〈與元九書〉云:

……故聞「元首明,股肱良」之歌,則知虞道昌矣;聞五子洛汭之歌,則知夏政荒矣。言之者無罪,聞者作誡。言者聞者,莫不兩盡其心焉。洎周衰秦興,採詩官廢,上不以詩補察時政,下不以歌洩導人情,乃至諂成之風動,故失之道缺。於是六義如刓矣。[19]……

文中陳述白居易對詩歌看法,在於「補察時政」、「洩導人情」。而其散文如:〈草堂記〉:

……是居也,前有平地,輪廣十丈,中有平臺,半平地,臺南有方池,倍平臺。環池多山竹、野卉,池中生白蓮、白魚。又南抵石澗。夾澗有古松、老杉,大僅十人圍,高不知幾百尺;脩柯戛雲,低枝拂潭,如幢豎,如蓋張,如龍蛇走。松下多灌叢,蘿蔦葉蔓,駢織承翳,日月光不到地,盛夏風氣,如八九月時。下鋪白石,為出入道。堂北五步,據層崖、積石、嵌空垤堄,雜木異草,蓋覆其上,綠陰蒙蒙,朱實離離,不識其名,四時一色。又有飛泉,植茗就以烹燀,好事者見,可以永日。堂東有瀑布,水懸三尺,瀉階隅,落石渠,昏曉如練色,夜中如環珮琴筑聲。堂西倚北崖右趾,以剖竹架空,引崖上泉,脈分線懸,自簷注砌,纍纍如貫珠,霏微如雨露,滴瀝飄

---

[19] 白居易著《白氏長慶集》,卷28,頁3,臺北:商務四部叢刊正編,1979年。

灑，隨風遠去。[20]

本文或作〈廬山草堂記〉。廬山在江西，風景清絕，所謂「匡廬奇秀甲天下」，東坡有詩云：「橫看成嶺側成峰，遠近高低各不同」；作者於唐憲宗元和 10 年（西元 815），因事觸怒執政，貶江州司馬，此文則在元和 12 年作。

至於元稹文，劉應禮《元氏長慶集・序》云：

元微之有盛名於元和、長慶間，觀其論奏，莫不切當時務，詔誥歌詞，自成一家，非大手筆，曷臻是哉。[21]

可知元稹善長論奏、詔誥，《元氏長慶集》中，表奏、制誥等文字，所佔篇幅亦多。

四、晚唐散文

繼韓愈之後的李翱、皇甫湜、孫樵等人，思想內容限於儒家說教，成就不高。而另一派，如皮日休、陸龜蒙等人，取現實主義，寫譏切時政散文，卻有好的成就。茲分述：

皮日休（834～883，自號鹿門子，竟陵人），是晚唐傑出詩人，也是好的散文家。在思想上，推崇儒家、尊孟子，以孟子為學科，「設科取士」。他並有〈請韓文公配饗太學書〉，以為：

---

[20] 同註 19，卷 26，頁 4。
[21] 元稹著《元氏長慶集》，劉應禮〈序〉，頁 1，臺北：商務四部叢刊正編，1979 年。

> 夫孟子、荀卿翼傳孔道，以至于文中子，文中子之末，降及貞觀、開元，……唯昌黎公之文，蹴楊墨於不毛之地，踩澤老於無人之境，故得孔道巍然而自正。……伏請有司定其配饗之位。[22]

可見他推揚儒學之功。他的〈讀司馬兵法〉云：

> 古之取天下也，以民心；今之取天下，以民命。……漢魏尚權，驅赤子於利刃之下，爭寸土於百戰之內，由士為諸侯，由諸侯為天子，非兵不能威，非戰不能服，不曰取天下以民命者乎？由是編之為術（六韜也），術愈精，而殺人愈多，法益切，而害物益甚。嗚呼！其亦不仁矣。[23]

對於晚唐時代，藩鎮割據，有強烈的批評。

又，他的《鹿門隱書》六十篇，充滿對時務的譏諷，如：

> 古之殺人也怒，今之殺人也笑。

又：

> 古之用賢也為國，今之用賢也為家。

又：

---

[22] 皮日休著《皮子文藪》，卷9，頁110，臺北：商務四部叢刊正編，1979年。

[23] 同註22，卷7，頁80。

古之置吏也將以逐盜,今之置吏也將以為盜。[24]

把當時黑暗政治,完全揭露出來。

陸龜蒙(生卒不詳,字魯望,蘇州吳人),隱居松江甫里,自號江湖散人,有《甫里先生文集》。他的作品如〈野廟碑〉云:

……甌越間,好事鬼,山椒水濱,多淫祀。其廟貌有雄而毅黝而碩者則曰將軍,有溫而愿皙而少者則曰某郎,有嚴而尊嚴者則曰姥,有婦而容豔則曰姑。其居處則敞之以庭堂,峻之以陛級,左右老木,攢植森拱,蔦蘿翳於上,梟鴞室其間,車馬徒隸,叢雜怪狀。䖝作之,䖝怖之,大者椎牛,次者擊豕,小不下雞犬魚菽之薦,牲酒之奠,缺於家可也,缺於神不可也。一日懈怠,禍亦隨作,輋獠畜牧慄慄然,疾病死喪,䖝不曰適丁其時耶,而自惑其生,悉歸之於神,雖然若以其言之,則戾;以今言之,則庶乎神之不足過也。何者?豈不以生能禦大災、捍大患,其死也,則血食於生人;無名之土木,不當與禦災捍患者為比,是戾於古也明矣。今之雄毅而碩者有之,溫愿而少者有之,升階級,坐堂筵,耳弦匏,口梁肉,載車馬,擁徒隸者,皆是也。解民之懸,清民之暍,未嘗貯於胸中,民之當奉者,一日懈怠,則發悍吏,肆淫刑,毆之以就事,較神之禍福,孰為輕重哉。[25]

---

[24] 以上三條,均見《皮子文藪》,卷9,頁123,臺北:商務四部叢刊正編,1979年。

[25] 陸龜蒙著《甫里先生文集》,卷18,頁38,臺北:商務四部叢刊正編,1979年。

對於當時執政者,無情的揭露其兇惡真相。又如〈記稻鼠篇〉云:「〈魏風〉以〈碩鼠〉刺重歛,斥其君也,有鼠之名無鼠之實。……況乎上捃其財,而下啗其食,率一民而當二鼠,不流浪轉徙(徒?)聚而為盜何哉?」[26] 可見陸龜蒙對於當日黑暗政治的失望。

另外,如羅隱(833～909,字昭諫,餘杭人)對當日政治,亦多抨擊。

第二節　宋代朝文

一、歐陽修

宋初散(古)文,在歐陽修(1007～1072,字永叔,廬陵人)之前,柳開(948～1001)、穆修(979～1032)、尹洙(1001～1047)等人,已揭開序幕,然須等到歐陽修有力倡導,及三蘇、王安石、曾鞏的推波助瀾,才使古文運動成功,成為宋代及宋以後,文章的主流。而韓愈文,也因此風靡起來。

歐陽修是北宋古文運動的領導人,政治上,他贊同范仲淹改革時弊;在文學上繼承王禹偁(954～1001)革新主張。他對於文學的態度,由:〈答吳充秀才書〉云:

聖人之文雖不可及,然大抵道勝者文不難而自至。[27]

---

[26] 同註 25,卷 19,頁 61。

[27] 歐陽修著《歐陽文忠公集》,卷 47,頁 8,臺北:商務四部叢刊正編,1979 年。

又,〈答祖擇之書〉云:

學者當師經,師經必先求其意,意得則心定,心定則道純,道純則充於中者實,中充實則發為文者輝光。[28]

由此知,歐陽修以經文,儒家之道為文學根源,先取儒家經典修養,有了道,文章才會有光輝。

至於歐陽修的作品,王安石的〈祭歐陽文公忠文〉說:

如公器質之深厚,智識之高遠,而輔學術之精微,故充於文章,見於議論,豪健俊偉,怪巧瑰琦,其積於中者,浩如江河之停蓄,其發於外者,爛如日星之光輝,其清音幽韻,淒如飄風急雨之驟至,其雄辭閎辯,快如輕車駿馬之奔馳。世之學者,無問乎識與不識,而讀其文,則其人可知。[29]

王安石此文,把歐陽修文章的好處全說到了。

歐陽修散文,如〈朋黨論〉、〈為君難論〉、〈縱囚論〉、〈瀧岡阡表〉、〈豐樂亭記〉、〈醉翁亭記〉、〈相州晝錦堂記〉、〈六一居士傳〉等等都是傳誦之作。如〈朋黨論〉:

臣聞朋黨之說,自古有之,……然臣謂小人無朋,惟君子則有之。其故何哉?小人所好者,祿利也,所

---
[28] 同註27,卷68,〈外集〉,卷18,頁9。
[29] 王安石著《臨川先生文集》,卷86,頁2,臺北:商務四部叢刊正編,1979年。

貪者，財貨也。當其同利之時，暫相黨引以為朋者、偽者；及其見利而爭先，或利盡而交疏，則反相賊害。……君子……所守者道義，所行者忠信，所惜者名節，以之修身，則同道而相益，以之事國，則同心而共濟，終始如一，此君子之朋也。故為人君者，但當退小人之偽朋，用君子之真朋，則天下治矣。[30]

宋仁宗（1023～）時，杜衍、富弼、韓琦、范仲淹等執政，歐陽修、余靖等為諫官，欲革弊政，共致太平。陳執中、王拱辰等不悅，謀傾陷君子，小人創朋黨之說，欲盡善類，歐陽修憂之，上〈朋黨論〉，以破邪說。茅鹿門評論此文「破千古人君之疑」[31]。就文論文，此文「能立」，將深奧道理分析、發表，便能成立；「能破」，是擊破敵對「偽朋」主張，立論極有見識。

二、王安石

王安石（1021～1086，字介甫，江西臨川人）為「富國強兵」的理想，施行農田、水利、青苗、均輸、保甲等等新法，屢遭人詬，甚至罷相。當時保守勢力太強，既得利益的士大夫頑固不化，加上王安石用人失當，使得用心良好的政治措施，無法徹底實現[32]。由於政治的不滿，後人對王安石詩文評論往往不公。其實，他的古文簡勁雄潔，有精悍之氣，如〈讀孟嘗君傳〉：

---

[30] 同註27，卷17，頁6。
[31] 茅鹿門編《唐宋八大家文鈔》，頁116，上海：商務印書館，1936年。
[32] 參拙著《趙甌北研究》，頁712，臺北：臺灣學生書局，1988年。

> 世稱孟嘗君能得士,士以故歸之。而卒賴其力以脫於虎豹之秦。嗟乎!孟嘗君特雞鳴狗盜之雄耳。豈足以言得士。不然,擅齊之強,得一士焉,宜可以南面制秦,尚何取雞鳴狗盜之力哉?夫雞鳴狗盜之出其門,此士之所以不至也。[33]

此文雖只八十餘字,見識卓越,筆力雄健,議論孟嘗君不過雞鳴狗盜之雄耳,不足言得士,發人省思,文章擲地有聲!

梁啟超評唐宋八家文云:

> 八家者,其地位固自有高下。(柳)柳州惟紀行文最勝,不足以備諸體。(曾)南豐雖備而規模稍狹,(蘇)老泉穎濱,皆附東坡而顯者耳。此四家者,不過宋、鄭、魯、衛之比,求其如齊、晉、秦、楚,勢力足相頡頏者,惟昌黎、廬陵、東坡、臨川四人而已。則試取而比較之。東坡之文美矣,雖然縱橫家之言也,詞往往勝於理,其說理雖透達,然每乞靈於比喻,已足徵其筆力之不足,其氣雖盛,然一洩而無餘,少含蓄紆鬱之態。荊公則皆反是。故以東坡之文比荊公之文,則猶野禪之與正法也,試取荊公〈上仁宗書〉與東坡〈上神宗書〉,合而讀之,其品格立判矣。[34]

梁任公言唐宋八家中,以韓愈、歐陽修、王安石、蘇軾四家為勝;安石屬正法,優於東坡之野禪,議論頗為新穎。然後人以王

---

[33] 王安石著《臨川先生文集》,卷71,頁9,臺北:商務四部叢刊正編,1979年。

[34] 梁啟超著《王荊公》,頁195,臺北:中華書局,1965年。

安石行新法之故,難作持平之論。

三、三蘇

三蘇指蘇洵、蘇軾、蘇轍。蘇洵(1009～1066,字明允,眉山人),為東坡父親。27歲始發憤讀書,其文高古有勁,歐陽修盛讚其文,雖賈誼、劉向不能過;然後人總以其附其子東坡之名而顯者。有《嘉祐集》15卷。

蘇軾(1036～1101,字子瞻,一字和仲,號東坡居士,洵次子),早歲(22歲)應禮部試,主考官歐陽修拔置第二,(蓋主考疑為門生曾鞏所為),《春秋》對策位第一,殿試中進士乙科,弟轍亦同榜及第。由於歐陽修盛讚其文,使他一朝之間名滿天下,也種下日後在仕途上的沉浮。

《宋史‧本傳》曾述其文學思想淵源云:

> 好賈誼、陸贄書,既而讀《莊子》,歎曰:吾昔有見,口未能言,今見是書,得吾心矣。[35]

可知其思想不止儒家,還有道家。(尚有:縱橫等家)。又,〈本傳〉,自評其文云:

> 軾與弟轍師洵為文,而得之於天。嘗自謂:作文如行雲流水,初無定質,但常行於所當行,止於所不可不止,雖嬉笑怒罵之辭,皆可書而誦之。其體渾涵光芒,雄視百代,有文章以來,蓋亦鮮矣。[36]

---

[35] 脫脫等修《宋史》,卷338,〈列傳〉第97,頁1,臺北:藝文印書館本,1955年。

[36] 同註35,頁17。

此即達到順應自然,隨物賦形的境界。

東坡是位偉大的天才,不論散文、詩、詞、賦、書法,都是一流的。他的散文,為人熟悉的如:〈日喻〉、〈喜雨亭記〉、〈超然臺記〉、〈石鐘山記〉、〈祭歐陽修文〉、〈留侯論〉、〈諸葛亮論〉等等皆是。如〈留侯論〉:

> 古之所謂豪傑之士者,必有過人之節,人情有所不能忍者。匹夫見辱,拔劍而起,挺身而鬥,此不足為勇也。天下有大勇者,卒然臨之而不驚,無故加之而不怒,此其所挾持者甚大,而其志甚遠也。夫子房授書於圯上之老人,其事甚怪(怪),然亦安知其非秦之世,有隱君子者,出而試之。……且夫有報人之志,而不能下人者,是匹夫之剛也。夫老人者(指圯上之老人),以為子房才有餘,而憂其度量之不足,故深折其少年剛銳之氣,使之忍小忿而就大謀,……觀夫高祖之所以勝,而項籍之所以敗者,在能忍與不能忍之間而已矣。項籍惟不能忍,是以百戰百勝,而輕用其鋒,高祖忍之,養其全鋒,而待其弊,此子房教之也。[37]

《文章軌範》云:「子房本大勇之人,唯年少氣剛,不能涵養忍耐以就大功名,如用力士提鐵鎚擊秦始皇之類,皆不能忍,老父之圯下,始命之取履、納履,與之期五更相會,數怒罵之,正以折其不能忍之氣,教之以能忍也」[38]。所說極是。能忍與不能忍,

---

[37] 蘇軾著《經進東坡文集》,卷 7,頁 5,臺北:商務四部叢刊正編,1979 年。
[38] 疊山先生批點《文章軌範》,卷 3,頁 99,日本:京都,朋友書店,

遂為國家興亡之判。

此外，東坡在尺牘、題跋、筆記等方面，文字清麗，上承魏晉，下啟明代小品。如東坡〈答黃魯直書〉：

> 觀其文以求其為人，必輕外物而自重者，今之君子莫能用也。其後遇李公擇於濟南，則見足下之詩文愈多，而得其為人益詳。意其超逸絕塵，獨立萬物之表，馭風騎氣，以與造物者遊，非獨今世之君子所不能用，雖如軾之放浪自棄與世闊疏者，亦莫得而友也。[39]

東坡讀山谷詩文於孫莘老（覺）家中，極力顯揚山谷之「將逃名而不可得」，是以求交於山谷。文字清麗。再如，〈石鐘山記〉：

> 《水經》云：彭蠡之口，有石鐘山焉。酈元以為下臨深潭，微風鼓浪，水石相搏，聲如洪鐘。是說也，人常疑之。……至莫（暮）、夜月明，獨與（蘇）邁乘小舟至絕壁下，大石側立千尺，如猛獸奇鬼，森然欲搏人。而山上栖鶻，聞人聲亦驚起，磔磔雲霄間，又有若老人欬且笑於山谷中者。或曰：此鸛鶴也，余方心動，欲還。而大聲發於水上，噌吰如鐘鼓不絕，舟人大恐，徐而察之，則山下皆石穴罅，不知其淺深，微波入焉，涵澹澎湃而為此也。舟迴至兩山間，將入港口，有大石當中流，可坐百人，空中而多竅，與風水

1979 年。
[39] 同註 37，卷 45，頁 5。

相吞吐，有窾坎鏜鞳之聲（指鐘鼓聲），與向之噌吰者相應，如樂作焉。[40]

東坡親自見聞，始知石鐘山真面目，與酈道元相較，不考之過失可見。文字短小靈巧，清新雋永。

蘇轍（1039～1112，字子由，洵三子，軾弟）與兄軾同登進士，為文「汪洋澹泊，似其為人」（〈本傳〉），有《欒城集》，《欒城應詔集》。

蘇轍散文，政論、史論頗多，如〈六國論〉：

夫韓魏不能獨當秦，而天下之諸侯藉之以蔽其西，故莫如厚韓親魏以擯秦，秦人不敢逾韓魏，以窺齊楚燕趙之國，而齊楚燕趙之國，因得以自安於其間矣。以四無事之國，佐當寇之韓魏，使韓魏無東顧之憂，而為天下出身以當秦，以二國委秦，而四國休息於內，以陰助其急，若此，可以應夫無窮，彼秦者將何為哉。[41]

此文章就六國攻秦言，若能聯合六國，「厚韓親魏以擯秦」，秦必無可奈何！可惜一般人往往缺乏遠見，貪於近利，是以難謀大功。文章有「秀傑之氣」。

---

[40] 同註 37，卷 49，頁 5。
[41] 蘇轍著《欒城應詔集》，卷 1，頁 7，臺北：商務四部叢刊正編，1979年。

四、黃庭堅

黃庭堅（1045～1105，字魯直，洪州分寧人）與東坡在詩、詞皆齊名，稱「蘇黃」。尺牘、小品亦如是。（後人編有《蘇黃尺牘》）。他在〈上蘇子瞻書〉云：

> 庭堅天幸，早歲聞於父兄師友，已立乎二累之外。然固未嘗得望履幕下，則以齒少且賤，又不肖耳。知學以來，又為祿仕所縻，聞閣下之風，樂承教而未得者也。今日竊食於魏，會閣下開幕府在於彭門，傳音相聞，閣下又不以未嘗及門，過譽斗筲，使有黃鐘、大呂之重。蓋心親則千里晤對，情異則連屋不相往來，是理之必然者也。故敢坐書通於下執事。[42]

此文作於宋神宗元豐元年（1078），東坡43歲，山谷34歲，東坡名重當時，任徐州知府，而山谷任國子監教授，東坡於孫莘老（覺）處得山谷詩文，十分讚譽。山谷覆之，情意款款，文辭婉轉動人。

南宋早期，主戰派的李綱、岳飛等，及文學家陸游、辛棄疾等，寫出不少愛國散文。以後道學家之文，如周敦頤、程顥、程頤、朱熹等，本之古代聖賢，主張「文所以載道」（周敦頤語），以文為玩物喪志，重道輕文，文學遂為「道」的附庸，散文由此而衰。

---

[42] 黃庭堅著《豫章黃先生文集》，卷19，頁2，臺北：商務四部叢刊正編，1979年。

第五章　明清時期
第一節　明代散文

元朝人統一中國，蒙古人地位最高，其他依次為色目、漢人、南人；儒生最受輕視，有「九儒十丐」之說。是以讀書人才力無所施展。元朝蘇天爵（1294～1352，字伯修，真定人）編有《元文類》70卷，其中重要散文作家如：元好問（1190～1257，字裕之，秀容人）、姚燧（1238～1314，字端甫，柳城，後遷洛陽人）、袁桷（1267～1327，字伯長，慶元人）、虞集（1272～1348，字伯生，仁壽人）等，然不過繼承唐宋諸賢遺風。

到了明代，朱元璋建國政治上，採取保守態度，以八股取士，讀書人為求取功名，耗盡心血場屋之業，令人悲酸。等及第之後，又專作臺閣體詩文，歌功誦德，千篇一律。至李東陽（1447～1516，字賓之，茶陵人）出，欲救臺閣之弊，然不免冗雜。繼起有前後七子的擬古運動，他們提倡「文必曰先秦兩漢，詩必曰漢魏盛唐」（王九思，〈刻太微後集序〉），不讀唐以後書，對當時文壇，起很大作用。

有關明代散文發展，分為：

一、明初

明初以劉基、宋濂為主。

劉基（1311～1375，字伯溫，青田人）是明朝開國功臣之一，有《誠意伯文集》。他的散文，偏重在諷刺性方面，譬如

〈賣柑者言〉，作者通過賣柑者，以刺政府官吏「金玉其外，敗絮其中」[1]，文藝技巧妙的寓言文字。又如《郁離子》，〈瞽瞶篇〉云：

> 楚有養狙以為生者，楚人謂之狙公。旦日，必部分眾狙于庭，使老狙率以之山中，求草木之實，賦什一以自奉，或不給，則加鞭箠焉。群狙皆畏苦之，弗敢違也。一日，有小狙謂眾狙曰：「山之果，公所樹與？」曰：「否也，天生也！」曰：「非公不得而取與？」曰：「否也，皆得而取也。」曰：「然則吾何假於彼而為之役乎？」言未既，眾狙皆寤。其夕，相與伺狙公之寢，破柵毀柙，取其積，相攜而入於林中，不復歸。狙公卒餒而死。郁離子曰：世有以術使民而無道揆者，其如狙公乎。[2]

作者通過狙公（養猴子的）與群狙間的關係，指出執政官吏對於百姓的欺壓，百姓若是覺悟，官吏就如狙公，坐以待斃，富於民本思想。

宋濂（1310～1381，字景濂，浦江人）明初受朱元璋之徵聘，纂修《元史》總裁，有《宋學士文集》。他的作品主要成就在傳記和記敘文。如〈王冕傳〉，言「父命其牧牛」，己「竊入學舍，聽諸生誦書，聽已輒默記，暮歸忘其牛」，好學情形。後，「應進士舉，不中」，於是「買舟、下東吳，渡大江，入淮

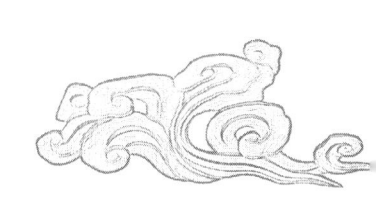

---

[1] 見劉基著《誠意伯文集》，卷 7，頁 17，臺北：商務四部叢刊正編，1979 年。

[2] 同註 1，卷 2，頁 27。

楚,歷覽名山川」,「或遇奇才俠客,談古豪傑事,即呼酒共飲,慷慨悲吟,人斥為狂奴」。後,「攜妻隱於九里山。種豆三畝,粟倍之、樹梅花千、桃杏居其半,……自題為梅花屋」[3],等等一生狂傲生活。又如〈杜環小傳〉:

> 杜環,字叔循,其先廬陵人,侍父一元游宦江東,遂家金陵。一元固善士,所與交皆四方名士。環尤好學,工書,謹飭,重然諾,好周人急。父友兵部主事常允恭死於九江,家破。其母張氏,年六十餘,哭九江城下,無所歸。……母服破衣,雨行至環家。環方對客坐,見母大驚,頗若嘗見其面者。因問曰:「母非常夫人乎?何為而至於此?」母泣告以故,環亦泣。扶就坐,拜之。復呼妻子出拜。妻馬氏解衣更母濕衣,奉糜食母,抱食寢母。母問其平生所親厚故人,及幼子伯章。環知故人無在者,不足付,又不知伯章存亡,姑慰之曰:「天方雨,雨止,為母訪之;苟無人事母,環雖貧,獨不能奉母乎?且環父與允恭交好如兄弟,今母貧困,不歸他人而歸環家,此二父導之也,願母無他思。」時兵後歲饑,民骨肉不相保。母見環家貧,雨止,堅欲出問他故人。環令媵女從其行,至暮,果無所遇而返。坐乃定,環購布帛,令妻為製衣衾。自環以下,皆以母事之。母性褊急,少不愜意,輒詬怒。環私戒其家人,順其所為,勿以困故,輕慢與較。母有痰疾,環親為烹藥,進七筯,以母故,不敢大聲諾。[4]

---

[3] 宋濂著《宋學士文集》,〈芝園後集〉,卷10,頁5,臺北:商務四部叢刊正編,1979年。

[4] 同註3,〈芝園續集〉,卷3,頁8。

文中敘述杜環篤厚誠信，雖古烈士無以過之。

二、前後七子

明初朱元璋與劉基一起創制了八股文，作為取士選才的手段。據《明史》選舉制記述，八股文從題目到內容，都取自朱熹注的「四書」、「五經」，要求二、三百字到七百字之中，運用排偶的句式，闡述儒家思想的教義，代聖人立言[5]。明代自成祖永樂到憲宗成化八十餘年間（即由1403～1487），國內安定，文學成為歌功頌德的點綴品，世稱「臺閣體」。其代表人物為三楊，即楊士奇、楊榮和楊溥。到了孝宗弘治年間（1488），李東陽雖倡「茶陵詩派」，宣揚盛唐，取法杜甫，其實與醉心八股、臺閣之文，依然如故。

然而明英宗（1436～）後，國勢漸衰，邊患頻繁，前七子提出「文必秦漢，詩必盛唐」，即因應社會變化，改變華而不實的臺閣文風。

前七子是：王九思（1468～1551）、李夢陽（1472～1529，字獻吉，甘肅慶陽人）、王廷相（1474～1544，字子衡，儀封人）、康海（1475～1540，字對山，武功人）、邊貢（1476～1532，字華泉，歷城人）徐禎卿（1479～1511，字昌國，吳縣人）、何景明（1483～1521，字仲默，河南信陽人）其中以李夢陽、何景明為領袖。而何景明有《大復集》，李夢陽有《空同集》。

王廷相在《大復集・序》云：

---

[5] 參中國文學史研究委員會編《新編中國文學史》，3，頁306，高雄：復文圖書出版社，1982年。

古今論曰：文以代變，非也。要之，存乎人焉耳矣。唐虞三代，禮樂敷教，詩書弘訓，義旨溫雅，文質彬彬，體之則德植、達之則政修，寔斯文之會極也。漢魏而下，較諸古昔殊矣。……吾友大復何子……及登第，與北郡李獻吉為文社交，稽往述古，式昭遠模，擯棄積俗，肇開賢蘊，一時修辭之士，翕然宗之，稱曰李何云。今詳其文，……追周漢，俛視六朝，溫醇典雅，丰容色澤，靡不畢舉。[6]

可知前七子以李、何為首，論文旨在復古，擯棄積俗，宣揚禮樂詩書政教。在何景明《漢魏詩集‧序》云：

夫周末文盛，王蹟息而詩亡。孔子、孟軻氏，蓋嘗慨嘆之。漢興，不尚文，而詩有古風。……唐詩工詞，宋詩談理，雖代有作者，而漢魏之風蔑如也。[7]

此言唐宋詩以下無足論。在《海叟集‧序》云：

景明學歌行近體，有取于二家（指李白、杜甫）、旁及唐初、盛唐諸人，而古作必從漢魏求之。……要其取法亦必自漢魏以來者。……予謂古書自六經下，先秦兩漢之文，其刻而傳者，亦足讀之矣。[8]

---

[6] 何景明著《大復集》，頁1，臺北：商務四庫全書，1986年。
[7] 同註6，卷34，頁1。
[8] 同註6，卷34，頁3。

可知其詩必取《詩經》、漢、魏，以取社會寫實之內容；近體詩及於盛唐。文以六經、秦漢之作為主。

至於後七子有：謝榛（1495～1575，字茂秦，臨清人）、李攀龍（1514～1570，字于鱗，歷城人）、徐中與（1517～1578，字中行，長興人）、宗臣（1525～1560，字子相，揚州人）、王世貞（1526～1590，字元美，太倉人），及梁有譽、吳國倫（二人生卒不詳），而以李攀龍、王世貞為領袖。王有《弇州四部稿》，李有《滄溟集》。李攀龍〈送王元美序〉云：

> 以余觀於文章，國朝作者無慮十數家稱於世，即北地李獻吉輩。其人也，視古修辭寧失諸理。今之文章，如晉江（指王慎中）毗陵（指唐順之）二三君子，豈不亦家傳戶誦，而持論太過，動傷氣格，憚於修辭⋯⋯今之作者，論不與李獻吉輩者，知其無能為已。⋯⋯故能為獻吉輩者，乃能不為獻吉輩者也。[9]

李攀龍以前七子李夢陽喻王世貞，排斥王慎中、唐順之，以為「持論太過、動傷氣格」；其實唐順之、王慎中主歐陽、曾鞏，為平易之古文，肯定宋學，與七子「文必秦漢」持論不同。在《明史・王世貞本傳》云：

> 世貞始與李攀龍狎主盟文，攀龍歿，獨操柄二十年。才最高，地位最顯，聲華意氣，籠蓋海內。一時士大夫及山人詞客衲子羽流，莫不奔走門下。片言褒賞，

---

[9] 李攀龍著《滄溟集》，卷16，頁8，臺北：商務四庫全書，1986年。

聲價驟起。其持論文必西漢，詩必盛唐，大曆以後書勿讀。而藻飾太甚，晚年攻者漸起。[10]

王世貞名高位重，攀龍歿，獨裁文壇二十年。然其所倡「文必西漢，詩必盛唐」，不過擬古餘緒。王世貞〈與張助甫〉云：

> 自六經而下，於文則如有左氏、司馬遷，於騷則如有屈宋，賦則知有司馬相如、揚雄、張衡，於詩則如有枚乘、蘇、李、曹公父子，旁及陶謝，樂府則如有漢魏。[11]

議論文學作品，皆以漢魏以前為主。王世貞並於《何大復集·序》云：「何子為文，刻工左史韓非劉向家」[12]，在《徐汝思詩集·序》云：「盛唐之於詩也，其氣完，其聲鏗以平，其色麗以雅，其力沉而雄，其意融而無迹，故曰盛唐其則也」[13]。皆言詩文以西漢盛唐為好。

對於前後七子散文，由於其文學主張過於強調摹擬，句擬字摹，缺乏創造；甚至公開剽竊古人作品，又缺乏現實生活內容，是以作品空洞、缺少文學生命，無多大價值。

---

[10] 張廷玉等修《明史》，卷287，〈列傳〉第175，頁18，臺北：藝文印書館，1955年。
[11] 王世貞著《弇州四部稿》，卷121，頁17，臺北：商務四庫全書，1986年。
[12] 同註11，卷64，頁18。
[13] 同註11，卷75，頁7。

三、唐順之、王慎中

在李夢陽、何景明倡言擬古時,唐順之(1507～1560,字荊州,武進人)、王慎中(1509～1599,字道思,晉江人),倡歐陽修宋代平淺之古文,與擬古勢力相抗。而李攀龍、王世貞出,復宗何、李,抨擊王、唐;歸有光(1506～1571,字熙甫,崑山人)近承王、唐,遠取歐陽、司馬遷。換言之,此時散文固是擬古派得勢,自由寫志派亦是暗潮洶湧。在唐順之的《荊川集》,有〈與茅鹿門主事者〉:

> 為文章,但直據胸臆,信手寫出,如為家書,雖或疎鹵,然絕無煙火酸餡習氣,便是宇宙間一樣絕好文字。其一人,猶然塵中人也,雖其頡頡學為文章,其於所謂繩墨佈置,則盡是矣。然翻來覆去,不過是幾句婆子舌頭話,索其所謂千古不可磨滅之見,絕無有也。則文雖工,而不免為下格。……秦漢以前儒家者有儒家本色,至於老莊家本色,縱橫家有縱橫家本色,名家、墨家、陰陽家,皆有本色,雖其為術也駁,而莫不皆有一段千古不可磨滅之見。……各自其本色而鳴之為言,其所言者其本色也,是以精光注焉,而其言遂不泯於世。唐宋而下文人,莫不語性命,談治道,一切自託於儒家。……非真有一段千古不可磨滅之見,而影響勦說,蓋頭竊尾,如貧人借富人之衣,庄農作大賈之飾,極力裝做,醜態盡露,是以精光枵焉,而其言遂不久湮廢。[14]

---

[14] 唐順之著《荊川集》,卷4,頁62,臺北:商務四庫全書,1986年。

「千古不可磨滅之見」,正與七子「句摹字擬」、「影響勦說」相對。文中又以「本色」議論作品,極是。用今天的話來講,文學作品須有「個性」,個性即本色,筆者曾撰寫〈與青年朋友談文藝——須有「個性」〉[15],即強調此意。而歸有光在〈示徐生書〉云:

> 夫聖人之道,其迹載於六經,其本具于吾心,……是故學以徵諸迹也。迹之著,莫六經若也。[16]

以六經為行文之本,本於儒家正統。又,〈與沈敬甫書〉云:

> 僕夫何能為古人?今世相尚以琢句為工,自謂欲追秦漢,然不過剽竊齊梁之餘,而海內宗之,翕然成風,可為悼歎耳。[17]

感慨復古主義,其實「不過剽竊耳」!

歸有光散文,在復古模擬風氣中,格外顯得清新可喜。如〈思子亭記〉:

> 震澤之水,蜿蜒東流,為吳淞江,二百六十里入海。嘉靖壬寅,予始攜吾兒來居江上,二百六十里水道中也。江至此欲涸,蕭然曠野,無輞川之景物,陽羨之

---

[15] 見筆者主編《東海文藝季刊》第 27 期,頁 18,臺中:東海大學,1988 年 3 月出版。

[16] 歸有光著《震川先生集》,卷 7,頁 13,臺北:商務四部叢刊正編,1979 年。

[17] 同註 16,《震川先生別集》,卷 7,頁 9。

山水，獨自有屋數十楹，中頗宏邃，山池亦勝，足以避世。予性懶出，雙扉晝閉，綠草滿庭，最愛吾兒與諸弟遊戲，長穿走廊之間，兒來時九歲，今十六矣，諸弟少者三歲、六歲、九歲，此余平生之樂事也。十二月己酉，攜家西去，予歲不過三四月居城中，兒從行絕少，至是去而不返。每念初八之日，相隨出門，不意足跡隨屨而沒，悲痛之極，以為大怪，無此事也。蓋吾兒居此七閱寒暑，山池草木門楣戶席之間，無處不見吾兒也。葬在縣之東南門，守冢人俞老，薄暮，見兒衣綠衣，在享堂中，吾兒其不死耶！因作思子之亭，徘徊四望，長大寥廓，極目於雲煙杳靄之間，當必有一日，見吾兒翩然來歸者，於是刻石亭中。[18]

從平常生活、景物中，寄託父子不平常的深情，所謂「寥寥短章，而逼真《史記》者」（曾國藩語），令人感動。又如〈項脊軒記〉：

……家有老嫗，嘗居於此，嫗先大母婢也，乳二世，先妣撫之甚厚，室西連於中閨，先妣嘗一至，嫗每謂予曰：「某所，而母立於茲。」嫗又曰：「汝姊在吾懷呱呱而泣，娘以指叩門扉曰：『兒寒乎？欲食乎？』」吾從板外相為應答。語未畢，余泣，嫗亦泣。余自束髮讀書軒中，一日，大母過余曰：「吾兒，久不見若影，何竟日默默在此？大類女郎也！」比去，

---

[18] 同註16，卷17，頁5。

以手闔門，自語曰：「吾家讀書久不效，兒之成，則可待乎？」頃之，持一象笏至，曰：「此吾祖太常公宣德間執此以朝，他日汝當用之。」瞻顧遺跡，如在昨日，令人長號不自禁。[19]

家人之間，細膩、真摯的情感，一一流出。此外，他的〈先妣事略〉（在卷 25）、〈震川別號記〉（在卷 17）等等，亦都是傳誦作品。

四、公安、竟陵派

由於前後七子以復古、擬古為詩文口號，因襲勦說，令有識之士不滿，是以萬曆（1573～）有公安派反對擬古主義。公安三袁（宗道、宏道、中道），思想本於李贄（三袁老師），李贄則來自王守仁。

李贄（1527～1602，字卓吾，晉江人），在〈童心說〉云：

> 天下之至文，未有不出於童心焉者，苟童心常在，則道理不行，聞見不立，無時不文，無人不文，無一樣創制體格文字而非文者。詩何必古選，文何必先秦，降而為六朝，變而為近體；又變而為傳奇，變而為院本、為雜劇、為《西廂曲》、為《水滸傳》，為今之舉子業，皆古今至文，不可得而時勢先後論也。[20]

李贄以「童心」（真心）為詩文之本，有童心，不論何種形式文

---
[19] 同註 16，卷 17，頁 8。
[20] 李贄著《焚書》，卷 3，頁 98，臺北：河洛圖書出版社，1974 年。

學作品,皆為天下至文,否則失卻童心,言不由衷,則文辭不達,無有光輝。

此說實自王守仁(1472~1528,字陽明,餘姚人)他以宋儒格物之學,悟出格物致知,倡「知行合一」(38歲)[21],言「聖賢教人,知行要人復本體,……知是行之主意,行實知之功夫」;良知是知,致良知是行;換言之,人要不自欺其良知,可實行格物,行明明德,使私欲障礙除去,亦即返求諸己,找回「真心」之意。

公安三袁,為宗道伯修(1560~1600)、宏道中郎(1568~1610)、中道小修(1570~1623)三兄弟為湖北公安人,故稱公安派。他們文學主張,即本著王守仁致良知,李贄童心說,主「獨抒性靈」、「重視小說民歌」,「一代有一代文學」,如袁宏道在〈敘小修詩〉云:

> 詩文至近代而卑極矣,文則必準於秦漢,詩則必欲準於盛唐,剿襲摹擬,影響步趨。……曾不知文準秦漢矣,秦漢人曷嘗字字學六經歟!詩準盛唐矣,盛唐人曷嘗字字準漢魏歟![22]

抨擊擬古主義,頗為中的。在〈敘小修詩〉又說:

> 古有古之時,今有今之時,襲古人語言之　而冒以為

---

[21] 見王守仁著《王文成公全書》,卷32,〈年譜〉,頁13至17,臺北:商務四部叢刊正編,1979年。

[22] 袁宏道著《袁中郎先生全集》,卷10,頁2,道光九年(1829)梨雲館類定。

古,是處嚴冬而襲夏之葛者也。[23]

換言之,「代有升降,法不相沿」(亦〈敘小修〉語),而作品須從胸中流出。在〈馮琢菴師〉云:

古之詩文,各出己見,決不肯從人腳跟轉,是故寧今寧俗,不肯拾人一字。[24]

「各出己見」,是獨抒性靈之意;「寧今寧俗」,是他提倡小說、戲曲的理由。

至於其作品如袁宏道的〈晚遊六橋待月記〉:

西湖最盛,為春為月,一日之盛,為朝煙,為夕嵐。今歲春雪甚盛,梅花為寒所勒,與杏桃相次開發,尤為奇觀。……由斷橋至蘇堤一帶,綠烟紅霧,彌漫二十餘里,歌吹為風,粉汗為雨,羅紈之盛,多於堤畔之草,豔冶極矣。然杭人遊湖,止午未申三時,其實湖光染翠之工,山嵐設色之妙,皆在朝日始出,夕舂未下,始極其濃媚。月景尤不可言,花態柳情,山容水意,別是一種趣味。此樂留與山僧遊客受用,安可為俗士道哉![25]

---

[23] 同註 22。
[24] 同註 22,卷 23,〈尺牘〉,頁 33。
[25] 袁宏道著《袁中郎全集》,〈袁中郎遊記〉,頁 19,臺北:清流出版社影印襟霞閣精校本,1976 年。

記西湖風景，精簡雅潔，尤其月景，能狀「難摹之景如在目前」，且逸趣流轉。再如：〈滿井遊記〉：

> 燕地寒，花朝節後，餘寒猶厲，凍風時作。作則飛沙走礫，局促一室之內，欲出不得。每冒風馳行，未百步輒返。廿二日天稍和，偕數友出東直，至滿井。高柳夾堤，土膏微潤，一望空闊，若脫籠之鵠。於時冰皮始解，波色乍明，鱗浪層層，清徹見底，晶晶然如鏡之新開，而冷光之乍出於匣也。山巒為晴雲所洗，娟然如拭，鮮妍明媚，如倩女之靧面，而髻鬟之始掠也。柳條將舒未舒，柔梢披風，麥田淺鬣寸許。遊人雖未盛，泉而茗者，罍而歌者，紅裝而蹇者，亦時時有。風力雖尚勁，然徒步則汗出浹背。凡曝沙之鳥，呷浪之鱗，悠然自得，毛、羽、鱗、鬣之間，皆有喜氣。始知郊田之外，未始無春，而城居者未之知也。[26]

記載滿井（今北平市安定門外）春日風光，高柳夾堤，波光碧影，鱗浪層層，及烹茶小飲，舉杯而歌，騎驢女子等等遊人不絕情形，而遊樂之趣，自在其中。

袁中郎不止遊記文學，精品甚多，其他傳記（如〈徐文長傳〉）、尺牘（如〈王以明〉、〈聶化南〉、〈蘭澤雲澤兩叔〉、〈與沈伯函水部〉……等等），隨手拈來，亦多佳構，如：〈李子髯書〉：

> 髯公近日作詩否？若不作詩，何以過活這寂寞日子也？人情必有所寄，然後能樂。故有以弈為寄，有以

---

[26] 同註 25，頁 47。

色為寄,有以技為寄,有以文為寄。古之達人,高人一層,只是他情有所寄,不肯浮泛虛度光景。每見無寄之人,終日忙忙,如有所失,無事而憂,對景不樂,即自家亦不知是何緣故,這便是一座活地獄,更說什麼鐵床銅柱、刀山劍樹也,可憐可憐。大抵世上無難為的事,只胡亂做將去,自有水到渠成日子。如子鬠之才,天下事何不可為?只怕慎重太過,不肯拚著便做。勉之哉!毋負知己相成之意可也。[27]

文中以為古之達人,在於情有所寄,胡亂做去,自然水到渠成。不像無寄之人,終日忙忙、如有所失。讀來清新自然。

公安派之後有竟陵派,以鍾惺(1574～1624,字伯敬)、譚元春(1586～1637,字友夏)為首。譚有《嶽歸堂集》、鍾有《隱秀軒集》,二人皆竟陵人,合選《詩歸》51卷,凡古詩15卷、唐詩36卷。竟陵派對公安派之文學理論,覺得過於輕率,想以「幽深孤峭」救其弊。唯所論旨在詩歌方面。

五、晚明小品

明朝萬曆(1573～)後,政治腐敗,宦官為禍,朋黨相傾,抱才之士,不為世用,載道之文,不能匡國,又值李贄倡童心說、公安三袁倡「性靈」,操觚之士,不問政事,去宋儒之衣冠,披釋氏之袈裟,以文墨自娛。

晚明小品,別於典冊高文,多屬「矢口放心」、「恣意縱情」之作,或寫山水景物,或述燕衎閒居,或言地方掌故,或論書

---
[27] 同註25,〈袁中郎尺牘〉,頁15。

畫琴棋，或談禪道，不一而足。其體制風格，遠溯六朝，近源公安，六朝如王羲之〈蘭亭集序〉，紀觴詠之幽情；陶淵明〈桃花源記〉，寫世外之樂居；鮑照〈登大雷岸與妹書〉，繪廬山之景色；吳均〈與宋元思書〉，道富陽之旅程，皆為傳誦千古之作。唐如韓愈之〈畫記〉，柳宗元之〈小石城山記〉；宋如歐陽修〈養魚記〉、蘇東坡之〈志林〉；以至明代公安袁氏，齋名白蘇，詩文亦取白居易，蘇軾之清新灑脫。[28]

晚明作家，除公安三袁、竟陵派等人外，如徐渭（1521～1593，字文長，號青藤，山陰人）、陳繼儒（1558～1639，字仲醇，號眉公，華亭人）、陶望齡（1562～？，字周望，號石簣，會稽人）、李流芳（1575～1629，字茂宰，又字長蘅，號香海，嘉定人）、王思任（1576～1646，字季重，號遂東，山陰人）張岱（1597～？，字宗子，一字陶庵，號石公，山陰人）[29] 而晚明作家，以「小品」名其集者，如陳繼儒之《晚香堂小品》，王思任之《文飯小品》，朱國楨之《湧幢小品》，田藝衡的《煮泉小品》，及華淑的《閒情小品》。

試舉徐渭的〈自書小像〉二首，其一云：

> 吾生而肥，弱冠而羸，不勝衣。既立而復漸以肥，乃至於若斯圖之癡癡也。蓋年以歷於知非。然則今日之癡癡，安知其不復羸羸，以庶幾於山澤之癯耶？而人又安得得執斯圖以刻舟而守株？噫龍耶？豬耶？鶴

---

[28] 參陳少棠著《晚明小品論析》，頁 2。香港：波文書局，1981 年。

[29] 作家參陳少棠著《晚明小品論析》，及朱劍心選注《晚明小品選注》，臺北：臺灣商務印書館，1964 年。

耶?鳧耶?蝶栩栩耶?周蘧蘧耶?疇知其初耶?[30]

讀來頗為詼諧有趣。又如張岱的〈西湖七月半〉:

杭人游湖,已出酉歸,避月如仇。是夕好名,逐隊爭出,多犒門軍酒錢,轎夫擎燎,列俟岸上。一入舟,連舟子急放斷橋,趕入勝會。以故二鼓以前,人聲鼓吹,如沸如撼,如魘如囈,如聾如啞。大船小船,一齊湊岸,一無所見,止見篙擊篙,舟觸舟,肩摩肩,面看面而已。少刻興盡,官府席散,皂隸喝道去,轎夫叫,船上人怖以關門,燈籠火把如列星,一一簇擁而去。岸上人亦逐隊趕門,漸稀漸薄,頃刻散盡矣。此明月如鏡新磨,山復整粧,湖復頮(同靧,洗也)面,向之淺斟低唱者出,匿影樹下者亦出。吾輩往通聲氣,拉與同坐。韻友來,妙妓至,杯箸安,竹肉(竹指簫管,肉指歌喉)發;月色蒼涼,東方將白,客方散去。吾輩縱舟,酣睡於十里荷花之中,香氣拍人,清夢甚愜。[31]

描寫杭人遊湖勝會,散聚情景;及山月湖面,友朋妙妓,文字雅潔。

---

[30] 徐渭著《徐文長三集》,卷21,頁6,收在《明代藝術家集彙刊》,臺北:國立中央圖書館編印,1968年。
[31] 張岱著《陶庵夢憶》,卷7,頁94,臺北:臺灣開明書店,1982年。

六、明末遺老

明末朝政腐敗，流賊四起，清兵入關，有誓師勤王，死守忠義者（如史可法），有守忠貞，倡經世致用，終身不仕者（如顧炎武），其忠義之節可表，其文亦多燦爛。

史可法（1604～1645，字憲之，一字道鄰，河南祥符人）從盧象昇討賊，屢建功，李自成進犯燕京，可法誓師勤王。福王立，加太子太保，以兵部尚書武英殿大學士輔政，為奸臣馬士英等所排，自請督師揚州，清多爾袞曾來書，諷削號歸藩，可法作書答之，大義凜然，有《史忠正公集》。

顧炎武（1613～1682，字寧人，崑山人）著有《亭林詩文集》、《日知錄》等書。其表彰忠義氣節，經世致用精神，有其不可磨滅處，如：〈文須有益於天下〉：

> 文之不可絕於天地間者，曰明道也，紀政事也，察民隱也，樂道人之善也。若此者有益於天下，有益於將來，多一篇多一篇之益矣。若夫怪力亂神之事，無稽之言，剿襲之語，諛佞之文，若此者有損於己，無益於人，多一篇多一篇之損矣。[32]

此文對明末社會確有救弊作用。又如他的：〈廉恥〉：

> 《五代史‧馮道傳論》曰：禮義廉恥國之四維，四維不張國乃滅亡。善乎管生之能言也。禮義，治人之法，廉恥，立人之大節。蓋不廉則無所不取，不恥則

---

[32] 顧炎武著《日知錄》，卷21，頁547，臺南：唯一書業中心，1975年。

無所不為。人而如此,則禍敗亂亡,亦無所不至,況為大臣而無所不取,無所不為,則天下其(豈)有不亂,國家其(豈)有不亡者乎?然而四者之中,恥尤為要,故夫子之論士曰:行己有恥。孟子曰:人不可以無恥,無恥之恥無恥矣。[33]

不僅針箴明末時弊,今日較之,社會種種現象,令人心有餘悸。

第二節　清代散文

一、清初

有清一代,散文遠繼唐宋八大家,近承明歸有光系統,初期有侯方域(1618～1654,字朝宗,商邱人)、魏禧(1624～1680,字叔子,江西寧都人)汪琬(1624～1690,字苕文,江蘇長洲人)三大家。

先取侯方域言,生長明末,李自成入京,崇禎自縊,明亡;他親覩這幅覆亡慘劇,是以作品多深刻的國家之感。尤其看到接受崇禎特殊榮寵的吳偉業(梅村),侯方域力勸其不可仕滿清,在〈與吳駿公(偉業)書〉云:

> 獨學士之自處,不可出者有三,而當世之不必學士之出者有二,試言之,而學士垂聽之。學士以弱冠未娶之年,蒙昔日天子之殊遇,舉科名第一人,其不可者

---
[33] 同註 32,卷 17,頁 387。

一也;後不數歲,而仕至宮詹,學士身列大臣,其不可者二也;清修重德,不肯隨時俯仰,為海內賢士大夫領袖,人生富貴榮華,不過舉第一人,官學士足矣。學士少年,皆已為之,今即再出,能過之乎?奈何以轉眼浮雲,喪我故吾,其不可者三也;昔狄梁公仕周,耶律楚材仕元,其一時君相,皆推心腹而聽信之,然後堅忍委蛇,僅能建豎,兩人心迹,亦良苦矣。今不識當路之待學士,果遂如兩人否?其不必者一也;即使果如兩人矣,而一時附風雲輔日月,何患無人。學士,前代之遺老也,譬有東鄰之寡,見西家財業浩大,孤弱顛連,自負能為之綜理,願入其室而一試焉。其後子仰母慈,奴婢秉主威,果如所操信,則西家之健婦也,顧其若東鄰何?其不必者二也。凡此三不可二不必,亦甚平常,了然易見。[34]

此書勸吳偉業不可入仕滿清,文章光芒四射。然則吳偉業豈有不知之理?但在清廷有司的逼促,二親含淚的規勸,他只好扶著病,在順治十年九月,應召入都[35]。是以後來他有〈懷古兼弔侯朝宗詩〉云:「死生總負侯嬴諾,欲滴椒漿淚滿樽」[36]。偉業違背侯方域勸阻,肝膽欲裂,是以〈過淮陰有感〉云:「我本淮王舊雞犬,不隨仙去落人間」[37]。一失足成千古之恨,失節的痛苦,豈

---

[34] 侯方域著《壯悔堂文集》,卷3,頁17,臺北:臺灣中華書局,1981年。

[35] 參拙著《吳梅村研究》,頁24,臺中:曾文出版社,1981年。

[36] 吳偉業著《梅村家藏藁》,卷16,頁2,臺北:商務四部叢刊正編,1979年。

[37] 同註36,卷15,〈後集〉七,頁1。

可以用言語形容。

至於侯方域代表作如〈馬伶傳〉:

馬伶者,金陵梨園部也。金陵為明之留都,社稷百官皆在;而又當太平盛時,人易為樂。其士女之間桃葉渡,遊雨花臺者,趾相錯也。梨園以技鳴者,無論數十輩;而其最著者二,曰興化部,曰華林部。一日,新安賈合兩部為大會,遍徵金陵之貴客文人,與女妖姬靜女,莫不畢集。列興化於東肆,華林於西肆,兩肆皆奏鳴鳳,所謂椒山先生者。迨半奏,引商刻羽,抗墜疾徐,並稱善也。當兩相國論河套,而西肆之為嚴嵩相國者曰李伶,東肆則馬伶;坐客仍西顧而歎,或大呼命酒,或移坐更近之,首不復東。未幾,更進,則東肆不復能終曲。詢其故,蓋馬伶恥出李伶下,已易衣遁矣。馬伶者,金陵之善歌者也,既出,而興化部又不肯輒以易之,乃竟輟其技不奏;而華林部獨著。去後且三年,而馬伶歸,遍告其故侶,請於新安賈曰:「今日幸為開讌,招前日賓客,願與華林部更奏鳴鳳,奉一日歡。」既奏,已而論河套,馬伶復為嚴嵩相國以出。李伶忽失聲,匍匐前稱弟子。興化部是日遂凌出華林部遠甚。其夜,華林部過馬伶曰:「子,天下之善技也,然無以易李伶。李伶之為相國至矣;子又安從授之而掩其上哉?」馬伶曰:「固然,天下無以易李伶,李伶又不肯授我。我聞今相國崑山顧秉謙者,嚴相國儔也;我走京師,求為其門卒三年。日侍崑山相國於朝房,察其舉止,聆其語

言，久乃得之；此吾之所為師也。」華林部相與羅拜而去。馬伶者，字雲將，其先西域人，當時猶稱馬徊徊云。侯方域曰：異哉！馬伶之自得師也。夫其以李伶為絕技，無所於求，乃走事崑山；見崑山猶之見分宜也。以分宜教分宜，安得不工哉？嗚呼！恥其技之不若，而去數千里為卒三年；倘三年猶不得，即猶不歸爾。其志如此，技之工又須問耶？[38]

馬伶是個演藝人員，他自覺「技不如人」，遠走三千里求為相國門下卒，「察其舉止」、「聆其語言」，花了三年時間來學習、雪恥，而「李伶忽失聲，匍匐前稱弟子」。此等舖述不易，而作者行文雅潔，令人回味。

魏禧有《魏叔子文集》，文章風格凌厲而雄勁，富于愛國精神。汪琬，號堯峰，有《堯峰文鈔》。世人謂侯方域為才士之文，魏為策士之文，汪為儒者之文[39]。所謂「才士」、「策士」、「儒者」，就其文章思想、本質而論。如汪琬〈答陳靄公論文書一〉：

> 嘗聞儒者之言曰：文者載道之器。又曰：未有不深於道而能文者，僕竊謂此言亦少夸矣。古之載道之文，自六經、《（論）語》、《孟（子）》而下，惟周子之《通書》，張子之〈東・西銘〉，程朱二子之傳注，庶幾近之。⋯⋯至於為文之有寄託也，此則出於立言者之意也，非所謂道也。⋯⋯僕嘗徧讀諸子百氏大家

---

[38] 同註34，卷5，頁13。

[39] 參張斗衡著〈明清間的小品文〉，頁12，收在《聯合書院學報》第3期，香港：香港中文大學聯合書院，1964年。

名流，與夫神仙浮屠之書矣。其文或簡鍊而精麗、或疏暢而明白，或汪洋縱恣，逶迤曲折，沛然四出而不可禦，蓋莫不有才與氣者在焉，惟其才雄而氣厚，故其力之所注，能令讀者動心駭魄，改觀易聽，憂為之解頤，泣為之破泣。[40]

此段文字是就「儒士之文」最好的註解。照汪琬之說，即以儒家思想為本，加上文士的「才」與「氣」，「才雄而氣厚」的作品，才能使讀者「動心駭魄」。

舉汪琬的〈送王進士之任揚州序〉：

諸曹失之，一郡得之，此數十州縣之慶也。國家得之，交游失之，此又二三士大夫之憾也。吾友王子貽上，年少而才，既舉進士于甲第，當任部主事，而用新令，出為推官揚州，將與吾黨別。吾見憾者方在燕市，而慶者已翹足企首，相望江淮之間矣。王子勉旃，事上宜敬，接下宜誠，蒞事宜慎，用刑宜寬，反是罪也。吾告王子止此矣。朔風初勁，雨雪載塗，搖策而行，努力自愛。[41]

勉王士禛（貽上，漁洋）為官之道，在於「事上宜敬，接下宜誠，蒞事宜慎，用刑宜寬」。文章雅正，富陰柔之美，上繼歐陽修、歸有光，下啟桐城文派之漸。

---

[40] 江琬著《堯峰文鈔》，卷32，頁4，臺北：商務四部叢刊正編，1979年。
[41] 同註40，卷24，頁6。

二、桐城古（散）文

繼起的桐城派有：方苞（1668～1749，字靈皋，桐城人）劉大櫆（1698～1780，字海峰，桐城人）、姚鼐（1731～1815，字姬傳，桐城人）。

「桐城派」的名稱，起於程晉芳與周永年諸人的戲言。在姚鼐的〈劉海峰先生八十壽序〉云：

> 曩者鼐在京師，歙程吏部，歷程周編修語曰：「為文章者有所法而後能，有所變而後大。維盛清治邁逾前古千百，獨士能為古文者未廣。昔有方侍郎，今有劉先生，天下文章，其出於桐城乎？」[42]

可知「桐城文派」得名，出於程周二人之戲言，而姚鼐用以入文，始為一般人所知。

在桐城派的文學理論中，方苞提出「義」「法」的問題，他說：

> 春秋之制義法，自太史公發之，而後之深於文者亦具焉。義，即《易》之所謂「言有物」也；法，即《易》之所謂「言有序」也。義以為經、而法緯之，然後為成體之文。[43]

---

[42] 姚鼐著《惜抱軒文集》，卷8，頁1，臺北：商務四部叢刊正編，1979年。又參郭紹虞著《中國文學批評史》，下冊之二，頁355，臺北：商務印書館，1979年。

[43] 方苞著《方望溪先生全集》，〈文集〉，卷2，頁20，臺北：商務四部叢刊正編，1979年。

他所提出的「義」「法」，即後來桐城古文的規範。義，「言有物」，就內容說；法，「言有序」，就形式說。到了劉大櫆，以為古文可由字句、音節、神氣求之，即所謂文章之能事，他說：

> 音節者，神氣之迹也。字句者，音節之矩也。神氣不可見，於音節見之。音節無可準，於字句準之。[44]

劉大櫆又認為字句，「文之最粗處也」；音節，「文之稍粗處也」；神氣，「文之最精處也」。由字句、而音節、而神氣，即為文章之能事。

姚鼐他則主張義理、文章、考證三者不可偏廢，在〈復秦小峴書〉說：

> 鼐嘗謂天下學問之事，有義理、文章、考證三者之分，是趨而同，為不可廢。[45]

在〈述庵文鈔序〉云：

> 余嘗論學問之事有三端焉：曰義理也，考證也，文章也。[46]

---

[44] 劉大魁著《海峰文集》（醒園藏本），未見。引自葉慶炳、吳宏一編《清代文學資料彙編》，下冊，頁432，國立編譯館主編，臺北：成文出版社，1979年。
[45] 同註42，卷6，頁21。
[46] 同註42，卷4，頁20。

姚氏所言，代表桐城文論，亦代表當時傳統讀書人對文章所抱持的看法。他又將劉大櫆所說文章之能事：字句、音節、神氣，更推進一步說：

> 所以為文者八，曰：神、理、氣、味、格、律、聲、色。神理氣味者，文之精也；格律聲色者，文之粗也。然苟舍其粗，則精者亦胡以寓焉。學者之於古人，必始而遇其粗，中而遇其精，終而御其清而遺其粗者。[47]

所言「神理氣味」、「格律聲色」，便是後人學習古文的依據。[48]

至於桐城派散文，如姚鼐的〈復魯絜非書〉說：

> ……天地之道，陰陽剛柔而已。……其得於陽與剛之美者，則其文如霆如電、如長風之出谷，如崇山峻崖，如決大川，如奔騏驥；其光也，如杲日、如火，如金鏐鐵；其於人也，如馮高視遠、如君而朝萬眾，如鼓勇士而戰之。其得陰與美之美者，則其文如升初日，如清風、如雲、如霞、如煙、如幽林曲澗、如淪、如漾、如珠玉之輝、如鴻鵠之鳴而入寥廓；其於人也，漻乎其如歎，邈乎其如有思，暖乎其如喜，秋

---

[47] 姚鼐編、王文濡校注《古文辭類纂評注》，〈序〉，冊一，頁 15，臺北：臺灣中華書局，1967 年。

[48] 〈桐城派文論〉，參拙著《趙甌北研究》，頁 405，臺北：臺灣學生書局，1988 年。

乎其如悲。[49]

這一段姚鼐對「陽剛」、和「陰柔」之美的文章,有巧妙的譬喻。
而方苞的作品如〈獄中雜記〉:

> 凡死刑獄上,行刑者先俟於門外,使其黨入索財物,名曰「斯羅」。富者就其戚屬,貧則面語之。其極刑,曰:「順我即先刺心,否則,四支解盡,心猶不死。」其絞縊,曰:「順我,始縊即氣絕,否則,三縊加別械,然後得死。」惟大辟無可要,然猶質其首。用此,富者略數十百金,貧亦罄衣裝,絕無有者,則治之如所言。主縛者亦然,不如所欲,縛時即先折筋骨。每歲大決,勾者十四三,留者十六七,皆縛至西市待命。其傷於縛者,即幸留,病數月乃瘳,或竟成痼疾。[50]

文中敘述作者獄中所見(因同邑戴名世著《南山集》,多采方孝標《滇黔記聞》,語斥清廷;而《南山集》版存方苞家,因被株連入獄),無論死刑、極刑、行刑者向死者戚屬索取其財物,不順者加重死者痛苦,反映社會現實,讀之令人扼腕。

此外,隨桐城派興起的尚有惲敬(1757~1817,字子居,江蘇陽湖人)所唱陽湖派。蓋以桐城古文「取徑太狹」,認為文學思想應遠推秦漢;桐城雅潔謹嚴,而陽湖則筆勢縱橫。著作為《大雲山房文稿》。其〈與紉之論文書〉云:

---

[49] 同註 42,卷 6,頁 10。
[50] 同註 43,〈外文〉,〈紀事〉,卷 6,頁 22。

> 孔子曰：辭，達而已矣；孟子曰：詖辭知其所蔽，淫辭知其所陷，邪辭知其所離，遁辭知其所窮，古之辭具在也。……言理之辭，如火之明，上下無不灼然，而跡不可求也；言情之辭，如水之曲行，旁至灌渠入穴，遠來而不知所往也；言事之辭，如土之填壤，鹹瀉而無不可用也。[51]

從儒家觀點論文學，各種散文體裁，多有巧喻。又，惲敬對明代中葉以後文人，分派評論：

> 近世文人病痛多能言之，其最粗者如袁中郎等，乃卑薄派，聰明交遊客能之；徐文長等乃瑣異派，風狂才子能之；艾千子等乃描摹派，佔畢小儒能之；侯朝宗、魏叔子進乎此矣，然槍梧氣重；歸熙甫、汪苕文、方靈皋進乎此矣，然袍袖氣重。[52]

如此立派批評，雖未必中肯，讀來，亦有趣。

三、乾嘉散文

在乾隆（1736～1796）、嘉慶（1796～1820）時期，詩人輩出，有所謂「乾隆三大家」：袁枚（1716～1797，字子才，浙江錢塘人）、蔣士銓（1725～1784，字心餘，江西鉛山人）、趙翼（1727～1814，字雲崧，號甌北，常州陽湖人）提倡性靈，不

---

[51] 惲敬著《大雲山房文薰初集》，卷3，頁1，臺北：商務四部叢刊正編，1979年。
[52] 同註51，《大雲山房言事》，卷1，〈與舒白香〉，頁19。

僅在詩歌有傑出的表現,在散文方面也有良好成績。如袁枚的〈祭妹文〉:

> 嗚呼!汝生於浙而葬於斯,離吾鄉七百里矣;當時雖觭夢幻想,寧知此為歸骨所耶!汝以一念之貞,遇人仳離,致孤危託落;雖命之所存,天實為之;然而累汝至此者,未嘗非予之過也。予幼從先生受經,汝差肩而坐,愛聽古人節義事,一旦長成,遽躬蹈之。嗚呼!使汝不識《詩》《書》,或未必堅貞若是。余捉蟋蟀,汝奮臂出其間;歲寒蟲僵,同臨其穴。今予斂汝葬汝,而當日之情形憬然赴目。予九歲,憩書齋,汝梳雙髻,披單縑來,溫〈緇衣〉一章。適先生奓戶入,聞兩童子音琅琅然,不覺莞爾,連呼「則則」;此七月望日事也。汝在九泉,當分明記之。予弱冠粵行,汝倚裳悲慟。逾三年,予披宮錦還家,汝從東廂扶案出,一家瞠視而笑,不記語從何起;大概說長安登科,函使報信遲早云爾。凡此瑣瑣,雖為陳迹,然我一日未死,則一日不能忘。……汝之疾也,予信醫言無害,遠弔揚州。汝又慮戚吾心,阻人走報。及至綿惙已極,阿彌問「望兄歸否」?強應曰「諾」。已予先一日夢汝來訣,心知不祥,飛舟渡江。果予以未時還家,而汝以辰時氣絕,四肢猶溫,一目未瞑,蓋猶忍死待予也。嗚呼!痛哉!早知訣汝,則予豈肯遠遊?即遊,亦尚有幾許心中言,要汝知聞,共汝籌畫也。而今已矣!除吾死外,當無見期。吾又不知何日死,可以見汝;而死後之有知無知,與得見不得見,又卒難明也。然則抱此無涯之憾,天乎,人乎,而竟已乎![53]

---

[53] 袁枚著《小倉山房文集》,卷 14,頁 4,臺北:臺灣中華書局,1981 年。

從生活瑣事細說,兄妹間真摯感情隨文抑揚,與韓愈〈祭十二郎文〉,同為至情至性之文。

蔣士銓,除了詩歌是「乾隆三大詩人」外,其所著《藏園九種曲》,不論雜劇、傳奇,直追湯顯祖,乾隆各家中,排名第一。在散文方面,其名篇如:〈鳴機夜課圖記〉:

> ……記母教銓時,組繡績紡之具,畢陳左右;膝置書,令銓坐膝下讀之。母手任操作,口授句讀,咿唔之聲,軋軋相間。兒怠,則少加夏楚;旋復持兒泣曰:「兒及此不學,我何以見汝父?」至夜分寒甚,母坐於床,擁被覆雙足,解衣以胸溫兒背,共銓朗誦之。讀倦,睡母懷,俄而母搖銓曰:「可以醒矣!」銓張目視母面,淚方縱橫落。銓亦泣。少間,復令讀,雞鳴臥焉。諸姨嘗謂母曰:「妹,一兒也,何苦乃爾?」對曰:「子眾可矣,兒一不肖,妹何託焉?」……母有病,銓則坐枕側不去;母視銓,輒無言而悲,銓亦悽楚依戀之。常問曰:「母有憂乎?」曰:「然。」「然則何以解憂?」曰:「兒能背誦所讀書,斯解也。」銓誦聲琅琅然,爭藥鼎沸。母微笑曰:「病少差矣。」由是母有病,銓即持書誦於側,而病輒能愈。……先府君即世(去世),母哭瀕死者十餘次,自為文祭之,凡百餘言,樸婉沈痛,聞者無親疏老幼,皆嗚咽失聲。[54]

士銓母親鼓勵,循循善誘,教導兒子,甚至令兒子讀書來治自己

---

[54] 蔣士銓著《忠雅堂文集》,卷2,記1,臺北:中央研究院藏本。

的病,在文字間流露最高的母愛情操。真氣盈紙,讀之泫然。

趙翼,不僅是大詩人,在史學方面的成就,千古不朽[55]。他的散文,分見於《二十二史箚記》、《陔餘叢考》等書,如:〈文人相輕〉:

> 世之士者,尊古而卑今也。貴鵠賤雞,鵠遠而雞近也。揚子雲作《法言》,張伯松不肯觀,以同時也。使子雲在伯松前,伯松必以為金匱矣。劉勰《文心雕龍》云:韓非〈儲說〉始出,相如〈子虛賦〉初成,秦皇、漢武恨不同時。既同時矣,則韓囚而馬輕,豈非同時則賤哉。此皆同時見輕,因世情之所不免,然猶非彼此相忌而相軋也。劉勰又云:班固、傅毅,文在伯仲,而固嗤毅,謂下筆不能自休;及陳思論才,亦深排孔璋,故魏文稱文人相輕,非虛談也。[56]

議論人情尊古賤今,貴遠賤近,十分正確。

除了三大家外,如錢大昕(1728〜1804,字曉徵,號辛楣,又號竹汀,江蘇嘉定人),是史學家,有《二十二史考異》,也是文學家,是吳中七子(王鳴盛、王昶、錢大昕、曹仁虎、黃文蓮、趙文哲、吳泰來)之一,有《潛研堂詩文集》,《十駕齋養新錄》。史家論文,以儒家思想為主,偏重經世教化,如〈與友人書〉云:

---

[55] 可參拙著《趙甌北研究》,第 8 章〈趙甌北的史學成就〉,頁 781,及第 9 章〈綜論〉,頁 836,臺北:臺灣學生書局,1988 年。
[56] 趙翼著《陔餘叢考》,卷 40,頁 8,臺北:新文豐出版社影印湛貽堂本,1975 年。

> 前晤吾兄，極稱近日古文家以桐城方氏為最。予常日課誦經史，於近時作者之文，無暇涉獵，因吾兄言，取方氏文讀之，其波瀾意度，頗有韓歐陽王之規橅，視世俗冗蔓獿雜之作，固不可同日語，惜乎其未喻乎古文之義法爾。夫古文之體，奇正濃淡詳略，本無定法，要其為文之旨有四，曰明道、曰經世、曰闡幽、曰正俗，有是四者，而後以法律約之、夫然後可以羽翼經史，而傳之天下。[57]

可知其文論思想。史家之散文，多質樸、考史事、議論較客觀。如〈親民〉：

> 大學之道在親民，民之所好好之，民之所惡惡之，此之謂民之父母，此親民之實也。宋儒改親為新，特因引〈康誥〉作新民一語，而不知如保赤子，亦〈唐誥〉文。保民同於保赤，於親民意尤切。古聖人保民之道，不外富教二大端，而親字足以該之，改親為新，未免偏重教矣。親之義大於新，言親則物我無間，言新便有以貴治賤，以賢治不肖氣象。[58]

言之成理。

　　鄭燮（1693～1765，號板橋，揚州興化人），是揚州八怪之

---

[57] 錢大昕著《潛研堂文集》，卷33，頁14，臺北：商務四部叢刊正編，1979年。

[58] 錢大昕著《十駕齋養新錄》，卷2，頁31，收在楊家駱主編《錢大昕讀書筆記廿九種》（三），臺北：鼎文書局，1979年。

一[59],這位「英雄何必讀書史,直攄血性為文章」(〈偶然作〉)的詩、書、畫三絕作家,自由放任思想,受徐渭、公安等影響。他同情百姓,愛護社會,所謂「衙齋臥聽蕭蕭竹,疑是民間疾苦聲」(〈濰縣署中畫竹〉),便是最好寫照。他的散文,如〈題畫(竹)〉:

> 余家有茅屋二間,南面種竹。夏日新篁初放,綠蔭照人,置一小榻其中,其涼適也。秋冬之際,取圍屏骨子,斷去兩頭,橫安以為窗櫺;用勻薄潔白之紙糊之。風和日暖,凍蠅觸窗紙上,鼕鼕作小鼓聲。於是一片竹影零亂,豈非天然圖畫乎?凡吾畫竹,無所師承,多得於紙窗粉壁日光月影中耳。[60]

雖是題畫作品,言署中畫竹,得紙窗粉壁日光月影,取實境投影,為創新畫法。文字清新雅潔,實為一流小品。又,板橋家書,獨抒性靈,如〈范縣署中寄舍弟墨第四書〉云:

> 天寒冰凍時,窮親戚朋友到門,先泡一大椀炒米送手中,佐以醬薑一小碟,最是煖老溫貧之具。暇日咽碎米餅,煮糊塗粥,雙手捧椀,縮頸而啜之,霜晨雪早,得此週身俱煖。嗟乎!吾其長為農夫以沒世乎!我想天地間第一等人,只有農夫,而士為四民之末。

---

[59] 可參拙著《鄭板橋研究》,頁54起,臺中:曾文出版社,1981年。1990年,臺北:文津出版社有《增訂本鄭板橋研究》。

[60] 鄭燮著《鄭板橋全集》,〈題畫〉,〈竹〉,頁161,臺北:臺灣時代書局,1975年。

> 農夫上者種地百畝，其次七八十畝，其次五六十畝，皆苦其身，勤其力，耕種收穫，以養天下之人。使天下無農夫，舉世皆餓死矣。我輩讀書人，入則孝，出則弟，守先待後，得志澤加於民，不得志修身見於世，所以又高農夫一等。今則不然，一捧書本，便想中舉、中進士、作官，如何攫取金錢，造大房屋，置多田產。起手便錯走了路頭，後來越做越壞，總沒箇好結果。其不能發達者，鄉里作惡，小頭銳面，更不可當。[61]

以農夫辛勤耕種、以養天下人為貴，以讀書人貪官作惡為賤，今日讀之，尚發人深思。

洪亮吉（1746～1809，字稚存，號北江，陽湖人）有《洪北江詩文集》。他的散文，思想敏銳、持論公允，如〈父母篇〉：

> 人有百年之父母，有歷世不易之父母。百年之父母，生我者也；歷世不易之父母，天地是也。人何以生？無不知生于父母也。何以死？亦可知仍歸于父母乎？且人之生，稟精氣于父，稟形質于母，此其所以生也，及其死，歸精氣于天，歸形質於地，此其所以死也。[62]

又，〈禍福篇〉：

---

[61] 同註 60，〈家書〉，頁 14。
[62] 洪亮吉著《卷施閣文》，甲集，第一，頁 2，收在《洪北江詩文集》，臺北：商務四部叢刊正編，1979 年。

> 人即有不孝于家，不弟于室者，未有不畏官法。人
> 即有不孝于家，不弟于室者，未有不畏鬼神，二者
> 較之，其畏官法也。……然如果有鬼神，如果能作禍
> 福，則必擇莫可禍者禍之，可福者福之而已，有人于
> 此，孝于家、弟于室，而不奉鬼神，鬼神能禍之乎？
> 則知。有人于此，不孝于家，不弟于室，而日日奉鬼
> 神，鬼神亦能福之乎？……吾故曰：人能以畏官法
> 之心，畏其父兄，則可謂知所畏矣；人能以敬鬼神之
> 心，敬其父兄，則又可謂知所敬矣。[63]

以鬼神禍不孝、不悌之人，能福孝悌之人，以此推為敬畏父兄之心，敬畏官法。文章富哲理，有類王充。

後有龔自珍（1791～1841，號定盦，浙江仁和人）有《定盦文集》。文章主經世致用，他的散文如：〈與江居士箋〉：

> 別離以來，各有苦辛，榜其居曰「積思之門」；顏其
> 寢曰「寡懽之府」；銘其凭曰「多憤之木」；所可喜
> 者，中夜皎然，於本來此心，知無損已爾。[64]

曲盡心中之意。

四、清末民初散文

宣宗道光（1820～1850）、文宗咸豐（1850～1861）以後，桐城、陽湖派古文漸衰。此時有曾國藩（1811～1872，字滌生，

---

[63] 同註 62，頁 5。
[64] 龔自珍著《定盦文集》，卷下，頁 8，臺北：商務四部叢刊正編，1979年。

湖南湘鄉人）平太平天國之亂，有《曾文正公全集》。他寫過〈聖哲畫像記〉，姚鼐是其中之一，並云：「姚先生持論閎通，國藩之粗解文章，由姚先生啟之也」，可見他醉心桐城古文。在〈庚申三月日記〉云：

> 吾嘗取姚姬傳先生之說，文章之道，分陽剛之美、陰柔之美。大抵陽剛者，氣勢浩瀚；陰柔者，韻味深美。浩瀚者，噴薄而出之；深美者，吞吐而出之。[65]

不過他認為陽剛之美具有：雄、直、怪、麗；陰柔之美具有：茹、遠、潔、適，亦有自己見地。

晚清以後，政治腐敗。康有為、梁啟超高呼維新，而梁啟超在當時撰著文章，筆鋒常帶感情，稱新民體，有《飲冰室文集》[66]。辜鴻銘、林紓、嚴復等將西方文學作品翻譯東來。到了民國 8 年「五四」運動，胡適提倡白話文。他的〈文學改良芻議〉，主張：

一曰，須言之有物。
二曰，不摹倣古人。
三曰，須講求文法。
四曰，不作無病之呻吟。
五曰，務去爛調套語。
六曰，不用典。

---

[65] 曾國藩著《曾文正公全集》，〈日記〉，〈文藝〉，頁 53，臺北：世界書局，1952 年。

[66] 梁啟超著《飲冰室文集》，共 16 冊，臺北：臺灣中華書局，1960 年。

七曰，不講對仗。

八曰，不避俗字俗語。[67]

依此原則革新文體。

承白話文運動之後，白話散文，波瀾壯闊，楊牧編有《中國散文選》，歸納為七類：一曰小品，二曰記述，三曰寓言，四曰抒情，五曰議論，六曰說理，七曰雜文[68]，共選取作家五十餘位作品，可見民國以來散文，已蔚為大觀。不過民國三十八年（1949）以後，海峽兩岸分治，兩岸散文作家各有不同風格表現。

此外，女性文學從明清以來漸盛，民國以後，隨著白話文學運動的發展，女性文學漸漸扮演重要角色。尤其與西方女性文學家匯流後，女性文學家不論在散文與詩歌方面，大放光彩。是該大書特書的。

---

[67] 胡適著《胡適文存》，第一集，卷1，頁5，臺北：遠東圖書公司，1953年。

[68] 楊牧編《中國近代散文選》，〈前言〉，頁5，臺北：洪範書店，1981年。

參考書目

一、專書

1. 孔氏傳《尚書》,臺北:商務四部叢刊正編,民國68年(1979)11月。
2. 屈萬里《尚書集釋》,臺北:聯經出版事業公司,民國72年(1983)。
3. 屈萬里《尚書釋義》,臺北:中國文化大學,民國69年(1980)。
4. 何晏《論語集解》,臺北:商務四部叢刊正編,民國68年(1979)11月。
5. 劉寶楠《論語正義》,臺北:世界書局新編諸子集成,民國61年(1972)10月。
6. 焦循、焦琥《孟子正義》,臺北:世界書局新編諸子集成,民國61年(1972)10月。
7. 王弼撰、陸德明釋文《老子道德經》,臺北:世界書局新編諸子集成,民國61年(1972)10月。
8. 郭慶藩《莊子集釋》,臺北:世界書局新編諸子集成,民國61年(1972)10月。
9. 孫詒讓《墨子閒詁》,臺北:世界書局新編諸子集成,民國61年(1972)10月。
10. 王先謙《荀子集解》,臺北:世界書局新編諸子集成,民國61年(1972)10月。

11. 王先慎《韓非子集解》,臺北:世界書局新編諸子集成,民國 61 年(1972)10 月
12. 杜預《春秋經傳集解》,臺北:商務四部叢刊正編,民國 68 年(1979)11 月。
13. 高葆光《左傳文藝新論》,臺中:東海大學。民國 74 年(1985)8 月再版。
14. 韋昭《國語》,臺北:商務四部叢刊正編,民國 68 年(1979)11 月。
15. 鮑彪注《戰國策校注》,臺北:商務四部叢刊正編,民國 68 年(1979)11 月。
16. 陸賈《新語》,臺北:商務四部叢刊正編,民國 68 年(1979)11 月。
17. 賈誼《新書》,臺北:商務四部叢刊正編,民國 68 年(1979)11 月。
18. 桓寬《鹽鐵論》,臺北:商務四部叢刊正編,民國 68 年(1979)11 月。
19. 王符《潛夫論》,臺北:商務四部叢刊正編,民國 68 年(1979)11 月。
20. 劉向《新序》,臺北:商務四部叢刊正編,民國 68 年(1979)11 月。
21. 劉向《說苑》,臺北:商務四部叢刊正編,民國 68 年(1979)11 月。
22. 蔡邕《蔡中郎文集》,臺北:商務四部叢刊正編,民國 68 年(1979)11 月。

23. 王充《論衡》,臺北:商務四部叢刊正編,民國 68 年（1979）11 月。
24. 劉義慶《世說新語》,臺北:商務四部叢刊正編,民國 68 年（1979）11 月。
25. 孔融《孔少府集》（收在《漢魏六朝百三名家集》）,臺中:松柏出版社,民國 53 年（1964）。
26. 諸葛亮《諸葛丞相集》（收在《漢魏六朝百三名家集》）,臺中:松柏出版社,民國 53 年（1964）。
27. 曹操《魏武帝集》（收在《漢魏六朝百三名家集》）,臺中:松柏出版社,民國 53 年（1964）。
28. 曹丕《魏文帝集》（收在《漢魏六朝百三名家集》）,臺中:松柏出版社,民國 53 年（1964）。
29. 曹植《陳思王集》（收在《漢魏六朝百三名家集》）,臺中:松柏出版社,民國 53 年（1964）。
30. 阮籍《阮步兵集》（收在《漢魏六朝百三名家集》）,臺中:松柏出版社,民國 53 年（1964）。
31. 嵇康《嵇中散集》（收在《漢魏六朝百三名家集》）,臺中:松柏出版社,民國 53 年（1964）。
32. 王羲之《王右軍集》（收在《漢魏六朝百三名家集》）,臺中:松柏出版社,民國 53 年（1964）。
33. 陶淵明《陶彭澤集》（收在《漢魏六朝百三名家集》）,臺中:松柏出版社,民國 53 年（1964）。
34. 陳子昂《陳伯玉文集》,臺北:商務四部叢刊正編,民國 68 年（1979）11 月。

35. 元結《元次山文集》,臺北:商務四部叢刊正編,民國 68 年（1979）11 月。
36. 朱文公校《昌黎先生集》,臺北:商務四部叢刊正編,民國 68 年（1979）11 月。
37. 劉禹錫等編《增廣註釋音辯唐柳先生集》,臺北:商務四部叢刊正編,民國 68 年（1979）11 月。
38. 劉禹錫《劉夢得文集》,臺北:商務四部叢刊正編,民國 68 年（1979）11 月。
39. 白居易《白氏長慶集》,臺北:商務四部叢刊正編,民國 68 年（1979）11 月。
40. 元稹《元氏長慶集》,臺北:商務四部叢刊正編,民國 68 年（1979）11 月。
41. 孫樵《孫樵集》,臺北:商務四部叢刊正編,民國 68 年（1979）11 月。
42. 皮日休《皮子文藪》,臺北:商務四部叢刊正編,民國 68 年（1979）11 月。
43. 陸龜蒙《甫里先生文集》,臺北:商務四部叢刊正編,民國 68 年（1979）11 月。
44. 歐陽修《歐陽文忠公集》,臺北:商務四部叢刊正編,民國 68 年（1979）11 月。
45. 王安石《臨川先生文集》,臺北:商務四部叢刊正編,民國 68 年（1979）11 月。
46. 梁啟超《王荊公》,臺北:臺灣中華書局,民國 54 年（1965）。
47. 蘇洵《嘉祐集》,臺北:商務四部叢刊正編,民國 68 年（1979）11 月。

48. 蘇軾《經進東坡文集事略》，臺北：商務四部叢刊正編，民國 68 年（1979）11 月。
49. 蘇轍《欒城集》、《欒城應詔集》，臺北：商務四部叢刊正編，民國 68 年（1979）11 月。
50. 任淵、史容、史溫《山谷詩內、外集註》，臺北：學海出版社，民國 68 年（1979）10 月。
51. 黃庭堅《豫章黃先生文集》，臺北：商務四部叢刊正編，民國 68 年（1979）11 月。
52. 劉基《誠意伯文集》，臺北：商務四部叢刊正編，民國 68 年（1979）11 月。
53. 宋濂《宋學士文集》，臺北：商務四部叢刊正編，民國 68 年（1979）11 月。
54. 李夢陽《空同集》，臺北：商務文淵閣四庫全書，民國 75 年（1986）7 月。
55. 何景明《大復集》，臺北：商務文淵閣四庫全書，民國 75 年（1986）7 月。
56. 王世貞《弇州四部稿》，臺北：商務文淵閣四庫全書，民國 75 年（1986）7 月。
57. 李攀龍《滄溟集》，臺北：商務文淵閣四庫全書，民國 75 年（1986）7 月。
58. 唐順之《震川集》，臺北：商務文淵閣四庫全書，民國 75 年（1986）7 月。
59. 歸有光《震川先生集》，臺北：商務四部叢刊正編，民國 68 年（1979）11 月。
60. 李贄《焚書》，河洛圖書出版，民國 63 年（1974）5 月。

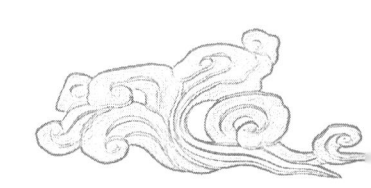

61. 王守仁《王文成公全集》，臺北：商務四部叢刊正編，民國68年（1979）11月。
62. 袁宏道《袁中郎先生全集》，道光九年（1829）梨雲館類定。
63. 袁宏道《袁中郎全集》，臺北：清流出版社影印襟霞閣精校本，民國65年（1976）10月。
64. 徐渭《徐文長三集》（收在《明代藝術家彙刊》），臺北：國立中央圖書館編印，民國57年（1968）。
65. 張岱《陶庵夢憶》，臺北：臺灣開明書店，民國71年（1982）。
66. 顧炎武《亭林詩文集》，臺北：商務四部叢刊正編，民國68年（1979）11月。
67. 顧炎武《日知錄》，臺南：唯一書業中心，民國64年（1975）9月。
68. 錢謙益《牧齋初學集》，臺北：商務四部叢刊正編，民國68年（1979）11月。
69. 錢謙益《牧齋初學集》，臺北：商務四部叢刊正編，民國68年（1979）11月。
70. 侯方域《壯悔堂文集》，臺北：臺灣中華書局，民國70年（1981）。
71. 吳偉業《梅村家藏藁》，臺北：商務四部叢刊正編，民國68年（1979）11月。
72. 王建生《吳梅村研究》，臺中：曾文出版社，民國70年（1981）4月。
73. 王建生《增訂本吳梅村研究》，臺北：文津出版社，民國89年（2000）6月。

74. 汪琬《堯峰文鈔》，臺北：商務四部叢刊正編，民國 68 年（1979）11 月。
75. 方苞《方望溪先生全集》，臺北：商務四部叢刊正編，民國 68 年（1979）11 月。
76. 姚鼐《惜抱軒文集》，臺北：商務四部叢刊正編，民國 68 年（1979）11 月。
77. 袁枚《小倉山房文集》臺北：臺灣中華書局，民國 59 年（1970）4 月。
78. 趙翼《陔餘叢考》，臺北：新文豐出版社影印湛貽堂本，民國 64 年（1975）11 月。
79. 王建生《趙甌北研究》，臺北：臺灣學生書局，民國 77 年（1988）7 月
80. 蔣士銓《忠雅堂文集》，臺北：中央研究院藏本。
81. 邵海清等校箋《忠雅堂集校箋》，上海：上海古籍出版社，民國 82 年（1993）12 月。
82. 王建生《蔣心餘研究》，臺北：臺灣學生書局，民國 85 年（1996）10 月。
83. 錢大昕《潛研堂文集》，臺北：商務四部叢刊正編，民國 68 年（1979）11 月。
84. 錢大昕《錢大昕讀書筆記廿九種》，臺北：鼎文書局，民國 68 年（1979）。
85. 鄭燮《鄭板橋全集》，臺北：臺灣時代書局，民國 64 年（1975）。
86. 王建生《鄭板橋研究》，臺中：曾文出版社，民國 65 年（1976）11 月。

87. 王建生《增訂本鄭板橋研究》,臺北:文津研究社,民國88年(1999)8月。
88. 惲敬《大雲山房文稿》,臺北:商務四部叢刊正編,民國68年(1979)11月。
89. 洪亮吉《洪北江詩文集》,臺北:商務四部叢刊正編,民國68年(1979)11月。
90. 龔自珍《定盦文集》,臺北:商務四部叢刊正編,民國68年(1979)11月。
91. 曾國藩《曾文正公全集》,臺北:世界書局,民國41年(1952)。
92. 胡適《胡適文存》,臺北:遠東圖書公司,民國42年(1953)。
93. 梁啟超《飲冰室文集》,臺北:臺灣中華書局,民國49年(1960)5月。
94. 蔡元培《蔡元培先生全集》,臺北:臺灣商務印書館,民國57年(1968)。
95. 傅斯年《傅斯年全集》,臺北:聯經出版事業公司,民國69年(1980)。

二、詩文選、詩文評

1. 劉勰《文心雕龍》,臺北:商務四部叢刊正編,民國68年(1979)11月。
2. 六臣註《(昭明)文選》,臺北:商務四部叢刊正編,民國68年(1979)11月。
3. 張溥編《漢魏六朝百三名家集》,臺中:松柏出版社,民國53年(1964)。

4. 張溥題辭、殷孟倫輯注《漢魏六朝百三家集題辭注》，臺北：木鐸出版社，民國 71 年（1982）。
5. 許槤評選、黎經誥箋注《六朝文絜箋注》，臺北：新興書局，民國 48 年（1959）。
6. 董誥等敕編《欽定全唐文》，臺北：匯文書局，民國 50 年（1961）。
7. 清聖祖御製《全唐詩》，粹文堂，臺南：平平出版社，民國 63 年（1974）12 月。
8. 屈萬里、劉兆祐主編《全唐詩稿本》，臺北：聯經出版事業公司，民國 68 年（1979）9 月。
9. 歐陽修《六一題跋》，臺北：廣文書局，民國 60 年（1931）。
10. 姚鼐著、王文濡校註《古文辭類纂評註》，臺北：臺灣中華書局，民國 59 年（1970）。
11. 茅鹿門《唐宋八大家文鈔》，上海：商務印書館，民國 25 年（1936）。
12. 疊山先生批點《文章軌範》，京都市：朋友書店，民國 68 年（1979）。
13. 蘇天爵《元文類》，臺北：世界書局，民國 77 年（1988）。
14. 朱劍心《晚明小品選注》，臺北：臺灣商務印書館，民國 53 年（1964）。
15. 王文濡選註《秦漢三國文評註讀本》，臺北：廣文書局，民國 70 年（1981）。
16. 王文濡選註《南北朝文評註讀本》，臺北：廣文書局，民國 70 年（1981）。

17. 王文濡選註《唐文評註讀本》，臺北：廣文書局，民國 70 年（1981）。
18. 王文濡選註《宋元明評註讀本》臺北：廣文書局，民國 70 年（1981）。
19. 王文濡《清文匯》，臺北：世界書局，民國 54 年（1965）。
20. 陳拱《王充思想評論》，臺北：臺灣商務印書館，民國 85 年（1996）年 6 月。
21. 郭紹虞主編《中國歷代文論選》，臺北：木鐸出版社，民國 70 年（1981）。
22. 王建生《韓柳文選評註》，臺北：文津出版社，民國 97 年（2008）9 月。
23. 王建生《歐蘇文選評註》，臺北：文津出版社，民國 98 年（2009）1 月。
24. 楊牧《中國近代散文選》，臺北：洪範書局，民國 70 年（1981）。

三、文學史、文學史資料

1. 陳柱《中國散文史》，臺北：臺灣商務印書館，民國 54 年（1965）。
2. 葉慶炳《中國文學史》，臺北：弘道文化事業，民國 69 年（1980）。
3. 方孝岳〈中國散文概論〉，收入劉麟生主編《中國文學八論》，臺北：泰順書局，民國 60 年（1971）。
4. 劉大杰《中國文學發達史》，臺北：臺灣中華書局，民國 56 年（1967）5 月。

5. 王忠林等《中國文學史初稿》，臺北：萬卷樓出版，民國 91 年（2002）。
6. 連秀華、何寄澎合譯，前野直彬主編《中國文學史》，臺北：長安出版社，民國 68 年（1979）。
7. 中國文學史研究委員會《新編中國文學史》，高雄：復文圖書出版社，出版年不詳。
8. 郭紹虞《中國文學批評史》，臺北：商務印書館，民國 58 年（1969）。
9. 朱東潤《中國文學批評史大綱》，臺北：臺灣開明書店，民國 35 年（1946）9 月。
10. 陳少棠《晚明小品論析》，香港：波文書局，民國 70 年（1981）。
11. 葉慶炳、吳宏一編《清代文學批評資料彙編》，收入國立編譯館主編《中國文學批評資料彙編》，臺北：成文出版社，民國 68 年（1979）。
12. 游國恩編選《先秦文學史參考資料》，臺北：漢京文化事業，民國 72 年（1983）。
13. 游國恩編選《兩漢文學史參考資料》，臺北：漢京文化事業，民國 72 年（1983）11 月。
14. 北京大學中國文學史教研室選註《魏晉南北朝文學史參考資料》，北京：中華書局，民國 52 年（1963）。
15. 羅聯添《中國文學史論文選集》，臺北：臺灣學生書局，民國 67 年（1978）。
16. 馮友蘭《中國哲學史》，香港：文蘭圖書公司，民國 56 年（1967）4 月。

四、目錄、雜記、地理

1. 紀昀《四庫全書總目提要》，臺北：藝文印書館，民國 58 年（1969）3 月。
2. 張之洞、范希曾《書目答問補正》，臺北：新興書局，民國 55 年（1966）5 月。
3. 屈萬里《古籍導讀》，臺北：臺灣開明書店，民國 53 年（1964）9 月。
4. 未著姓名《國學導讀》，臺北：木鐸出版社，民國 73 年（1984）9 月。
5. 梁廷枏編《東坡事類》，臺北：廣文書局，民國 80 年（1991）7 月。
6. 鄘道元《水經注》，臺北：商務四部叢刊正編，民國 68 年（1979）11 月。

五、史部、年譜

1. 司馬遷《史記》，臺北：藝文印書館影印武英殿本，民國 44 年（1955）。
2. 班固著、王先謙補注《漢書》，臺北：藝文印書館影印武英殿本，1955 年。
3. 范曄著、王先謙集解《後漢書》，臺北：藝文印書館影印武英殿本，1955 年。
4. 沈約《宋書》，臺北：藝文印書館影印武英殿本，1955 年。
5. 蕭子顯《南齊書》，臺北：藝文印書館影印武英殿本，1955 年。

6. 李百藥《北齊書》，臺北：藝文印書館影印武英殿本，1955年。
7. 姚思廉《梁書》，臺北：藝文印書館影印武英殿本，1955年。
8. 姚思廉《陳書》，臺北：藝文印書館影印武英殿本，1955年。
9. 令狐德棻《周書》，臺北：藝文印書館影印武英殿本，1955年。
10. 魏徵《隋書》，臺北：藝文印書館影印武英殿本，1955年。
11. 李延壽《南北史》，臺北：藝文印書館影印武英殿本，1955年。
12. 劉昫《舊唐書》，臺北：藝文印書館影印武英殿本，1955年。
13. 宋祁、歐陽修《唐書》，臺北：藝文印書館影印武英殿本，1955年。
14. 脫脫《宋史》，臺北：藝文印書館影印武英殿本，1955年。
15. 張廷玉《明史》，臺北：藝文印書館影印武英殿本，1955年。
16. 趙爾巽《清史稿》，臺北：鼎文書局，1981年。
17. 陳垣編著、董作賓增補《增補二十史朔閏表》，臺北：藝文印書館，民國47年（1958）（民國60年印製）。
18. 華世出版社編訂《中國歷史紀年表》，臺北：華世出版社，民國67年（1978）。
19. 姜亮夫《歷代名人年里碑傳總表》，臺北：臺灣商務印書館，民國59年（1970）5月。
20. 趙翼《二十二史箚記》，臺北：廣雅書局，民國73年（1984）。
21. 錢大昕《廿二史考異》，收入《錢大昕讀書筆記廿九種》，臺北：鼎文書局，民國68年（1979）。

22. 魯一同編《右軍年譜》，收入沈雲龍主編《近代中國史料叢刊》，臺北：文海出版社，不著出版年。
23. 顧頡剛編《古史辨》，香港：太平書局，民國 30 年（1941）。

六、期刊

1. 羅根澤著〈戰國策作者考〉，《中山大學周刊》第 12 期。
2. 臺靜農著〈論兩漢散文的演變〉，《大陸雜誌》第 5 卷 6 期，收入羅聯添主編《中國文學史論文選集》，臺北：臺灣學生書局，民國 74 年（1985）。
3. 逯欽立著《陶淵明年譜藁》，中央研究院《史語所集刊》，第二十本，上冊。
4. 梁啟超著〈漢志諸子各書存佚真偽表〉，收入顧頡剛主編《古史辨》，第四冊，香港：太平書局，民國 51 年（1962）。
5. 張斗衡著〈明清間小品文〉，收入《聯合書院學報》第 3 期，香港：香港聯合書院，民國 53 年（1964）。
6. 王建生著〈與青年朋友談文藝～須有個性〉，收入王建生主編《東海文藝季刊》27 期，臺中：東海大學，民國 77 年（1988）3 月。

第二單元：歐陽修傳

（一）

歐陽修，字永叔，江西吉州廬陵（吉安）人。四十歲時，自號醉翁，晚更號六一居士。父親歐陽觀（字仲寶）。其先世，據〈尚書職方郎中分司南京歐陽公墓誌銘〉[1]云：

> 歐氏出於禹，禹之後有越王句踐，句踐之後有無疆者，為楚威王所滅，無疆之子，皆受楚封。封之烏程歐陽亭者，為歐陽氏，漢世有仕為涿郡守者，子孫遂北。有居冀州之渤海，有居青州之千乘，而歐陽仕漢，世為博士，所謂歐陽尚書者也。渤海之歐陽，有仕晉者曰建，所謂渤海赫赫歐陽堅石者也。建遇趙王倫之亂，其兄子質南奔長沙，自質十二世生詢，詢生通，仕於唐，皆為長沙之歐陽，而猶以渤海為封。通又三世而生琮，琮為吉州刺史，子孫家焉。自琮八世生萬，萬生雅，雅生高祖諱效，高祖生曾祖諱託，曾祖生皇祖武昌令諱郴，皇祖生公之父贈戶部侍郎諱

---

[1] 歐陽修撰《歐陽文忠公集》，卷61，〈居士外集〉，卷11，頁8。臺北：臺灣商務印書館四部叢刊正編，民國68年（1979）11月。下文所引歐陽修文字除特別聲明外，皆依此本，不贅。

倣，皆家吉州，又為吉州之歐陽。

這篇是歐陽修為叔父歐陽穎（字考叔）寫的。因官荊南，故為荊南歐陽。參以韓琦所撰〈歐陽修墓誌銘〉[2]，可得其世系：

```
                              （仕晉）
                               建
禹─越王勾踐─無疆─歐陽亭─冀州之渤海─（建之兄子）─質─（往長沙）─
                               青州之千乘

（仕唐）    （為吉州刺史）         （曾祖）（為武昌令）（祖）    （父）
詢──通─琮──────萬─雅─效─託─郴───────偃────觀────修
                              （妣劉氏）    （妣李氏）（妣鄭氏）
```

又據吳充所撰〈行狀〉，歐陽無疆之子蹄封於歐餘山之陽，是為歐陽亭侯，子孫遂以為氏。[3]

歐陽修於宋真宗景德 4 年（1007）6 月 21 日寅時出生。[4] 時父親為綿州軍事推官，母親年二十六。

真宗祥符 3 年（1010），歐陽修 4 歲，父親歐陽觀歿於泰州（今江蘇泰縣）軍事判官任。在〈瀧岡阡表〉[5] 云：

修不幸，生四歲而孤。

接著，又說：

---

[2] 同前揭書，〈附錄〉二，頁 2。
[3] 同前揭書，〈附錄〉一，頁 9。
[4] 據胡柯編《廬陵歐陽文忠公年譜》，收在《歐陽文忠公集・目錄》之後，版本同註 1，以下引文同此註。
[5] 歐陽修撰《歐陽文忠公集》，卷 25，〈居士集〉，卷 25，頁 8。

> 太夫人守節自誓,居窮,自力於衣食,以長以教,俾至於成人。

父親是位清廉的官,死後,身無遺物,使得他們母子「居窮」,是自然的事了。在〈瀧岡阡表〉又云:

> 汝父為吏,廉而好施與,喜賓客。其俸祿雖薄,常不使有餘,曰:毋以是為我累,故其亡也,無一瓦之覆、一壟之植。

「無一瓦之覆、一壟之植」,清廉到半點恆產都沒有,不免令人酸鼻。

父親過世,母親鄭氏(德儀)年方二十九,守節自誓。在舊社會下,一位弱女子想要生存、又要培育小孩,實在不易。在不得已的情況下,母親帶著歐陽修至隨州(湖北省隨縣南)依叔父歐陽曄(時任隨州推官)。

歐陽修幼年讀書的情形,在韓琦所撰的〈太子太師文忠歐陽公墓誌銘〉云:[6]

> 公四歲而孤,母韓國太夫人鄭氏,守志不奪,家雖貧,力自營贍,教公為學,公亦天資警絕,經目一覽,則能誦記。為文,下筆,出人意表。

又,蘇轍所撰〈歐陽文忠公神道碑〉[7]云:

---

[6] 同前揭書,〈附錄〉,卷2,頁2。
[7] 同前揭書,〈附錄〉,卷2,頁11。

> 生四歲而孤,韓國守節自誓,親教公讀書。家貧,至
> 以荻畫地學書。公敏悟過人,所覽輒能誦。

皆言其貧苦力學。寫的比較詳細的,是歐陽發(修子)等述的〈(先君)事跡〉:[8]

> 先公四歲而孤,家貧無資,太夫人以荻畫地,教以書
> 字,多誦古人篇章,使學為詩。及其稍長,而家無書
> 讀,就閭里士人家借而讀之,或因而抄錄,抄錄未畢
> 而已能誦其書,以至晝夜忘寢食,惟讀書是務。自幼
> 所作詩賦文字,下筆已如成人,兵部府君閱之,謂韓
> 國太夫人曰:嫂無以家貧子幼為念,此奇兒也,不惟
> 起家以大吾門,他日必名重當世。

母親守節、守貧教子,後封為韓國太夫人。「惟讀書是務」,可為當年專心求學的寫照。歐陽修敏悟過人,努力上進,叔父曄也為之稱誦,不僅「起家以大吾門」、「名重當世」,至於流傳千古,非當時可料。又,所言「以荻畫地,教以書字」,言其刻苦用功情形;不過與范仲淹的「斷齏劃粥」,[9]相比,范文正或許要清苦些。

十歲,歐陽修得殘本《韓昌黎集》,在〈記舊本韓文後〉

---

[8] 同前揭書,〈附錄〉,卷5,頁2。
[9] 宋・樓鑰撰《范文正公年譜》,大中祥符三年,頁3云:年二十二,讀書長白山。按《東軒筆錄》:公與劉某在長白山醴泉寺僧舍讀書,日作粥一器,分為四塊。早暮取二塊,斷齏數莖,入少鹽似啗之,如此者三年。收在《范文正公集》,臺北:臺灣商務印書館四部叢刊正編,民國68年(1979)11月。

云：[10]

> 予少家漢東（指隨州），漢東僻陋，無學者，吾家又貧，無藏書，州南有大姓李氏者，其子堯（一作彥）輔，頗好學。予為兒童時，多遊其家。見有弊筐貯故書，在壁間，發而視之，得唐《昌黎先生文集》六卷，脫落顛倒無次序（一作第），因乞李氏以歸，讀之，見其言深厚而雄博，然予猶少，未能悉究其義，徒見其浩然無涯……。

描述一位喜好《昌黎文集》的人，兒童時，在李堯輔家初讀韓文的感想，是「深厚雄博」、「浩然無涯」。

17歲，歐陽修應舉禮部，在〈記舊本韓文後〉（同上）云：

> 予亦方舉進士，以禮部詩賦為事，年十有七，試於州，為有司所黜。

可知，歐陽修17歲舉進士，亦曾落第，正因為如此，復取韓文讀之。

（二）

宋仁宗天聖7年（1029），歐陽修23歲。攜文謁胥學士偃於漢陽。在〈胥夫人墓誌銘〉：[11]

---

[10] 歐陽修撰《歐陽文忠公集》，卷63，〈居士外集〉，卷23，頁9。
[11] 同前揭書，卷62，〈居士外集〉，卷12，頁10。

修年二十餘，以其所為文，見胥公於漢陽。公一見而
奇之，曰：子當有名於世。因留置門下，與之偕至京
師，為之稱譽於諸公之間。明年，當天聖八年，修以
廣文館生舉，中甲科，又明年，胥公遂妻以女。

由此看來，歐陽修 23 歲由隨州至漢陽（湖北漢陽縣），見
胥偃學士（世為潭州長沙人），一見而奇其才，留置門下，並與
之至京師，稱譽於公卿間。天聖 8 年（1030），歐陽修 24 歲，
參加國子監試、禮部試皆得第一，崇政殿中進士甲科。次年，
歐陽修 25 歲，娶胥學士女為妻（時 16 歲），真的是「書中自有
顏如玉」。不過，胥夫人婚後未逾年，以疾卒（僅 17 歲）。後 5
年，其所生子亦卒（亦見〈胥氏夫人墓誌銘〉）。

天聖 9 年（1031），歐陽修充西京（洛陽）留守推官，與尹
洙（字師魯，1001～1046）、梅堯臣（字聖俞，1002～1060）等
結交。在〈祭梅聖俞文〉云：[12]

昔始見子，伊川之上。余仕方初，子年亦壯，讀書飲
酒，握手相歡，談辯鋒出，賢豪滿前，謂言仕宦，所
至皆然，但當行樂，何有憂患。

回憶昔日遊蹤，「談辯鋒出，賢豪滿前」、「讀書飲酒、握手相
歡」，人生至樂。尹作古文，梅工詩，相互切磋，成為日後革新
文體的同志。

仁宗明道元年（1032），歐陽修 26 歲，仍在西京。春及秋

---

[12] 同前揭書，卷 50，〈居士集〉，卷 50，頁 4。

日，兩遊嵩嶽，有〈叢翠亭記〉、〈非非堂記〉、〈河南府重修使院記〉、〈河南府重修淨垢院記〉等作品（參胡《譜》）。如〈叢翠亭記〉：[13]

> 九州皆有名山以為鎮，而洛陽天下中，周營漢都，自古常以王者制度臨四方，宜其山川之勢，雄深偉麗。……世所傳嵩陽三十六峰者，皆可坐而數之，因取其蒼翠叢列之狀，遂以叢翠名其亭……。

以言叢翠亭是「蒼翠叢列之狀」。又，〈非非堂記〉云：[14]

> 權衡之平物，動則輕重差，其於靜也，錙銖不失。水之鑒物，動則不能有睹，其於靜也，毫髮可辨。在乎人，耳司聽、目司視，動則亂於聰明，其於靜也，聞見必審，處身者不為外物眩晃而動，則其心靜，心靜則智識明。是是非非，無所施而不中……。

以「非非」名堂者，以為「是是近乎諂」，「非非近乎訕」，不幸而過，寧訕無諂。是以「非非」善於「是是」，此「聞過則拜」，勇於認錯的精神，讀來有趣。

明道 2 年（1033），歐陽修 27 歲。有〈上范司諫書〉、〈與郭秀才書〉、〈與張秀才書〉二首、〈東齋記〉（明道二年）、〈明

---

[13] 同前揭書，卷 63，〈居士外集〉，卷 13，頁 5。
[14] 同前揭書，卷 63，〈居士外集〉，卷 13，頁 6。

因大師塔記〉(景祐元年) 等文。[15] 在〈與張秀才第二書〉:[16]

> 君子之於學也,務為道,為道必求知古,知古明道,而後履之以身,施之於事,而又見於文章而發之,以信後世。其道,周公、孔子、孟軻之徒常履而行之者是也。其文章,則六經所載,至今而取信者是也。

可知,歐陽修為文主道,指儒家孔孟六經而言。

仁宗景祐元年(1034),歐陽修28歲。秩滿回開封,試大理評事兼監察御史,參與《崇文總目》編輯,斐然有著作之意。續娶楊夫人(諫議大夫楊大雅之女),次年復卒(年僅十八。見於〈楊夫人墓誌銘〉[17])。胥夫人、楊夫人皆早卒,蓋當時肺結核流行,疑千金小姐,身體較虛弱所致。

景祐3年(1036),歐陽修30歲。范仲淹忤宰相呂夷簡、貶知饒州(江西鄱陽)。歐陽修寫信痛罵諫官高若訥不匡正、依附權貴、顛倒是非,不知人間有羞恥事。在〈與高司諫書〉:[18]

> (范)希文平生剛正,好學通古,今其立朝有本末,天下所共知,今又以言事觸宰相得罪,足下既不能為辨其非辜,又畏有識者之責己,遂隨而詆之以為當

---

[15] 參《歐陽修全集》本集所載,臺北:世界書局,民國72年(1983)10月。亦參劉若愚撰《歐陽修研究》,頁16,臺北:臺灣商務印書館,民國78年(1989)5月。
[16] 歐陽修撰《歐陽文忠公集》,卷66,〈居士外集〉,卷16,頁5。
[17] 同前揭書,卷62,〈居士外集〉,卷12,頁11。
[18] 同前揭書,卷67,〈居士外集〉,卷17,頁6。

黜,是可怪也。……足下身為司諫,乃耳目之官,當其驟用時,何不為一天子辨其不賢,反默默無一語,待其自敗。……足下在位而不言,便當去之,無妨他人之堪其任者也。昨日安道(案:指余靖)貶官[19],(尹)師魯待罪,足下猶能以面目見士大夫、出入朝中,稱諫官,是足下不復知人間有羞恥事爾。

言辭剛正凜然,不畏權勢,有如《春秋》褒貶。高若訥把信告到政府,歐陽修貶為夷陵(湖北宜昌)令。奉母赴貶所,作〈于役志〉。〈于役志〉載:[20]

景祐三年丙子歲,五月九日丙戌,希文出知饒州。戊子,送希文,飲於祥源之東園。壬辰,安道貶筠州。甲午,師魯貶郢州。……按:夷陵抵京師一千六百里,公〈與尹師魯書〉云:臨行,臺吏催可百端,始謀陸行,以大暑,又無馬,乃沿汴絕淮,泛大江,凡五千里,用一百一十程,纔至荊南。……既以十月二十六日到官。

可知歐陽修至夷陵,備極辛苦。在夷陵上〈運使啟〉云:[21]

---

[19] 據《宋史》,卷320,列傳79,〈余靖本傳〉,頁11,云:「余靖,字安道,韶州曲江人。……范仲淹貶饒州,諫官御史莫敢言。靖言仲淹以刺譏大臣,重加譴謫,倘其言未合聖慮,在陛下聽與不聽耳,安可以為罪乎?……陛下自親政以來,屢逐言事者,恐鉗天下口,不可。疏入,落職監筠州。」臺北:藝文印書館影印武英殿本,1955年。

[20] 歐陽修撰《歐陽文忠公集》,卷125,頁1。

[21] 同前揭書,卷95,〈奏表書啟四六集〉,卷6,頁20。

修近以狂言，當蒙大譴，荷乾坤之厚施，全螻蟻之微生，得一邑以庇身，使之思過。竊三鍾而就養，猶足為榮，獲在公麻，是為天幸⋯⋯。

在封建時代，「賜死」還得謝恩，何況歐陽修得全「螻蟻之生」，且有夷陵「一邑」，可以「庇身」、「使之思過」，自然要感謝「皇恩浩蕩」了。

（三）

景祐4年（1037），歐陽修31歲，與薛簡肅公的第四女兒結婚。薛夫人小他11歲，通詩書，嫻禮樂。歐陽修闢佛，夫人與子棐奉釋氏，不能禁。

景祐5年，寶元元年（11月改元，1038），歐陽修32歲。3月，調乾德（湖北光化）令。有〈游鯈亭記〉、〈穀城縣夫子廟記〉、〈求雨祭文〉等作。詩如〈南獠〉、〈寄聖俞〉等。〈寄聖俞〉：[22]

西陵山水天下佳，我昔謫官君所嗟。
官閑憔悴一病叟，縣古瀟灑如山家。
雪消深林自斸（一作斯）筍，人響空山隨摘茶。
有時攜酒探幽絕，往往上下窮煙霞。
嵓蓀綠縟軟可藉，野卉青紅春自華。
風餘落蕊飛面旋，日暖山鳥鳴交加。
貪追時俗翫歲月，不覺萬里留天涯。

---
[22] 同前揭書，卷53，〈居士外集〉，卷3，頁2。

今來寂寞西岡口，秋盡不見東籬花。
市亭插旗鬭新酒，十千得酒不可賒。
材非世用自當去，一舸聱牙揮鈞車。
君能先往勿自滯，行矣春洲生荻芽。

歐陽詩頗平易。此時在乾德欣賞春草野花，「官閑憔悴一病叟」、「有時攜酒探幽絕」、「往往上下窮煙霞」，應是很好的寫照。不過，「貪追時俗翫歲月，不覺萬里留天涯」，有悽然遺世之感，至於「材非世用自當去」，則有不平之心矣。

〈游鯈亭記〉，是在此年 4 月 2 日，由夷陵至乾德舟中所記的。其文：[23]

> 夫壯者之樂，非登嵩高之丘，臨萬里之流，不足以為適。今吾兄（指晦叔）家荊州，臨大江，捨江洋誕漫，壯哉，勇者之所觀，而方規地為池，方不數丈，治亭其上，反以為樂，何哉。蓋其擊壺而歌，解衣而飲，陶乎不以汪洋為大，以為方丈為局，則其心豈不浩然哉。夫視富貴而不動，處卑困而浩然其心者，真勇者也。然則水波之漣漪，游魚之上下，其為適也。與夫莊周所謂惠施游於濠梁之樂，何以異？烏用蛟魚變怪（怪）之為壯哉？故名其亭曰鯈魚亭。

以為富貴不動心，處卑困而心浩然，如魚之自適。此與《莊子》書所言自適，自足為道相同。傳統讀書人，得志，兼善天下，不得志，則修身養性，往往托於道家思想。

---

[23] 同前揭書，卷 63，〈居士外集〉，卷 13，頁 13。

仁宗寶元 2 年（1039），歐陽修 33 歲。據胡《譜》，六月甲申，復舊官，權武成軍節度判官廳公事。然，〈送太原秀才序〉云：[24]

寶元二年十月初七日，乾德令尹歐陽修序。

此知歐陽修於 10 月，仍留守乾德令。

仁宗康定元年（1040），歐陽修 34 歲。赴滑州（河南滑縣），任節度判官。子發（歐陽發）生。此年作：〈正統論〉三首、〈怪竹辯〉、〈縱囚論〉[25]、〈答吳充秀才書〉等文。〈答吳充秀才書〉：[26]

夫學者未始不為道，而至者鮮。焉非道之於人遠也，學者有所溺焉爾。蓋文之為言，難工而可喜，易悅而自足，世之學者往往溺之，一有工焉，則曰吾學足矣。……聖人之文，雖不可及，然大抵道勝者，文不難而自至也。故孟子皇皇不暇著書，荀卿蓋亦晚而有作。

譏評時人重文輕道，推崇儒家道統，以為「道勝者，文不難而自至」。又所作〈縱囚論〉，言唐太宗 6 年時，「錄大辟囚三百餘人，縱使還家，約其自歸以就死」，此君子之人所難，歐陽修以為「吾見上下交相賊以成此名也，烏有所謂施恩德與夫信義

---

[24] 同前揭書，卷 65，〈居士外集〉，卷 15，頁 4。
[25] 〈縱囚論〉，胡《譜》作景祐 4 年。
[26] 歐陽修撰《歐陽文忠公集》，卷 47，〈居士集〉，卷 47，頁 7。

者」[27],抨擊唐太宗違反常情、任意縱囚之非。

　　仁宗慶曆元年（1041），歐陽修35歲。《崇文總目》成，改集賢校理。此年作〈石曼卿墓表〉云：[28]

> 曼卿,諱延年,姓石氏,其上世為幽州人。……曼卿少亦以氣自豪,讀書不治章句,獨慕古人奇節偉行非常之功,視世俗屑屑,無足動其意者,自顧不合於時,乃一混以酒。然好劇飲,大醉,頹然自放。……年四十八,康定二年二月四日、以太子中允秘閣校理卒於京師。

　　友人石曼卿以「氣自豪」、慕「古人氣節偉行」,如此「自重之士」,因「自顧愈重,則其合愈難」,所謂「曲高和寡」,終致「不克所施」,享年48,悲乎！

　　仁宗慶曆2年（1042），歐陽修36歲。富弼出使契丹,（契丹遣泛使求關南地,宰相呂夷簡薦富弼報聘）歐陽修上書引顏真卿使李希烈事,乞留弼,不報。5月,復應詔上書,極陳弊事。8月,請外。9月,通判滑州（河南省滑縣）。10月至。作品有：〈御書閣記〉、〈畫舫齋記〉、〈祕演詩集序〉、〈送曾鞏秀才序〉、〈送張唐民歸青州序〉。詩有：〈答朱寀捕蝗〉、〈答蘇子美離京見寄〉、〈立秋有感蘇子美〉、〈喜雪示徐生〉、〈賦竹上甘露〉、〈和對雪憶梅花〉等。〈立秋有感蘇子美〉：[29]

---

[27] 同前揭書,卷18,〈居士集〉,卷18,頁15。
[28] 同前揭書,卷24,〈居士集〉,卷24,頁1。
[29] 同前揭書,卷53,〈居士外集〉,卷3,頁9。

庭樹忽改色，秋風動其枝；
物情未必爾，我意先已悽。
雖恐芳節謝，猶忻早涼歸。
起步雲月暗，顧瞻星斗移。
四時有大信，萬物誰與期。
故人在千里，歲月令我悲。
所嗟事業晚，豈惜顏色衰。
廟謀今謂何，胡馬日以肥。

由秋風、庭樹起興，仰望星斗，而思念千里外故友，出於真情。又，〈和對雪憶梅花〉云：[30]

昔官西陵江峽間，野花紅紫多爛斑；
惟有寒梅舊所識，異鄉每見心依然。
為憐花自洛中看，花上蜀鳥啼綿蠻；
當時作詩誰唱和，粉蘂自折清香繁。
今來把酒對殘雪，卻憶江上高樓山；
群花四時媚者眾，何獨此樹令人攀？
窮冬萬木立枯死，玉蘂獨發陵清寒；
鮮妍皎如鏡裏面，綽約對若風中仙。
惜哉北地無此樹，霰雪漫漫平沙川；
徐生隨我客此郡，冰霜旅舍逢新年。
憶花對雪晨起坐，清詩寶鐵裁琅玕；
長河風色暖將動，即看綠柳含春煙。
寒齋寂寞何以慰，卯盃且醉酣午眠。

---
[30] 同前註，頁10。

梅花為「舊所識」,窮冬「玉豔獨發」,綽約「若風中仙」,令人激賞,惜北地無此樹,寂寞時,對雪憶花,住寒齋「卯盃且醉酣午眠」。欣賞寒梅堅貞,以托己意。

慶曆3年(1043),歐陽修37歲。呂夷簡等罷官。晏殊為相,韓琦、范仲淹參知政事,杜衍、富弼為樞密使,歐陽修、蔡襄為知諫院。有〈為君難〉、〈答徐無黨書〉、〈王彥章畫像記〉等作品。〈為君難〉,[31] 言「為君難者」,「蓋莫難於用人」。〈答徐無黨〉第一、第二書,答徐以經書問題。〈王彥章畫像記〉,表彰王之忠勇。

此年,又有所謂「慶曆黨議」,據《宋史紀事本末》云:

> (宋仁宗)慶曆三年三月,增置諫官,以歐陽修、王素、蔡襄知諫院,余靖為右正言。……修每入對,帝必延問執政,咨所宜行,既多所張弛。修慮善人必不勝,數為帝分別言之。自范仲淹貶饒州,修及尹洙、余靖皆以直仲淹見逐,群邪目之曰黨人,於是朋黨之議遂起。修乃為〈朋黨論〉以進。[32]

〈朋黨論〉[33],旨在說明「小人無朋,惟君子則有之」,蓋「小人所好者,祿利也,所貪者,財貨也;當其同利之時,暫相黨引以為朋者,偽也。及其見利而爭先,或利盡而交疏,則反相賊害」。故「小人無朋」,「其暫為朋者,偽也」。君子則不然,「所

---

[31] 同前揭書,〈居士集〉,卷17,頁9。
[32] 陳邦瞻撰《宋史紀事本末》,卷29,頁190,臺北:三民書局,1956年。
[33] 歐陽修撰《歐陽文忠公集》,〈居士集〉,卷17,頁6。

守者道義,所行者忠信,所惜者名節,以之修身則同道而相益,以之事國,則同心而共濟」,故「為人君者,當退小人之偽朋,用君子之真朋」。以此之說,破陳執中、章得象、王拱辰、魚周詢等之「朋黨說」(本欲去善類)。

慶曆4年(1044),歐陽修38歲。除龍圖閣直學士,出為河北都轉運使。元昊請和,晏殊罷相。

慶曆5年(1045),歐陽修39歲。因孤甥張氏犯法事落職,改知滁州(安徽滁縣)。子奕生。

慶曆6年(1046),歐陽修40歲、在滁州,自號「醉翁」。不得意而言「醉翁」,饒富趣味。在《西清詩話》有:

> 歐公守滁陽,築醒心、醉翁兩亭於琅琊幽谷,且命幕客謝某者,雜植花卉其間,謝以狀問名品,公即書紙尾云:「淺深紅白宜相間,先後仍須次第栽;我欲四時攜酒去,莫教一日不花開」。其清放如此。[34]

栽淺深紅白的雜花,四季常開,欣賞自然美景,可見歐陽修文采風流。作品如〈豐樂亭記〉、〈醉翁亭記〉、〈菱谿石記〉、〈梅聖俞詩集序〉。詩如:〈題滁州醉翁亭〉:[35]

> 四十未為老,醉翁偶題篇;
> 醉中遺萬物,豈復記吾年。
> 但愛亭下水,來從亂峰間;

---

[34] 引自胡仔編《苕溪漁隱叢話》,前集卷29,〈六一居士〉上,頁201,臺北:長安出版社,1978年。
[35] 歐陽修撰《歐陽文忠公集》,卷53,〈居士外集〉,卷3,頁13。

聲如自空落，瀉向兩簷前。
流入嚴下溪，幽眾助涓涓；
響不亂人語，其清非管絃。
豈不美絲竹，絲竹不勝繁；
所以屢攜酒，遠步就潺湲。
野鳥窺我醉，溪雲留我眠；
山花徒能笑，不解與我言。
惟風巖風來，吹我還醒然。

頗得悠然之趣。

　　至於有名的散文〈豐樂亭記〉，除記山水外，頌揚皇帝功德；〈醉翁亭記〉，以民胞物與精神為結，此唐宋以來雜記寫法。

（四）

　　慶曆 7 年（1047），歐陽修 41 歲，在滁州。作〈修城祈晴祭五龍文〉、〈祈晴祭城隍神文〉、〈又祭漢高祖文〉等。〈又祭漢高祖文〉（一作城隍廟文）：[36]

民常患不勤於農，農勤矣，而雨敗其稼；吏常患不修其職，職修矣，而雨害其功；吏與民慢，則懼神罰；妨民沮吏，豈又神聰。今麥雖已失，猶有望於穀，城尚可補，敢不勞厥躬，咎難追於已往，神幸惠於其終。

滁州麥欠收，是以祈神降福，使穀豐收也。

　　慶曆 8 年（1048），歐陽修 42 歲，徙知揚州，作平山堂。

---

[36] 同前揭書，卷 49，〈居士集〉，卷 49，頁 4。

有：〈祭尹師魯文〉、〈祭蘇子美文〉。〈祭尹師魯文〉云：[37]

> 嗟乎師魯！辯足以窮萬物，而不能當一獄吏，志可以挾四海，而無所措其一身。窮山之崖，野水之濱，猿猱之窟，麋鹿之群。猶不能容於其間兮，遂即萬鬼為鄰。嗟乎師魯！世之惡子之多，未必若愛子者之眾，何其窮而至此兮，得非命在乎天而不在乎人！……自古有死，皆歸無物，惟聖與賢，雖埋不沒，尤於文章，焯若星目。……子於眾人，最愛予文，寓辭千里，侑此一罇。

尹洙（字師魯，河南人），深於《春秋》，好為古文，簡而有法，世稱河南先生，天聖間舉進士，與范仲淹友善，歐陽修在洛陽任職，與之切磋古文。

又，〈祭蘇子美文〉云：[38]

> 子於窮達，始終仁義，惟人不知，乃窮至此，蘊而不見，遂以沒地，獨留文章，照耀後世。

蘇舜欽（字子美，1008～1048，銅山人），好為古文歌詩，佐歐陽修變文格，舉進士，累遷集賢校理，坐事除名，流寓蘇州，隱讀以終。[39] 由此可知，歐陽修以仁義詩文相交也。

仁宗皇祐元年（1049），歐陽修43歲，復龍圖閣直學士，

---
[37] 同前註，頁9。
[38] 同前註，頁10。
[39] 參《宋史》，卷442，〈列傳〉201，〈文苑〉，頁4，臺北：藝文印書館，1955年。

移知潁州（安徽阜陽）。子辯生。

　　皇祐3年（1051），歐陽修45歲。在南京（河南商邱）。作〈真州東園記〉：[40]

> 歲秋八月，（許）子春以其職事（按官侍御史）走京師。圖其所謂東園者來，以示予曰：園之廣百畝，而流水橫其前，清池浸其右，高臺起其北。臺，吾望以拂雲之亭；池，吾俯以澄虛之閣；水，吾泛以畫舫之舟、敞其中以為清讌之堂，闢其後以為射賓之圃，芙渠芰荷之的歷，幽蘭白芷之芬芳，與佳花美木，列植而交陰，此前日之蒼煙白露而荊棘也……。

真州，在江蘇儀真縣。流水清池，高臺花木，文字清順，與實景合一。

　　皇祐4年（1052），歐陽修46歲。3月，太夫人鄭氏逝世。自南京（河南商邱）歸潁洲守長。范仲淹卒。作〈祭資政范公文〉：[41]

> 舉世之善，誰非公徒，讒人豈多，公志不舒，善不勝惡，豈其然乎！成難毀易，理又然歟！嗚呼公乎！欲壞其棟，先摧桷榱，傾巢破轂，披折傍枝，害一損百，人誰不懼，誰為黨論，是不仁哉。

據《宋史・范仲淹（989～1052）本傳》載：「初，仲淹以忤呂

---

[40] 歐陽修撰《歐陽文忠公集》，卷40，〈居士集〉，卷40，頁4。
[41] 同前揭書，卷50，〈居士集〉，卷50，頁2。

夷簡，放逐者數年，士大夫持二人曲直，交指為朋黨。及陝西用兵，天子以仲淹士望所屬，拔用之。及夷簡罷，召還，倚以為治，中外想望其功業。及仲淹以天下為己任，裁削倖濫，考覆官吏，日夜謀慮與致太平。……仲淹內剛外柔，性至孝，以母在時方貧，其後雖貴，非賓客不重肉。妻子衣食，僅能自充。而好施予，置義莊里中，以贍族人。……死之日，四方聞者，皆為歎息。……及其卒也，羌酋數百人，哭之如父」。[42]范公以天下為己任，終為天下人所敬重。

皇祐5年（1053），歐陽修47歲。自潁護母喪歸葬於吉川之瀧岡。胥、楊二夫人附葬，並有墓誌銘。〈母鄭夫人石槨銘〉：[43]

> 維皇祐五年癸巳六月庚午，匠作石槨，粵七月己亥，即成。於乎！有宋歐陽修母鄭夫人槨，既密既堅，惟億萬年，其固其安。

其母鄭夫人石槨，既密且堅，永固萬年，孝心可鑑。

仁宗至和元年（1054），歐陽修48歲。5月，服闋，除舊官職，赴闕。7月，出知同州（陝西大荔縣）。後參知政事劉沆方推舉修《唐書》，亦乞留歐陽修修書。8月，沆拜相。9月，歐陽修遷翰林學士。作品如：〈送徐無黨南歸序〉云：[44]

> 今之學者，莫不慕古聖賢之不朽，而勤一世以盡心於

---

[42] 同註39，卷314,〈列傳〉73，頁9。
[43] 歐陽修撰《歐陽文忠公集》，卷62,〈居士外集〉，卷12，頁10。
[44] 同前揭書,〈居士集〉，卷43，頁3。

文字間者,皆可悲也。

知其崇尚儒道,貶損文學。

　　至和2年(1055),歐陽修49歲。出知蔡州(河南汝南)。8月,假右諫議大夫充賀契丹國母生辰使,將持送仁宗御容、會虜主殂,改充賀登位國信使。

　　仁宗嘉祐元年(1056),歐陽修50歲。2月,出使契丹還。進〈北使語錄〉。包拯(999～1063)知開封府。有〈鳴蟬賦〉,其序:[45]

　　　　嘉祐元年,夏,大雨水,奉詔祈晴於醴泉宮,聞鳴蟬
　　　　有感而賦云。

賦以蟬之好鳴、與百鳥萬物之好鳴相比。

(五)

　　嘉祐2年(1057),歐陽修51歲,權知禮部貢舉。全力排抑險怪奇澀的「太學體」。是科,程顥、張載、朱光庭、蘇軾、蘇轍、曾鞏均及第。而文體為之一變。作品如:〈浮槎(山名,在安徽潁上縣)山水記〉。[46]

　　嘉祐3年(1058),歐陽修52歲。繼包拯後,權知開封府。

　　嘉祐4年(1059),歐陽修53歲。免開封府,轉給事中,充御進士詳定官。有〈秋聲賦〉、〈病暑賦〉、〈有美堂記〉等作

---

[45] 同前揭書,〈居士集〉,卷15,頁2。
[46] 同前揭書,〈居士集〉,卷40。

品。〈秋聲賦〉,[47] 借秋之色、容、氣、意,引出秋聲,淒蒼悲涼,而人之勞心勞形,不待秋聲,亦為之摧敗零落!〈病暑賦〉,[48] 以為「東走乎泰山」、「西登乎崑崙」、「欲泛乎南溟」、「欲臨乎北荒」、「四方上下皆不得以往兮」、「顧此大熱,吾不知夫所逃」,最後乃知,「聖賢之高躅(跡)」,「惟冥心以息慮兮,庶可忘於煩酷」,即吾人所謂「心靜自然涼」之意。〈有美堂記〉(有美堂,在杭州吳山之顛)。[49] 以為「錢塘兼有天下之美,而斯堂者,又盡得錢塘之美焉」。以稱揚杭州守梅摯在吳山所築之堂。

嘉祐5年(1060),歐陽修54歲。上《新唐書》250卷,轉禮部侍郎,拜樞密副使。王安石為三司度支判官。有〈祭梅聖俞文〉:[50]

> 昔始見子,伊川之上,余仕方初,子年亦壯。……子心寬易,在險如夷,年實加我,其顏不衰,謂子仁人自宜多壽,余譬膏火,煎熬豈久?事今反此,理固難知……。

己如膏火,煎熬不久;聖俞仁人當壽,而事實相反,天理難知。至性真情流露。

嘉祐6年(1061),歐陽修55歲。轉戶部侍郎,參知政事,進封開國公。時韓琦為相,同輔國政。

---

[47] 同前揭書,〈居士集〉,卷15,頁3。
[48] 同前註,頁4。
[49] 同前揭書,卷40,頁6。
[50] 同前揭書,卷50,頁3。

嘉祐 7 年（1062），歐陽修 56 歲。提舉三館秘閣，寫校書籍，同譯經潤文。有〈三琴記〉[51]

> 吾家有三琴，其一傳為張越琴，其一傳為樓則琴，其一傳為雷氏琴，其製作皆精而有法……。

記載家中所藏三琴，以為琴曲可以自適，並言獨愛〈流水〉一曲。

嘉祐 8 年（1063），歐陽修 57 歲。仁宗崩，4 月，英宗即位，光獻太后臨朝。

英宗治平元年（1064），歐陽修 58 歲，轉吏部侍郎。

英宗治平 2 年（1065），歐陽修 59 歲，上表乞外，不允。詔議崇封濮王禮。有〈徂徠石先生介墓誌銘〉、〈相州晝錦堂記〉等作品。〈相州晝錦堂記〉，[52] 以韓琦（1008～1075），兩定建儲大計、杜稷以安，公而忘私，功名成就後，回故鄉相州（河南安陽），在家裏造了「晝錦堂」，而韓琦所做大事，不同一般凡俗。文中歐陽修以「晝錦」二字過俗，並以「衣錦晝行」為戒，出脫其意。〈徂徠石先生（介，1005～1045）墓誌銘〉[53]云：

> 徂徠石先生……貌厚而氣完，學篤而志大，雖在畎畝，不忘天下之憂，以謂時無不可為。為之無不至，不在其位，則行其言，吾言用，功利施於天下，不必

---

[51] 歐陽修撰《歐陽文忠公集》，卷 63，〈居士外集〉，卷 13，頁 20。
[52] 同前揭書，〈居士集〉，卷 40，頁 8。
[53] 同前揭書，〈居士集〉，卷 34，頁 3。

出乎己;吾言不用,雖獲禍咎,至死而不悔。……其
斥佛老時文,則有怪說中國論,曰去此三者,然後可
以有為……。

知石介為正統儒者,攘斥佛老,以天下興亡為己任,其勇有若孟軻、韓愈。

治平3年(1066),歐陽修60歲。以言者指濮議(英宗為濮安懿王子,仁宗朝,立為皇子,即位後,詔議崇奉濮王典禮,司馬光、歐陽修、呂誨等以為為人後者為人之子,應稱仁宗為皇考,稱濮王為皇伯;而帝及中書諸官,則議稱為考,久之,卒以稱考定議;議稱皇伯者多被黜,史稱濮議)為邪說,力求去,不允。

(六)

治平4年(1067),歐陽修61歲。英宗崩,正月,神宗即位。與韓琦同罷。2月,第三子棐登進士。王安石為翰林學士。

神宗熙寧元年(1068),歐陽修62歲,轉兵部尚書,仍知亳州(安徽亳縣),築第於潁。8月,改知青州(山東益都)。

神宗熙寧2年(1069),歐陽修63歲,知青州。富弼相,王安石參知政事,議行新法。

神宗熙寧3年(1070),歐陽修64歲,在青州上疏,請止散青苗錢,其〈謝擅止青苗錢放罪表〉[54]云:

> 昨遇國家新建官司而主計,大商財利以均通,分命出

---

[54] 同前揭書,《歐陽文忠公集》,卷95,〈表奏書啟四六集〉,卷5,頁8。

使之車,交馳於郡縣,悉發舊藏之鏹,取息於民氓,而臣方苦於昏衰,初莫詳其利害,既已大誼於物議,始知不便於人情,亦嘗略陳象弊之三,冀補萬分之一……。

青苗錢,是由官以常平糴本出貸於民,還納息二分,春散夏歛,夏散秋歛。熙寧 2 年施行,大誼於物議,不便於民情。3 年,歐陽修上疏據理力爭。

7月,改知蔡州(河南汝南),9月至蔡。是歲,更號六一居士,〈六一居士傳〉[55]云:

六一居士初謫滁山,自號醉翁。既老而衰且病,將退休於潁水之上,則又更號六一居士。客有問曰:六一何謂也?居士曰:吾家藏書一萬卷,集錄三代以來金石遺文一千卷,有琴一張,有棋一局,而常置酒一壺。客曰:是為五一爾,奈何?居士曰:以吾一翁老於此五物之間,是豈不為六一乎。

又,此年作〈瀧岡阡表〉(初稿為〈先君墓表〉),追述父母言行,說出父親大孝、仁愛精神,同時也點染母親賢慧。

又,有名的詞,如〈採桑子〉,亦作於此時,其中如:[56]

群芳過後西湖好,狼籍殘紅,飛絮濛濛,垂柳闌干盡

---

[55] 同前揭書,〈居士集〉,卷 44,頁 7。
[56] 歐陽修撰《六一詞》,頁 2。此據商務印書館影印文淵閣四庫全書,下引詞作同此,不贅。

日風。　笙歌散盡遊人去,始覺春空,垂下簾櫳,雙燕歸來細雨中。

又:

何人解賞西湖好,佳景無時,飛蓋相追。貪向花間醉玉卮。　誰知閒憑闌干處,芳草斜暉,水遠煙微,一點滄州白鷺飛。

此所言西湖,指潁州西湖。歐陽修詞婉轉,與提倡古文、主載道之面孔不同。其他詞作如〈長相思〉:[57]

花似伊,柳似伊,花柳青春人別離,低頭雙淚垂。　長江東,長江西,兩岸鴛鴦兩處飛,相逢知幾時。

又:

深花枝,淺花枝,深淺花枝相並時,花枝難似伊。　玉如肌,柳如眉,愛著鵝黃金縷衣,啼粧更為誰。

又,〈踏莎行〉:[58]

候館梅殘,溪橋柳細,草薰風暖搖征轡,離愁漸遠漸無窮,迢迢不斷如春水。　寸寸柔腸,盈盈粉淚,

---

[57] 同前註,頁 5。
[58] 同前註,頁 6。

樓高莫近危欄倚，平蕪盡處是春山，行人更在春山外。

一副送行圖。又如〈浪淘沙〉：[59]

把酒祝東風，且共從容，垂楊紫陌洛城東，總是當時攜手處，遊遍芳叢。　聚散苦匆匆，此恨無窮，今年花勝去年紅，可惜明年花更好，知與誰同。

等等作品，大都婉轉纏綿、情深意遠，有「深婉開少游」（馮煦）之說。

熙寧 4 年（1071），歐陽修 65 歲，知蔡州，屢乞休，以觀文殿學士太子少師致仕。7 月，歸潁。

熙寧 5 年（1072），歐陽修 66 歲。閏 7 月，薨於潁州，贈太子太師。熙寧 7 年 8 月，太常議諡，號「文忠」。

歐陽修的文學成就。就散文說，繼韓愈之後，思想根於孔、孟，內容充實，結構巧妙，語言暢達，風格多樣，即「文備眾體，變化開合，因物命意，各極其工」，如其子歐陽發言（見《歐陽文忠公集》）。亦如姚鼐〈復魯絜非書〉所說，屬「陰柔」。其文以碑誌和序記為多，各佔全文三分之一，論文書啟等亦約佔三分之一。

歐陽修的詩，受韓愈影響，往往以文為詩。又，得益於梅聖俞（堯臣），文字簡淡，情韵曲折，所謂「一唱三歎而有遺音」，開宋詩先河。

而其詞，繼五代以來清巧婉麗作風，言情之作，溫婉細膩，

---

[59] 同前註，頁 31。

如〈浪淘沙〉「聚散苦匆匆，此恨無窮」，「今年花勝去年紅，可惜明年花更好，知與誰同」。難怪王國維《人間詞話》認為歐陽修詞勝於詩，因為「寫之於詩者，不若寫之於詞者之真也」。換言之，他的詞作更能表達他的心聲。

第三單元：東坡傳

一、序

一提起蘇軾，很容易讓我們聯想到他的〈念奴嬌〉(赤壁懷古)詞：《東坡詞，頁85》[1]

> 大江東去，浪淘盡，千古風流人物，故壘西邊，人道是三國周郎赤壁。亂石崩雲，驚濤裂岸，捲起千堆雪。江山如畫，一時多少豪傑。　遙想公瑾當年，小喬初嫁了，雄姿英發。羽扇綸巾談笑間，強虜灰飛煙滅。故國神遊，多情應笑我，早生華髮。人間如夢，一尊還酹江月。

這是他在宋神宗元豐5年（1082）、47歲那年，在黃州（湖北省黃岡縣）寫的。萬里江濤，奔赴眼前；三國人物如諸葛孔明，周公瑾等人破曹（建安十三年）的聯想，千年感興，人生如夢的唏噓，齊上心頭[2]。然而，東坡早年得志、中年仕宦沈浮、晚歲流放儋州（海南島），卻不是一般人所能想像的。

---

[1] 蘇軾著：《東坡詞》，收在《欽定四庫全書》，集部，詞曲類，臺北：商務印書館本，民國75年（1986）7月，下引《東坡詞》同此本，不贅。

[2] 不過此首〈念奴嬌〉，地點不對，赤壁非湖北黃崗：且故國指四川，亦誤。而「羽扇綸巾」應指諸葛亮，照文氣，則為周瑜。文字亦多重複，如三江、三人、二國、二故等（俞文豹《吹劍錄》已云），後人或以為瑕疵。

二、出生到 20 歲

蘇軾,字子瞻,一字和仲,到黃州後,躬耕東坡,號東坡居士,別署雪浪齋、靜常齋、鐵冠道人等。北宋仁宗景佑 3 年丙子(1036)12 月 19 日(西元 1037 年,1 月 8 日),生於四川眉州眉山縣(在成都南),為蘇洵次子。洵有名二子說:

> 輪輻蓋軫,皆有職乎車。而軾獨若無所為者,雖然去軾,則吾未見其為完車也。軾乎,吾懼汝之不外飾也,天下之車,莫不由轍,而言車之功者,轍不與焉。[3]

父親洵以車子的「軾」(車前)、「轍」(車跡,或以兩輪之間,空中可通)[4]命名,以為車載之功,然又懼兒子軾之才外露,容易吃虧。

依傅藻的《東坡紀年錄》、蘇轍的〈亡兄子瞻端明墓誌銘〉[5],東坡世系為:

---

[3] 蘇洵著《嘉祐集》,卷 14,頁 6,臺北:商務四部叢刊正編,民國 68 年(1979)11 月。

[4] 此據許慎著《說文解字》,徐鉉校本,引自丁福保編《說文解字詁林》,14 上,頁 6414 及頁 6470,臺北:商務印書館,民國 65 年(1976)2 月。又,「轍」字解釋,依毛際盛著《說文新附通誼》。

[5] 傅藻編《東坡紀年錄》,收在王十朋《集注分類東坡詩》,卷首,頁 1,臺北:商務四部叢刊正編,民國 68 年(1979)11 月。蘇轍〈亡兄子瞻端明墓誌銘〉,收在《欒城後集》,卷 22,頁 1,版本同註 5。

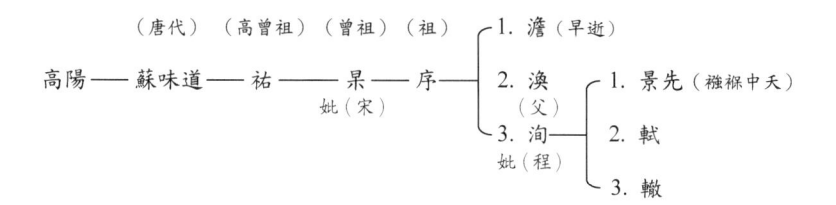

```
                                    ┌ 1. 澹（早逝）
      （唐代）（高曾祖）（曾祖）（祖）│
高陽──蘇味道──祐────杲──序──┤ 2. 渙        ┌ 1. 景先（襁褓中夭）
                        娶（宋）    │  （父）      │
                                    └ 3. 洵────────┤ 2. 軾
                                         娶（程）  │
                                                   └ 3. 轍
```

蘇洵（1009～1066，字明允，號老泉），遊學四方，27歲始發憤為學。母親程夫人親授經史，在〈亡兄子瞻端明墓誌銘〉云：

> 公生十年，而先君宦學四方，太夫人親授以書。聞古今成敗，輒能語其要。太夫人嘗讀東漢史至〈范滂傳〉，慨然太息，公侍側曰：軾若為滂，夫人亦許之否乎？太夫人喜曰：汝能為滂，吾顧不能為滂母耶？公亦奮厲，有當世志。太夫人喜曰：吾有子矣。[6]

范滂（137～169），東漢汝南征羌（河南開封鄢城縣東）人，字孟博，舉孝廉。時冀州飢荒，民所至起義，滂為清詔使，有意澄清吏治。每至州境，貪污之守令皆聞風離去，以得罪宦官，繫黃門北寺獄，事釋得歸。靈帝建寧2年（169），大殺黨人，詔下捕滂等，至詣獄，滂母與訣，曰：「汝今得與李（膺）、杜（密）齊名，死亦何恨，死時年三十三。[7]」東坡只10歲，即具

---

[6] 同註5，又此文亦見於《宋史・蘇軾本傳》，卷338，列傳第97，頁1，臺北：藝文印書館影印武英殿本，1955年。

[7] 事見范曄撰《後漢書》，列傳第57，〈黨錮列傳〉，頁14，臺北：藝文印書館王先謙《集解》本，1955年。

有強烈廓清政治的使命感，豪邁之志，令人折服，難怪其母說：「吾有子矣」。

弟子由記其思想淵源云：

> 少與軾，皆師先君。初好賈誼、陸贄書，論古今治亂、不為空言，既而讀《莊子》，喟然歎息曰：吾昔有見於中，口未能言，今見《莊子》，得吾心矣。[8]

可知東坡與弟子由，以父親洵為師，初好賈誼、陸贄等政論書籍，既而讀《莊子》，受其思想影響[9]，以為得其心。

19歲，東坡娶了王弗小姐（16歲），是眉山鄰邑青神縣（眉山縣南）的鄉貢進士王方之女。

說起東坡的婚姻，屬「剋妻」，有類歐陽修（先後娶胥、楊、薛等三位夫人）。原配王弗，後來封為通義郡君，稱通義君，小東坡三歲，死時年二十七，東坡的〈江城子〉詞，即哀悼王弗的（乙卯正月20日夜記夢。乙卯，神宗熙寧8年〔1075〕，東坡40歲）云：（《東坡詞》，頁71）

> 十年生死兩茫茫，不思量，自難忘。千里孤墳，無處話淒涼。縱使相逢應不識，塵滿面、鬢如霜。　夜來幽夢忽還鄉，小軒窗、正梳妝，相顧無言惟有淚千行，料得年年腸斷處，明月夜、短松岡。

8　蘇轍撰〈亡兄子瞻端明墓誌銘〉，見注5，頁14。
9　莊子思想，可參馮友蘭著《中國哲學史》上，頁282，香港：文蘭圖書公司，1967年4月。

夫妻十年相愛之情,「不思量、自難忘」,死後,千里孤墳,一位「塵滿面」、一位「鬢如霜」,是以「縱使相逢應不識」,悲感交集。夢中,「相顧無言」、「惟有淚千行」,至性至情,令人悽婉。

繼配王閏之,是王弗堂妹,封同安郡君,故稱同安君,比東坡小12歲,在神宗熙寧元年(1068),東坡除父喪後續娶的。

又,王朝雲,錢塘人,小東坡26歲,在蘇州先納為妾;東坡南遷時,同安君已去世一年,朝雲隨同前往,不久,死於惠州(廣東、惠陽),年三十四。

三、20歲至30歲

宋仁宗嘉佑2年(1057),東坡22歲,應禮部試,主考官歐陽修(知禮部貢舉)[10],拔置第二,所作〈刑賞忠厚之至論〉[11]:(《經進東坡文集事略》,卷9,頁4)

> 堯舜禹湯文武成康之際,何其愛民之深,憂民之切,而待天下以君子長者之道也。有一善從而賞之,又從而詠歌嗟嘆之,所以樂其始而勉其終。有一不善,從而罰之,又從而哀矜懲創之,所以棄其舊而開其新。……當堯之時,皋陶為士,將殺人,皋陶曰,殺之三,堯曰,宥之(三?),故天下畏皋陶執法之

---

[10] 胡柯編《廬陵歐陽文忠公年譜》,頁16,嘉祐2年丁酉條云:「正月癸未,權知禮部貢舉。」收在歐陽修著《歐陽文忠公集》,臺北:商務四部叢刊正編,民國68年(1979)11月。

[11] 蘇軾著《經進東坡文集事略》(郎曄編),商務四部叢刊正編,1979年。下引文集,同此本,不贅。

堅,而樂堯用刑之寬。……可以賞、可以無賞,賞之過乎仁。可以罰、可以無罰,罰之過乎義。過乎仁,不失為君子,過乎義,則流而入於忍人。故仁可過也,義不可過也,古者賞不以爵祿,刑不以刀鋸,賞以爵祿,是賞之道行於爵祿之所加,而不行於爵祿之所不加也。刑以刀鋸,是刑之威施於刀鋸之所及,而不施於刀鋸之所不及也。先王知天下之善不勝賞,而爵祿不足以勸也,知天下之惡不勝刑,而刀鋸不足以裁也,是故疑則舉而歸之於仁,以君子長者之道待天下,使天下相率而歸於君子長者之道,故曰忠厚之至也。……

文中以忠厚治天下,天下歸於君子長者之道。歐陽修以為學生曾鞏(1019～1083)所為。為避開閒言閒語,拔置第二。「春秋對策」列第一,3月,崇政殿試中進試乙科(第一為章衡),弟轍,亦同榜及第。時東坡年二十二,子由二十,歐陽修盛讚其文,與梅聖俞(1002～1060)曰:「吾當避此人出一頭地!」一旦名滿天下。同榜成進士者尚有:曾鞏、林旦、朱光庭、張琥(後改名璪,與李定同治蘇軾烏臺詩獄者)。

　　22歲的東坡,3月御試崇政殿,14日以第二名進士及第。剛得的喜悅,卻在4月8日,傳來母親程氏終於眉山鄉里,悲慟萬分。5月,偕轍侍父洵歸眉山。父洵葬母程氏於武陽安鎮山下。

　　嘉祐4年(1059),東坡24歲,9月,服除。10月,偕轍侍父洵自蜀還朝,舟行適楚,凡60日,過郡十一,縣二十六,12月8日抵江陵驛(湖北、江陵),途中多吟詠,後留荊州(湖北江陵)度歲。此年長男邁生。

嘉祐5年（1060），東坡父子三人，自荊州往北，至襄陽、河南鄧、許昌，3月15日抵京師（開封），寓於西岡，是月授河南福昌縣（宜陽縣西）主簿，轍授澠池縣（洛陽西）主簿（九品官職），兩地相距雖不遠，俱不赴。

　　嘉祐6年（1061），東坡26歲。8月25日赴崇政殿，復入三等，轍入四等，除大理（掌刑罰）評事。10月，除鳳翔府簽判（判官廳公事）。從汴京到鳳翔、重經五年舊遊的澠池，在訪奉閑的精舍，昔日接遇的和尚已死，有〈和子由澠池懷舊詩〉（《蘇軾詩集》，卷3，頁96）[12]：

　　　　人生到處知何似，應似飛鴻踏雪泥；
　　　　泥上偶然留指爪，鴻飛那復計東西。
　　　　老僧已死成新塔，壞壁無由見舊題；
　　　　往日崎嶇還記否？路長人困蹇驢嘶。

奉閑和尚所居之壁，不見舊題，寺塔新立，感慨人生、如雪泥鴻爪，以禪語實之。

　　12月14日到任。時，陳希亮為太守，東坡上司，欲抑其才華，而希亮子慥（季常）與東坡友善。有〈方山子傳〉。鳳翔久旱，東坡曾祈雨於上清宮，有〈喜雨亭記〉。在鳳翔任職三年。

　　英宗治平2年（1065），東坡30歲。正月，還朝。與弟轍同侍父於南園。差判登聞鼓院（陳冤情處）。英宗欲以唐故事，召入翰林知制誥（中書舍人之職，專掌內命、典司詔誥），宰相

---

[12] 清、王文誥、馮應榴輯注《蘇軾詩集》，卷3，頁96，臺北：學海出版社，民國74年（1985）9月。

韓琦曰：

> 軾之才遠大器也，他日當為天下用，要在朝廷培養之，使天下之士，莫不畏慕降伏，皆欲朝廷進用，然後取而用之，則人人無復異辭矣。今驟用之，則天下之士，未必以為然，適足以累之也。[13]

2月，召試學士院，試二論，復入三等，得直史館（屬門下省，掌修撰史書）。王氏（通義君）卒於京師，年二十七，6月，殯於京城道院。（後十年，有〈江城子〉詞）。

四、31歲至40歲時期

英宗治平3年（1066），東坡31歲，在京師任職。4月，父洵編《太常因革禮》一百卷成，奏上之；是月25日，病終於京師，年五十八。6月，東坡具舟，與弟轍護喪歸蜀，通義君柩隨載而行。次年8月，合葬父柩於眉之東北彭山縣安鎮鄉、可龍里、老翁泉側，另葬通義君柩於合墓之西北八步。

神宗熙寧元年（1068），東坡33歲，7月除服。10月，娶王介幼女，名閏之，字季璋，為繼配（年21），乃通義君之堂妹。

神宗熙寧2年（1069），東坡34歲，還朝。仍以殿中丞直史館，差判官告院、兼尚書祠部。弟轍為制置三司條例之屬。

神宗熙寧3年（1070），東坡35歲。弟轍力詆新法，安石怒。11月20日送章子平出牧鄭州。

---

[13] 《宋史》卷338，列傳第97，頁2，臺北：藝文印書館影印武英殿本，1955年。

熙寧4年（1071），東坡36歲。正月，王安石欲變科舉，詔兩制三館議之，遂上議學校貢舉狀，即日召見，又上三言。2月，〈上神宗皇帝萬言書〉云：（《文集事略》，卷24，頁2）

> 人主之所恃者，人心而已。人心之於人主也，如木之有根、如燈之有膏、如魚之有水、如農夫之有田、如商賈之有財；木無根則槁、燈無膏則滅、魚無水則死、農夫無田則飢、商賈無財則貧，人主失人心則亡，此理之必然，不可逭之災也。……陛下生知之性、天縱文武、不患不明、不患不勤、不患不斷，但患求治太速、進人太銳、聽言太廣，……

東坡進言，欲皇上結人心、厚風俗、培養國家元氣，然「患求治太速、進人太銳、聽言太廣」，期期以為不可。3月，〈再上神宗書〉，奏上，皆不報。與王安石不合。6月，以太常博士直史館通判杭州。7月出京，赴陳州（河南省淮陽縣）、與轍相聚。9月離陳州，轍送至潁洲（安徽阜陽），因同謁歐陽修於里第，遂與轍別。

10月出潁州，初見淮山、經壽州（安徽壽）、臨淮（在安徽）、洪澤湖、至山陽（江蘇淮安）、揚州，11月至杭州。作〈寄子由〉詩。12月遊孤山、訪僧作詩。

神宗熙寧5年（1072），東坡37歲。正月，城外探春，有〈浪淘沙〉詞（《東坡詞》，頁42）：

> 昨日出東城，試探春情。牆頭紅杏暗如傾，檻內群芳芽未吐，早已回春。　　綺陌斂香塵，雪霽前村，東君用意不辭辛，料想春光先到處，吹綻梅英。

描述初春景象。早期作品,婉約,繼《花間》之作。

東坡在杭州,放浪風情,尤其西湖的美,沒有東坡不足以極盡其妙,他的:〈飲湖上初晴後雨〉,二首之二(《東坡詩集》,卷9,頁430):

> 水光瀲灎晴方好,山色空濛雨亦奇;
> 若把西湖比西子,淡粧濃抹總相宜。

用西施的美比西湖,千古僅有。

9月,聞歐陽修訃,哭於孤山惠勤之室,由於任職杭州,難以遠行,有〈祭歐陽文忠公文〉(《蘇東坡全集》,前集,卷35,頁412)[14]:

> 嗚呼哀哉!公之生於世,六十有六。民有父母,國有蓍龜,斯文有傳,學者有師,君子有所恃而不恐,小人有所畏而不為。譬如大川喬嶽,不見其運動,而功利之及於物者,蓋不可以數計而周知。今公之沒也,赤子無所仰芘,朝廷無所稽疑,斯文化為異端,而學者至於用夷。君子以為無為為善,而小人沛然自以為得時。譬如深淵大澤,龍亡而虎逝,則變怪雜出,舞鰍鱓而號狐狸。昔其未用也,天下以為病;而其既用也,則又以為遲;及其釋位而去也,莫不冀其復用;至其請老而歸也,莫不惆悵失望;而猶庶幾於萬一者,幸公之未衰。孰謂公無復有意於斯世也,奄一去

---

[14] 此文《經進東坡文集事略》未收,見於《蘇東坡全集》,收在楊家駱主編《中國學術名著》第六輯,臺北:世界書局,民國72年(1983)4月。

而莫予遺。豈厭世溷濁，絜身而逝乎？將民之無祿，而天莫之遺？昔我先君，懷寶遁世，非公則莫能致。而不肖無狀，因緣出入，受教於門下者，十有六年於茲。聞公之喪，義當匍匐往救，而懷祿不去，愧古人以忸怩。緘詞千里，以寓一哀而已矣。蓋上以為天下慟，而下以哭其私。嗚呼哀哉，尚享。

朝無君子，赤子失所仰芘，文化失傳，而淪為異端矣！此為天下慟、且哭其私者。

東坡自36歲通判杭州、至39歲（熙寧7年，1074），遊山玩水，詩詞作品頗豐，如〈江城子〉（熙寧7年作，湖上與張先同賦詩聞彈箏），（《東坡詞》，頁70）：

鳳凰山下雨初晴，水風清、晚霞明。一朵芙蕖，開過尚盈盈，何處飛來雙白鷺，如有意、慕娉婷。　忽聞江上弄哀箏，苦含情、遣誰聽，煙斂雲收，依約是湘靈，欲待曲終尋問取，人不見，數峰青。

此亦早期婉約之作。又如〈南鄉子〉（《東坡詞》，頁45）：

回首亂山橫，不見居人只見城。誰似臨平山上塔，亭亭，迎客西來送客行。　臨路晚風清，一枕初寒夢不成。今夜殘燈斜照處，熒熒，秋雨晴時淚不晴。

亦婉約作品。又〈南柯子〉（熙寧7年）（《東坡詞》、頁38）：

> 苒苒中秋過，蕭蕭兩鬢華，寓身此世一塵沙。笑看潮來潮去，了生涯。　方士三山路，漁人一葉家，早知身世兩聱牙，好伴騎鯨公子，賦雄誇。

李白自署海上騎鯨客，亦有〈大鵬賦〉之作（以《莊子》鵬鳥自喻）。此首已有不得已交情。又如〈醉落魄〉（熙寧7年）（席上呈楊元素）、（《東坡詞》，頁52）：

> 分攜如昨，人生到處萍漂泊，偶然相聚還離索，多病多愁。須信從來錯。　樽前一笑休辭卻，天涯同是傷淪落，故山猶負平生約，西望峨嵋，長羨歸飛鶴。

人生漂泊、多病多愁；後片不得志、思歸之情，溢於言表。

熙寧7年正月起，曾出遊京口、金山、宜興、虎邱等地。9月回杭，納妾朝雲，王氏，字子霞，時年十二。是月，以太常博士直史館知密州，罷杭州通守任。11月3日到密州（在山東、諸城縣）上任。

熙寧8年（1075），東坡40歲，在密州任。11月，葺超然臺，建快哉亭。在〈超然臺記〉文中，以為人生應超出「是非」、「榮辱」之境。另，〈望江南〉詞（超然臺作）（熙寧9年作）（《東坡詞》，頁41）：

> 春未老，風細柳斜斜。試上超然臺上看，半壕春水一城花，煙雨暗千家。　寒食後，酒醒卻咨嗟。休對故人思故國，且將新火試新茶，詩酒趁年華。

不得志、思鄉的情懷，悠然而生。

五、41歲至50歲時期

熙寧9年（1076），東坡41歲，仍在密州任。東坡與子由手足情深，堪為古今典範。在〈水調歌頭〉（丙辰中秋，歡飲達旦，大醉，作此篇兼懷子由）（《東坡詞》，頁81）：

明月幾時有？把酒問青天。不知天上宮闕，今夕是何年。我欲乘風歸去，又恐瓊樓玉宇，高處不勝寒。起舞弄清影，何似在人間！　轉朱閣，低綺戶，照無眠。不應有恨，何事長向別時圓！人有悲歡離合，月有陰晴圓缺，此事古難全。但願人長久，千里共嬋娟。

別時月圓、人亦圓，此刻中秋，月圓人不圓，只有借嬋娟美好月態，以為祝福、懷念弟弟子由，情深意美。後來，東坡身陷天牢，以為生命即將結束，更告訴弟弟「與君世世為兄弟，更結人間未了因」，可謂死生不渝之情。弟弟則在哥哥繫天牢時，上書皇帝「臣欲乞納在身官，以贖兄軾，非敢望末減其罪，但得免下獄死為幸」，以在身官職贖哥哥死罪，兄弟情深，令人敬佩。

神宗元豐元年（1078），東坡43歲。任徐州（江蘇銅山，在蘇北）。2月4日，因防水有功，降敕獎諭，賜錢發粟，因改築徐州外小城，並起黃樓。有〈永遇樂〉（徐州夜夢覺，此登燕子樓作）（《東坡詞》，頁89）：

明月如霜，好風如水，清景無限。曲港跳魚，圓荷瀉露，寂寞無人見。紞如三鼓，鏗然一葉，黯黯夢雲驚斷。夜茫茫，重尋無處，覺來小園行徧。　天涯

倦客，山中歸路，望斷故園心眼。燕子樓空，佳人何在？空鎖樓中燕。古今如夢，何曾夢覺，但有舊歡新怨。異時對，黃樓夜景，為余浩歎。

燕子樓，在銅山縣西北隅。唐德宗貞元中，張尚書建封鎮徐州，築此樓以居愛妾關盼盼。張卒，盼盼樓居15年，不嫁，後，不食死。詞中借關盼盼託懷，古今如夢，何曾夢覺。

元豐2年（1079），東坡44歲。3月，徙知湖州（浙江、吳興），遂罷徐州任。4月，往南，過泗州、經高郵，遇參寥。又過揚州、遊平山堂、金山、渡京口、遊惠山、吳江、秀州（浙江嘉興）。21日（一云29日）到湖州任。

7月，李定（字資深、揚州人）、舒亶（字信道、明州慈谿人）等，摘東坡詩文，「譏訕時事」、「怨謗君父」[15]。李定、舒亶等所上箚記，言蘇軾有可廢之罪者：

> 知湖州蘇軾，本無學術。偶中異科。初騰沮毀之論，陛下猶置之不問，軾怙終不悔，狂悖之語日聞，軾讀史傳，非不知事君有禮，訕上有誅，而敢肆其憤心，公為詆訾；而又應試舉對，即已有厭弊更法之意，及陛下修明政事，怨不用己，遂一切毀之，以為非是，傷教亂俗，莫甚於此。伏望斷自天衷，特行典憲。

又：

---

[15] 參《宋史》，卷329，頁8，〈李定本傳〉，及頁9，〈舒亶本傳〉，臺北：藝文印書館影印武英殿本，1955年。

> 御史舒亶言：軾近上謝表，頗有譏切時政之言，流俗翕然，爭相傳誦。陛下發錢以本業貧民，則曰「贏得兒童語音好，一年彊半在城中」。陛下明法以課試群吏，則曰「讀書萬卷不讀律，致君堯舜知無術」。陛下興水利，則曰「東海若知明主意，應教斥鹵變桑田」、……上軾印行詩三卷。御史何正臣亦言軾愚弄朝廷，妄自尊大。[16]

李定、舒亶等人扣緊蘇軾怨恨和訕謗的對象是當朝皇帝（神宗），如此狠毒，意在消除舊派（司馬光為主）、而以東坡為箭靶。此亦為中國歷史上第一件最驚人的文字獄。以後秦檜、明太祖、有清一代，不過承其餘波而已！

8月18日赴御史臺（原稱御史，東漢以來稱御史臺、亦曰蘭臺寺，專任彈劾、今稱監察院）。張方平、范鎮上疏論救，弟轍乞以現任官職贖兄罪。12月獄具，29日，責授檢校尚書水部員外郎，充黃州團練副史，在獄百餘日，有烏臺詩案（中央御史臺又稱烏臺，牽連者因詩定罪，故稱）。涉案較重尚有：王詵、王鞏、蘇轍。

東坡有：〈予以事繫御史臺獄，獄吏稍見侵，自度不能堪，死獄中，不得一別子由，故作二詩授獄卒梁成，以遺子由〉，二首，其一（《詩集》，卷19，頁998）云：

聖主如天萬物春，小臣愚暗自亡身；

---

[16] 畢沅編《續資治通鑑》，宋神宗元豐二年秋七月條，頁382，臺北：文化圖書公司，民國63年（1974年）1月1日。

百年未滿先償債，十口無歸更累人。
是處青山可埋骨，他時夜雨獨傷神；
與君今世為兄弟，又結來生未了因。

詩中表達自怨自責、對生命的絕望、及與子由深厚的情感，令人感動。

東坡自元豐 2 年（1079）8 月 18 在湖州任上被捕，囚禁於獄史臺獄百餘日，出獄時，已經年盡歲除，禁不住內心的喜悅，有：〈十二月二十八日，蒙恩責授檢校水部員外郎黃州團練副史〉二首（《詩集》，卷 19，頁 1005），其一：

百日歸期恰及春，餘年樂事最關身；
出門便旋風吹面，走馬聯翩鵲啅人。
卻對酒杯疑是夢，試拈詩筆已如神；
此災何必深追咎，竊祿從來豈有因。

其二云：

平生文字為吾累，此去聲名不厭低；
塞上縱歸他日馬，城東不鬥少年雞。
休官彭澤貧無酒，隱几維摩病有妻；
堪笑睢陽老從事，為余投檄向江西。

弟子由為贖兄罪，貶「筠州（江西、高安）監酒」，出獄雖喜悅，心中仍存餘悸。

貶黃州團練副使，依詔令規定，在「本州安置」，即限制其居住、不得擅離州境。且裁定「令史御史臺差人轉押前去」，不得自由。至於「團練副使」，只處理兵役事務的小官，且不能簽判公事。

東坡在黃州 5 年，築雪堂於東坡，自號東坡居士，與田父野老，相從溪山間，頗為自得。神宗皇帝屢欲起用，為當路者阻之。在黃州，身耕妻蠶、讀書作詩，或結交僧道、遊覽名勝，亦頗自得。

東坡好友陳慥，鳳翔府陳希亮子，住家離岐亭（湖北宜昌縣西）不遠，4 年內，去看東坡 7 次，陳慥以「懼內」有名，「季常之癖」是他的典故。東坡在：〈寄吳德仁（瑛，字德仁，蘄春人，父龍圖閣學士遵路）兼簡陳季常〉（《詩集》，卷 25，頁 1341）云：

> 東坡先生無一錢，十年家火燒凡鉛；
> 黃金可成河可塞，只有霜鬢無由玄。
> 龍丘居士亦可憐，談空說有夜不眠；
> 忽聞河東獅子吼，拄杖落手心茫然。
> ……

自己嗟貧歎老，龍丘居士（季常）也可憐，因為「河東獅吼」、「杖落心茫」，此典故亦得流傳千古。

東坡性喜嗜豬，在黃岡時，嘗〈戲作食豬肉詩〉云：「黃州好豬肉，價錢等糞土；富者不肯喫。貧者不解煮。慢著火、少著

水,火候足時他自美。每日起來打一盌,飽得自家君莫管」[17],貶謫到黃州,喫到便宜豬肉,也算是不幸中的大幸了。

神宗元豐5年壬戌(1082),東坡47歲在黃州,所作傳誦文學作品甚多。如〈定風波〉(3月7日沙湖——在黃岡東南——道中遇雨,雨具先去,同行皆狼狽,余獨不覺,已而遂晴,故作此)。(《東坡詞》,頁62):

莫聽穿林打葉聲,何妨吟嘯且徐行。竹杖芒鞋輕勝馬,誰怕,一蓑煙雨任平生。　料峭春風吹酒醒,微冷,山頭斜照卻相迎。回首向來蕭瑟處,歸去,也無風雨也無晴。

老生之詞,內化堅韌,不畏外在風雨衝擊。

又如〈哨徧〉(陶淵明賦〈歸去來〉,有其詞而無其聲。余既治東坡,築雪堂於上,人俱笑其陋。獨鄱陽董毅夫過而悅之,有卜鄰之意,乃取〈歸去來詞〉,稍加檃括,使就聲律,以遺毅夫。使家僮歌之,時相從於東坡,釋耒而和之,扣牛角而為之節,不亦樂乎)。(《東坡詞》,頁92):

為米折腰,因酒棄家;口體相交累。歸去來,誰不遣君歸?覺從前,皆非今是。露未晞,征夫指余歸路,門前笑語喧童稚。嗟舊菊都荒,新松暗老,吾年今已

---

[17] 見周紫芝著《竹坡詩話》,頁20,收在何文煥編《歷代詩話本》,臺北:藝文印書館,民國60年(1971)2月。又,林語堂著《蘇東坡傳》,第15章〈東坡居士〉,頁229至230,臺北:德華出版社,1982年。言東坡在黃州吃豬肉外,尚有「東坡湯」。

如此。但小窗,容膝閉柴扉,策杖看,孤雪暮鴻飛,雲出無心,鳥倦知還,本非有意。　噫,歸去來兮,我今忘我兼忘世。親戚無浪語,琴書中,有真味。步翠麓崎嶇,泛溪窈窕,涓涓暗谷流春水。觀草木欣榮,幽人自感,吾生行且休矣。念寓形、宇內復幾時,不自覺、皇皇欲何之,委吾心、去留誰計,神仙知在何處?富貴非吾志。但知臨水登山嘯詠,自引壺觴自醉,此生天命更何疑,且乘流,遇坎則止。

《易經》坎為險,遇險難而止。詞中「幽人」,為「淵明」,亦即「東坡」,棄官歸去之情,溢於字裡行間。東坡在另首詞〈江城子〉(《東坡詞》,頁69)云:

夢中了了醉中醒。只淵明,是前生。走遍人間,依舊卻躬耕。昨夜東坡春雨足,烏鵲喜,報新晴。　雪堂西畔暗泉鳴,北山傾,小溪橫。南望亭丘,孤秀聳曾城,都是斜川當日境,吾老矣,寄餘齡。

可知,淵明的魂魄已注入東坡。
　又如〈臨江仙〉(夜歸臨皋)(《東坡詞》,頁55):

夜飲東坡醒復醉,歸來髣髴三更。家童鼻息已雷鳴。敲門都不應,倚杖聽江聲。　長恨此身非我有,何時忘卻營營,夜闌風靜縠紋平。小舟從此逝,江海寄餘生。

亦屬老生之詞,生發之情,久久不絕。

又如〈卜算子〉(《東坡詞》,頁 28):

缺月挂疏桐,漏斷人初靜。誰見幽人獨往來,縹緲孤鴻影。　驚起卻回頭,有恨無人省,揀盡寒枝不肯棲,寂寞沙洲冷。

住黃州定慧院,「天下無知我心」、「古來聖賢皆寂寞」(李白詩句),難怪東坡以「孤鴻」自喻,「有恨無人省」的心境是可以理解的。

又如在前面序文中提及的〈念奴嬌〉(赤壁懷古),亦是此時期的作品。

此年七月,東坡亦有〈赤壁賦〉(《經進東坡文集事略》,卷1,頁1)先說〈赤壁賦〉。序云:「壬戌之丘(元豐五年),七月既望,蘇子與客遊於赤壁」。有關赤壁,有(一)湖北嘉魚,周瑜敗曹操之地。(二)武昌縣東南,又叫赤磯。(三)黃岡縣外。東坡遊玩之地,實非周瑜敗曹操之地。不過,東坡似乎有意用「錯」,以為「赤壁之戰」渲染。

文中重點在第三段:(《文集事略》,頁2):

「月明星稀,烏鵲南飛」,此非曹孟德之詩乎?西望夏口,東望武昌,山川相繆,鬱乎蒼蒼,此非孟德之困於周郎者乎!方其破荊州,下江陵,順流而東也,舳艫千里,旌旗蔽空,釃酒臨江,橫槊賦詩,固一世之雄也,而今安在哉?

建安 13 年(208)赤壁之戰,距蘇軾寫作已 874 年,曹操

當時「舳艫千里,旌旗蔽空,釃酒臨江,橫槊賦詩,固一世之雄」,而今安在哉?人生無常、興衰消息、令人唏噓。《莊子》所謂「物之生也,若驟若馳,無動而不變,無時而不移」(〈秋水篇〉),人生確是時時刻刻有無窮之變化。

〈赤壁賦〉又云:(頁3)

客亦知夫水與月乎?逝者如斯,而未嘗往也。盈虛者如彼,而卒莫消長也。蓋將自其變者而觀之,則天地曾不能以一瞬;自其不變者而觀之,則物與我皆無盡也。

從不變的角度來看,「物與我」的精神、永恆不變;從變的立場來看,天地萬物時時刻刻在變。所以物的盈虛、消長,只不過是所見者角度不同而已。正如《莊子》所云:「以道觀之、物無貴賤。……以差觀之,因其所大而之,萬物莫不大,因其所小而小之,則萬物莫不小」(〈秋水篇〉)的道理相同。是以在失意、困頓的時候,應把握「江上之清風,與山間之明月」,藉著大自然的純真,可忘懷得失、創造無窮空間(為詩為文、著書立說)。

第二篇〈後赤壁賦〉,序云:「是歲十月之望,步自雪堂,將歸于臨皋,二客從予過黃泥之坂,霜露既降,木葉盡脫,……」。創作時間距〈前赤壁賦〉三個月,景物大異。第二段云:

江流有聲,斷岸千尺,山高月小,水落石出,曾日月之幾何,而江山不可復識矣。

一面描寫山水變化,實寓人生無常,接著云:

> 予乃攝衣而上,履巉巖,披蒙茸,踞虎豹(指蹲、坐在虎豹形狀之奇石),登虯龍(指樹木)……

借以說明避世入道的想法。東坡與方外如:佛印、參寥、蘇佛兒等交誼深厚,往來談禪說道。自己在窮困的仕途,多少想隱居逃世。是以篇末:

> 適有孤鶴,橫江東來,翅如車輪,元(玄)裳縞衣,戛然長鳴,掠予舟而西也。

「孤鶴」不正是自己的化身?所以接云:

> 須臾客去,予亦就睡,夢一道士:羽衣翩躚,過臨皋之下,揖予而言曰:「赤壁之遊樂乎?」問其姓名,俛而不答。嗚呼!噫嘻!我知之矣!疇昔之夜,飛鳴而過我者,非子也耶?

可知「孤鶴」即「道士」,亦即東坡。東坡恨不得在此失意之同時,長上翅膀,且「翅如車輪」,掠舟而去。《莊子》在〈齊物論〉,有「蝶化思想」(不知周之夢為胡蝶與?胡蝶之夢為周與?周與胡蝶,則必有分矣,此之所謂物化)。

　　一直到神宗元豐7年(1084),東坡49歲,還留在黃州貶所。由於仕途的失望,在此年10月19日,曾〈上乞常州居住表〉;次年正月,有〈再上乞常州居住表〉。

六、51歲至60歲時期

元豐8年（1085），東坡50歲。3月1日宣仁高太后垂簾，立哲宗為皇太子。5日，神宗崩，哲宗即位，司馬光為門下侍郎、章惇為知樞密院事，罷保甲、方田、市易、保馬等法。

由於舊黨得勢，6月，東坡起知登州軍州事，10月20日告下，以禮部侍郎召還，遂罷登州任。12月，到京師禮部郎中任職。又因議免役法，與司馬光政見相左，是月遷起居舍人。

哲宗元祐元年（1086），東坡51歲，在京師。正月，以七品服入侍延和殿，3月，遷中書舍人，6月，遷翰林院知制誥，12月，與程頤、朱光庭等不和，因請放任。

據《宋史‧本傳》：

> 軾嘗鎖宿禁中，召入對便殿，宣仁后問曰：「卿前年為何官？」曰：「臣為常州團練副使。」曰：「今為何官？」曰：「臣今待罪翰林學士。」曰：「何以遽至此？」曰：「遭遇太皇太后皇帝陛下。」曰：「非也。」曰：「豈大臣論薦乎？」曰：「亦非也。」軾曰：「臣雖無狀，不敢自他途以進。」曰：「此先帝（神宗）意也。先帝每誦卿文章，必歎曰：『奇才，奇才！』但未及進用卿耳。」軾不覺哭失聲。宣仁后與哲宗亦泣，左右皆感涕。[18]

東坡詩文，受知於神宗，宣仁后跟哲宗亦推讚。可惜的是，神宗雖嘆為奇才，卻為執事者所阻，不能及時一展經綸。

---
[18] 同註13，頁11。

元祐 2 年（1087），東坡 52 歲。漸起元祐黨議（所謂元祐黨人，指司馬光為首領，呂公著、文彥博、程頤、黃庭堅等為羽翼，反對新法，有學者 119 人）。

元祐 4 年（1089），東坡 54 歲。3 月 11 日，除龍圖閣學士，知杭州。有名的詞〈八聲甘州〉（寄參寥子）（《東坡詞》，頁 84）：

> 有情風，萬里卷潮來，無情送潮歸。問錢塘江上，西興浦口，幾度斜暉？不用思量今古，俯仰昔人非。誰似東坡老，白首忘機。　記取西湖西畔，正春山好處，空翠煙霏。算詩人相得，如我與君稀。約他年，東還海道，願謝公、雅志莫相違。西州路，不應回首，為我沾衣。

此 54 歲作[19]。僧道濟，字參寥，於潛人，喜作詩。詞中潮去潮來，洶湧澎湃，氣勢宏闊，以情字融會，點染江山，與個人仕宦浮沉、感慨相連。在杭州，東坡大興水利、建西湖長提，植有芙蓉、楊柳，杭人稱為「蘇公堤」。也一直留任至元祐 6 年底。

元祐 7 年（1092），東坡 57 歲。正月，潁州任。2 月，知揚州。3 月，過山陽，曾撰〈潮州韓文公廟碑〉。6 月，弟轍拜門下侍郎，即參加政事。11 月，東坡遷端明殿學士，兼侍讀學士，禮部尚書。

---

[19] 據龍沐勛校箋《東坡樂府箋》，卷 2，頁 58，臺北：商務印書館，民國 70 年（1981）。又曹樹銘校編《東坡詞》頁 124 云：「余以東坡年譜考之，元祐四年知杭州，六年召為翰林學士承旨。則長短句蓋此時作也。」臺北：華正書局，民國 69 年（1980）9 月。

元祐 8 年（1093），東坡 58 歲，為禮部尚書。8 月 1 日，繼配王夫人（同安君）卒於京師，年四十六，殯於京城道院。是月，以兩學士知定州（河北定縣），罷禮部尚書職，10 月 23 日至定州任。

元祐 9 年（1094），東坡年五十九，在定任。3 月 26 日，弟轍謫汝州（河南臨汝）。4 月 12 日，改元紹聖，章惇為相，復行新法，元祐大臣均以變亂成法，譏毀先帝得罪。曾布為翰林學士，蔡京為童貫（宦官，開封人，給事官掖，引進蔡京，積功至武康軍節度使，使契丹還，開府儀同三司，領樞密院事，與京同相。《宋史‧姦臣》有傳）進。東坡語譏訕，落端明殿學士兼翰林侍讀學士，責知英州（廣東英德），黃庭堅遷黔南。6 月，責授寧遠軍節度副使惠州（廣東惠陽）安置，由湯陰，陳留下。9 月，渡大庾，至英州。10 月 2 日至惠州貶所。

哲宗紹聖 2 年（1095），東坡 60 歲。在惠州。3 月，和陶淵明〈歸園田居〉詩，引文云：「始余在廣陵，和〈飲酒詩〉二十首，今復為此，要當盡和其詩乃已耳」[20]。或許東坡以為只有〈和陶詩〉、〈歸園田居〉，才不至於招來災禍吧！

七、61 歲至卒年

哲宗紹聖 3 年（1096），東坡 61 歲，在惠州。他覺得滿肚子「不合時宜」。在元豐 6 年（1083），曾生一兒名遯兒，並云「惟願孩兒愚且魯，無災無難到公卿」。取名遯兒，正因為自己

---

[20] 見《蘇軾詩集》，卷 39，頁 2103，臺北：學海出版社，民國 74 年（1985）9 月。又，傅藻編《東坡紀年錄》，頁 30，作〈和陶淵明歸田園居詩〉，應作「園田」。

一生坎坷，盼望後代「無災無難」。

紹聖4年（1097），東坡62歲。3月，弟轍徙化州（廣東化縣）別駕，雷州（廣東海康）安置。6月，與弟轍同至雷州。7月2日到儋州（廣東儋縣）昌化軍貶所，上表云：「孤老無託，獐癘交攻，子孫慟哭於江邊，已為死別」。心情沈痛可知。12月，檢〈和陶詩〉凡109篇。

紹聖5年（1098），東坡63歲，在儋州。4月，為湖南常平董必察遣人過海，逐東坡出官舍。因僦息桄榔林「檳榔林」，就地築屋，5月，屋成，名曰桄榔庵。

哲宗元符3年（1101），東坡65歲。哲宗卒，徽宗立，大赦天下。5月，奉令移廉州（合浦），後奉命移舒州（安徽舒城）節度使。

徽宗建中靖國元年（1101），東坡66歲，調到常州（江蘇武進），7月28日卒於顧塘橋孫氏宅。葬汝州郟城縣（河南郟縣）鈞臺鄉，上瑞里。東坡有子三，孫十二：

（子）——（孫）
邁——簞、符、箕、筌、籌
迨——（無子）
過（斜川居士）——籥、籍、節、笈、筆、篷、箭。

東坡在靖國元年北歸至金山，李龍眠為他繪像，有：〈自題金山畫像〉（《詩集》，卷48，頁264）云：

心似已灰之木，身如不繫之舟；
問汝平生功業？黃州惠州儋州。

讀來十分悽愴。

　　蘇軾性情豁達,自云:「上可陪玉皇大帝,下可陪悲(卑)田院乞兒」。[21] 可知。其文學成就,散文方面如《梁谿漫志》云:「東坡之文,浩如河漢濤瀾奔放,豈區區束縛於隄防者。」[22] 顯現他才華橫溢,氣勢磅礡,如〈上神宗皇帝萬言書〉、〈潮州韓文公廟碑〉。又,東坡〈答謝民師書〉說:「大略如行雲流水,初無定質,但常行於所當行,常止於不可不止,文理自然,姿態橫生。」說明他的散文,如行雲流水,隨所遇之事物變化、流動,自然成文,圓活流轉。如前後〈赤壁賦〉、〈超然臺記〉、〈喜雨亭記〉等。而隨筆、書信、小品,如〈記承天寺夜遊〉、〈記遊定惠院〉、〈記遊松風亭〉等等,語意精妙,活人性靈。

　　東坡以文為詩,直抒胸臆,題材廣泛,有李白的豪放,所謂「氣象宏闊,舖述宛轉」(吳之振《宋詩鈔・序》),亦有率性之作,寄寓哲理,關心百姓、興託作品。短篇如〈和子由澠池懷舊〉、〈飲湖上初晴後雨〉、〈題西林壁〉、〈惠崇春江曉景〉等,較長篇如〈遊金山寺〉、〈百步洪〉、〈吳中田婦歎〉、〈荔枝歎〉等等,皆為膾炙人口詩篇。趙翼評蘇詩:「天生健筆一枝,爽如哀梨,快如并剪」,「李、杜後為一大家」(《甌北詩話》),確是知言。

　　至於東坡詞,「源如長江大河,洶湧奔放,瞬息千里,可駭可愕、而用事對偶精妙切當,人不可及。」[23]。亦如劉熙載《藝概》

---

[21] 梁廷柟《東坡事類》卷 2 引《蓼花洲閒錄》,頁 13,後半面,臺北:廣文書局,民國 80 年(1991)7 月。
[22] 同註 21,卷 20,頁 21 後半面。
[23] 同註 21,卷 20,頁 43。

云:「東坡詞頗似老杜詩,無意不可入,無事不可言」。並云:「其豪放之致,則與太白為近。」[24] 而王國維以東坡詞「曠」,言其胸襟學養。實則東坡詞兼有豪放與婉約,也充滿灑脫,著名詞作如〈江城子・密州出獵〉(老夫聊發……)、〈永遇樂・彭城宿燕子樓夢盼盼,……〉(明月如霜……),〈臨江仙〉(夜飲東坡……)、〈念奴嬌・赤壁懷古〉(大江東去……)〈八聲甘州・寄參寥子〉(有情風……)、〈定風波〉(莫聽穿林……)等等,許許多多膾炙人口詞作。不愧為百代以來大文豪。

---

[24] 劉熙載《藝概》,卷4,詞曲概,頁108,臺北:漢京文化事業,民國74年(1985)9月。

第四單元：袁枚的生平事略

袁枚（1716~1797），字子才，號簡齋，又稱存齋，因住在江蘇南京的小倉山，世稱隨園先生。晚年自號倉山居士，或隨園老人、倉山叟。清康熙55年（1716）3月2日生於杭州艮山門大樹巷。

袁枚的祖父袁錡，祖母柴氏，父濱，母章氏。祖籍慈谿。從小，祖母十分愛護他，在〈隴上作〉說：

憶昔童孫小，曾蒙大母憐。勝衣先取抱，弱冠尚同眠。

到了弱冠，袁枚還和祖母同睡，可見受寵，甚且「倚嬌頻索果，逃學免施鞭」。頻頻向祖母要糖，要水果，甚且逃學回來，祖母也不加責罰。「親鄰驚寵極，姊妹妒恩偏」，姊妹們都妒嫉祖母的偏愛，親戚鄰居也覺祖母寵愛袁枚過分了。

父親袁濱擅刑名之學，到楚、粵、滇、閩處幕游，音訊屢絕。母親章氏上奉養祖母，旁養孀姑，還要延聘老師教育袁枚，大半取自母親的手工，所謂「半取給於十指間」，往往「賒貸路窮」。袁枚在〈遺囑〉回憶說：「念我十三歲入學，十五歲補廩，家徒四壁，日用艱難。」「家徒四壁，日用艱難。」是當時生活的寫照，所以每次經過書店，「苦無買書錢，夢中猶買歸」（〈對書嘆息〉）。在〈秋夜雜詩〉云：

> 吾少也貧賤，所至在黎棗；
> 阿母鬻釵裙，市之得半飽。
> 敲門聞索負，啼呼藏匿早；
> 推出阿母去，卑詞解煩惱。

早年貧困，母親販售釵裙，才換得半飽，為避免要債的人敲門討債，只得將小孩藏匿，母親也只得以卑微的話應付。

雖然家中貧窮，袁枚在 12 歲時入泮，入學為生員，歸功於母親的教導。因為家中有祖母、母親、姑母（三十而寡）的照料、教導，物質生活固然貧困，教育卻受到相當關照，14 歲，就寫了〈郭巨埋兒論〉，便是秉持姑母教導完成的。

18 歲，袁枚受知於程元章，即入萬松書院肄業。次年，受業於楊文叔，並以所作〈高帝〉、〈郭巨〉二論請教。楊先生評云：「文如項羽用兵，所過無不殘滅」。

袁枚 21 歲，因父親想念住廣西的叔父袁鴻（字健磐），令袁枚探望，在往廣西途中，有賦〈弔賈生〉，他的《小倉山房詩集》收錄詩篇，便由此開始。雖然叔父（在巡撫金鉷幕下）不高興袁枚到來，不料次日，引見廣西巡撫金鉷（震方），金巡撫「奇枚狀貌」，命他作〈銅鼓賦〉，十分驚異，命刻《廣西志》中，並保薦袁枚到北京試博學鴻詞科。當時錄取 15 人，袁枚不幸落選。

袁枚在北京落榜不久，嵇璜相國請他到家中任館。落拓的這年，他在北京結識了不少師友。包括：吳小眉、唐莪村（綏祖）、嵇璜、王星望（卿華父）、趙橫山、胡稚威（天游）等等，又與李玉洲等結吟社。22 歲，又落魄長安，可說困頓已極。惡運沒有一直下去，23 歲，袁枚為了應順天鄉試，不得不學八股

文，結果中了舉。他的〈舉京兆〉詩，所謂「一日姓名京兆舉，十年涕淚桂花知！」當時的座主是鄧遜齋先生，鄧先生很欣賞袁枚，曾寫信給袁枚，說「戊午科」得了一文一武，文指袁枚，武指阿廣庭將軍。

24歲，袁枚鴻運高照，中了進士，同榜進士有：孔南溪、莊有恭、沈德潛（歸愚）、裘日修（叔度）等名人。後入詞林。中進士的座主是趙仁圃、留松裔。而袁枚能入館選，主要是尹繼善（望山）力爭。所謂「弱水蓬山路幾重，今朝身到蕊珠宮」（〈入翰林〉詩）。

己未年（1739）袁枚中進士、入翰林外，這年秋，請假回家娶王氏，王氏杭州人，小袁枚一歲。他的〈雜詩〉：

……十二舉茂才，立志何狂愚；
二十薦鴻詞，高步翔天衢。
廿四入詞林，腰帶弄銀魚。……

可說志得意滿。

袁枚27歲，翰林院散館，考滿洲文。當時主考是鄂文端公（爾泰）、蔣文恪公（和寧）、大總裁趙相國，袁枚被列為下等。既然滿洲文不及格，外放為江蘇省溧水縣知縣。這年，也傳來不幸的消息，三妹素文訂親家高氏不肖，其家託病悔婚，可惜的是素文忠貞不二，造成婚後痛苦與悲傷！

袁枚任溧水知縣，政聲很好，自己也說過，善斷訟事。在乾隆8年（1743）28歲時，調任江浦知縣，數月後，又調任沭陽知縣。此年也納亳州陶氏為妾。30歲，又調至江寧。

乾隆13年（1748），袁枚33歲，以三百金購得隨園，為康熙間織造隋公之園，仍其姓，只是易「隋」為「隨」。當時王孟亭、商寶意（盤）、陶西圃（鏞）等人，曾置酒相賀。袁枚曾在〈答觀察問乞病書〉表明要辭官，把生命投入文學領域。此年又納方聰娘為妾。第二年，34歲，袁枚曾返鄉省親，而後，率弟子香亭、甥湄君居住隨園。並有〈隨園記〉。此年冬，袁枚大病，到姑蘇養病，得薛一瓢醫治，至乾隆15年（1750）乃治癒。

乾隆16年（1751），袁枚36歲，恩師尹文端公（繼善）調任兩江總督，閏五月，袁枚回南京居隨園。次年，袁枚37歲，得尹繼善推薦，至陝西任官。然而，與總督黃文襄不合。此年父親袁濱病故，袁枚丁憂回南京，再返任所後，不久，由陝西歸住隨園。

乾隆18年（1753），袁枚38歲，接母親至隨園，靠以前俸祿盈餘，以及「潤筆」過日子，在〈隨園老人遺囑〉中有：「除清俸盈餘外，賣文潤筆，竟有一篇墓誌，送至千金者」。因此有足夠的錢來「好書」、「好友」、「好色」、「好宮室」、「好古玩」。也和程魚門廣購書籍。

袁枚的「豔福」不只是同時代人的妒嫉，後人也同樣羨慕。他有王氏、陶姬（亳州人）、方聰娘，42歲又有陸姬，以後有金姬（蘇州人）。鍾姬、張姬、陶姬（秦淮人）、金姬（白下人）、吳七姑、周姬等等，可說妻妾成群。

乾隆20年（1755），袁枚40歲，秋，患瘧疾，至次年才癒。次年41歲返回杭州故里，有〈過葵巷舊宅〉等詩。秋，瘧疾病復發，為同徵友趙藜村治癒。乾隆22年（1757），袁枚42歲，袁枚撰〈隨園三記〉，敘述佈置隨園情形。

乾隆23年（1758），袁枚43歲時，瘧疾又復發。老友胡稚威辭世，44歲三妹素文也辭世。45歲已未座主蔣文恪公去世，46歲時甥韓執玉，50歲時甥陸湄君，53歲時三女良姑，54歲時同年沈德潛，55歲時堂妹袁棠，56歲時恩師尹繼善，57歲時妾方聰娘，一一與世長別，袁枚為他們寫傳、祭文、墓志銘。

袁枚的身體，34歲曾得大病，35歲臥病蘇州，40歲瘧疾，49歲秋又病，主要的醫生是薛一瓢，51歲「左臂忽短縮」，55歲又「患臂痛」，經名醫徐靈胎治癒。

乾隆29年（1764），袁枚49歲，12月宰相尹文端招袁枚、蔣士銓小集西園。次年（1765），蔣士銓卜居與袁枚為鄰。乾隆32年（1767），袁枚52歲，作《續詩品》32首，承續司空圖《詩品》，為詩學理論的書。次年，袁枚撰〈隨園五記〉，因為思念西湖，是以依西湖山水形勢營構隨園。乾隆35年（1770），袁枚55歲，撰〈隨園六記〉，記載園西為墳地。

乾隆40年（1775），袁枚60歲，納堂弟袁樹（香亭）之子為嗣，取名阿通。乾隆42年（1777），袁枚62歲，完成《隨園隨筆》，積30年歲，博覽摘錄而成。次年63歲，2月，袁枚母親辭世，享年94歲。7月23日，袁枚妾鍾姬生一子，取名阿遲，並有詩云：「六十兒生太覺遲，即將遲字喚吾兒。」老來得子，如老樹著花，真不易。此後，袁枚遊歷山水，包括杭州西湖。66歲，至洞庭西山附近的石公、飄渺二山峰。67歲遊天臺、雁宕、黃山，至江西遊廬山，廣東遊丹轄霞、桂林、湖南、湖北等地。71、72歲遊武夷山等等，遨遊二萬餘里。

袁枚晚年另一件大事，是收女弟子。乾隆55年（1790），袁枚75歲，春，回杭州祭掃祖墳，與孫碧梧等13位女弟子大會

於湖樓。由於袁枚惑於相士之言，以為 76 歲當死，於是招集朋友洪亮吉、趙翼、姚鼐等一起寫「輓詩」，自己也作歌自輓，在他們輓詩未到之前，袁枚還四處去催，詩之第三首云：

輓詩最好是生存，讀罷猶能飲一樽；
莫學當年癡宋玉，九天九地亂招魂。

看來袁枚心胸頗為豁達。後來，76 歲沒死，他又作了〈生存〉詩，也算是有趣吧！在嘉慶 2 年（1797）11 月 17 日，袁枚逝世，享年 82 歲。

袁枚收女弟子，提倡女子教育，並有《隨園女弟子詩選》，其中在文學上較著名的如：席佩蘭、孫雲鳳、金逸、駱綺蘭、嚴蕊珠、陳淑蘭、王碧珠、鮑之蕙、畢慧、盧元素、戴蘭英、屈秉筠、歸懋儀、吳瓊仙、袁淑芳、汪玉軫、鮑印、袁棠、袁機、袁杼等等，開創女子教育先河，令人敬佩。時人像章學誠批評袁枚提倡女子教育，有失公道。

袁枚除了文學成就，提倡性靈說，在思想上，他不信風水，反纏腳，都是很有見地。不過他信鬼神，寫了《子不語》，似乎受時代限制。

袁枚的著作很多，清光緒 18 年，上海圖書集成印書局活字本有《隨園三十六種》，包括：《小倉山房文集》35 卷，《小倉山房外集》8 卷，《小倉山房詩集》37 卷，《補遺》2 卷，《袁太史稿》不分卷，《小倉山房尺牘》10 卷，《牘外遺言》1 卷，《隨園詩話》16 卷，《補遺》10 卷，《隨園隨筆》28 卷，《隨園食單》不分卷，……等等，搜集十分詳備。現代王英志先生有校點《袁枚

全集》，共 8 冊，第一冊為《小倉山房詩集》，第二冊為《小倉山房文集》、《小倉山房外集》，第三冊為《隨園詩話》……第八冊為外編，包括署名為袁枚《詳注圈點詩學全書》、《怪異錄》，及附錄《年譜》、《傳記資料》等等，江蘇古籍出版社，1993 年 9 月出版，內容豐富，是目前研究袁枚最通行、完備的書籍。

第五單元：趙甌北的生平事略

趙翼（1727～1814），字雲崧，或作耘崧、雲松，號甌北，是清朝常州陽湖（今江蘇省武進縣）人。他是一位傑出的史學大家，且與袁枚、蔣士銓並稱為乾隆時期的三大詩人。

據《趙甌北年譜》記載，他生於雍正 5 年丁未 10 月 22 日，卒於嘉慶 19 年 4 月 17 日；從小資優，3 歲時每日已能記二十餘字，6 歲後讀《名物蒙求》、《性理字訓》、《孝經》、《易經》等書。不僅如此，12 歲已有為同窗「捉刀」的記錄。

不幸的是，他在 15 歲那年，父親趙惟寬逝世。本來已經式微的趙家，此刻更添孤苦。家中產業僅老屋七間，田地一畝八分；上有三個姊姊，其中一尚未結婚；弟弟汝明、汝霖俱年幼。母親是個弱女子。依傳統觀念，父親過世，他是長子得負擔家計。依現在情形看，15 歲，不過是個「國中學生」，就要背起家庭生計，總是令人酸鼻。

於是甌北接受他父親在杭家的講席，全年的待遇只「六金」。這就是說全年收入僅六兩銀子，生活的黯淡可想而知。在家庭經濟不景氣的情況下，他賣掉了三間老屋；剩下四間，供全家人躲雨避風。

他 19 歲那年考取常州府學補弟子員，也就是俗稱的「秀才」。有了這小小「秀才」頭銜，才能與劉鶴鳴（午嚴）之女成

親。後來，劉氏過世，甌北曾作〈夢亡內〉詩云：「從我正當貧賤日，與君多半別離時。」是當年婚後聚少離多的家庭實況。

甌北 23 歲時失館，到北京依靠岳父，那時劉鶴鳴也客於宮保尹家。他有〈入都依外舅劉午巖先生館舍〉詩：

> 倦羽飄颻得暫投，萬齋燈火話羈愁；
> 我來客路誰青眼，公在名場已白頭。
> 五畝何時承下澤，一壺還仗引中流；
> 旁人不識飢驅出，只道從師負笈游。

又：

> 辛苦蟲魚手自箋，公車曾載牘三千；
> 病猶作客因賢主，老不趨時讓少年。
> 篋裏一經垂就業，畫中二頃未成田；
> 憐公已是依人廡，我又依公似拇駢。

「公在名場已白頭」，說明劉午巖也是一位功名失意的老儒。「憐公已是依人廡，我又依公似拇駢」，是兩人相依為命，寄人籬下的情景。「旁人不識飢驅出，只道從師負笈游」，坦白說出自己為生活逼迫，一針見血。為了謀生，在「窮則變」的情況下，只好借「捉刀」過日子。他的〈客興〉詩云：

> 京國依人慣，謀生倚捉刀；
> 布衾寒似鐵，名紙敝生毛。
> 燈火蟲聲唧，風霜馬骨高；

那禁思鄉切，此日正持螯。

「捉刀」的生活，主要是為劉統勳總憲纂修宮史，作個無名英雄，所以心情頗為淒苦。劉統勳很受皇上器重，（統勳卒，乾隆皇帝嘗曰：「朕失一肱」）修史只是其中一事。甌北能替劉統勳捉刀，可見其不凡之才。

乾隆 15 年（1750），甌北 24 歲，參加鄉試（北闈）。主考官是汪由敦。錄取甌北為第 21 名。家中玫瑰樹，9 月間忽發 21 朵花，甌北母親很驚訝；等到報告京闈名次，適如其數，真是天人感應。後來，汪由敦知道甌北纂修宮史已經完成，就請他到汪家代筆應酬。這大概是他「捉刀」生活最忙碌的一段。直到 28 歲，甌北都留在汪由敦處。

甌北 25 歲應會試，26 歲應恩科，皆落第。但由於汪由敦的知賞，日子尚洽。汪氏命其二子承霈、承澍，從甌北受業。汪家藏書萬卷，任由甌北翻閱；也因此影響了甌北詩學及史學的成就。後來甌北中明通榜，為義學教習，考選內閣中書，都和這時讀書有關。

本來，義學教習期滿後就可以外放，「出宰」、「養親」，生活就都不匱乏；而他考取中書舍人第九名，卻只能在內閣繕寫文告，生活清淡；兩者去留，令他進退維谷。最後，他選擇了清寒的中書官。

以後，他被選為軍機處行走，能夠「扈從木蘭」戎帳（木蘭，滿語，吹哨引鹿之意），頗為自得。可是就在這時，他弟弟汝明、座師汪由敦逝世，令他傷心不已。

甌北 32 歲時，家眷帶了一大堆「土產」，從家鄉趕來。久

別重逢，聽到「滿室鄉音」，其樂融融。這年秋，他又「扈從出塞」。由塞外回來，哪裏知道其弟婦已歿，妻子劉氏也病重將死，真是令人難以相信的事實。他的〈悼亡〉詩云「千里赴京如送死」，內心真不知有多難過。尤其與妻子婚姻十年，在家生活雖貧寒，至少是「好端端」的；追想從前，為了丈夫登高第，典嫁新衣，不肯花錢就醫，生子又殤，煎熬十年，而人已「冷骨孤眠七尺棺」，哀哉！

　　苦盡甘來，甌北終於在35歲時（乾隆20年辛巳，西元1761年），恩科會試中式。主考官是劉統勳、于敏中、觀保。由於當時有歷科鼎甲皆為軍機所占之說，像庚辰科狀元畢沅、榜眼諸重光，皆軍機中書。而甌北又以軍機中書會試，會劉統勳及劉綸，又以軍機大臣派殿試讀卷官。甌北為了避嫌，答卷時乃變更書法，寫歐陽詢率更體（歐陽詢曾為太子率更令）。閱卷官九人，九人都圈了甌北的試卷，當以第一名進呈。劉綸疑是甌北的試卷，再請劉統勳覆閱。統勳大笑曰：「趙雲崧字體，雖燒灰亦可認得。此卷必非其所作。」蓋甌北從前館於劉統勳宅第，纂修宮史，不用楷書。即或偶用楷書，卻是用石庵體。所以統勳不知甌北能寫歐陽詢字，遂以第一名進呈。

　　而第三名是陝西籍。皇帝以陝西未曾有過狀元為由，乃將第一名與第三名對調，甌北遂以一甲第三名及第。

　　甌北雖已35歲，但十年場屋能中舉世豔羨的「探花郎」，畢竟得來十分不易。尤其本是狀元的卷子，只能怪「命」差些，才落得第三。不管如何，「探花郎」還是足以榮宗耀祖的。後來，甌北入翰林，授職編修。不久，充方略館纂修官。以後，擔任過欽點分校順天鄉試、欽點會試同考官。38歲，改纂修《通

鑑輯覽》。旅居京華的翰林生活雖是快樂,畢竟冷清些。他的〈丙戌元旦試筆〉詩云:

> 東風又到六街塵,身世俄驚四十春;
> 少小幾時行歎老,昇平方好敢傷貧。
> 五經次第傳諸子,萬卷低昂聚古人;
> 獨有鄉心難遣處,高堂鬢已白如銀。

在冷清的日子裏,最容易讓人想起「家」。也不知是皇上體諒甌北思鄉情切,抑或滿清「以漢制漢」的策略,11月,皇上特授甌北為廣西鎮安府知府。

乾隆32年,甌北41歲,正月,由北京抵家,陪母親遊蘇州、杭州,往西湖遊賞十餘日。後來使弟弟汝霖陪侍母親回家,他自己則由浙江出發,往廣西上任。鎮安與安南相接,西連雲南,所屬一縣二州,廣袤八百餘里,層巒疊峯,摩雲插天,民俗則淳樸。甌北有〈鎮安土俗〉詩云:

> 見日常須到巳牌,瘴深侵曉總陰霾;
> 城中屋少惟官廨,牆上山多逼郡齋。
> 俗有鬼神蠻放蠱,夜無盜賊虎巡街;
> 可欣民意安吾拙,相愛渾如鳥入懷。

山多屋少,日短宵長,民能放蠱,虎可巡街,……此荒僻景象,令人怕怕。第二年5月,甌北因受到前任知府被劾案牽連,而從軍緬甸,隨果毅公阿里袞前往「萬里風烟蠻子國」。因有昔日軍機處同僚一同出征,生活還差強人意。

甌北隨軍渡怒江，越高黎貢山，歷龍陵關、騰越，遍巡南甸、千崖、盞達、芒市、遮放各土司，及虎踞、萬仞、鐵壁等關。一路周覽形勝，詢悉夷情，以為進兵之計。當時參與的將軍為阿桂（字廣庭，章佳氏），副將軍為阿里袞。後來阿桂為兵部尚書、雲貴總督。

甌北在軍中奔走二年，傳來聖旨：鄰省官在滇者，仍各歸本仕。所以甌北在5月9日離去，6月30日回到鎮安府，整頓吏治。他除去斂錢的天保縣令姜某，與攝府事金某，又嚴禁常平倉穀浮濫之弊。鎮安郡民由此感激，每出行，各村民輒來檯轎至宿處。雞豚酒醴，各有所獻。20年後，他撰有〈忽夢鎮安舊遊〉詩云：

廿載蕭閒林下身，何緣重夢日南春；
山多盤古年間樹，俗是華胥國裏人。
朱邑葬桐乘後約，歐陽思潁記前因；
只慚我自難忘處，未必民猶念我頻。

後來廣州知府出缺，總督李侍堯向朝庭保舉由甌北接任。那時甌北在桂林，直接前往廣州赴任，派人回鎮安府接眷屬東行。鎮安民眾千百家，無不設香案於門，為甌北祈福，並以無法挽留甌北為憾。

廣州省會事繁，酬應冗沓。甌北經常夜讀公文！有一次捕獲海盜108人，按律不分首從皆斬。甌北念其中諸盜未有殺人，案情尚輕，是以只斬38人，其餘皆發配沙漠。

甌北45歲，奉旨晉升貴州分巡貴西兵備道。雖然升為貴西兵備道，但是貴州比廣州更偏僻遙遠。甌北不想上任，願乞終

養。由於李侍堯的勸告，他才打消了辭意。為了到貴西上任，來廣州同住的家眷，只得使汝霖夫婦扶著母親回家鄉。想起家中幾間簡陋老屋，甌北內心總有幾分淒清。於是檢歷宦囊，託汝霖歸里買地築屋。

乾隆37年（1772），甌北46歲。他在貴西革除鉛廠的弊病。據《年譜》載：威寧、水程（在咸寧東）兩鉛廠，有大小官吏漁利其中；後因州牧劉標虧空事發，被正法者有巡撫二人，臬司（主管司法刑獄和官吏考核）一人，糧道二人，州牧一人。

甌北雖有功於吏治，然因廣州所定罪獄，舊案部議，降級任用。這次左遷，使他決定不再留戀戰戰兢兢鉤心鬥角的官場，於是以衰親年七十五，望子甚殷，諭令早歸為由，給假回里，擬終養山林。

47歲的他由常德啟行，經洞庭湖、岳陽樓、黃鶴樓，2月20日抵家。有〈歸田即事〉詩記其事。「一身去職如花落」，「回首風塵此倦還」，他意興闌珊回到陽湖老家。他回到陽湖故里。一面撰著《陔餘叢考》等書，一面編製自己詩集（49歲起），過著孤寂的林泉生活。51歲時，母親逝世；次年，幼女夭折，然後姪兒亦以痧（痳疹）殤，感覺趙家門庭蕭索，禍不單行。

乾隆44年（1779），甌北53歲，服母喪三年期滿，親友多勸他赴官。但他想起曾有功於吏治，卻因廣州讞獄舊案，竟降一級任用，往事縈迴，遂不欲再踏入官場。

不久，他南遊浙江，船過無錫，會晤顧光旭（晴沙）與同年陸燿（郎甫），同往惠山，到浙江，遊西湖，經歷靈隱寺、虎跑泉、石屋洞、龍井，都令他留下深刻印象。尤其是與袁枚（隨園）相會，更是樂不可支。他的〈西湖晤袁子才喜贈詩〉有云：

不曾識面早相知，良會真成意外奇；
才可必傳能有幾，老猶得見未嫌遲。
蘇隄二月春如水，杜牧三生鬢有絲；
一個西湖一才子，此來端不枉遊資。

甌北於乾隆 21 年雖已與袁枚相知，時袁枚 41 歲，甌北 30 歲。但此次西湖之會，才是真正的見面，兩人都很高興。

甌北 55 歲時，原想過「戀江村」、「逐鹿麋羣」的生活，可是由於「家貧婦或勞兼婢」、「身老兒還小似孫」，所以雖然回鄉養親「循陔十載」，仍然不得不「再出玷朝班」。總歸一句話，因為「窮」，只好再去做官求奉祿謀生了。

大概他的官運真是不好，他在北上補官的途中，將至臺庄，竟然兩臂忽然風痺，客中無醫，徹夜痠痛，只好迴舟歸里。難怪他要說：「人笑暮年重出仕，天將衰疾教休官。」

後來他赴真州樂儀書院講學。58 歲時，兩淮鹺使全德請他主揚州安定書院講席。安定書院，是有名的書院，既可教書救貧，又可以披覽院中藏書，還有許多詞林前輩可以討教，以增廣知識見聞。他能和金兆燕（棕亭）、唐思（再可）、秦瀛（西巖）、全德（惕莊）、吳紹澯（澂埜）、王文治（夢樓）、了凡禪師等人詩酒相會。

他為了讀書、著書，60 歲起就「消得人憔悴」，所謂「閒增手錄書頻校，瘦減腰圍帶屢移」。此年是他多病的開始。「兩臂風痺」的病痛，總是：酸、痛、癢、屈伸不易。

乾隆 52 年（1787），臺灣有林爽文之亂，總督李侍堯奉命赴閩辦軍需，路過常州，邀甌北同往。甌北以李為昔日上司，有

舊誼，便道又可遊武夷等名勝，遂與之偕行協助。甌北為李侍堯籌劃軍機，李以為左右手，屢欲起用。但為甌北婉辭。甌北不仕的原因，除了年紀已大外，主要是不願「受恩終被人穿鼻」；寧願學楊維楨「白衣宣至白衣還」，吹鐵笛過日。

次年，甌北62歲，春正月初四，林爽文被捕，死京師；不久莊大田亦在琅橋被執。事平後，皇帝列平臺灣二十功臣，有：阿桂、和珅、王杰、福康安、海蘭察、李侍堯、孫士毅等人。甌北以已軍事畢，乃辭離李侍堯幕。由福州訪武夷山，至溫州、處州、金榮，泛舟錢塘，至西湖遊賞。

䟽使全德至兩淮，聞甌北已歸來，即遣使請他再主安定書院。甌北與全德交情甚好，一直應聘到66歲。以後，甌北遊杭州，至揚州觀劇。72歲時，到蘇州等東南山水探奇。

乾隆皇帝駕崩於嘉慶4年，壽89歲。甌北曾蒙擢一甲，授翰林，京察記名，出守鎮安、廣州，遷貴西道兵備；歸田後，又蒙記憶垂詢，是以感念不已。甌北恭製輓詩以彰其德。此年，甌北史學名著《廿二史劄記》，花十年心血寫好，並刻成。

嘉慶6年，甌北75歲，寒食日，與友人劉種之（檀橋）、莊通敏（迂甫）、洪亮吉（稚存，曾以言事遣伊犁，去年赦回）、趙繩男（緘齋）、蔣立庵、陳春山等人小集山茶花下。又預訂牡丹之會，杯酒詩文，賞花盛會，極盡歡娛。

後來甌北帶兒孫往太湖掃墓，偕佩香、悟情等放舟遊覽焦山、金山，尋花問春，亦多自得。60年為一甲子。甌北身歷「二甲子」，且能眼看「四代子孫曾」，確也足以自豪。

甌北到了80歲，子孫成羣，「一堂四代列長筵」，在傳統的中國家族社會，子孫代代相傳，是人生非常重要的目的。是以甌

北頗為自豪。他82歲時，續絃程氏病歿。他自覺形單影隻，夜不閉目，哀悼淚垂，於是往江陰之楊舍遣悶。此時，他主要著作，如：《甌北集》（53卷）、《陔餘叢考》（43卷）、《廿二史劄記》（36卷）、《十家詩話》，共計141卷，皆已完成，且印刷各數百部。這是他「歸田三十年」的代價。撰著這麼多質量皆嘉的作品，的確不易。可見甌北平常之自律嚴，用力勤。由於不斷的寫，促成他的不朽。

甌北83歲時，感覺日月漸侵，年歲愈長，目半明半昧，耳半聰半聾，喉音亦半響半啞，自號「三半老人」。然猶督課諸孫；每塾藝必令呈閱，指疵改定。因而使忠弼、慶齡、申嘉、鳴盛、公樾等孫輩讀書，日有進益。他有〈示兒孫〉詩云：

風貌居然玉樹枝，未遑講道且修詞；
要無一字無來處，但有三人有我師。
祖父聲光安可恃，衣冠門戶倍難支；
罌猶餘粟囊餘帛，不惜分陰待幾時。

勸兒孫愛惜光陰，努力勤學，以便繼承衣冠門戶。

值得一提的是，甌北84歲，重赴鹿鳴宴。因為嘉慶皇帝准廣原所奏，邀甌北與姚鼐（姬傳），加賜恩施。甌北賞給三品頂戴，而姚鼐賞給四品頂戴。這個遲來的榮寵，甌北特別高興。或許是他歸田後年年望闕朝拜的「回報」吧！

到了85歲，老友皆相繼凋零，應酬少，盛夏消暑尚能以蠅頭小楷書寫二十餘冊，分給孫、曾孫，及親友輩。由此可見他精神生活相當充實。到了嘉慶19年（1814）春，他88歲，患脾

泄症，3月，飲食漸衰，4月17日卒。

他的著作收入《甌北全集》的有：《皇朝武功紀盛》四卷，《簷曝雜記》六卷，《甌北詩鈔》無卷數，《甌北詩話》12卷，《甌北集》等。嘉慶17年壬申湛貽堂刊本。

附：大名鼎鼎的語言學家趙元任先生，就是甌北的後代。

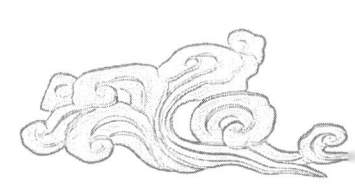

第六單元：清代文學家蔣士銓

　　蔣士銓（1725～1785），起初名雷鳴，字心餘，又字苕生，號藏園，又稱清容居士。他的祖先原姓錢，世居浙江吳興；明末崇禎17年（1644）天下大亂，他祖父逃往江西鉛山縣，過繼給蔣家，就改姓蔣。蔣士銓生於清雍正3年，卒於清乾隆50年。他的父親名堅，天生異稟，性情忠厚仁愛，且有折獄之智；母親鍾氏，知書達禮，教導他識字、讀書，與宋代歐陽修的母親以荻畫地教導歐陽修認字的事跡，前後輝映於江西。

　　據蔣心餘他自己說：他是乙巳年10月28日凌晨寅時出生，那時老天正下著大雨，忽然打雷三響，他就出生了。因此，他父親就替他取名叫「雷鳴」。他幼年時，家庭經濟狀況不好。他在〈先府君行狀〉中就曾說：「除夕府君出，室如懸磬，略具薪米，餘數錢。」就是最好的說明。幸而他有一位賢慧的母親，在「家益落」的情況下，「怡然無愁蹙狀」；而且還典當首飾，補貼生活費用。

　　心餘9歲起，他母親就教他讀《詩經》、《禮記》、唐宋詩，而且要他背誦詩文。他11歲就跟隨父母親往遊燕、趙、秦、梁、吳、楚，並入山西澤州居住。15歲讀完九經，並且開始作詩。次年大病，因為他寫了四百多首豔情的詩，幾成瘵病。後來他忽然頓悟，將這批豔詩付之一炬，並買了《朱子語錄》來誦

讀。現存於他《忠雅堂詩集》的作品都是他 20 歲以後作的。在這期間，他和朋友楊垕、汪軔、趙由儀合稱為「江西四子」。

乾隆 10 年（1745）心餘 21 歲，在南昌娶了南昌十九齡少女張氏為妻。第二年回到鉛山，應童子試，得到督江西學政的金德瑛青睞，擢拔為第一，譽為「孤鳳凰」。後來他往遊廣信、三峽澗，以及廬山栖賢寺、開先瀑布等處，都有詩記之。

乾隆 13 年，他 24 歲，這一年可說是他傷痛的一年，先是參加春闈卻落第，年底他的父親去世，家裡充滿哀戚。心餘撰〈哀詞〉及各種〈告詞〉，讀之，令人悲酸。

心餘 26 歲時受知於南昌知縣，被聘為南昌縣志總纂。但是由於這個職位的待遇低微，他曾經有「忍飢畢竟還家好，莫作天涯旅食人」的慨嘆！直到兩年後，他那居住南昌的堂兄蔣士鏞就為他也在南昌購置新屋，他因而遷居南昌。沒多久，他參加禮部會試，不幸又落第。他從北京南下山東，拜謁當時擔任山東學史的金德瑛。又受金德瑛的重邀，遂入其幕；因而認識了張吟鄉。後來，心餘就和張吟鄉、翁方綱、程晉芳等人共結詩社。

心餘到了 33 歲，乾隆 22 年，皇天不負苦心人，他終於中了二甲第 12 名進士。這時，他作了三首〈登第日口號〉，其二云：「三十三齡老孝廉，紫薇花畔許留淹；公車十載三磨折，纔作青青竹上鮎。」不久即為內閣翰林院庶吉士。續留北京，與張舟（廉船）、趙翼（甌北）相交甚篤；兩年後擔任翰林院編修之職。

乾隆 27 年 8 月，38 歲的蔣士銓與趙翼（甌北，耘松）同為順天鄉試同考官。他的〈初七日同趙耘松夜坐有懷〉詩云：「雲間坐數珮環聲，孤負鸞驂滿玉京；卻怪天風晚來弱，不曾吹下許

飛瓊。」喻趙甌北本是狀元的卷子，只是「命」差些，所以不曾吹下許飛瓊（按：許飛瓊是西王母的侍女），落了個「探花」。後來，心餘自己有感於才高性剛，為人所妒，打算以「養親」的理由南歸。他在南京的雞鳴山買了住宅，名其樓曰「紅雪樓」，所謂「半窗紅雪一樓書，廿載辛勤有此廬」。以後心餘在南京居住，與袁枚（1716～1797）為鄰，通家往來，其樂融融。後來人們把蔣士銓、趙翼、袁枚並稱為「江南三大家」。

心餘42歲時，曾主持兩江學政的尹繼善大學士，原想要聘請心餘為南京鍾山書院山長，後來因故沒有聘成。不久，心餘帶著長子蔣知廉到無錫、嘉興、杭州等地遊覽，浙江巡撫熊學鵬就禮聘心餘主持浙江紹興的蕺山書院。心餘就攜著知廉赴任。而知廉年幼，不服水土，生病了。使知廉返南京，心餘仍留紹興。爾後，心餘奉母命把妻兒接到紹興，居住在蕺山天鏡樓。過了一年，他就離開紹興，往杭州西湖陪母親欣賞西湖風光，並暫居杭州，主講崇文書院，有「訓士」七則，以儒家的孝悌忠信之道教育子弟。他在杭州待了67天又返蕺山，以「楚弓楚得」及「藺相如完璧歸趙」相喻。直到深秋，心餘再別蕺山，返回金陵。但是他的心依然惦念蕺山。沒多久後，46歲的心餘仍舊主講於蕺山書院。直到48歲，他主講蕺山書院前後達五年之久。

後來有一位兩淮鹽運使聘請他到揚州為安定書院講席，他因而舉家遷往揚州。在揚州，有個「冶春詩社」，心餘和王文治、魯贊元、袁鑒、紀昀、王昶、趙文哲等都參加這個詩社，真是盛極一時。心餘在揚州這段期間，題畫詩寫得很多，如〈題羅兩峰鬼趣圖〉。這幅羅兩峰〈鬼趣圖〉，題詠者甚多，如袁枚、姚鼐、錢大昕等，造成一時的轟動。

心餘五十初度那年的11月中，他的三個小孫女：阿寶、阿鸞、阿賓，大的不過3歲，小的才6個月，竟因痘病而死亡，使他哀傷不已。他有〈悼三女孫〉詩云：「掌中珠失計真窮，揭鉢難勝鬼母工；舐犢牛偎童牯健，落巢鴉歎伏雌空。一行棺掩苔茵碧，三朵花埋繡袴紅；敢向高堂頻慰藉？我身已作病梧桐。」過了一個多月，正是正月新春，也許因為太過傷心這三位小女娃的死亡，心餘的母親鍾氏也在揚州去世了。在丁母憂的期間，他不作任何詩篇。

　　乾隆43年（1778）春，心餘54歲，蒙天子垂詢，心餘立即前往北京，由長子知廉、三子知讓陪行。路經揚州，還到梅花嶺拜史可法墓。他到了北京後，也許是氣候不適、水土不服，病了兩個月。他在北京，出任翰林、國史館纂修。到了58歲那年，又蒙皇上召見，保送御史。可惜後來他患了中風，臥病在床，右手不能書寫，只以左手替代。次年，辭去京師官職，帶著家眷乘船南歸。

　　回到南昌居住後，雖然「無官一身輕」，但因年紀已大，齒牙脫落，加上右臂風痺，亦多自嗟自嘆。唯有朝夕讀書，涉獵四庫，自稱「老儒」。這時，趙翼也主講揚州安定書院，目睹若干年前蔣心餘在安定書院主講時所留下的字跡，如今心餘卻半體殘廢，令人同情，遙想老友，悲不自勝。所以趙翼在《甌北詩集》（甲辰部分）有「蔣心餘曾掌教安定，今病廢歸江西，余來承乏院中，堂區楹帖皆君手蹟，日與相對，而不得一晤，深可悵也，詩以寄之」的詩：「可憐處處看遺跡，不得同時一舉杯。」

　　袁枚在甲辰年（乾隆49年，心餘60歲）三月遊匡廬。他路過蔣心餘家，去看望蔣心餘。這時心餘已半身不遂，臥病療

養，一聽到袁枚來訪，就蹶然而起，要陪伴袁枚。這時袁枚 69 歲，作長詩一首贈心餘，收入袁枚的《小倉山房詩集》。過了約一年，乾隆 50 年（1785）夏曆的 2 月 21 日，蔣士銓就在南昌去世了。去世的時候，也和他出生時相同，大雷響聲繞屋。他的遺體安葬在江西鉛山的七都董家塢。袁枚、趙翼等文友都有詩悼念他。

心餘去世後，遺有知廉等八子，一女，立中等孫九，孫女三。

心餘仕宦不如意，如唐之韓愈、宋之蘇軾，身坐摩蝎宮，屢遭口謗，一生只得餬口奔波；是以掌教山陰、揚州，轉徙漂泊。54 歲重出，供職京師，身老體衰，立功已晚。然其詩、詞、雜劇、傳奇、古文、駢文等，名重當時，立言千秋，非一般俗儒群小所可仰望。

心餘曾自述學詩經歷，15 歲學李義山，成四百首而病，乃付之一炬。改學少陵、昌黎。40 歲，兼取蘇、黃；五十棄去，直抒所見（〈學詩記〉）。知其受杜、韓、蘇、黃影響，而後出己意。

趙甌北云心餘「磊落五千首」（〈次韻蔣心餘見寄〉）；唯臺灣所見嘉慶重刊本、舊學山房藏本，只約半數二千五百首。最近大陸邵海青校、李夢生箋《忠雅堂集校箋》（上海古籍出版社），據北京圖書館有蔣清容先生手書詩稿有四千九百餘首，與甌北所言「五千首」相近。如此看來，《小倉山房詩集》近七千首，《甌北詩集》五千餘首，「三家旗鼓各相當」，不論質、量皆適合。

心餘古有詩：酬酢、詠物、題畫、寫景、感懷、敘事等；其中以遊覽詩最佳，如〈十八灘〉、〈三峽澗〉等，氣勢磅礡，

情感環迴。袁、趙此類詩，性質往往相同。敘事詩，取材社會現實，如〈饑民歎〉、〈後饑民歎〉等，敘述饑民流離失所，令人怵目驚心。其他律詩、絕句，託旨高，立言必雅。至於心餘《銅絃詞》，題材廣，多長調，大體取蘇、辛一路，風骨清奇，情感纏綿。

　　《紅雪樓九種曲》，又名叫《藏園九種曲》，更是獨步乾隆時期。《一片石》雜劇，敘明寧王朱宸濠反，婁妃諫之不聽；寧王敗後，投水死。雖只四齣，並不單調。《第二碑》雜劇又名《後一片石》，與前戲相連，《四絃秋》雜劇，其創作動機在於正馬致遠《青衫淚》的錯誤。內容言白居易與商婦花退紅嫁寡情郎，共傷淪落，借別人酒杯以澆胸中壘塊。《空谷香》傳奇，表彰南昌令顧瓚園姬姚氏之節烈。《桂林霜》傳奇，敘述馬雄鎮全家38口死節，教忠教孝。《雪中人》傳奇，敘述鐵丐吳六奇受恩及報恩的故事。《香祖樓》傳奇，與《空谷香》傳奇相仿，然其結構與製局各極變化。《臨川夢》傳奇，言湯顯祖才華出眾，不邇權貴，終以一官潦倒，借古以諷今。《冬青樹》傳奇，譜宋朝末年文天祥、謝枋得之忠烈。皆吐屬清婉，有功名教。

　　心餘的古文收在《忠雅堂文集》，亦卓然成家。內容含：論策、傳記、序跋、書信、哀祭等類。思想以儒家為主，傳記則敘其友朋故交、同鄉同年，或敘其生平，或表彰節烈；更有為前輩、恩師而作，夾敘夾議，有如唐宋古文。序跋、詩序、文集序，言論文之論點，兼及流派。書畫跋，表現作者精於書法藝術。雜記文中的〈鳴機夜課圖記〉，敘述母親鍾氏撫育辛勞，令人敬佩。而其祭文，情由中出，文來引泣，知心餘之篤於情。至於駢文，或賦或表，中書時作多，因此姓名不顯，實則心餘深受

駢偶。

　　注：本文作者王建生教授所著《蔣心餘研究》一書，分上中下三冊，共 1,305 頁，民國 85 年 10 月臺灣學生書局印行。

第七單元：袁枚、蔣士銓、趙翼之交遊

　　袁枚、蔣士銓、趙翼並稱為三大詩人，今就三大詩人間的交往作一分析討論；以為研究三家詩的參考。

一、袁枚、蔣士銓、趙翼生平

　　先說袁枚（1716～1797）字子才，號簡齋，世稱隨園先生，浙江杭州人。乾隆元年舉博學鴻詞，報罷。乾隆4年中進士，改庶吉士。官溧水、江浦、沭陽、江寧知縣，有《小倉山房詩文集》、《小倉山房尺牘》等著作，收在《隨園三十六種》。[1]

---

[1] 《隨園三十六種》，不著編者，清光緒18年上海圖書集成印書活字版。含：《小倉山房文集》35卷（袁枚撰）、《小倉山房外集》8卷（袁枚撰）、《小倉山房詩集》37卷、《補遺》2卷（袁枚撰）、《袁太史稿》不分卷（袁枚撰）、《小倉山房尺牘》10卷、《牘外餘言》1卷（袁枚撰）、《隨園詩話》16卷、《補遺》10卷（袁枚撰）、《隨園隨筆》28卷（袁枚撰）、《新齊諧》24卷、《續新齊諧》10卷（袁枚撰）、《隨園續同人集》不分卷（袁枚撰）、《隨園八十壽言》6卷（袁枚撰）、《紅豆村人詩稿》14卷（袁樹撰）、《碧腴齋詩存》8卷（胡德琳撰）、《南園詩選》2卷（何士顒撰）、《筱雲詩集》2卷（陸應宿撰）、《湄君詩集》2卷（陸建撰）、《繡餘吟稿》不分卷（袁棠撰）、《盈書閣遺稿》2卷（袁棠撰）、《盈書閣遺稿》不分卷（袁嘉撰）、《樓居小草》不分卷（袁抒撰）、《素文女子遺稿》不分卷（袁機撰）、《瑤華閣詩草》不分卷（袁綬撰）、《瑤華閣詞鈔附補遺》不分卷（袁綬撰）、《隨園女弟子詩選》6卷（袁枚選）、《飲水詞鈔》2卷（納蘭成德撰，袁通選）、《箏船詞》不分卷（劉嗣綰撰）、《捧月樓詞》2卷（袁通撰）、《綠秋草堂詞》不分卷（顧翰撰）、《玉山堂詞》不分卷（汪度撰）、《崇睦山房詞》不分卷（汪全德撰）、《過雲精

蔣士銓（1725～1785），初名雷鳴，字心餘，號藏園，又稱清容居士，江西鉛山人。乾隆22年中二甲第12名進士。曾為內閣翰林院庶吉士。由於才高性剛，為人所嫉，以「養親」南歸。在南京買宅，為「紅雪樓」。有《忠雅堂文集》、《藏園九種曲》等作品。

趙翼（1727～1814）字耘松，號甌北，江蘇陽湖人。乾隆26年恩科會試中式，殿試第三，時35歲。後出任廣西鎮安，守廣州，陞貴西兵備道，46歲乞假歸田，專心著述，著有《甌北詩鈔》、《廿二史箚記》、《陔餘叢考》等書，收在《甌北全集》。[2]

二、袁枚與蔣士銓交遊

心餘與袁枚的交往，由才子的慕名而訂交。在《小倉山房詩集》〈寄蔣苕生太史〉，序云：

> 壬申春過揚州，見僧壁題詩，絕佳，末有苕生二字，遍訪無知者，熊滌齋（本）前輩為言，苕生，姓蔣名士銓，江西才子也，因得芳訊。[3]

在《小倉山房詩集》〈相留行為苕生作〉，則云：

舍詞》2卷（楊夔生撰）、《碧梧山館詞》2卷（汪世泰撰）、《隨園瑣記》2卷（袁祖志撰）、《涉洋管見》不分卷，（袁祖志撰）、《閩南雜錄》不分卷（袁綬撰）。

[2] 《甌北全集》含：《皇朝武功紀盛》4卷，《簷曝雜記》6卷，《甌北詩鈔》（分五古、七古、五律、七律、絕句），《甌北詩話》12卷，《甌北先生年譜》，《甌北集》53卷。其中《甌北先生年譜》為趙懷玉撰。

[3] 袁枚著《小倉山房詩集》，卷14，戊寅，頁1，《隨園三十六種》本。下引同。

> 皇帝甲戌年，我進揚州惠因祠；壁上詩數行，煙墨蒙灰絲。掃塵讀罷踊三百，喜與此人生同時；尾書苔生二字已剝蝕，其他姓氏爵里難考如殘碑。[4]

詩中記載與《隨園詩話》所云：「余甲戌春往揚州，過宏齋寺，見題壁詩云……末無姓名，但著苔生二字，余錄其詩，歸訪年餘……」[5]，三則記載中，才子見題壁詩時間不同，一在甲戌（乾隆19年，1754），一在壬申（乾隆17年，1752），相去兩年。不僅如此，袁枚在其為《忠雅堂詩集》作序（《詩集》，序，頁2）云：

> 癸酉過真州，見僧舍題壁，心慕之，遂與通書。……

癸酉是乾隆18年（1753）。如此說來袁枚題壁詩乾隆17、18、19皆有記錄；可見所說亦不十分確定。心餘在《忠雅堂詩集》有〈守風燕子磯登永濟寺，閱壁間戊辰舊作，悵觸移時，二僧復出絹素，乞詩三首〉，其三（《詩集》，卷16，頁7）云：

---

[4] 同註3，卷21，頁5。
[5] 袁枚著《隨園詩話》，卷1，頁6，《隨園三十六種》本。又，因心餘題壁詩而結識的，尚有洪亮吉，在《洪北江詩文集》，《附鮚軒詩》第4，頁5，（總頁446），商務四部叢刊正編，「寄鉛山蔣編修士銓」。（時主揚州講席）云：
我年十五知讀書，廓然二十束出遊；
東遊見君題壁句，一室傴臥三句留。
當時止識詩句好，欲訊君名識君少；
客有傳言姓字真，生今恨不知名早。……

鐵索維牽不繫舟,顛風勸我一淹留;
勞生眷屬難成佛,閱世心情暫倚樓。
舊句真慚少年作,才名深感令君求。
（自註：袁子才因壁詩訪予十年始知姓氏里居,又十年乃訂交白下）
煩師洗去東牆字,說道詩人漸白頭。

此詩作於乾隆 32 年丁亥（1767）,心餘 43 歲。由詩中自註推算,乾隆 12 年丁卯（1747）,蔣 23 歲,題壁僧舍,子才見壁詩,或在乾隆 17、18、19（即袁 37 歲起）,因訪心餘。經十年,即乾隆 22 年丁丑（1757）,蔣 33 歲,袁 42 歲,兩人訂交白下。袁枚詩集、詩話所載,全憑記憶,是以所見題壁詩時間,游移不定。

在袁枚《小倉山房詩集》裏,卷 14（戊寅）頁 1,有〈寄蔣苕生太史並序〉；卷 18（甲申）頁 7,有〈臘月五日,相公招同秦學士大士,蔣編修士銓、小集西園,各賦四詩〉；卷 19（乙酉）頁 1,有〈題蔣苕生太史歸舟安穩圖〉；卷 20（丙戌丁亥）頁 2,有〈題史閣部遺像,有序,序云：像為蔣心餘太史所藏……〉；卷 20 頁 4,有〈除夕讀蔣苕生編修詩,即倣其體,奉題二首〉；卷 20 頁 6,有〈謝苕生校定拙集〉；卷 21（戊子己丑）頁 4,有〈長至前一日,熊廉村中丞、蔗泉觀察、招同蔣心餘太史,……小西湖夜宴〉；卷 21 頁 5,有〈相留行為苕生作〉；卷 21 頁 6,有〈題苕生黻佩圖〉；卷 22（庚寅辛卯）頁 8,有〈在杭州晤苕生太史,即事有贈〉；卷 27（辛丑）頁 7,有〈倣元遺山論詩〉,第 19 首論蔣苕生、趙雲松；卷 30（甲辰）頁 5,有〈蔣苕生太史病發家居,因余到後,力疾追陪,作平原十日之

飲,臨別贈歌〉;卷 30 頁 6,有〈題苕生桐下聽簫圖〉;卷 31(乙巳丙午)頁 4,有〈哭蔣心餘太史〉。

在《小倉山房文集》方面,卷 5 頁 11,有〈蔣太安人(指心餘母)墓志銘〉卷 6 頁 7,有〈贈編修蔣公適園(指心餘父)傳〉卷 18 頁 7,有〈寄蔣苕生書〉;卷 25 頁 11,有〈翰林院編修候補御史蔣公(指心餘)墓誌銘〉;卷 28 頁 2,有〈蔣心餘藏園詩序〉。又,《小倉山房外集》,卷 4 頁 3,有《與蔣苕生書》。[6]

袁枚的《隨園詩話》,有關袁、蔣兩人交往事蹟頗多。在《詩話》卷 1 頁 5(二則)、頁 6;卷 2 頁 10;卷 4 頁 11;卷 5 頁 7;卷 6 頁 9、頁 10;卷 7 頁 6;卷 8 頁 1(二則),頁 2(四則),頁 4、頁 13;卷 9 頁 15;卷 10 頁 2;卷 14 頁 8、頁 10;卷 15 頁 6、頁 12;卷 16 頁 3;又,《隨園詩話補遺》卷 3 頁 2、頁 7;《補遺》卷 4 頁 9;《補遺》卷 5 頁 12,頁 14;《補遺》卷 6 頁 4;《補遺》卷 7 頁 6、頁 9;《補遺》卷 10 頁 5[7],都有記載。

在《小倉山房尺牘》部分,卷 3 頁 10,〈答王夢樓侍講〉;卷 4 頁 2,〈與金匱令〉;卷 10 頁 2,〈答祝芷唐太史〉;卷 10 頁 4,〈答孫補之〉;卷 10 頁 5,〈再答李少鶴〉;其中內容與袁、蔣二人交往有關。在《隨園瑣記》,卷上,《記圖冊》條,及《子不語》續編多載與二人相關。[8]

---

[6] 以上《小倉山房詩集》、《文集》、《續文集》(卷 25 起)《外集》卷頁,皆據《隨園三十六種》本。

[7] 以上卷頁據《隨園三十六種》本。

[8] 以上卷頁據《隨園三十六種》本。《子不語》有卷 9〈蔣太史〉,卷 12〈王老三〉,卷 14〈狐鬼入腹〉、卷 19〈白石精〉等條。

在蔣心餘方面，《忠雅堂詩集》，卷 13 頁 1，（甲申下），有〈喜晤袁簡齋前輩，即次見懷舊韻〉；卷 13 頁 4，（乙酉上），有〈偕袁簡齋前輩游棲霞十五首〉；卷 13 頁 7，（乙酉上），有〈邀尹公子似邨、陳公子梅岑、李大令竹溪，過隨園看花小飲〉；卷 15 頁 17，（丙戌），有〈除夕夢偕袁子才前輩，登一高峰，各成四語而寤〉；卷 16 頁 2，（丁亥上），有〈偕袁簡齋前輩登清涼山〉；卷 18 頁 16，（戊子下），有〈悼良姑慰簡齋前輩，時簡齋病齒、未愈〉；卷 18 頁 19，（戊子下），有〈題隨園雅集圖〉；卷 20 頁 8，（壬辰），有〈明日城中傳說有夫婦遊蹤甚異者，子才前輩來問，戲書奉答〉；在《詩集補遺》下，頁 5，（戊戌），有〈舟過秣陵懷簡齋〉。

在心餘所著《銅絃詞》上，頁 20，有「賀新郎」，云：〈袁子才前輩郵駢句數百言訂交，題詞奉報〉；又，頁 21，亦有「賀新郎」，百字令。

袁、蔣二人詩歌成就，《隨園詩話補遺》云：

> 金纖纖女子，詩才既佳，而神解尤超。或問曰：當今詩人推兩大家，袁、蔣並稱，何以袁詩遠至海外、近至閨門，俱喜讀之，而能讀蔣詩者寥寥。纖纖曰：樂有八音，金石絲竹匏土革木，皆正聲也。然人多愛聽金石絲竹，而不甚喜匏土革木，子試操此意以讀兩家之詩，則任沈之是非，即邢魏之優劣矣。人以為知言。[9]

---

[9] 袁枚著《隨園詩話補遺》卷 10，頁 5，《隨園三十六種》本。

子才此說,略近。然,亦未盡然。後有詳論。

三、袁枚與趙翼交遊

袁枚與趙翼在北京相識,時袁 40、41 歲;趙年 29、30。[10] 袁枚在《小倉山房詩集》有〈謝趙耘菘觀察見訪湖上,兼題所著甌北集〉,第二首云:

> 集如金海自雕搜,滿紙風聲筆未休;
> 生面果然開一代,古人原不占千秋。
> 交非同調情難密,官到殘棋局可收;
> 我倘渡江雙槳便,定來甌北捉閒鶴。[11]

「交非同調情難密」,袁、趙詩歌皆主性情,「氣味相投」,故云。「生面果然開一代,古人原不占千秋」,盛讚甌北詩歌成就。詩末欲訪甌北,調侃。又,在《小倉山房續文集》卷 28 有《趙雲松甌北集序》(亦載於《甌北集》)。《隨園詩話補遺》云:

> 「生面果然開一代,古人原不占千秋」,此余贈趙雲松詩也。「作官不曾逾十載,及身早自定千秋」,此雲松見贈詩也。[12]

兩人皆以「千秋」期勉,旨趣相同。《隨園詩話》比較袁、趙云:

---

[10] 參拙著《趙甌北研究》頁 77,臺北:學生書局,1988 年。
[11] 同註 3,卷 26,頁 6,《隨園三十六種》。
[12] 袁枚著《隨園詩話》,《補遺》,卷 5,頁 14,《隨園三十六種》。

趙雲松觀察謂余曰：我本欲占人間第一流，而無如總作第三人，蓋雲松辛巳探花，而於詩只推服心餘與隨園故也。雲松才氣橫絕一代，獨王夢樓不以為然。嘗謂余曰：佛家重正法眼藏，不重神通；心餘，雲松詩專顯神通，非正法眼藏，惟隨園能兼二義，故我獨頭低，而彼二公亦心折也。余有愧其言。然吾鄉錢璵沙前輩讀甌北集而奇賞之，寄以詩云：忽隨文星下斗臺，聲華藉藉冠蓬萊；探花春看長安遍，投筆身從絕域回。風雅名誰爭後世，乾坤我欲妬斯才；登壇老將推袁久，不道重逢大敵來。[13]

子才自負三大詩人中第一。其實三大家詩，各有所長，以忠雅堂最為雅馴，子才詩標性靈，甌北「投筆身從絕域回」，古詩氣勢流轉，然二人有時流於滑易。子才《隨園詩話》品評，未盡公允，而其詩歌盛名可想。

至於趙翼，在《甌北集》論及袁趙二人關係者：《甌北詩鈔》有，五言古，頁3，〈子才過訪草堂，見示近游天臺、雁蕩……諸詩〉；七言古四，頁18，〈連日翻閱前人詩，戲作，效子才體〉；七言古四，頁21，〈至揚州約同人作青魚會，會將遍，適子才至，又更互設饌，迭相招陪……〉；五言律二，頁6，〈再題小倉山房集〉；五言律二，頁7，〈(王)述菴到常(州)，適袁子才亦至，遂並招……讌集寓齋即事〉；七言律一，頁8，〈次韻酬袁子才見寄之作〉；七言律三，頁7，〈題袁子才小倉山房詩集〉；七言律三，頁8，〈小倉山房集有咏物詩，戲用其韻〉；七言律三，頁8，〈和友人（指袁枚）落花詩〉；七言律三，頁

---

[13] 袁枚著《隨園詩話》，卷14，頁10，《隨園三十六種》。

14,〈西湖晤袁子才喜贈〉;七言律四,頁 19,〈題子才續齊諧小說〉;七言律四,頁 20,〈遊隨園題壁〉;七言律四,頁 30,〈留別子才〉;七言律四,頁 41,〈子才書來,驚聞心餘之訃……〉;七言律五,頁 16,〈答子才見寄之作〉;七言律五,頁 18,〈子才昔年預索輓詩,竟無恙,今以腹疾就醫,又索生輓……〉;七言律五,頁 20,〈袁子才輓詩〉;七言律六,頁 11,〈隨園弔袁子才〉;七言律七,頁 20,〈偶閱小倉山房詩再題〉;七言律七,頁 38,〈隨園弔袁子才〉;絕句一,頁 18,〈閒居無事,取子才、心餘……諸君詩,手自評閱……〉;絕句二,頁 7,〈劉霞裳秀才美姿容,工詩,嘗偕子才為名山之遊,今又同舟來謁,喜而有贈,並調子才〉;絕句二,頁 14〈子才到揚州預索輓詩〉;絕句二,頁 15,〈子才遇相士胡炳文,決其六十三生子,七十六考終,後果如期得子,一驗,……去歲七十六,遂飾巾待期者一年,並索同人挽詩;及歲除,竟不死……〉;絕句二,頁 19,〈真州蕭娘製糕餅最有名,人呼為蕭美人點心,子才以餽奇中丞,中丞寵之以詩……余亦作六絕句〉;絕句二,頁 28,〈子才以雙湖太守禁妓,作詩解之,戲題其後〉;又在《甌北詩鈔》卷首,有袁枚在乾隆 50 年作的序。酬酢之多,足見兩人交往之密。

《甌北詩鈔》七言律三,頁 14,〈西湖晤袁子才,喜贈〉詩云:

不曾識面早相知,良會真成意外奇;
才可必傳能有幾,老猶得見未嫌遲。
蘇隄二月春如水,杜牧三生鬢有絲;
一個西湖一才子,此來端不枉遊資。

「不曾識面早相知」可知甌北早為子才文名所動,且稱讚他「才可必傳」,所以「老猶得見未嫌遲」。袁枚文采風流,與蘇軾、白居易在西湖互相點染、流傳。而其潤筆一篇,酬至「千金」,足見聲名之高,也因此,有餘力治隨園。《甌北詩鈔》七言律四,頁20,〈遊隨園題壁〉詩云:

名園欲訪屢愆期,到及梅花正滿枝;
惟恐長為門外漢,特來親賦畫中詩。
林亭曲折文人筆,牆壁淋漓幼婦詞;
名滿九州身一壑,輞川莊遂屬王維。

隨園取仿西湖之景。袁枚〈隨園記〉云:「隨其高為置江樓,隨其下為置溪亭,隨其夾潤為之橋,隨其湍流為之舟……就勢取景,而莫之夭閼者,故乃名曰隨園」[14]甌北以王維住的輞川喻子才隨園,則林亭曲折,名滿九州之義自出。又,《甌北詩鈔》七言律六,頁11,〈隨園弔袁子才〉云:

小倉亭館記追攀,訪舊重來淚暗潸;
勝會不常今宿草,名園無恙尚青山。
詩文一代才人筆,花月平生散吏班;
我亦暮年難再到,為君多駐片時閒。

小倉山的隨園、園林、亭館、花月、青山依舊,哀悼子才一生「花月平生散吏班」,並云其「詩文一代才人筆」;與「不拘格

---

[14] 袁枚著《小倉山房文集》,卷12,頁2,《隨園三十六種》。

律破空行,絕世奇才語必驚」(〈偶閱小倉山房詩再題〉,七言律七,頁20),極盡恭維子才華。《甌北詩鈔》,七言律五,頁20,有〈袁子才輓詩〉,其二云:

> 三家旗鼓各相當,十載何堪兩告亡;(自註:謂君與蔣心餘)
> 今日倚樓唯我在,他時傳世究誰長。
> 本非邢尹生相妒,縱到彭聃死亦殤;
> 袁朽只悲同調盡,獨搔白首覽蒼茫。

袁枚(1716～1797)、蔣士銓(1725～1785)、趙翼(1727～1814),以甌北88歲最高壽,子才82次之,心餘61年最短。袁枚卒,甌北71,而在詩歌上旗鼓相當,且互相標榜,勝於宋代邢天榮、尹穀相妒;死生固遲速有時,「袁朽只因同調盡」,知音友人子才、心餘之逝,倍感蒼茫。詩中亦嫌子才愛招女弟子,性風流,不免為禮教所輕。至「今日倚樓唯我在,他時傳世究誰長」,甌北一以誇壽,一以誇著作之豐。[15]

四、蔣士銓與趙翼交遊

心餘與甌北的認識,在心餘序《甌北集》云:

> 余與君相識在甲戌(1754)會試風簷中,已而同官中

---

[15] 以上趙翼在《甌北集》論及袁、趙二人關係,參拙著《趙甌北研究》,〈第一章趙甌北的生平及交遊〉〈第二節趙甌北交遊〉〈第二目浙江、杭州、袁枚〉條,頁228起。臺北:臺灣學生書局。又文中所引《甌北詩鈔》,引自《甌北全集》,湛貽堂本。

書,先後入詞館,九衢人海,車馬喧闐,吾兩人時復破屋一燈,殘更相對,都無通塞升沉之想,今握別十餘年。……[16]

此序作於乾隆 42 年（1777）,距二人甲戌（1754,心餘年 30,甌北 28）相識,有 23 年。而後二人同官中書,先後入詞林,握別十餘歲。又在《甌北集》中,〈次韻答心餘見寄〉,附心餘原作云:

皇帝甲戌春,識君矮屋底;
嚴電橫雙眸,共稱天下士。
云出松泉門,捉刀冠餘子;
搖毫湧詞源,睥睨無一世。
春官俄報罷,蹶者旋復起;
同時簉薇省,兩人訂交始。
君俄入樞密,才望絕倫比;
……[17]

與前面所述蔣、趙二人因甲戌會識相識同,而甌北在汪由敦（松泉）處,當時「捉刀」第一。後二人同官、同租一屋、殘更餘火相對,友誼更深。

在《忠雅堂詩集》方面,卷 9（壬午,1762,心餘 38,甌北

---

[16] 收在趙翼著《甌北集》,序,湛貽堂本。
[17] 同註 16,卷 17,頁 6,此詩《忠雅堂詩集》未收。又,本文所引蔣士銓《忠雅堂詩集》據鉛山蔣氏原本,舊學山房藏版,並與中央研究院藏揚州重刊本校正。《忠雅堂詩集》據中央研究院藏本。下引同,不贅。

36）頁 13，有〈初七日同趙雲松夜坐有懷三首〉，第三首云：

烟雲千里夢模糊，料得鮫人淚點枯；
那識驪龍開睡眼，月中相對念遺珠。

此有懷於甌北殿試本為狀元的卷子，卻落得第三之恨。
　　《忠雅堂詩集》，卷 25（辛丑，1781，心餘 57，甌北 55），〈懷人詩〉48 首，頁 16 有〈趙雲松觀察翼〉云：

挺挺鐵中書，盛氣鬭丞相；
文昌第三星，秉鉞邊雲壯。
歸種萬竿竹，芳塘釣春漲。

記憶甌北變更書法，評者無人識得，本當第一卷子，乾隆皇帝以江南多狀元等理由使為殿試第三，而後出守鎮安、廣州、貴西兵備道，不久，（46 歲）歸田，過著種竹、釣魚的田舍翁生活。
　　在趙翼《甌北全集》《甌北詩鈔》，有關二人交往，如七言律一，頁 19，有〈送蔣心餘編修南歸詩〉；七言古五，頁 7，有〈蔣心餘子遊廬山圖，……〉；七言律三，頁 21，有〈聞心餘京邸病風卻寄〉；七言律四，頁 17，有〈心餘第三子師退來謁，……〉；七言律四，頁 19，有〈心餘詩已刻於京師，謝蘊山觀察覓以寄示展閱……〉；七言律六，有〈蔣心餘孫（立中）來謁，感賦〉；絕句一，頁 4，有〈題蔣心餘歸舟安穩圖〉；[18]。另，

---

[18] 參拙著《趙甌北研究》頁 312 起，臺灣學生書局。

《甌北集》,卷29,有〈子才書來,驚聞心餘之訃,詩以哭之〉[19]。詩末云:「我痛自關人物謝,區區豈特故交情」,直以千秋人物相待,益見二人相知之深。

從上面三人交往資料看來,三人情誼深厚。

附註:本文為作者〈蔣心餘與袁枚、趙翼及江西文人之交遊〉部分,原載於《東海中文學報》11期,臺中:東海大學中文系,1994年12月。

---

[19] 同註16,卷29,頁10。

第八單元：袁枚、趙翼、蔣士銓三家同題詩比較研究

一、前言

　　魏晉以來文人，同題之作頗多，如曹魏鄴下文人集團所作〈短歌行〉、〈燕歌行〉，東晉謝氏家族〈燕歌行〉、〈猛虎行〉等詩作。不過前人同題詩，或唱和、或比較作品高低、或擬作，有不同性質。至於本文乾隆三大家：袁枚、趙翼、蔣士銓，在古典詩上都有很高的成就，詩論也都以性靈，性情為本。不過，三人同題唱和作品，在表現技巧，詩材的選取，詩體的選擇，語句的變化，情感的抒發等等，亦皆有別。三人作品雖未必同一時間、同一地點所作，然而詩歌往返，其不同風格，仍隱然可見。

　　本文專就三人同題詩不同風格、作一分析比較研究。依其詩篇分成酬酢、詠物、寫景、詠史四類說明。就形式言，三家同題詩，有些詩體形式同，大部分的詩，形式不同。又三家同題詩，取義觀點不同，影響內容不同。大體上說，子才詩偏向文學家風味，就其生平出處點染，對子女教育、生死思想開通。甌北詩則能衡量古今史事變化，雜以個人見解。心餘詩頗端莊，以忠孝為本，用字較為典雅。

二、酬酢詩之比較

先就第一酬酢類說。如心餘的〈讀隨園詩題辭〉云：

我讀隨園詩，古多作者我不知。古今只此筆數枝，怪哉公以一手持！
意所欲到筆注之，筆所未到意摯摯。好風搖曳春雲姿，雷雨捲空分疾遲。
神仙龍虎雜怒嬉，幽禽古木山四圍。水光澹澹花垂垂，境界起滅微乎微。
難達之情息息吹，難狀之景歷歷追。我忽歡喜忽傷悲，忽叫忽躍忽嗟咨。
口權目量心是非，我身傀儡詩牽絲。問我不知旁人疑，如沐酥酪潤膚肌。
如飲醇釅沁肝脾，如禮杖拂回愚痴，如受砭刺起癃疲，海岳幽奧林泉奇。
氣象入筆皆可窺，高才博學嚴矩規。心兵意匠極艱危。歸諸自然出淋漓。
公曰我詩無常師，取長棄短各有宜：傾瀝精液擲毛皮，取友求益吾無私。
先生天才重倫彜，至情感人皆涕洟。每值死生當別離，由片言至千萬詞。
不少不多相授施，魂銷腸斷噫噓唏！聖賢萬古情若斯！否則其言傳者希。
我詩感公加針錐，凡我所短攻弗遺。剛濟以柔戒恣睢，裁縮鍛煉歸爐錘。
請事斯語曷敢違，公懼弗傳誰庶幾？索報懇懇命點嗤，壯健無疾求良醫。

調和血氣慎參耆,敢妄攻補促尪羸!卅載所作手芟
夷:美人對鏡修容儀,
釵裙佩帶生光輝;玉工懷璧精磨治,白圭瑩潔除瑕
疵。淺深功力年可推,
江河發源無所虧,及放四海寧竭衰!況公遺榮樂岩
扉,忠孝所溢詩書滋。
後進我幸生同時,願寫副本藏廛廡。千秋歲月堂堂
馳,讀公詩者如何思![1]

　　此心餘言子才詩,在於內容「和煦」、「多姿」,且如雷雨捲空般,變化迅速。「神仙龍虎雜多變」、也說明了形式風格的多變。其中詩境的起滅變化、更是隱微、玄奧。常人「難達之情」、「難狀之景」,對子才說,皆能極盡描摩、點染之能事。是以子才詩能令心餘「忽喜」、「忽悲」、「忽叫」、「忽躍」、「忽嗟咨」。換言之,讀子才詩,心情會隨其內容、境界、技巧、情節種種的變化而變化。是以「如沐酥酪」、「如飲醇醲」、「如禮杖拂」、「如受砭刺」,全身妥貼。而幽奧之境、氣象萬千,令人贊歎。此皆子才才高博學、嚴守法度、匠心獨運致之。詩中又言子才無常師,在於取其長、棄其短,吸其精、擲其皮毛而已。至於子才重視親情倫常,尤其生離死別,真情流露,令人魂銷腸斷。心餘並言子才常針砭其詩,以剛柔並濟為好,戒漫衍恣意,千鎚百鍊使之精純。斯則心餘受惠於子才矣!末以美人修容、玉工治玉為喻,則子才詩自然美加人工美,足以藏之名山、傳之於

---

[1] 袁枚著《袁枚全集》,《小倉山房詩文集》,〈序〉,頁2〈讀隨園詩題辭〉,南京:江蘇古籍出版社,1993年。下引同此本,不贅。又,該本「卅」作「冊」字。

後矣。備極贊美子才詩。偏向文學家的詩。唯本詩《忠雅堂集校箋》未收,不知是漏編?或意味著稱許子才作品,不是心餘由衷之言?

而趙翼同題之作〈讀隨園詩題辭〉其一云:

其人與筆兩風流,紅粉青山伴白頭。作宦不曾逾十載,及身早自定千秋。群兒漫撼蚍蜉樹,此老能翻鸚鵡洲。相對不禁慚飯顆,杜陵詩句只牢愁。

其二云:

舒捲閒雲在絳霄,平生出處亦超超。曾游閬苑輕三島,愛住金陵為六朝。富貴豈如閒(《甌北集》作「名」)有味?聰明也要福能消。不須伯道愁無子(《甌北集》作:「災梨禍棗知何限」),此集人間已(《甌北集》作「獨」)不祧。

其三云:

只擬才華豔,誰知鍛煉深?殺人無寸鐵,惜墨抵兼金。古鬼忽然(《甌北集》作「聞」)泣,生龍(《甌北集》作「飛獞」)不可擒。挑燈重相對,想見(《甌北集》作「何許」)妙明心。[2]

---

[2] 註1,頁3。又,見於趙翼著《甌北集》,卷33,頁495,湛貽堂本,上海:上海古籍出版社,1997年。下引同此本,不贅。本詩應於甌北64歲時作。

第一首詩言子才其人、其詩俱好，風流倜儻，令人稱羨。其詩有如韓愈〈調張籍〉「李杜文章在，光焰萬丈長。不知群兒痴，那用故謗傷？」也如李白嘲諷詩聖杜甫[3]，而不止牢愁沉鬱而已；為官未逾十載，整治隨園，山水相依，紅粉相伴，任人短長，以文學為職志，令人稱羨。第二首言子才曾為翰林，三度為守吏，不為仕宦牽戀，以金陵為家，清閒賦詩，享盡人間歡愉，亦不須如鄧攸（字伯道）愁苦無兒，其《詩集》足以傳世。第三首，除去一般人的錯覺，以為子才得力於天才，殊不知其作品乃經千鎚百煉，汰蕪存精之作。是以「寸鐵」足以「殺人」，筆墨如「兼金」（好金，價倍於一般黃金）之貴。甚而能令鬼神號泣，生龍遊走，不可捉摸矣。則子才作品之佳，不言可喻。一二首為七律，三首為五律。

　　以上二首詩為心餘、甌北同題之作，稱揚子才之作為主。一為律詩，一為古體。此形式上不同。就內容言，心餘以子才詩，起滅風雲變化，情景追摹，出神入化，著墨甚多。而甌北詩兼及子才生平出處，言其詩本身稍簡，此詩材運用不同。就技巧言，心餘詩「如沐酥酪」、「如飲醇醴」等等比興言子才詩甚多。而甌北以杜甫言子才詩，以伯道（鄧攸無兒納妾事）言子才情況，有調侃、概括其人其詩，饒富趣味。則技巧運用不同。

　　而子才評心餘詩：

---

[3] 孟棨《本事詩》載，李白戲杜甫曰：「飯顆山頭逢杜甫，頭戴笠子日卓午。借問何來太瘦生，總為從前作詩苦。」蓋譏其拘束也。又，葛立方《韻語陽秋》卷8云：老杜高自稱許，有乃祖之風。上書明皇云：臣之述作，沈鬱頓挫，揚雄、枚皋，可企及也。兩文引自臺靜農編《百種詩話類編‧前編》，臺北：藝文印書館，1974年。

其搖筆措意，橫出銳入，凡境為之一空。如神獸怒蹲，百獸懾伏，如長劍倚天，星辰亂飛。鐵厚一寸，射而洞之；華嶽萬仞，驅而行之，目巧之室，自為奧阼。袒而搏戰，前徒倒戈。人且羨、且妒、且駭、且卻走、且訾謷，無不有也。[4]

子才評甌北詩云：

雲松之於詩，目之所寓即書矣，心之所之即錄矣，筆舌之所到即奮矣，稗史方言龜經鼠序之所載即闌入矣。李衛尉之營陣，隨處可置也；熊宜僚之丸，信手可弄也。而忽正、忽奇、忽莊、忽俳、忽沉鷙、忽縱逸、忽叩虛而逞臆，忽數典而鬥靡，讀者游心駭目，硉矹然不可見町畦。[5]

在子才心目中，心餘詩搖筆措意，橫出銳入，自由奔肆，境界變化，如神獅怒蹲，如長劍倚天，如華嶽萬仞，非常人可以仰望。屬文學家的詩。而甌北詩，雜錄所見、所記、所讀、鎔之於胸臆，信手而成詩篇也；是以奇正莊俳，兼及各種形式而有之。偏向學者的詩。則甌北詩較駁雜，心餘詩較醇正、境界高曠，可知矣。

再如：趙翼的〈次韻答心餘見寄〉云：

---

[4] 袁枚著《小倉山房文集》，卷28，頁490〈蔣心餘藏園詩序〉，版本同註1。

[5] 同註2,〈趙雲松甌北集序〉，頁488。

白鶴翔雲端,青松鬱澗底。當代數人物,吾友江右士。
瘦骨不勝衣,恂恂文弱子。逸才乃曠代,豪氣更蓋世。
中歲早循陔,樊籠驚決起。身是罷官初,業方著書始,
磊落五千首,新詩決倫比。白傅愁壓倒,劉楨敢平視?
聲光映江介,目以無緋紫。憶昨初定交,中書制草擬。
暇則相過從,流連日移晷。尋春同隊魚,罵座觸邪廌。
先後入詞苑,揮毫進綈几。詩歌大宛馬,賦奏越裳雉。
最是京兆閈,秋清風日美。劇談聲轟然,雅謔笑莞爾。
論文頻剪燭,角句時擁被。我方豎降旗,君復起摩壘。
世間無此樂,直從太白死。爰及兩山妻,情好亦如此。
饋遺若親串,婉娩似娣姒。年家來往頻,熟識到僕婢。
一朝君買舟,攜家竟南徙。擺落爭千秋,不計目睫呎。
已甘菜肚淡,詎厭肉食鄙。目中本無人,足中任有鬼。
載酒江湖間,讀書巖壑裏。盤谷是耶非,捷徑其然豈?
而我出作郡,萬里操鞭箠。大官壓滿頭,閒漢養千指。
滇南況從軍,戰鼓聲咽耳。草檄腐毫禿,擺邊哨旗駛。
役滿賦歸與,力薄愧儓矣。內移得善地,除書出尚璽。
至尊憫微臣,俯恤到肌理。所慚迂鈍質,難副繁劇委。
三木曉呼囚,一燈夜判紙。師丹每善忘,陽膚但勿喜。
由來吏才少,時命當坎止。自笑鳥棲泉,人嗤鼠窮技。
卻憶君歸田,已閱歲華幾。未愁子蓬頭,何嫌婢無齒。
戢山主講席,距家亦甚邇(君時主戢山書院),結社多
唱酬,掩關無拜跪。
游戲初平羊,汗漫琴高鯉。何當來從游,就正一篇是。
久別念友朋,多病懷桑梓。織時報來章,夢逐鑑湖
水。[6]

---

[6] 收在趙翼著《甌北集》,卷17,頁347。

而蔣心餘的〈原作〉云：

皇帝甲戌春，識君矮屋底。嚴電橫雙眸，共稱天下士。
云出松泉門，捉刀冠餘子。搖毫涌詞源，睥睨無一世。
春官俄報罷，蹶者旋復起。同時簽薇省，兩人訂交始。
君俄入樞密，才望絕倫比。一手揮七制，省吏竊驚視。
直氣抗令僕，狂名壓金紫。堂堂燕許文，君作多進擬。
辛巳對大廷，萬言移寸晷。換筆改波磔，恐有坡識鳦。
遂迷五色目，第一陳綈几。（廷試時，君以讀卷官多素
識，恐其避嫌見抑，遂變易字跡，竟莫有識別者，果以第
一進呈）

神山風引迴，得盧乃成雄。癉哉探花郎，不若徐公美。
京兆壬午闈，偕君相汝爾。坐對論文燈，眠共吟詩被。
談玄交箭鋒，說鬼驅鬱壘。洋洋同隊魚，斯樂可忘死。
平生匝月中，萬事無過此。可憐兩孟光，亦復如娣姒。
布荊儼伯仲，勞苦兼童婢。我病奉母歸，浮家數遷徙。
謂君翔雲霄，不啻尺與咫。詎擁一麾出，遠落蠻夷鄙。
瘴癘叢花苗，岸崿布奇鬼。況復奉軍書，馳驟兵戈裏。
子厚謫居非，王粲從軍豈。轉運驅馬牛，秣飼操鞭箠。
邊塵染雙鬢，彩筆辭十指。當時金閨彥，不死幾希耳。
班師奏凱旋，放君去如駛。重開太守衙，眷屬久歸矣。
徐徐展勞筋，細細拭前壘。孳孳用拊循，井井立條理。
誰知清獻孫，琴鶴盡捐委。寄我雙南金，附以書一紙。
十詩話行藏，兩什訴悲喜。誦之歡解頤，旋復痛不止。
君本著作才，夙擅班揚技。木蘭發高唱，弓衣繡凡幾。
想君滇南篇，傳唱到金齒。歸裝帶風雲，邊人歌孔邇。
諸蠻賣佩刀，訓習知拜跪。惠聲河渡虎，清節閣懸鯉。

政成朞上秩，賢者當如是。故人日頹唐，行且還桑梓。
待君買山資，誓約休如水。[7]

　　第一首詩，為甌北酬答心餘之作。先以左思「鬱鬱澗底松」〈詠史〉比況心餘之不得志。繼言其身軀瘦弱，若不勝衣，卻為況代逸才，豪氣蓋世。中歲循陔奉母，罷官著書。五千首詩，直可比美白居易、劉楨，光輝江介（畔）矣。繼言兩人相識於中書（即心餘詩云：「皇帝甲戌春，識君矮屋底」，「同時簉薇省，兩人訂交始。」）。此後，兩人過從甚密。「尋春同隊魚」，歡樂相共；「罵座觸邪麐」，同是同非。兩人先後入詞苑，歌贊國家功業，在京之日，「論文頻剪燭，角句時擁被」，談文論藝，「我方豎降旗，君復起摩壘」，爭論是非，不讓於人，情真意直，令人神往。此情，延及兩位夫人，同於娣姒。甚而至於僕婢。爾後，心餘南遷至於京陵。「載酒江湖間，讀書巖壑裏」，為此後生活最佳寫照。只是如李愿之歸盤谷，非如唐人之終南走捷徑。不久，甌北亦出京任職貴西、滇南從軍，以至移守廣州等等，勞苦役多，力薄愧憊，常為大官所欺矣。後亦辭官歸里，雖亦有再出之志，畢竟「鼠窮技」，只得歸田棲止。此時心餘已歸之數年矣。心餘講席蕺山書院，詩社酬唱，如同神仙歲月。末以久別思友，多病懷親之情、寄詩鑑湖也。

　　而心餘之作，亦從兩人甲戌相識開始。甌北「巖電橫雙眸」，目光炯炯有神，時人「共稱天下士」。甌北正在松泉（汪由敦）處「捉刀」，才華居冠。以後入中書，草擬文誥，有如燕國公（蘇頲）、許國公（張說）之大手筆。恭維之至。後，甌北

---

[7] 同前註，頁 348。

參加殿試,為避免讀卷官認得其筆跡,遂變更書法,以第一名進呈。不幸的是,乾隆皇帝以甌北面貌不佳,又言江南多狀元為由,遂與第三名(王杰)卷子互換,甌北成為探花郎矣。回想昔日京兆壬午考試時,「坐對論文燈,眠共吟詩被」,「談玄交箭鋒,說鬼驅鬱壘」,形影不離的情景,以及妻子、童婢往來相好的情形,真是永銘於心。後,心餘奉母南歸,以為甌北平步青雲,誰知甌北遠調貴州、雲南、廣州等邊陲之地。何況蠻夷瘴癘之地,兵書馳驟,死生難卜。兩人相知、相憐之情,不如意的悽愴,「子厚謫居非,王粲從軍豈」,言外之音,可以明矣。輾轉凱旋之後,雖曾守廣州,未久即去,並以書告心餘,寄以南金(荊州出產之黃金,以為貴重之物),送以《十家詩話》(即《甌北詩話》)。末言甌北本著作才,擅長詩文(以班固、揚雄之辭賦言),並言其詩篇必傳至滇南所過之處[8],而其政績、清廉節操,為邊民所崇拜。此賢人風範。而甌北即將歸隱林泉,則相約以守。

　　此二詩皆用古體,形式同。就內容言,恭維對方的成就,與之相識經過,往來情深,及於家人、童婢。並言兩人仕宦的不如意。歸隱林泉後,或著書立說,或教書講學,詩歌相伴以終。所述內容大體亦同。就表現技巧言,二詩皆直述生平遭遇為主,兼有諷喻詩句。如趙詩的:「白鶴翔雲端,青松鬱潤底」;「己甘菜肚淡,詎厭肉食鄙」;「盤谷是耶非,捷徑其然豈」;「大官壓滿頭,閒漢養千指」;「所慚迂鈍質,難副繁劇委」;「自笑鳥棲泉,人嗤鼠窮技」;「結社多唱酬,掩關無拜跪」等等,皆有

---

[8]　金齒,蠻族名,齒以塗金,在雲南保山縣治。

言外之意。而蔣詩如:「癯哉探花郎,不若徐公美」;「謂君翔雲霄,不啻尺與咫」;「詎擁一麾出,遠落蠻夷鄙」;「子厚謫居非,王粲從軍豈」;「當時金閨彥,不死幾希耳」等等,亦含弦外之音。則此兩詩寫作技巧略相彷彿。

同題之作,再如袁枚的〈題蔣苕生太史〈歸舟安穩圖〉〉其一云:

金仙侍香案,忽思歸去來。上堂告阿母,母曰與汝偕。
聞住雞犬驚,聞歸妻孥喜。阿母更欣然,歌詩七章矣。

其二云:

陸行風沙多,水行布帆穩。船頭酒一卮,船尾書千本。
行行重行行,順逆隨風檣。難得一家春,舟如小洞房。

其三云:

婦見遠山佳,索郎把眉掃。兒見溪水清,呼爺垂釣好。
篙工亦停槳,問公何所往。公笑指煙中,鍾山本姓蔣。[9]

而甌北的〈心餘復以〈歸舟安穩圖〉,索題惜別送行為賦十二絕句〉,取其一云:

---

[9] 《小倉山房詩集》,卷19,頁373,版本同註1。

軟紅塵土十餘年，一棹滄江意渺然。此老平生終歷落，不登卿相即求仙。

其三云：

桃花貼浪柳垂堤，一葉歸舟老幼齊。難得全家總高致，介之推母伯鸞妻。[10]

其五云：

年家娣姒往來親，內子披圖省識真。燈下側聞頻歎息，他家真作（去聲）鹿門人。

其八云：

雞犬圖書一櫂輕，寒官也算宦囊成。扁舟莫笑歸裝薄，還與空江載月明。

其十云：

丁字簾鉤拂柳絲，六朝佳麗好填詞。挑燈自製〈秦淮曲〉，唱殺長干老伎師。

其十一云：

采石磯頭片月高，一千年後少詩豪。知君醉酒江天

---

[10] 自註云：圖中太夫人，嫂夫人，及諸郎咸集。

夕，尚有生平官錦袍。[11]

　　子才詩五古，甌北詩為七絕，《甌北集》有十二首，《詩鈔》只取六首。現取《詩鈔》六首。比較二家詩形式之不同。就內容言，子才詩第一首，言心餘由京思歸，母親、妻孥相陪，欣然而喜，母親鍾令嘉有〈自題歸舟安穩圖〉七首。第二首，帶著酒與書，舟行水上，隨著風的順逆，全家團欒喜樂，行行重行行矣。三首，天人、天倫而樂，歸舟直指蔣（鍾）山矣。至於甌北詩，首言心餘仕宦十餘年，今鼓櫂南返，如掛席滄江，心意渺然。次，岸邊桃花柳隄，全家一葉小舟，心情欣樂，其母、其妻皆賢德矣。其五，己（甌北）與心餘家往來熱絡，心餘之歸隱[12]，好友離去，引來歎息。其八，清（寒）官兩袖清風，歸裝少行囊，只有空江明月相依相伴而已。其十，金陵風華之地，六朝粉黛，心餘至此可以歌曲取樂矣。末首，南京、采石磯吟賞風月，醉酒江天，心餘可留名千古。二人詩皆就歸舟金陵點染，甌北詩言之較細，道出心餘心情，同情相憐之心較深。子才詩敘述內容稍略，較富應酬味。而兩詩均以直述為主，筆之所至，情韻自出。

　　再如袁子才與蔣心餘的題羅兩峰〈鬼趣圖〉言。在《小倉山房詩集》〈題羅兩鬼趣圖〉，其一云：

我纂鬼怪書，號稱《子不語》。見君畫鬼圖，方知鬼如許。
得此趣者誰？其惟吾與汝！

---

[11] 《甌北集》卷 10，亦收在《甌北詩鈔》，絕句一，頁 4。
[12] 鹿門，在湖北襄陽縣東，漢末龐德公、唐代孟浩然皆隱於此。

其二云：

畫女必須美，不美情不生；畫鬼必須醜，不醜人不驚。
美醜相輪回，造化即丹青。

其三云：

鬼死化為聻，鴉鳴國中在。君盍兼畫之？比鬼更當怪。
君曰姑徐徐，尚隔兩重界。[13]

而心餘的〈羅兩峰（聘）畫〈鬼趣圖〉八幅，題者殆遍，無分詠者，乃各賦一章，不切為陳言，庶幾免夫〉，其一云：

三尺之身二尺肚，一臂一腳相爾汝。齷齷索索來周
旋，儂是半人君是蠱。
祿山捧腹華元奔，奇肱國主柔利民。九原邂逅各有
真，生時滿腹藏經綸。
由來獨步誇絕塵，媿耶魑耶皆游魂。嗚呼！一手一足
之烈豈如此？為人不全且為鬼。
防他笑出腹中刀，相逢莫罵彭亨豖。

其二云：

王家〈僮約〉太煩苦，鬼奴嘻嘻隨鬼主。主人衣冠偉
且都，如何用此尫羸軀？

---

[13] 《小倉山房詩集》，卷 27，頁 590。

但有筋肋無肌膚，無衣無褐但有襦。破帽籠頭纓曼胡，徐行掉臂學腐儒。
吁嗟乎！餓鬼啾啾啼鬼窟，不及豪家廝養卒。但能倚勢得紙錢，鼻涕何妨長一尺。

其三云：

色界塵緣不能了，陰風吹妾紅顏好。感君魂魄尚相親，婬室從容可偕老。
誰其送者白衣冠，無常使者搖素紈。鬢邊花氣吹幽蘭，使者嗅之心喜歡。
火城銅柱吞鐵丸，愛河腥穢揚波瀾。此語可怖蛾眉攢，使者曰否吾寧鰥。
君不見南山進士且嫁妹，河伯娶婦鬼擇配。
男勿避宴豬，女勿羞金夫，地獄雖多有若無。

其四云：

侏儒飽死肥而俗，身是行屍魂走肉。拄杖支持二尺長，形狀輪囷嗟躑躅。
紅衫小兒笑盧胡，世間有此小丈夫。僬僥之人可作腊，海鵠欲下吞螻蛄。
短鬼曰嘻魃不可，陛楯諸君不如我。君不見郭璞贊、蔡邕賦，陸俟生時智過軀，故鬼能令公喜怒。

其五云：

龍伯舉足誇數峰，夜叉食人如斷蔥。焦山有鬼長十

丈,每借颶母吹防風。
綠衣新裹僑如骨,腳插寒江脛難沒。枝葉作手樹作身,翠篠鬖鬘作毛髮。
齒排利劍口血噴,半夜俯瞰空王門。書生喝鬼鬼倒退,碧雲閃出青天痕。
芭蕉堅固可成佛,柳汁染衣是何物?迴看山根古鶴魂,道士縞衣來步月。

其六云:

長頭僂背老復醜,形容疑是承蜩叟。劉元進開二尺臂,陸判官伸五斤手。
兩鬼相逢正相詫,小兒見慣夫何有?不能取戈印,不能畫圓方。
大夫竊三命,但能走循牆。
螢螢鬼國伴兒戲,三頭共噉油鑊湯。
可憐賈逵范岫[14]稱博學,死去修文未為樂。不及陰山樹上通臂猿,楮鉥飛來隨手攫。

---

[14] 范曄著《後漢書》,卷36,《列傳》第26,〈賈逵本傳〉云:字景伯,扶風平陵人,九世祖誼,為梁王太傅。……父徽,從劉歆受《左氏春秋》。……弱冠能誦《左氏傳》及《五經》本文。臺北:藝文印書館武英殿本。又姚思廉著《梁書》,卷26,《列傳》第20,〈范岫本傳〉云:字懋賓,濟陽考城人。高祖宣,晉徵士。……岫文雖不逮約(沈約)而名,行為時輩所與。博涉多通,尤悉魏晉以來吉凶故事,約常稱曰:范公好事該博,胡廣無以加。……著《文集》、《禮論》、《雜儀》。臺北:藝文印書館武英殿本。

其七云：

冷風吹雨迷離極，破繖遮頭行不得。繖上繖下頭轉側，電閃雷轟無處匿。
濕氣侵鬼鬼氣濕，不識誰家有簑笠？乘軒張蓋慎出入，別有鬼官分等級。
窮者賤者走汲汲，九幽寒重鬼呼吸，魑魅淋漓相拱揖。
漂蕩田廬非我急，溺者紛紛喜來集。
噫嘘唏！幾時白日照黃泉？散盡陰霾鬼應泣。

其八云：

莊生擊馬捶，列子攬枯蓬。陳人至樂有如此，孰為鬼雌孰鬼雄？
落木陰森棺蓋舞，骷髏起立作人語。明眸雖滅皓齒存，白骨猶樘玉肌腐。
生王死士辨者誰？兒女英雄吾與汝。烏鳶在天蟻在地，五尺豐碑一抔土。
鬼中諸趣妙難尋，生人苦海自浮沉。不須普給瑜伽食，畫者真存菩薩心。[15]

案：羅聘〈鬼趣圖〉在當時文壇、畫壇造成轟動。心餘八首為七古，子才三首為五言短古，形式不同。就內容言，子才詩第一首，以己之《子不語》與兩峰〈鬼趣圖〉並論，能得鬼趣；

---

[15] 蔣士銓著《忠雅堂集校箋》邵海青校・李夢生箋，卷21，頁1365，上海：上海古籍出版社，1993年。下引同此本，不贅。

第二首，鬼以醜為美，以醜字創出意境；第三首，並言鬼死之後，創一新境。而心餘詩，就〈鬼趣圖〉分詠。第一首，刻繪第一幅「三尺身」、「一首一足」不同形之鬼。舒位《瓶水齋詩集》〈題羅兩峰鬼趣圖〉，第一幅云：一鬼碩腹，一鬼半身[16]。心餘詩第二首，言人奴不如鬼奴好，鬼主人衣冠偉且都，鬼奴「但有筋肋」、「無衣無褐」、「破帽籠頭」、「徐行掉臂」。舒位云此畫「一鬼鮮衣科頭，一鬼奴赤體著帽相隨」[17]。第三首詩云，「愛河腥穢揚波瀾」，而「無常使者搖素紈」；即舒位云第三幅：「男女二鬼相譃，旁立無常使者」[18]。第四首，云侏儒短鬼、柱杖而坐。舒位云：「一鬼植杖而坐，一鬼以巨觥進酒」[19]。第五首，焦山鬼長十丈，全身綠毛，有如僑如（扶南國王姓，僑陳如）之民，齒排劍、口噴血。舒位云：「一巨鬼長身綠毛，口眼噴血，兩峰於焦山僧舍見之」[20]。第六首，「長頭僂背老鬼」，即舒位云：「一鬼長頭鞠躬，二小鬼驚避之」[21]。第七首，鬼分等級，窮者、賤者冒雨而走，高位者則持破繖（傘）遮頭。舒位云：「群鬼冒雨驚走，一鬼張傘避之，傘甚破」[22]。末首，即舒位云：「背仰兩骷髏」[23]。此其八幅畫大意。心餘分別詠之，內容生動、詳實，與圖畫相符。子才詩則不及矣。就比興技巧、典實運用言，心餘詩要費心、費

---

[16] 舒位著《瓶水齋詩集》，卷16，頁567，上海：上海古籍出版社，1991年。
[17] 同前註，頁658。
[18] 同前註。
[19] 同前註，頁659。
[20] 同前註。
[21] 同前註。
[22] 同前註，頁660。
[23] 同前註。

力多了。

再如：子才的〈臘月五日、相公招同秦學士（大士）、蔣編修（士銓）小集西園，各賦四詩〉，其一云：

小集平泉夜舉觴，春風座上不知霜。
偶然元老開東閣，難得群仙盡玉堂。
棨戟光搖銀燭燦，盆梅花落酒杯香。
遙聽官鼓今宵緩，道有文人話正長。

其二云：

平章坐次問科名，掄到袁絲忽自驚。
白髮門牆登首席，青年詞館憶三生。
雲龍遇合都歸命，師友淵源各有情。
起看文昌星聚處，一輪卿月照階明。

其三云：

劈錦燒蘭興未除，牙籤玉軸共相於。
指將松竹時懷舊，對著笙歌尚論書。
老圃氣清霜影後，宮袍紅濕酒痕餘。
史官環坐同商榷，權把南衙當石渠。

其四云：

出門我獨後諸賓，更與郎君話夜分。
旗捲待飄殘臘雪，堂深留住遠山雲。

通家問字燈重剪,歸路衝寒酒不醲。
明日江城人側耳,詞林典故共傳聞。[24]

而心餘的〈尹望山都相招飲,同袁簡齋、秦磵泉兩前輩席上作〉,其一云:

卓午催馳問字車,軍門晝靜報休衙。
欣逢丞相開東閣,得共門生列絳紗。
釀雪天宜文字飲,素心人對歲寒花。
真堪寫向屏風裏,未許粗官入座譁。

其二云:

衙齋幽比玉堂深,十八科中四翰林。
雅集還同真率會,虛懷彌見讀書心。
思隨泉湧詩頻和,墨帶池香帖細臨。
箕斗插簷銀燭換,清言都忘漏籤沉。

其三云:

萬卷圍身老不疲,平生心事短檠知。
已收元氣歸調爕,更與斯文作總持。
胸納智珠含異彩,手扶楨幹半虯枝。
十三經本趨庭授,料理汾陽頷首時。[25]

---

[24] 《小倉山房詩集》,卷 18,頁 369。
[25] 自註云:公新訂《斯文精萃》,公子十有三人。

其四云:

> 本無田里可躬耕,奉母來棲白下城。
> 得到靈山才見佛,偶趨公府亦登瀛。
> 拈花旨妙人同笑,立雪門高地益清。
> 誰識寒宵方丈裏,一鐙團聚老書生。[26]

詩作於乾隆 29 年 12 月初五,時袁 49 歲,蔣 40 歲。而袁、蔣兩人所作皆為七律,此形式相同[27]。就內容言,心餘詩第一首,主人尹望山(繼善,1696～1771),如後漢汝南太守韓崇招飲蔡順,開別門以延賢人,禮儀備至。招飲時為臘月釀雪天正午(卓午),在「軍門」(統兵官)「休偈」時。而己(心餘)得以催車從之問學,忝列門生受學。言語進退之間,適合分寸。二首,「十八科中四翰林」,言四人同出翰林,相去十八科,人生遇合,難以知曉。而能雅集讀書,臨池作詩,實為幸運。三首,「萬卷圍身老不疲」,言望山用功之勤,新訂《斯文精萃》,有子十三,授之以學,則家學淵深可想。四首,言己(心餘)白下(金陵)奉母,幸見望山有如靈山見佛,仰望其清暉矣。詩中應對身分,無不婉轉合宜。袁枚詩,第一首云,望山棨戟遙臨,寒夜舉觴,盆梅花落酒杯香矣。二首,論三位後輩科名屬己(子才)為早,並以漢之袁盎(袁絲)自喻,受望山栽培,亦師亦友。三首,與松竹為伴,常青、長歲可想。至老尚以金陵為藏書

---

[26] 《忠雅堂集校箋》,卷 13,頁 949。

[27] 據《隨園詩話》卷 1 云:蔣詩先成。又,袁枚著《隨園詩話》,南京:江蘇古籍出版社,1993 年。

讀書之所。四首，言己之後至，有些愧疚，而詩文能受教於師友，有幸之至。此刻聚會，必為文壇佳話，傳至雲南江城（墨江縣南），望山治所矣（任雲貴總督）。子才詩以真情為主，文字較率易。此兩人之不同也。

再如，尹望山七十壽誕，袁、蔣、趙三人皆有和作。

袁枚詩〈望山尚書以七十生辰作相，仍督兩江，奉賀四首〉，其一云：

久遲枚卜識君恩，留與先生慶七旬。
調鼎人來雙鳳闕，稱觴花滿一家春。
韋平兩世黃扉業，伊呂三朝白髮身。
同是祝公無量壽，自天傳下語才真。

其二云：

紫禁城頭駐玉車，青宮深處女兒家。
萬釘寶帶天邊賜，十部笙歌宅裏譁。
北面公侯爭把盞，東床帝子替簪花。
休誇與佛同生日，轉恐光榮佛尚差。[28]

其三云：

生與南邦最有緣，四回江上月重圓。
兒童竹馬頭成雪，官舍甘棠樹拂天。
聽說相公還借寇，喜教士女更留仙。

28　自註：公生日四月八日。

齊聲擬向君王奏，一個蒼生乞一年。

其四云：

三公在外學張溫，詩識真如弟子言。
新築沙堤迎使節，剛調梅雨到江村。
西清趨侍身雖遠[29]，東閣常登客亦尊。
欣染名山一枝筆，他年還記杖朝恩[30]。

而心餘詩為〈尹望山先生七十誕辰，入相時四月八日，同朝各為詩以賀〉，其一云：

壽雲靉靆轉鴻鈞，峻望松高接甫申。
國瑞中朝相司馬，時康江左帥曹彬。
春迴玉節逢初度，帝錫金罍及令辰。
笑看槐龍添晚翠，舊沙堤上黑轓新。

其二云：

世掌絲綸呂范同，三臺位次恰當中。
賢人執政甘霖沛，君子登庸鼎鉉崇。
入座堂餐存口澤，題名壁字換紗籠。
白頭省吏誇風度，宛見當年老相公。[31]

---

[29] 自註：故事，宰相上任仍至翰林衙門。枚愧不獲躬逢。
[30] 《小倉山房詩集》，卷18，頁363。
[31] 自註：公入政府所居位，即尊公恪公揆席。

其三云:

儒者規模百度師,調和元氣應昌期。
頻聞膏澤流千里,但覺陽春滿四時。
經術包容諸政□,□心涵養眾生慈。
江山氣靜人多福,鑿井耕田總未知。

其四云:

唐生祿命詎能諳?揆覽期從浴佛參。
帝曰與齡還與福,民歌多壽更多男。
文昌新入原陰隲,彌勒重來共寶龕。
十七世身三世相,草垂書帶樹優曇。[32]

其五云:

戚畹恩光接鼎臺,□賢□□□重開。
□□□□□□□,詞館新人就取裁。
更泛瀛洲□□□,□□□□壓鄒枚。
迴瞻南斗星辰列,都讓先生握斗魁。[33]

其六云:

坐鎮東煩使相行,壺冰心澈大江清。
賢臣戀闕兼旬住,聖主巡方隔歲迎。

---

[32] 自註:昔日者推公年止六十有四,上聞之曰:「爾壽正永,毋戚也。」
[33] 自註:□劉繩庵先生為公門下士,今同在政府。

三設華胥張廣樂,更開南極現長庚。
明年扈從還朝日,朅似飛熊載後軒[34]

而甌北詩為:〈壽尹望山七十〉,其一云:

法酒榮頒七秩筵,黃扉新映綠槐烟。
人傳與佛同生日[35],帝命遷官寵大年[36]。
國老膠庠言可乞,世家宰輔史應編。
熙朝人瑞今真見,突兀班行鶴髮仙。

其二云:

松柏凌霜本後凋,封疆處處駐星軺,
蒼生憂樂縈孤枕,黃髮勳名歷兩朝。
燕寢凝香心似水,茅簷待澤信如潮。
為霖從此應逾遍,四海俱瞻玉燭調。

其三云:

金陵四度駐行襜,部下黃童已白髯。
公謂身多宿緣在[37],人言地應福星占。
禦冬有袴民皆暖,投夜無金吏自廉。
今日江南喧灌佛,定知私祝遍茅簷。

---

[34] 《忠雅堂集校箋》,卷 11,頁 900。
[35] 誕辰在 4 月 8 日。
[36] 公節制兩江,上命於誕日前入覲,至則加大學士。
[37] 自註:公節制兩江凡四度,曾有詩云:「似與吳民有宿緣。」

其四云：

十年詩客辱知名，燕見常叨倒屣迎。
蠟鳳諸郎皆好友，登龍前歲又門生。[38]
後堂絲竹慚高第，詞壘旌麾許主盟。
不為憐才致私祝，昇平贊化要耆英。[39]

以上為三人同題為尹望山七十大壽之作。詩作於乾隆29（1764）年4月8日。袁詩四首，蔣詩六首，趙詩四首。袁詩第一首，壽望山七十，且官拜丞相。以韋平（漢韋賢及子韋玄，父子皆宰相）、伊尹（商湯大臣）、呂尚（周文王師）為喻。二首，言望山與佛同為生日，（四月八日），光榮富貴有過之。三首，不僅拜相，又制都兩江。四首，官聲有如張溫（後漢、穰人，靈帝時，官至司空）大體就望山之富貴言。蔣詩第一首，以崧高，甫申喻尹之高壽。二首，言望山世掌絲綸，同於呂范（周之呂侯，東漢范滂）。三首，言望山儒者規模，澤流千里。四首，言其福壽延綿。五首，言其名高權重。六首，冰心玉壺，言尹為官清正。言其富貴，兼及人品修養。趙詩第一首，言尹之長壽官高，世家宰輔。二首，以松柏常青喻尹之高壽，並言其憂民愛民。三首，言尹四度節制兩江，上得以安，俗得以清。四首，言尹山不僅有詩名，且好賢才，令人尊敬。言其世家，富貴，吏治，愛賢等等。就內容言，袁詩純就富貴壽，以為祝頌。蔣詩言賢人為政，一片冰心；且膏澤千里，人民多福。趙詩及於世家宰

---

[38] 自註：公節制兩江凡四度，曾有詩云：「似與吳民有宿緣。」
[39] 《甌北集》，卷10，頁189。

輔,福澤百姓,並能拔擢才俊。此平日關注不同,修養有異,吐屬亦別。就詞采、典故,比興技巧言,心餘詩較為溫文儒雅。

再如:袁枚的〈題駱佩香〈秋燈課女圖〉〉詩云:

秋風瑟瑟烏夜啼,寒光閃閃燈光微。有人課女如課子,夜半書聲猶未止。
佩香女史賓王族,對雪曾吟〈柳絮曲〉。嫁得才人渤海郎,秦嘉何幸逢徐淑。
伉儷方偕玉樹殘,人間佳耦白頭難。錦瑟頻年彈〈寡鵠〉,雌雛一個伴孤鸞。
手持竹素丁寧語,勸兒勤學兒毋苦。女傳常懷宋若昭,狀元竟有黃崇嘏。
衍波箋紙界烏絲,兩漢三唐親教之。嬰婉上口嬌鶯似,辛苦分明絳蠟知。
有時課罷天將白,阿母還思作女日。記得當初老伏生,一樣燈前勞指畫。[40]
偶倩良工寫圖畫,袁翁展卷笑軒渠。后妃即是能詩者,何必男兒始讀書。[41]

而甌北〈題女史駱佩香〈秋燈課女圖〉〉詩云:

東坡要兒愚且魯,生女何必求聰明。一分才折一分福,不櫛進士徒虛名。

---

[40] 自註云:夫人幼從尊甫學詩。

[41] 《小倉山房詩集》,卷34,頁845。又,有關駱綺蘭(佩香)號秋亭,江蘇句容人,早寡。生平事蹟及詩作,可參《隨園女弟子詩選》卷3,及鍾慧玲《清代女詩人研究》,頁217及243,臺北:里仁書局,2000年。

豈知深閨讀書種,也要傳心度針孔。佩香女史絕世才,忍使清芬無接踵?
手撫么絃傷〈寡鵠〉,巾箱況少遺孤續。一個嬌花解語花,綺窗親課秋宵讀。
梧月蕉風夕館涼,一燈如豆光微綠。《風》詩誦到〈柏舟〉篇,女未知悲娘暗哭。
篝火書聲夜漏遲,依稀柳母舊家規。可憐一樣丸熊苦,他課男兒此女兒。[42]

本詩在《小倉山房詩集》卷34,是壬子、癸丑年作,袁枚為77至78歲,該詩放在該卷末,應為袁枚78歲秋季時作。而趙翼《甌北集》卷38,丙辰年作,甌北70歲。兩人此作皆為七古,形式同。袁詩以四句為分(依金人瑞分解說),首四句言,有人夜半課女讀書。次四句,言佩香為賓王嫡後,嫁得才人,才子佳人,令人稱羨。次四句,佳耦不能偕老,是以「雌雛一個伴孤鸞」,此四句詩意轉折,孤獨、淒涼之情自現。「手持」以下四句,勸女勤學,以宋若昭[43]相喻。又竟有似女狀元黃從嘏[44]才華。欲以女妻之,乃獻詩一章,有「幕府若容為坦腹,願天速變作男兒。」召問之,故黃使君女也。「衍波」以下四句,兩漢三唐以下,佩香無所不教,則佩香知識廣博可知。「有時」以下

---

[42] 此題為《甌北詩鈔》作,原題作〈再題佩香秋燈夜課圖〉,見《甌北集》,卷38,頁903。

[43] 唐人,德宗時招入禁中,穆宗時,拜尚宮,歷憲、穆、敬三朝。又,見於《舊唐書》,卷52,臺北:藝文印書館武英殿本。

[44] 前蜀,臨邛女,巧於詞翰,善琴,書畫,長著男裝,為蜀相同庠所重。又,見於吳任臣著《十國春秋》,卷45,北京:商務四庫全書,2005年。

四句,言其教學認真,樂以忘憂,至於天亮,尚不知倦也。末四句,延請畫工作圖,己以詩述其內容,並言女子亦可受教育,不必定要男兒身也。此主張兩性教育平權矣。而甌北詩,亦以四句為解。首四句,由反面說起,生兒生女何必聰明讀書。「豈知」以下四句,佩香工於讀書,善於女工,可謂絕世之才;並以此傳家。「手撫」以下四句,言其中途喪耦,又無子嗣,是以教其女兒。語句含悲。「梧月」以下四句,秋夜課女誦詩,佩香心苦。末四句,不能課兒且課女,傷感。則甌北詩尚有重男輕女觀念,不如子才詩思想開通,明矣。就技巧言,子才詩表現較為典雅,甌北此作過於平白矣。

再如:甌北的〈西湖晤袁子才喜贈〉,其一云:

不曾識面早相知,良會真成意外奇。
才可必傳能有幾?老猶得見未嫌遲。
蘇隄二月春如水,杜牧三生鬢有絲。
一个西湖一才子,此來端不枉遊貲。

其二云:

朝衫脫後占詞場,三十年來獨擅長。
交契最深嚴節度[45],輩行漸作魯靈光。
漫從近代推初白,自說前生出點蒼。
笑我曩從西洱過,不知即是鄭公鄉。[46]

---
[45] 自註云:尹文端節制兩江時,知君最深。
[46] 自註:君自言前生為點蒼山五百年老猴。余昔從軍過點蒼,萬樹猿聲,不知中有君巢穴也。

其三云：

攜家來住武陵春[47]，書畫隨身集等身。
我與相逢三竺路，此翁頗似六朝人。
酒間贈妓題團扇，雨後尋詩墊角巾。
他日《西湖遊覽志》，或應添記兩閒民。[48]

而袁枚〈見酬之作〉詩，其一云：

乍投名紙已心驚，再讀新詩字字清。
願見已經過半世，深談爭不到三更。
花開錦塢登樓賞，竹滿雲樓借馬行。
直到此間纔握手，西湖天為兩人生。

其二云：

集成金海自雕搜，滿紙風聲筆未休。
生面果然開一代，古人原不占千秋。
人非同調交難合（一作密），官到殘棋局可收。
我倘渡江雙槳便，定來甌北捉閒鷗。[49]

本詩在《甌北集》卷 25，己亥，甌北 53 歲，袁枚 64 歲。袁枚偕妾與子阿遲正月下旬回杭州，歷遊西湖杭州名勝。甌北由

---

[47] 自註：君攜眷屬寓湖樓。
[48] 《甌北集》，卷 25，頁 526。
[49] 同上頁 526，《小倉山房詩文集》，卷 26，頁 555，詩題作〈謝趙耘菘觀察見訪湖上，兼其所著《甌北集》〉。

無錫會晤顧晴沙等同遊惠山,後至浙江遊西湖等地[50]。兩人西湖相會,樂不可支。甌北七律三首,子才七律二首。就內容言,甌北詩第一首,稱揚子才「才可必傳能有幾」?「一个西湖一才子」。雖然相見晚,猶未遲也。傾慕、仰望之深可知。二首,子才辭官後,擅於詞場,已有三十年,而與尹文端公(繼善,望山)最為深交。不過,行輩亦漸老矣。又以子才曾言,前生為點蒼山五百年老猴相戲,已曾從軍過點蒼,「不知即是鄭公鄉」[51],語句又敬,又調侃。三首,子才攜眷至西湖樓居,書畫隨身。與甌北相遇於途,(三竺,在杭縣靈隱山、飛來峰南),則兩人行蹤,或載於《西湖遊覽志》等書矣。言己、言子才,於情於理,表現適中,其調侃處,引用子才之說,詼諧趣味而不失禮。至於子才詩第一首,久聞甌北之名,見其新作,果然「字字清」。清含清新、自然之意。接著,兩人在雲棲寺[52],登樓吟詠,相談甚歡,相見恨之晚之情,從此消失。是以「西湖天為兩人生」。二首,「生面果然開一代,古人原不占千秋」,如此稱趙,可見兩人相知、相愛之深,不同於一般文人相輕也。又言甌北中道辭官,歸隱陽湖,將來過江拜訪,「定來甌北捉閒鷗」,語句調侃,兩人相戲,不分上下矣。至於比興技巧方面,兩人此作用典、比喻,不相迭逭。

再如:甌北的〈子才到揚州預索輓詩,戲和其韻,意有未盡,又增二首〉,其一云:

---

[50] 參拙著《趙甌北研究》,頁 146,臺北:臺灣學生書局,1988 年。
[51] 鄭公鄉,孔融深敬鄭玄,曾事之三年,屢履造門,告高密縣,為言特立一鄉曰鄭公鄉。
[52] 杭縣五雲山之西,明袾宏大師曾住此。

〈薤露〉如何可預支？渡江來似別交知。
得詩恐爾真歸去（《小倉山房詩集》卷30作：故人惟恐君真去），
不覺低徊下筆遲（《小倉山房集》作：不肯輕為執紼詞）。

其二云：

年壽何人不祝延，怪君撒手獨超然。
可應舊籍樵陽在，謫限完時又作仙。

其三云：

君果飄然去返真，讓儂無佛易稱尊。
只愁老境誰同調，獨立蒼茫也斷魂。

其四云：

生平花月最相關，此去應將結習刪。
若遇麻姑休背癢，恐教（《小倉山房集》教作防）又罰到人間。

其五云：

修短終須聽太空，莫將殘錦散（《小倉山房詩集》散作乞）諸公。
還防老學菴燈火，絆住山陰陸放翁。[53]

---
[53] 《甌北集》，卷33，頁779。

而子才〈原作〉,其一云:

久住人間去已遲,行期將近自家知。
老夫未(一作不)肯空歸去,處處敲門索挽詩。

其二云:

挽詩最好是生存,讀罷猶能飲一尊(一作樽)。
莫學當年痴宋玉,九天九地亂招魂。

其三云:

莫怪詩人萬念空,一言我且問諸公。
韓蘇李杜從頭數,誰是人間七十翁?

其四云:

臘盡春歸又見梅,三才萬象總輪回;
人人有死何須諱?都是當初死過來。[54]

本詩見於《甌北集》卷33,己酉、庚戌年作,因編在該卷最末,應為庚戌年作,甌北64歲。而子才為75歲,在《小倉山房詩集》卷32,為丁未至己酉,庚戌年作,該詩置於該卷末,應與甌北同年所作,屬庚戌,袁枚75歲。兩人七絕此作。就內

---

[54] 原題為〈諸公挽章不至,口號四首催之〉,見《小倉山房詩集》,卷32,頁800。

容言，甌北詩第一首，言子才到揚州預索挽詩，而甌北怕其得詩真歸去，「不覺低徊下筆遲」，富人情味。子才預索挽詩，因子才「腹疾，久而不愈，作歌自挽」，並「邀好我者，同作焉。」[55] 見其心境超然，只恐「謫限完時又作仙」，稱美子才為天上謫仙人。三首，愁子才果然歸真，知己不存，傷無同調，「獨立蒼茫」，悽愴生矣。四首，「生平」兩句，勸子才此去，宜除去風流舊習，否則為仙不成，又要歸返人間受罪矣。語句調侃。末首，生命短長歸之天命，不須催逼，或如放翁之高壽（86歲，1125～1210），也未可知。則子才之惑於相士之言，（相士以子才壽七十六），甌北為之寬慰。而子才詩第一首，言行期將近（76），不肯歸去，尚有未完心事，是以處處向友好索詩，完足心願也。二首，挽詩原為死者，然既已死，何以知其內容？是言「挽詩最好是生存」，讀罷之後，情誼深淺，真情與否？皆能明白。且可舉酒斟酌、欣賞，以慰平生。否則死後，旁人所作挽辭，何以知其真假、好壞？亦不必如宋玉亂招魂。[56] 三首，己壽七十有六，比之前賢，如韓愈五十七，蘇軾六十六，李白六十二，杜甫五十九，皆有過之。而人生七十古來稀，則己之年壽，亦足矣，何須隱諱，心境自然超脫。末，四季循環，有死有生，人命亦是如此，何須諱言。既知此意，是以死前自挽，催友朋挽詩一讀，能足最後心願。比較兩人此作，子才詩中思想通脫，甌北詩較為諧趣，尤其「生平花月最相關」句，調侃子才風

---

[55] 《小倉山房詩集》卷32，頁799。
[56] 據司馬遷說法，〈招魂〉篇應是屈原招楚懷王魂。在《史記》卷84，〈屈賈列傳〉第24，末云：太史公曰：余讀〈離騷〉、〈天問〉、〈招魂〉、〈哀郢〉悲其志。臺北：藝文印書館。

流好色也。

再如：子才的〈哭錢璵沙先生〉，有序云：

四月十六日，余將還山，行李已發，念璵沙之病，繞道作別，不料五鼓已亡，尚未殮也。

其一云：

才別西湖又別君，入門僮僕換衣巾。
方知昨夜聞雞候，已是先生駕鶴辰。
易簀餘聲猶在耳，長眠善氣尚迎人。
夷衾揭起重攜手，未忍匆匆了宿因。

其二云：

平生風骨最闌珊，只有交情重似山。
一紙彈章驚海內[57]，滿車甘雨在人間。
官高不改書生面，詩健能忘鬢髮斑。
寄語九原隋武子，他生趙孟在追攀。[58]

而甌北的〈哭錢璵沙先生〉詩云：

不曾識面荷推袁，此意真令感弗諼。
碩果枉教生並世，束芻仍欠死登門。

---

[57] 自註云：黃制府威震兩江時，君特疏劾之。
[58] 《小倉山房詩集》，卷 32，頁 795。

八旬人尚江淹筆,二品官無庾信園。
不哭先生復誰哭?從今老輩更無存。[59]

《小倉山房集》卷32,為丁酉至庚戌年作;《甌北集》卷33為己酉、庚戌年作,詩在該集後半,《小倉山房詩集》亦在後半,應為庚戌年,甌北64歲,袁枚75歲之作。兩人皆哭璵沙,子才用兩首七律,甌北一首。錢琦,字相人,號璵沙,仁和人,乾隆2年丁巳進士,改庶吉士,授編修,歷官福建布政使,著有《澄碧齋詩鈔》[60]。就其內容言,子才詩第一首,入門忽見童僕換衣巾,知璵沙昨夜逝世,令人扼腕。二首,言與璵沙交情深厚,如山之高。「官高不改書生面」,言平日好讀書,且其真性情、真摯,不同一般政客,油腔滑調。「詩健能忘鬢髮斑」,愛寫詩,沉迷於文學天地。而甌北詩,首言因袁相識,以文會子才,令人感動。腹聯,言璵沙年八十尚具彩筆,令人羨慕。「二品官無庾信園」,位高而儉樸,人格完美無缺。是以此等人逝世,「不哭先生復誰哭」?[61]璵沙先生官高而生活儉素,以人格完美無缺歌讚,推崇之至。就此兩人之作言,甌北詩似乎較佳,不專就兩人情誼言。璵沙曾巡撫臺灣(亦任江蘇按密使,四川布政使,後調任江西、福建等地[62]),子才有〈心中賢人歌寄錢璵沙方伯〉詩,

---

[59] 《甌北集》,卷33,頁771。
[60] 見於徐世昌編《清詩匯》,卷74,欄30,臺北:世界書局,1961年。
[61] 參拙著《趙甌北研究》,頁298。
[62] 徐世昌編《清詩匯》,卷74,頁32(世界)有錢琦〈秋日重登赤崁樓〉詩:一自兵銷日月光,牛皮尺地幻滄桑;空餘芳草埋荒堞,無數殘鋒臥夕陽。歌扇舞衫春寂寂,海潮山月夜茫茫,重來不盡登臨興,何處秋風是故鄉。又,袁枚撰錢琦墓誌銘,收在李桓編《國朝耆獻類徵初編》卷178,疆臣30。臺北:文海出版社,1966年。又,錢琦著有《澄碧齋詩鈔》。

其中第一首云：

> 書中有賢人，其人不可在。心中有賢人，其人宛然在。
> 其人在何處？閩江為屏藩。吾幼與同學，吾長與同官。
> 溫公愛蜀公，生前為立傳。吾亦愛錢公，意欲書其善。
> 公書善歐趙，公詩善白蘇。以兩善稱公，淺之為丈夫。

又，第四首云：

> 彰化內凹莊，生番殺黔首。賴白兩姓家，二十有二口。
> 故事番作惡，武吏有責成。生番殺人重，熟番殺人輕。
> 大吏爭護前，各以熟番報。公時巡臺灣，獨以生番告。
> 洋洋海風起，偏遲御史章。奏騎既濡滯，所奏又乖張。
> 天語加切責，大吏滋不悅。詞者來調停，諷公改前說。
> 公指窗前山，是豈可動乎？苟其徇有位，何以對無辜？
> 亡何矯虔吏，買頭作誣證。事發得上聞，昭昭黑白定。[63]

子才詩中稱揚瑛沙，第一首云其心中之賢人，為同學，為同官；其書法善於歐陽詢、趙孟頫，而詩歌善於白居易、蘇東坡。第四首，云瑛沙於乾隆16年（1751）任官臺灣巡撫，告以生番殺人，依臺灣舊例，生番殺人比熟番加重，而彰化生番殺內凹莊民賴、白兩家22人，瑛沙據實以報，總督徇庇武員，所奏與瑛沙異。清廷嚴旨責成覆奏。後，斷獄者需取回生番所獵人頭

---

[63] 見於《小倉山房詩集》，卷25，頁513～514。

定案,令地方官入山取頭,而彰化知縣乃另剖棺取新死人頭充數。則公之是非黑白,定然於胸。詩中稱允璸沙處事得宜。

再如:心餘的〈自題鶼佩偕老圖〉,有序及詩云:

乾隆丁亥之歲,清容居士四十有三,安人張氏四十有一,奉太安人棲於會稽戢山天鏡樓,偶屬王生寫夫婦小像,為〈鶼佩偕老圖〉。

我年二十一,君年始十九。親迎南昌郡,太歲乙加丑。
仲冬朔三日,于歸為我婦。簪菁曳練裙,貧苦樂相守。
我生鮮兄弟,以君作昆友。君離兩親膝,舅父姑則母。
習勞出天性,豈但奉箕帚。三月我出游,侍養爾無負。
明年入庠序,鄉舉旋弋取。凡茲兩載中,我從使星後。
時得老親書,譽婦不容口。雨雪登公車,涕泗浥襟肘。
南宮報罷歸,哭父鮮血歐。事母號泣間,況瘵相左右。
服闋遷洪州,芝山重回首。冒暑偕計吏,再戰再北走。
三年入中書,悽惻望南斗。引假翩然還,歸傷別離久。
顧我背生兒,三歲解呼某。典屋詠〈北征〉,赴闕挾雞狗。
豈知川陸塗,災阨靡不受。水火間盜賊,飲痛荊棘藪。
出入死生際,神鬼互踐踩。我窮呼旻天,君曰是非苟。
省愆以修身,勿負彼蒼厚。艱難詣京師,圉圉困嚅嚅。
閱歲掇上第,珥筆拜魯叟。備官文章列,得侍唐虞后。
豈有華國才?只益〈伐檀〉咎。蕭調室懸磬,獲雜魚貫柳。
貧深疾苦萃,命蹇艱危糾。母哀匱旨甘,朋來只薑韭。
憫君有四離,一一躬乳彀。飛蓬遠珠翠,集蓼依井臼。
莫報堯舜恩,日歸梁孟偶。退飛幸得告,宿食苦無有。

江湖轉虛舟,鄉里乏南畝。浮家吳越疆,終遜冀缺耦。
四十朱顏凋,相對嗟老醜。迴思廿三載,艱辛亂絲綹。
君抱惻隱心,結習頗同狃。我揮千黃金,君意無可否。
脫釧救饑溺,大勇過賁黝。奮罄虛明璫,箱空覆敝笱。
苦者得安樂,心結方解紐。紛紜貴人妻,袨服相導誘。
君匿不與謀,誚讓或疵垢。但云寒畯室,未解珮瓊玖。
我讀古人書,目炬穿破牖。君恨不識字,其聰過矇瞍。
語君忠孝事,清淚滴尊酒。默然長太息,感觸一何陡。
隱意雖未陳,似傷骨易朽。侍者舉相問,一笑罷分剖。
君思棄巾幗,我愧贗組綬。每咨敬養薄,但益顏色忸。
三男漸齊肩,來歲且姑舅。茫然終老計,生理向誰扣?
行將去齊魯,都邑鄰費邱。老屋難安居,初服頻抖擻。
夜夢共憂勞,奊翅寅歷酉。境窘魚上竹,情篤絲在簍。
寫形託丹青,述志布蝌蚪。偕老尚如賓,白頭隨母壽。[64]

而子才的〈題苕生〈鬻佩圖〉〉詩云:

昔聞〈祝牧歌〉,今睹鬻佩像。誰能為此圖?兩賢屹相向!
其一苕生公,襜襜神采王。雖披一品衣,仙骨仍倜儻。
其一張安人,莊嚴菩薩相。雖秉婉孌姿,志在青雲上。
其旁字萬行,絕節發高唱。如史遷〈自序〉,如列女書狀。

---

[64] 邵海青校、李夢生箋、蔣士銓著《忠雅堂集校箋》,卷17,頁1191,上海:上海古籍出版社,1993年。

當作護身雲,環肩生墨浪。覽像我已欽,讀詩心更仰。
人生伉儷和,然後家業創。其如嘉偶稀,兩美難頡頏。
金釵雖千群,錦衾雖百輛。苟無佳人佳,依舊曠夫曠。
多公才莫媿,妒公福莫量。可以學劉綱,雙雙朝蓬閬。
可以學冀缺,媞媞相饁餉。我畫〈隨園圖〉,將公石上放。
覺有此人容,雲山才跌宕。我見龐公妻,敢拜不敢望。
嘆息天人姿,畫手非予誑。古有奚契丹,能畫相與將。
丹青雖自高,富貴非余尚。不如此圖佳,願借作屏障。
子子孫孫看,夫夫婦婦樣。[65]

　　心餘自題〈繡佩圖〉為 43 歲作。詩中從己年二十一,妻十九結婚之時,親迎於南昌開始。言其離家而侍奉公婆,習勞刻苦。己(心餘)為庠序、鄉舉,妻則內外操勞,兼作昆友,是以心餘母親稱之以賢慧。後,南宮報罷,心餘父逝世,妻則「哭父鮮血歐(一作嘔)」,孝心可感。己為中書,歸傷離別,典屋北往,而妻小帶些土產至京(赴闕挾雞狗);然則中途水火、災陁之苦,且遇盜賊,出生入死,令人駭懼。後,己為上第,恩及其妻,家中貧困疾苦,物質匱乏,環室蕭條,所謂「母哀匱旨甘」,「朋來只蘸韭」而已。加上撫育四子,備嘗辛酸。所言首如飛蓬,飾無珠翠,「集蓼」于「井臼」過活,清貧可想。以後舉家南遷,至江蘇、浙江之間,已四十老醜矣。23 年婚姻中,己揮千黃金,為得功名前程,妻則無有怨言;而且「脫釧救饑溺」,大仁、大勇的行為,愧己之不如,令人敬仰。而不識字,

---

[65] 《小倉山房詩集》,卷 21,頁 435。

勝過識字,以賢以慧,敬重忠孝,刻苦憂勞,長養幼小,難出其右。末云:「境窮魚上竹,情篤絲在溝」,作為貧賤又情深夫妻的最佳寫照。雖然寫的是夫妻,實則重點在妻身上。字字真,滴滴情,令人感動。而子才詩,先就〈繡佩圖〉中人物,神采奕奕的苕生(心餘),及有莊嚴菩薩相的妻子張氏,作一交待。再言心餘古典詩的造詣,令其敬佩。而伉儷情深,共同創業,相與頡頏,人人羨慕,願取此圖作為屏障,以為子子孫孫典範。詩情頗佳,然,酬酢之味甚濃,不如心餘自題詩,情深意真,往事歷歷在目也。

三、詠物詩之比較

在《小倉山房詩集》有〈詠物〉九首,其一為詠〈鏡〉,詩云:

盈盈一水寫風神,惆悵山雞舞罷身。
望去空堂疑有路,照來如我竟無人。
得知宜稱妝應改,解共悲歡汝最真。
願取蟠龍安四角,滿林花影盡橫陳。

其二為詠〈簾〉,詩云:

珍珠顏色月波光,只隔游蜂不隔香。
一道疑城花隱霧,萬條斜竹水成行。
蓬山珮響仙彌遠,深院風停日更長。
搖蕩春痕鉤捲未?銜泥燕子待升堂。

其三為詠〈床〉,詩云:

小眠齋裏倦琴書，每覺藜床味有餘。
一夜送人何處去？百年分半此中居。
金燈聽鼓應官後，紅袖抽簪乍上初。
兩種風情最堪憶，梅花吹落水窗虛。

其四為詠〈燈〉，詩云：

別酒淋浪夜雨聲，空山紅處野風驚。
并無喜事花長報，為有黃昏色轉明。
歌舞當場春夢短，江湖回首玉堂清。
除將書卷雲鬢影，不領紅釭一點情。

其五為詠〈扇〉，詩云：

齊紈巧製愛天工，白羽臨江水照空。
小撲流螢花徑外，分涼熱客樹陰中。
生無愧面遮寒士，秋有餘恩感漢宮。
憔悴年年箱篋裏，誰知搖手滿懷風。

其六為詠〈尺〉，詩云：

典衣從古屬《周官》，分寸由來熨貼難。
織布新人休護短，滿城高髻太嫌寬。
明堂補袞身猶在，大樂調鐘興已闌。
我欲通天臺上表，群才交與此公看。

其七為詠〈杖〉，詩云：

剗水雙藤健絕群，偏於足下最殷勤。
年來孤往常無路，海內相扶尚有君。
小拄心知深淺雪，橫托身逐往來雲。
鄧林豈少狂奔者？可奈虞淵日易曛。

其八為詠〈帳〉，詩云：

甲乙流蘇事事非，誰傾海水向羅幃？
垂雲深護鴛鴦穩，越境難防蝴蝶飛。
白鳥有聲喧外陣，紅燈無力透重圍。
愁他酒盡更殘夜，遮莫離人獨自歸。

其九詠〈香〉，詩云：

老去苟郎感歲華，詹唐粘濕尚成家。
空中仙過靜聞樂，墻外月明知有花。
雞舌自含芳訊早，旃檀偏抱逆風嗟。
何當取盡懷中字，燒作青詞上紫霞。[66]

而甌北有〈《小倉山房集》中有〈詠物〉九首，戲用其韻〉，其一詠〈鏡〉，詩云：

照膽圓光妙寫神，江心鑄就淨無塵。
誰從對面偷描我？忽漫分身作化人。
藏醜一毫難作假，效顰雙黛最傳真。

---

[66] 《小倉山房詩集》，卷 13，頁 250。

只因老怕看華髮，不許移來棐几陳。

其二詠〈簾〉，詩云：

掛起湘筠蕩日光，銀鉤不捲靜縈香。
玲瓏霧縠三千縷，隱約金釵十二行。
映沼斜梳波影皺，當窗橫織雨絲長。
銷魂最是朦朧處，環珮聲流出畫堂。

其三詠〈床〉，詩云：

不須攤飯且攤書，息我勞筋一枕餘。
鄉有溫柔留夢處，禮無拘束躲人居。
旅窗聽雨燈殘後，繡被薰香月上初。
湖海元龍豪氣減，敢誇百尺迥凌虛。

其四詠〈燈〉，詩云：

一穗銀釭小作聲，空堂無喜也相驚。
為人嘗盡寒窗味，有女曾分夜績明。
舞字伶工千隊整，修書學士兩條清。
老來忍便拋牆角，炳燭餘光尚有情。

其五詠〈扇〉，詩云：

一握輕紈雅製工，能延新爽畫堂空。
漫愁捐棄隨秋後，自有清涼解熱中。

隔影紅粧姑女面，前身明月婕好宮。
溪翁愛向荷亭坐，別領田田萬葉中。

其六詠〈尺〉，詩云：

累黍曾煩定樂官，短長到手不能瞞。
文將才士憑量易，衣恐佳人穩稱難。
高髻樣爭傳鏽閤，剪刀聲共響雕闌。
頗疑宋玉誇鄰女，分寸從何比較看？

其七詠〈杖〉，詩云：

蹇劣平生愧逐雲，一枝籐助草鞋勤。
青山獨往誰同伴，白首相依剩此君。
住與畫叉閒倚壁，行隨蠟屐緩拖雲。
居然勃窣翁稱健，踏葉歸來日未曛。

其八詠〈帳〉，詩云：

羊羔酒客未全非，製就銷金翡翠幃。
深暗從添春夢穩，周遮似怕夜頭飛。
中餘幻蝶常留宿，外有群蚊欲合圍。
滿紙梅花自清絕，漫驚十里紫絲歸。

其九詠〈香〉，詩云：

何處清芬透露華，機參鼻觀本禪家。

佛仙可接先通氣，蜂蝶無端便覓花。
名士百斤非重物，師門一瓣有餘嗟。
山齋自愛焚修課，不羨金猊噴似霞。[67]

　　趙甌北依《小倉山房集》詠物之作，用其韻而戲作之詩，此為兩人同題詠物。有關詠物詩的源流，詩經以「灼灼」寫桃花之鮮（《周南‧桃夭》），「依依」盡楊柳之態（《小雅‧采薇》）。荀子有〈禮〉、〈知〉、〈雲〉、〈蠶〉、〈箴〉等賦，表面詠賦，實則說理。屈子《九章‧橘頌篇》，除詠橘樹、橘子形貌外，更賦與它堅貞不移的心志，創詠物體式。紀昀在謝宗可撰《詠物詩》《提要》云：「昔屈原頌橘，荀況賦蠶，詠物之作，萌芽於是。然特賦家流耳。漢武之天馬，班固之白雉、寶鼎，亦皆因事抒文，非主於刻畫一物。其託物寄懷見於詩篇者，蔡邕詠庭前若榴其始見也。沿及六朝，此風漸盛……」[68]。蔡邕之後，經六朝，詠物詩至於唐宋，作者甚多，如杜甫，蘇軾，黃庭堅皆是。其中如：雍鷺鷥（陶），崔鴛鴦（珏），鄭鷓鴣（谷），皆以摹寫之物而得名。此詠物源流之大要。本詩第一首為詠「鏡」。昔人如梁簡文帝，北周庾信，唐張說，姚合，駱賓王等皆有同題之作[69]。如唐姚合的〈詠鏡〉詩云：

---

[67] 見於《甌北集》，卷 23，頁 497 起。
[68] 紀昀撰《四庫全書總目》，冊 6，卷 168，提要，別集類 21，頁 9，臺北：藝文印書館，1964 年；亦參拙著《蔣心餘研究》，第 2 冊，頁 469，臺北：臺灣學生書局，1996 年。
[69] 見於張玉書等撰《御定佩文齋詠物詩選》，卷 206，頁 1433 之 238 起，臺北：臺灣商務印書館影印文淵閣四庫全書，1986 年。

鑄為明鏡絕塵埃,翡翠窗前挂玉臺。
繡帶共尋龍口出,菱花爭向匣中開。
孤光常見鸞蹤在,分處還因鵲影迴。
好是照身宜謝女,嫦娥飛向月中來。[70]

詩中詠鏡為女子妝扮功用。

而子才詩首言鏡明如水,甚而山雞對鏡而舞,至於死。[71] 則鏡之清澈明亮,可知。頷聯,鏡中世界,廣闊,卻虛幻無有。腹聯,鏡之功能,可以整容修飾,可以反映悲苦歡喜。末,龍安四角,花影橫陳,則心中愉悅,四季平安矣。甌北詩,起首言,圓鏡,清淨,鏡中影像似真人「對面偷描我」,覺「分身」變化。腹聯,鏡中黑白分明,雙眉傳真,難藏一絲一毫之假。末,老怕看白髮,是以別移來惹煩惱也。兩人詩大體就鏡之明亮、清澈,並引來年華衰老惆悵言。

第二首詠〈簾〉。子才詩先就簾如珍珠顏色,隔蜂不隔香的功能說出。頷聯,加強簾的隱約性。腹聯,亦言簾之神祕性,「日更長」,見其造成之幽深。末,捲簾以迎新燕。而甌北詩,首由(湘)竹所製之竹簾,可以搖蕩日光而不擋月光說起。頷聯,簾之狀如絲縷三千,簾之裏如金釵十二,則美境出矣。腹聯,言簾之美,如水中倒影之漣漪,又如長條雨絲橫在中空,綺麗、流動之美,盡在其中。末,簾中之人朦朧、隱約之美,令人銷魂。就此二詩言,甌北詩較柔和隱約,應合簾之屬性。亦較

---

[70] 同前註,頁 1433 之 239。又,姚合,陝州(河南省陝縣人)宰相姚崇的曾孫,官刑部郎中、諫議大夫、終祕書少監,有《姚少監集》。

[71] 見於劉敬叔撰《異苑》,魏武帝時,南方獻山雞,對鏡而舞,至死。臺北:藝文印書館,1966 年。

佳。唐人徐夤有〈詠簾〉詩云：

素節輕盈透影勻，何人巧思間成文。
閒垂別殿風應度，半掩行宮麝欲熏。
繡戶遠籠寒焰重，玉樓高卦曙光分。
無情幾對黃昏月，纔到如鉤便墮雲。[72]

又如羅隱的詠〈簾〉，詩，其一云：

疊影重紋映畫堂，玉鉤銀燭共熒煌。
會應得見神仙在，休下珍珠十二行。

其二云：

翡翠佳名世共稀，玉堂高下巧相宜。
殷勤為囑纖纖手，卷上銀鉤莫放垂。[73]

　　第三首詠〈床〉。子才詩起首云，倦於琴書，則思藜床之味，以抒解心情。頷聯，床在人生之中，「百年分半此中居」，其重要可想。腹聯，應官後，床上聽鼓，以備早朝；紅袖則床上抽簪打扮，以迎官人；床之於生活，無可取代。末，「梅花吹落」，可以春眠；「水窗虛」，遠眺春景浩渺；則床之於人生，浪漫迷離，此所以最堪記憶。而甌北詩，首言床上可以攤書，消除疲勞。頷聯，在床上可以不受禮法限制，盡情享受溫柔。腹聯，

---

[72] 同註 69，《御定佩文齋詠物詩選》，卷 165，頁 1433～95。
[73] 同前註，頁 1433～96。

羈旅殘夜,床上聽雨,思緒悄悄;紅袖,月上樓頭,繡被薰香,柔情不絕。末,引三國、魏、陳登(元龍)傳:「陳元龍湖海之士,豪氣不除。」(《魏志、陳登傳》)。反說床上可以消除英豪之氣,溫柔鄉成英雄塚,以為惕警。有味外味。兩人詩相較,各有所長。梁宣帝有〈床詩〉云:「衡山白玉鏤,漢殿珊瑚支。踞膝申久坐,屢好為頻移」[74]。則為宮體矣。

　　第四首詠〈燈〉。子才詩,首以靜山別處,夜雨淋浪,孤燈寂寂,興起燈之長伴冷落。次言,燈花長喜,昏後燈炬長明;反轉上聯燈之寂寂。腹聯,燈下,歌舞繁華,回首冷清,燈則看盡興衰、冷熱、榮枯。末,人可以書燈相伴,成就功名;也可以借著燈光打扮,取悅所愛;則燈亦為人生所必需,明矣。而甌北詩,首言銀燈雖小,空堂因之大放光明。次言,有人寒燈苦讀,有女挑燈紡織;則不論男女老少,燈為民生必需。腹聯,或於燈下舞蹈,或於燈下修書[75]。則燈之功能,隨人而異。老來為人所忽視,有燈相伴,頗覺溫馨,則燈雖為物,情則勝於人矣。有味外味。兩人詩相較,似甌北佳。唐、僧慕幽有〈詠燈〉詩云:

　　　鐘斷危樓鳥不飛,熒熒何處最相宜。
　　　香燃水寺僧開卷,筆寫春帷客著詩。
　　　忽爾思多穿壁處,偶然心盡斷纓時。
　　　孫康勤苦誰能念,少減餘光借與伊。[76]

偏在借光讀書,詠燈之功用。

---

[74] 同前註,卷 217,頁 1433～276。
[75] 唐張說,洛陽人,上置洛陽書院,聚文學之士,或修書,或待講,以說為修書使。《稱謂錄,修書掌教》。
[76] 《御定佩文齋詠物詩選》,卷 221,頁 1433～299。

第五首詠〈扇〉。子才詩,首取班婕妤「新裂齊紈素」(〈怨歌行〉)詩句起興,「白羽臨江水照空」,烘托羽扇之修潔美好,則如天工之齊紈扇,首聯完足。頷聯,用杜牧「輕羅小扇撲流螢」(〈秋夕〉)詩句,扇可為撲流螢;亦可為熱客散涼,用途大。腹聯,「生無愧面遮寒士」,言扇之本體,出於自然潔白,正如寒士清操,無須遮掩;「秋有餘恩感漢宮」,用婕妤詩「常恐秋節至,涼風奪炎熱」(〈怨歌行〉),反用其意。則扇之存否,全在「漢宮」,全在執掌者之意,不能自主。末,承上聯,用班詩,「棄捐篋笥中,恩情中道絕」;「出入君懷袖,動搖微風發」,憔悴「箱篋」,與搖手「滿風懷」,得勢、榮枯、幸與不幸,成為強烈對比。此所謂有味外味。而甌北詩,起首由手執輕紈扇,消除畫堂空寂,添風送爽,則扇之可以帶來歡愉。頷聯,扇「自有清涼」、「解熱」功能,何必如班詩所云「常恐秋節至」,「棄捐篋笥中」,愁苦不已。就古人詩意,推陳出新,此翻案法。腹聯,以紅粧言「姑女」、以明月言「婕妤」,美則美,然而寵幸與否,在於他人之手;蓋美女之於扇,扇之命運好壞,何嘗不是如此?末,以谷間谿(溪)翁自喻,愛坐荷亭,領略田田萬葉聲,不待扇而自涼,比如天籟而自美。如此,不必記掛由扇而引起之煩惱,諸如:幸與不幸,榮與悴,寵與不寵等等。末聯甚佳。兩詩相較,亦各有千秋。元朝倪瓚有〈題扇〉詩云:

聽雨樓中也自涼,偶停筆硯靜焚香。
君來為煮毷山茗,自洗冰甌仔細嘗。[77]

又,明朝高啟有〈扇〉詩云:

---
[77] 同前註,卷 215,頁 1433～273。

皎皎復團團，何人剪素紈？
驅螢臨几席，撲蝶近闌干。
似月驚朝見，生風變夏寒。
時移當日棄，莫怨網乘鸞。[78]

大體亦就前人詩點染、變化，尤其時移見棄，令人惆悵；或就其天然自好以相陪，令人快慰也。

第六首詠〈尺〉。子才詩首以《周官》制定各種禮節，而度量為難：頷聯，新人織布，長短不易把持，是以「滿城高髻太嫌寬」，尺寸不齊。腹聯，「明堂補袞身猶在」，言昔日政教之堂，製作官人之衣服，尚有存者；尺為樂譜表示聲調之名稱，則「大樂調鐘興已闌」，言大樂令已失去調樂之尺度。末，借梁沈炯為西魏所擄，嘗獨行經漢武通天臺，為表奏之，陳己思歸之意，其中故事，言己欲思歸，不得定奪，是與群公商奪權尺寸進退也。而甌北詩，首以壘黍為尺以製律（《宋史・律曆志》），言尺可以定樂律，可以定長短，皆能適中合宜；頷聯，文將才士，評論短長好壞容易，而佳人穿衣，要尺寸勻稱好看，則非易事；此言裁衣穿衣之不易也。腹聯，「高髻樣」，「剪刀聲」，皆言紅袖之女，裁衣量身之不易，亦言尺寸之把握，難以適中。末，引宋玉〈登徒子好色賦〉「增之一分則太長，減之一分則太短」[79]，言宋玉以分寸尺度衡量美女，不知所據也？詩猶有餘味。兩人詩比較，甌北詩意似較流暢。

第七首詠杖。子才詩，起首言藤縣（浙江省嵊縣南）所產

---

[78] 同前註，卷 215，頁 1433～273。
[79] 蕭統《昭明文選》，卷 19，頁 253，臺北：東華書局，1967 年。

之籐,作為手杖,有助於步行;頷聯,海內往來,常覺困蹇,幸有手杖相伴,得以消除困難。腹聯,承上聯,杖的功能,可以知「深淺雪」,也可以隨身追逐「往來雲」。末,借夸父逐日,棄其策(杖),是為鄧林[80]故事,今卻少有狂者來此;而太陽依舊日日照耀鄧林,奔至虞淵,徒呼奈何;則杖之與鄧林,化為神奇之物,歷經歲月而流傳千古也。而甌北詩,起首由生活簡單說起,只有草鞋,籐杖為伴。頷聯,承上聯,籐杖白首相依,至死不渝,則杖之與作者感情深矣。腹聯,言杖之行止,住則倚壁,行隨步履,形影不離。末聯,有杖之扶持,則「翁稱健」,且「踏葉歸來日未曛」,年輕力勝可想;則杖可使人年輕活力,精神百倍。兩相比較,甌北詩有活力,從自己身上說;子才詩則境界稍寬也。宋人何夢桂有〈李郎中有詩謝寄藤杖,仍次韻答之〉詩云:

> 海南覓得古藤枝,持與詩人杜牧之。
> 紫貝斑文鞭更爛,赤龍蒼骨蛻尤奇。
> 路無夷險終全節,用有行藏一任時。
> 非但與君扶腳力,縱蛟劃虎要支持。[81]

詩中就浙江所製古藤杖點染,非僅可以扶持腳力,亦可以刺蛟割虎也,則杖之功能可防身,可悠游相陪。

---

[80] 見《淮南子・墜形篇》。又畢沅《山海經校注》,謂:鄧林即桃林。倪泰一等編譯《山海經》,頁 347 云:桃林,即鄧林,相傳為夸父棄杖而死之地。在今河南靈寶市以西、陝西潼關以東地區。(重慶:重慶出版社,2006 年)

[81] 《御定佩文齋詠物詩選》,卷 210,頁 1433~258。

第八首詠〈帳〉。子才詩起首由漢武帝飾以珍寶的「甲乙之帳」,引起多方流言(「事事非」)說起。「誰傾海水向羅帷?」言流蘇帳之美,則帳之柔和,綺旎,流動,如人想像。頷聯,言帳之功能;從莊子〈逍遙遊〉,大鵬鳥「翼若垂天之雲」,則大鵬之翼能護「鴛鴦」,越境難防「蝴蝶」(小人)亂飛,難防小人偷香,有味外味。腹聯,承上,帳外「白鳥有聲」;帳內「紅燈無力透重圍」,則昏燈之下,男歡女愛,不言可喻,語句露骨。末聯,帳內之人,愁帳外之人,愁他幾時歸來。[82] 承上聯而變化,思緒縈繞。甌北詩,「羊羔酒客」、「銷金翡翠帳」,皆指富貴人家飲食居住之美。頷聯,因為有帳子,光線添暗,也防周遭群小(蚊,蟲),是以「春夢安穩」。腹聯,虛寫,帳中人「幻蝶」留宿,是莊周夢蝶,而「外有群蚊合圍」,實寫。則內外有天壤之別。末聯,「滿紙梅花自清絕」,言梅花紙帳之清絕,隱托帳中人之清絕;與末句「漫驚十里紫絲歸」,言不須如石崇作錦布障五十里,以敵君夫作紫絲布步障,(出自《世說、汰奢》),則心情自然工穩。

第九首詠香。子才詩首聯荀郎,指荀令香(見李商隱〈韓翃舍人即事詩〉),詹郎,指詹唐香(見《南史、范曄傳》),以托香之意。頷聯,空中聞樂。由香氣導引仙過,是以樂聲飄揚,「牆外月明知有花」,則所言在花香。腹聯,雞舌香,(香名,此處雙關),引得晨雞早鳴。旃檀香,產印度,「偏抱逆風嗟」,則開於冬,不同於俗。末聯,「何當盡取懷中字,燒作青詞[83]上紫霞」,言如道家取懷中字,燒薦告文於蒼穹,是以香氣裊裊。

---

[82] 遮莫,岑參〈原頭送范侍御〉詩:別君只有相思夢,遮莫千山與萬山。
[83] 青詞,道教祭祀用文體及文章,用青藤紙朱字,謂之。

詩情亦裊裊。甌北詩，首聯由「何處清芬」引「香」字起興，如禪家由鼻觀心參機。頷聯，香之功能，上可通仙佛，下以引蜂蝶。腹聯，名士香氣，得之自然（非重物），師門香氣，一瓣相承。末聯，山中焚香自課（金猊，獸香爐），不羨富貴，透露作者甘心隱於林泉，詩意歸於平淡。詩中表現不同心境。又，本詩在《甌北集》卷 23，為丙申（1776）至丁酉（1777）作品，該作放在本卷最末，應為 51 歲作。而袁枚在《小倉山房詩集》卷 13，丁丑年作，袁枚 42 歲。蓋甌北見袁枚《小倉山房詩集》詩而和作也。而林昌彝《海天琴思錄》：「袁簡齋〈咏床〉〈咏錢〉諸七律，乃抄襲雍正朝其同鄉崔邠詩集也。崔集藏於侯官學訓導南屏陳廣文處。」[84] 果然如此，袁枚詠物詩作，其價值尚待商榷。

此為袁、趙兩人同題詠物之作。

四、寫景詩之比較

如子才〈十八灘〉云：

一灘已覺險，況乃灘十八！何年修羅王，留此眾羅剎？
沉者如浮蛟，水中暗吞鱉；浮者排陣圖，當頭作阻遏。
攔門豈安橫？井底亂投轄。觸艙或怒僵，逢纜必全割。
偉哉篙工勇，入水將舟奪！初將周鼎扛，繼作宋人摑。
但聞聲許許，俞知難戛戛。周旋石縫中，隙罅輒先察。
堅忍橫逆來，拱護使上達。倮國解下裳，強鏖類鐵拔。

---

[84] 收在王英志編《袁枚全集》，附錄三《袁枚評論資料》，南京：江蘇古籍出版社，1993 年。

南傳雖將牢,北兵甚操刺。水犀軍已成,十婆黨盡殺。小屈總是伸,大度何妨豁!三日出重圍,檣聲鳴軋軋。[85]

又,心餘〈十八灘〉云:

前灘鶻突奔長洪,後灘詰屈趨黃公。狂波數里勢一折,積鐵四立山重重。亂石輪囷截江面,急水生骨昏青銅。星宿漂沉餖飣簇,八陣羅列魚鳥從。老雅散影鼇露背,萬馬縱飲中流中。輥雷轟轟動地軸,卻駕大艑馳長風,連檣疾上破逆浪,峭壁橫塞驚途窮。峰迴峽轉路不絕,四圍竹樹青蒙蒙。椎牛打鼓告神助,紙錢窸窣燒當空。片席高懸易牽挽,灘師醉叫張兩瞳。我聞贛石二百四十里,過客往往愁行蹤。畏途平日恐偶到,肯擲性命如秋蓬?今我持篙擊灘水,鼉鼍窟宅知難容。淺者一尺深數丈,有灘豈足藏蛟龍?樓船可下鞭可斷,恃險浪說虔州雄。三朝三暮厭曲折,幾令估舶愁撞舂。紆迴大不快人意,槎枒徒爾多磨礱。吁嗟入山無虎水無怪,一塊何得矜頑兇?清流病涉罪當伐,位置多事勞神工。劃除欲遣五丁役,大斧劈裂馮夷宮。坐使鴻鈞鍛為爐,莫叫疊架成飛虹。天水相涵朗如鑑,雪浪噴薄雙江溶。大笑往來失阻礙,一瀉千里開心胸。[86]

---

[85] 收在王英志編《袁枚全集》,附錄三《袁枚評論資料》,南京:江蘇古籍出版社,1993年。

[86] 蔣士銓《忠雅堂集校箋》,卷1,頁113。

以上為袁、蔣兩人〈十八灘〉之作。心餘 22 歲在贛州作。而子才為甲辰年（1784）69 歲由桂林轉往湖南遊覽作詩。據《大明一統志》載：「贛州府城北，章貢二水所合而為一，至萬安縣，其間為十八灘，怪石多險」[87]。在贛縣九灘為：白澗、天柱、小湖、鼇灘、大湖、銅盆、落瀨、青洲、梁口；在萬安縣九灘為：崑崙、曉灘、武朔、昂邦、小蓼、大蓼、綿灘、漂神、惶恐。尤以惶恐灘水勢險急，文文山〈過零丁洋詩〉後半云：「皇恐灘頭說皇恐，零丁洋裏嘆零丁；人生自古誰無死，留取丹心照汗青」[88]，即指此。心餘詩首言十八灘險惡。前灘突起，後灘詰屈，狂波數里，山如積鐵，亂石截江，急水生骨，有如星宿漂沉、八陣羅列，禽鳥亦難渡矣！大舟之行，輥雷**轟轟**，運舟逆流、峭壁橫塞，峰迴峽轉、曲折不盡，四圍竹樹，鬱鬱青青，只得椎牛打骨、燒紙窸窣、以乞天神相助。贛石橫阻二百四十里，行旅皆畏險難，經歷此灘，如秋蓬隨風，性命不保。行此曲折危灘，雖無山虎水怪，須時三朝三暮，乃知水勢兇頑。末雜神話故事，安得五力士鑿路（秦惠王因以滅蜀），大斧劈裂河伯（馮夷）宮殿，可使風平波靜，天水相連，往來順暢，至於一瀉千里。[89]

　　袁枚〈十八灘〉詩，首四句，「一灘已覺險，況乃十八灘」，

---

[87] 明，李賢撰《大明一統志》，卷 58，頁 5，總頁 3588。另，卷 56，吉安府「贛江」條之贛江下流一百里，凡二十四灘，至萬安縣折而東流六十里」，頁 3477。又有「惶恐灘」〈贛江府〉在卷 58。（臺北：文海出版社，1965 年）
[88] 文天祥著《文山先生全集》，卷 14，《指南後錄》卷上，頁 1，臺北：商務印書館四部叢刊。
[89] 參拙著《蔣心餘研究》，頁 549～550。

總起十八灘之危險。而以修羅王（佛教，六道之一，好鬥戰），留此「象羅剎（惡鬼）」，準備行舟者翻船而噬人。「沉者」四句，言灘流之沉者、浮者，令人怵目心驚。「攤門」四句，言灘水之寒，「觸艙」則「怒僵」，「逢纜」則「全割」。「偉哉」四句，意思轉折，在怒濤之中，唯「篙工」為勇，不畏灘水急流，或揠或扛，使舟不沉。「但聞」四句，承上，言篙工周旋水流石縫中，「堅忍」四句，承上，不論橫逆，篙工解囊力撐。「南船」四句，舟行水中，猶如練兵。末，欲過十八灘，「三日」方能「出重圍，其中進退屈伸，不言可喻。」子才詩寫十八灘險難，篙工不畏險阻。言已游覽經過。心餘〈十八灘〉之險，雜以神話，托之想像。二人詩重在描摹灘之險惡。而心餘詩似還兼聲音，環境之摹擬。

子才〈靈谷寺〉云：

停驂獨龍岡，爰尋古靈谷。密松蔭五里，出門破群綠。
紺殿儼皇居，榱櫨無尺木。萬甍疊穹窿，青苔涼昏旭。
古畫暗空廊，飢蚊鳴佛腹。訪古足雖健，得僧徑初熟。
指我志公塔，浮圖矗高屋；示我曇隱泉，八水勢洄曲。
捲簾謁惠遠，更進松花粥。鶯語聚垂楊，經生散疏竹。
興闌各入城，山花人一握。[90]

又，甌北〈靈谷寺〉：

---

[90] 袁枚《小倉山房詩集》，卷10，頁193；亦參見拙著《趙甌北研究》，頁521。

崇閎古招提，背倚鍾山麓；平岡左右抱，陰翳萬樹綠。山門到堂廡，鞭馬嫌不速；中恢無梁殿，制彷古陶復。累甓代棟隆，穹坐層阿屋；旁有琵琶街，屢響賽琴筑。

最後功德水，趵突地底伏；憤盈一湧出，直上三丈竹。鐘魚腫僧顱，丹碧眩鳥目；

當年誰結構，巨麗壓坤軸。聞昔寶誌公，窆骨占靈隩；明祖欲借之，墨不食龜卜。

三百六十莊，特賜作湯沐。遂啟荼毘藏，趺坐容尚穆。地靈體不壞，指爪長繞腹；遺蛻竟奉遷，改瘞此嚴谷。寶剎斯莊嚴，知費金幾斛；維時勘亂後，血沸戰鬼哭。

於茲建道場，普渡蟲沙族。迨夫永樂初，復薦考妣福。法王哈利麻，遠迎自乾竺；

七日無遮筵，薰天眾香郁。甘露祇樹凝，慶雲觚稜宿；至今傳盛事，談者舌猶縮。信哉誌公神，百世能預矚；留此一牛鳴，巧中帝王欲。貪念圖夛窆，雄心侈土木；總在逆料中，增榮肉身肉。莽同樗里智，模避曹瞞毒；噫嘻彼何人，擅此神通獨。[91]

靈谷寺，在明孝陵東北，為南京名剎。根據《金陵梵剎誌》的記載，靈谷寺「在都城東，鍾山左，獨龍岡麓，離朝陽門十里。鍾山，即蔣山，梁天監 13 年武帝為誌公建塔於山南玩珠峰前，名開善精社，更為寺。唐乾符中，改寶公院，開寶中改開善

---

[91] 趙翼《甌北集》卷 44，頁 1096。又卷 35，頁 827，有同題七律詩作。亦載於《甌北詩鈔》五古四，頁 19。

道場。宋太平興國 5 年，改太平興國寺。慶曆 2 年，府尹葉清臣奏改十方禪院，尋復寺額。國初（指明）名蔣山寺，因塔邇宮禁，洪武 14 年，敕改令地，賜額靈谷禪寺」[92]。寶誌（西元 418～514），六朝時僧，梁武帝迎於宮內，禮甚隆。則知靈谷寺起於梁武帝為寶誌公建塔。甌北此詩作於 76 歲。首八句言靈谷寺位置、四周風景、堂廡，及無梁殿之特殊結構。接著言累甓成屋，及介紹旁邊琵琶街（說法臺前）、八功德水（悟真菴後），紆縈九曲，有似趵泉突起，直上三丈。又借喻響屧廊[93]，言琵琶之琴音筑韻。「鐘魚」句起，敘說寺內丹碧輝煌，並追憶昔日結構情形。「聞昔」句下據張岱《陶庵夢憶》說「鍾山」：「鍾山上有雲氣，浮浮冉冉，紅紫間之，人言王氣，龍蛻藏焉。高皇帝與劉誠意（基）、徐中山（達）、湯東甌（和）定寢穴，各誌其處，藏袖中，三人合，穴遂定。門左有孫權墓，請徙。太祖曰：孫權亦是好漢子，留他守門。及開藏，下為梁誌公和尚塔，真身不壞，指爪繞身數匝，軍士輦之不起。太祖親禮之，許以金棺銀槨，莊田三百六十奉香火，舁靈谷寺，塔之。今寺僧數千人，日食一莊田焉」[94]。稱揚誌公和尚之洞燭先機，以此為靈隩，真身不壞。「迨夫」句下，言明成祖永樂初，遠迎法王哈立麻，「無遮筵」即「無遮會」，於通衢大道設道場布施齋級，「七日無遮筵」，言其盛況。「信哉」句下，言誌公和尚神會，預矖百代，巧中帝王長生之欲，是以侈興墓穴。詩末以戰國末樗里子（秦惠王弟，人

---

[92] 明，葛寅亮撰《金陵梵刹誌》（上），卷 3，頁 227，臺北：廣文書局影印中央研究院藏本。

[93] 在江蘇蘇州市西靈巖山，相傳西施步屧，廊虛而響。

[94] 張岱著《陶庵夢憶》，卷 1，頁 1，臺北：臺灣開明書店四版，1978 年。

號智囊）葬章臺之東，為漢代宮殿環繞[95]；曹操（阿瞞）葬高陵，設疑冢七十二[96]，以結地「靈」之重要。

　　子才〈靈谷寺〉詩，為 39 歲甲戌年作。首四句，言靈古寺地理，在獨龍岡麓，是以「停驂獨龍岡」，而尋古時梁武帝為寶誌公所建之塔。沿路松林、群綠，一片幽靜。「紺殿」四句，言寺無梁之結構、形貌，如皇殿，櫛比鱗次，早晚清涼。「古畫」起四句，雖為名殿，少有人往，故「暗空廊」、飢蚊四處飛。「指我」四句，言寶誌塔，有八功德水縈繞。「捲簾」四句，言進謁惠（慧）遠，以進松花（花澀無味）之粥，山寺之清澹可知。而大自然中，垂楊依依，黃鶯相啼，唯有讀經書聲音，散于疏竹之中。「興闌」二句結，遊寺，能盡興而返，心中唯存花香。詩中，玄電谷之地理，形構，現狀，寶誌公塔，及周邊水流，適會修探之地，是以覽者能盡興而歸。二詩比較，同為五古，子才詩稍平淡，甌北詩用典多，用心鍛鍊，較佳。

　　又，子才〈西湖小竹枝辭〉：

妾在湖上居，郎往城中宿。半夜念郎寒，始覺城門惡。
蠶絲難上手，蛛絲亦惹人。蛛絲吹即斷，蠶絲永著身。
雨餘紅意斂，風定戴痕長。妾請學西湖，今朝是淡妝。
朝喚岳墳前，晚喚茅家埠。不知相思魂，船家可能渡？
遠遠韜光磬，聲聲淨慈鐘。鴛鴦聽不得，飛上北高峰。[97]

---

[95]　見《史記》，卷 71，本傳。
[96]　見《三國志集解》，卷 1。
[97]　《小倉山房詩集》，卷 26，頁 557。

第八單元：袁枚、趙翼、蔣士銓三家同題詩比較研究　289

　　子才〈西湖小竹枝辭〉，為己亥（1779）庚子（1780）約為64、65歲間作（《小倉山房詩集》卷26）詩。又，〈竹枝詞〉開元以前已有，劉禹錫到建平，模仿屈原《九歌》自行改作《竹枝詞》，以詩樂舞合一。陳衍《石遺室詩話》云：〈櫻枝〉〈柳枝〉〈柘枝〉〈竹枝〉諸詞，託情里巷，體近〈風〉〈騷〉[98]，描述當地風土。元明以後竹枝詞出現許多歌詠男女感情作品。袁枚以男女情懷為念，「麗妳」喻「纏（綿之）思」，雨餘之後，當以淡粧。

　　有關心餘詠西湖詩，如《忠雅堂集校箋》卷15，詠《西湖》云：

> 一片光明水，周遭窈窕山。川岩多結構，仕女本安閒。竟日人歌舞，諸天佛往還。白蘇遺澤在，民力未嘗艱。
> 生長湖山曲，人家樂未知。〈豳風〉最勞苦，唐俗故疲。客戀嬉遊地，民安醉飽詩。如何行乞者，愁嘆水之湄？[99]

　　本詩為心餘乾隆31年夏，時42歲，赴紹興講席，途經杭州所作第一首言西湖有群山環繞，整日歌舞有如人間天堂，留有白居易、蘇軾築隄，存古代教化遺風。第二首，居處山湖相伴，民樂可想，與《國風》〈豳風〉勞苦相比，此地民裕而康樂，人民醉飽詩書，有如人間天堂。尚有未足者，為行乞者，在湖邊愁嘆。心餘詩，從西湖周遭環境，平民安閒與陝之豳風相比，有天

---

[98] 陳衍著《石遺室詩話》，卷17，頁245，收在張寅彭編《民國詩話叢編》，上海：上海書店出版社，2002年。
[99] 《忠雅堂集校箋》，卷15，頁1092。

壞別,唯一不足者,尚有乞討之丐而已!
又,〈湖上〉詩云:

湖波灔灔意融融,人影分明古鏡中。
細草青圍裙帶綠,新荷枝亞酒杯紅。
水仙王廟依林轉,羅剎江潮落手空。
明日東遊探禹穴,無家真愧鑑湖翁。[100]

此亦心餘同時所作。言西湖湖水清澈,細草新荷及水仙王廟,浙江潮水美景。
又,《忠雅堂集校箋》卷 17 有〈西湖偶作〉:
其一:

著眼銷金一寸鍋,峰巒橫黛水橫波。
田疇六井經時變,花柳雙堤閱世多。
名宦風流遺醉夢,霸才瀟灑拓山河。
匆匆結盡中原局,拋卻湖船海上過。

其二:

天賜湖山習晏安,群姦接踵據朝端。
貪夫柄國危亡定,名將成功晚季難。
立節全忠惟自了,荒祠廢冢怕尋看。
揮戈未許迴斜日,敗局勞他儘力彈。

其三:

---
[100] 同前註,卷 15,頁 1102。

韓園葛嶺迹相承，如彼近臣說中興。
誰念銅仙辭北闕？但憐蘇小葬西陵。
極天戎馬將軍帳，徹夜笙歌宰相燈。
只有孤臣銜淚去，芝山亭下恨填膺。

其四：

荷香桂子唱新詞，立馬圖傳塞上知。
勝地鶯花招飲日，游人燕雀處堂時。
興亡已過春如舊，哀樂無端酒不辭。
一樣南朝歌舞地。只堪游冶莫尋思。[101]

本詩為心餘 44 歲作。第一首，言西湖為遊覽勝地，銷金之處，古往今來名宦風流，霸才功業，留有遺跡。二首，講南宋以來偏安杭州，尤其西湖勝景，令人流連，而貪夫柄國，國難挽回。三首，韓園為勝景園，高宗時別館，光宗時慈福太后以賜韓侂冑，改名南園。葛嶺因葛仙翁煉丹於此，故名。有集芳、半春、小隱等園，臺榭工麗。此首言南宋君臣只知築園享樂，所謂「徹夜笙歌宰相燈」但使忠臣徒呼奈何。四首，言西湖春天，游人如燕雀巢堂，不知興亡，令人感傷，借景抒情。

另有〈湖上雜詠〉：
其一：

一語能捐使宅魚，詩人游戲歲星如。

---

[101] 同前註，卷 17 戊子，頁 1209。

可憐後日求花石，只有諧臣侍起居。

其二：

四時爭泛總宜船，酒氣花香帝業偏。
誰寫〈清明上河〉本，洛陽風景浙江天。

其三：

宋嫂魚羹李嫂羊，御廚疊進至尊嘗。
三宮麥飯何人獻？雪窖冰天飲酪漿。

其四：

馬塍開遍殿春花，龍井初嘗穀雨茶。
白傅蘇公都不見，兩堤煙柳對欹斜。[102]

亦為心餘44歲作。言西湖四時美豔，酒氣花香，御廚魚肉龍井茶，固為南宋偏安之業。令人慨歎。

甌北《西湖詠古》：

不負風光勝地多，六橋來正景暄和。人間作畫難為蕚，是處銷金別有窩。綺閣簾櫳紅杏雨，綵傳簫鼓綠蘋波。山靈笑我家相近，何事今纔載酒過。
割據深心笑井蛙，金書玉冊累朝加，千秋英氣潮頭

---
[102] 亦為心餘44歲作。

弩,三月風情陌上花。民不罹兵都愛主,國無稱帝易傳家。罷庭不肯填湖築,此意今猶父老嗟。

鳳凰山下故宮基,重話南遷駐蹕時。宋嫂羹魚空舊感,崔君泥馬已新祠。(宋高宗感泥馬渡送事,過杭即立崔府軍廟,識者已知其定都)《夢華》碎錄孤黎緯,沉陸神州一錯棋。不是行都集冠蓋,此湖也只習家池。

桂子荷花色色幽,偏安定後足清遊。直教宮亦移長樂,從此湖應號莫愁。三竺峰巒非艮嶽,兩隄燈火似樊樓。空餘芳草孤山路,老將騎驢感白頭。

南園想見昔雕甍,黃胖遊春意氣橫。負鼎龍生非相罪,(趙汝餘夢負鼎挾白龍升天,果立寧宗於喪次。韓侂胄即以此搆其罪)隔離犬吠是人聲。生前珠翠前千行繞,死後頭顱萬里行。獨惜平分半湖地,累人作記損高名。

選勝樓臺傍稺川,相公富貴又神仙。囊城礮已三年打,葛嶺燈猶五夜燃。蟋蟀戲收殘局罷,蝦蟆更促六宮遷。可憐幾代冬青樹,只換漳州一木棉。(賈似道拉死木棉菴下)[103]

西湖,本名明聖湖,後又名錢塘湖,一名上湖,周圍三十餘里,東接杭州府城,西、南、北三面皆有山臨之,山之下各有谿谷淵泉百道,匯而成湖,湖中橫截一堤,堤西曰裏湖,堤東曰外湖,其中為勝景者十,如:蘇堤春曉、南屏晚鐘、三潭印月、雷峰夕照、斷橋殘雪、平湖秋月、花港觀魚、柳浪聞鶯、白堤勝景、雙峰插雲等,風景綺麗,令人流連。

---

[103]《甌北集》,卷13,頁250。

第一首即言西湖風景勝地,綺閣簾櫳等等詩樣風光。六橋指湖中橫截之堤,分築六橋,橋上觀魚、橋下盪舟,煙雨綠波,令人陶醉。尾聯怨來遊之晚,亦襯西湖之美。第二首,思想南宋偏安一隅,向金人乞和納貢,千秋英氣,不過濤頭弓弩,旋起旋滅,但見三月春情,杭州有如汴京。平日忠奸難辨,天下板蕩,則能分之。而忠臣善言,未能察納,令人遺憾耳!第三首,鳳凰山,在杭州市南郊,行如鳳凰欲飛,宋於此建行宮。根據田汝成輯《西湖遊覽志》云:「鳳凰山,兩翅軒翥,左薄湖滸,右掠江濱,形若飛鳳,一郡王氣,即藉此山。自唐以來,肇造州治,蓋鳳凰之右翅也。錢氏因之,遞加拓飾,逮于南宋建都,而茲山東麓,環入禁苑。」又,引楊廉夫詩:「天山乳鳳飛來小,南渡君臣又六朝。劫火不燒楊璉塔,箭鋒猶抵伍胥潮。磷光夜附山精出,龍氣秋隨海霧消。惟有宮人斜畔月,夜深猶自照吹簫。」[104]徽宗、欽宗被擄,南宋遷都,高宗構即位杭州,神州陸沉,依舊歌舞,而西湖因此繁盛,令人傷感。第四首,偏安南宋,桂子荷花。隨風披拂。西湖勝景,足供清遊。頷聯,長樂宮在陝西長安縣,莫愁湖在南京,則此二句為反諷。即如士人林升詩:「山外青山樓外樓,西湖歌舞幾時休?暖風薰得遊人醉,直把杭州作汴州。」君臣相歡,耽樂湖山,無復有新亭之淚。腹聯。艮嶽,是宋徽宗在河南開封(東京,汴梁)景龍山側所築之土山,南宋以杭州之鳳凰山、三竺(上、中、下)峰相比,興起故國之悲。西湖兩隄燈火,猶似開封樊樓(酒樓),而詩人空負復國之心,即尾聯所云:「空餘芳草孤山路,老將騎驢感白頭。」第五首,想

---

[104] 田汝成輯《西湖遊覽志》,卷7,頁64~69,上海:上海古籍出版社,1998年。

見錢塘南國畫棟,趙汝愚負鼎挾白龍升天,果立寧宗於喪次,韓侂胄即以此搆其罪,西天生前珠玉翡翠,死在萬里之鄉,不能恢復邦國,令人噓唏而已!第六首,選勝樓臺側即葛稚川得道處,「囊城礎」,指元兵南侵,而西湖卻歌舞昇平,頷、腹二聯,頓挫沉鬱,由此引出尾聯賈似道死木棉菴(詩末甌北自註有云),感慨事在「人」為。由言景而託以國興亡之情,有類老杜;袁枚於詩末評云:「西湖雜事詩多矣,有此雄麗沉鬱否?」是為知言。詩中夾敘夾議史事,引起感懷。又,《甌北集》另有:〈寓西湖十日湖山之游略遍,雜記以詩〉,佳句如:「有山皆老樹,無地不清泉」;「天心孤有月,水面四無風」;「泉有源方活,山無樹不肥」等等。[105]

又甌北《西湖雜詩》其一:

六橋曾泛畫船過,十四年來一剎那。
今歲重遊春較晚,錢塘門外落花多。

其二:

雨後湖堤靜麴塵,莫嫌到日已殘春。
遊人過盡鉛華少,纔見湖山面目真。

其三:

何須簫鼓沸蘭舟,山水清暉愛薄遊。

---

[105] 拙著《趙甌北研究》,頁582～583。

三四寓公觴詠處，西湖也覺更風流。（子才、夢樓、竹初更番治具，連日泛湖。）

其四：

不信風流倩女魂，千年猶覺有餘芬。
關情一道裙腰草，綠到西泠蘇小墳。

其五：

魚羹醋縷味稱奇，想自南遷宋嫂遺。
也比燕京（炒）栗法，來從汴土李和兒。（湖上酒肆賣醋縷魚，頗佳）

其六：

重過蓮池跡已陳，女尼那復記前因。
當年綠鬢看纔剃，豎拂今為首座人。（余昔攜家遊湖，寓蓮池女庵）

其七：

葛嶺南園一代狂，欲尋遺跡已滄桑。
賈堂蟋蟀韓莊犬，留與遊人話夕陽。

其八：

嚴郎消瘦最情癡，畫得紅粧代乞詩。
窮秀才攜倚門女，向人誇說是西施。

其九：

老去詩人兩鬢秋，祇憑才筆占風流。
若非紅粉名心在，誰肯樽前伴白頭？

其十：

天水空明笛一枝，斷橋人靜月斜時。
湖樓多少憑欄女，明日家家說項斯。（吾鄉三項生善歌，來寓湖上，每夕在斷橋亭奏伎，傾一時）

其十一：

花開緩緩到餘杭，正遇清齋學太常。
今夜河魁須禁忌，可憐天壤此王郎。（夢樓茹素奉佛，其夫人來遊湖，與談禪而別）

其十二：

手翻樂府教梨園，可是填詞辛稼軒。
唱到曲中腸斷句，眼光偷看客銷魂。（夢樓在杭製新曲教梨園）

其十三：

但一聞聲記不訛，琵琶盲女賽橫波。
老夫亦以耳為目，認作西天阿律多。（盲女王三姑，知詩文。當眾客沓至，一接談輒記其人，酬應不爽）

其十四：

靈隱山深古木平，冷泉常是在山清。
朝朝裙屐遊塵滿，不改蒼寒是此聲。

其十五：

曾記從軍入百蠻，每從馬上看烟巒。
而今髀裏全生肉，重為湖山一據鞍。（是日借馬遊虎跑、理安諸勝）

其十六：

古樹千章總十圍，理安僧寺好禪扉。
樓前盡日濛濛雨，都是空山濕翠飛。

其十七：

我愛看山擬結鄰，住山何又羨紅塵。
勞他老衲開方丈，親出山來接貴人。

其十八：

僧寮楹帖彩鮮明，墨寶爭誇翰苑名。
卻是醉翁門下士，者番方覺老夫榮。（諸寺院多南雷、芷塘楹帖）

其十九：

> 來時桑葉綠陰連，歸去枝枝禿似拳。
> 不覺出門時已久，春蠶三起又三眠。[106]

根據《浙江通志》〈杭州府〉〈外六橋〉云：六橋，堤南一橋曰映波，……二橋曰鎖瀾，……；三橋曰望山，……；四橋曰壓堤，……；五橋曰東浦，……；六橋曰跨虹，……。[107] 詩言春末西湖之美、勝景，及心餘、(王)夢樓、(錢)竹初泛湖情事，兼述盲女三姑等等。故名「雜詩」。另《甌北集》卷32頁737有七絕《西湖雜詩》。言重到西湖，有蘇小小及岳飛墓，不論英雄兒女，留此傳至千秋，亦云秦檜鑄鐵跪泥塗事。

就三家詩比較有關〈西湖〉詩作，皆借景抒懷，尤其感慨南宋偏安。

五、詠史詩之比較

詠史詩，是詩人借用歷史上曾經發生的事件，抒發自己感想。雖然《詩經》、《楚辭》已萌芽，一直到東漢班固，首標「詠史」為題的五言詩。到魏晉，如曹植〈三良詩〉，東晉末陶淵明有〈詠荊軻〉、〈詠三良〉雖未有「詠史」之名，而有「詠史」之實。而《昭明文選》第一次把「詠史」作為詩歌重要題材後，

---

[106] 《甌北集》，頁531～532。
[107] 沈翼機等撰《浙江通志》(二)，卷33，〈杭州府〉頁14，乾隆元年重修本，臺北：臺灣華文書局，1967年。亦見於田汝成輯《西湖游覽志》卷2，頁18，上海：上海古籍出版社，1998年。

確立了「詠史詩」在詩歌中的地位。《昭明文選》錄的詩歌有二十餘首,包括王粲、左思、鮑照等。至於袁、蔣、趙三家詠史詩,先取袁枚〈荊卿里〉:

水邊歌罷酒千行,生戴吾頭入虎狼。力盡自堪酬太子,魂歸何忍見田光。英雄祖餞當年淚,過客衣冠此日霜。匕首無靈公莫恨,亂山終古刺咸陽。[108]

首以燕太子丹在易水送荊軻說起[109],荊軻推薦樊將軍（於期）,與督亢（燕國膏腴之地,河北涿縣有督亢坡,跨新誠國安二縣）之地圖,入虎狼之秦（先是燕太子丹見田光,因田光結交于荊軻,而太子丹疑田光洩密,乃自殺以絕其疑）,太子及賓客在易水送別。皆白衣冠以送之。（祖者送行之祭,引申餞行為「祖道」）,而荊軻至秦時,左手把秦王之袖,右手持匕首揕之,未至身。荊軻逐秦王,秦王環柱而走,侍醫夏無且以其所奉藥囊提（擲）荊軻處。乃以其匕首以擿（擲）秦王,不中,中銅柱,秦王復擊荊軻,軻被八創；……左右既殺軻。

心餘《荊軻里》:

匹夫之勇一人敵,蓋聶心輕句踐叱（《刺客傳》:荊軻嘗游過榆次與蓋聶論劍,蓋聶怒而目之,荊軻出）。
博徒爭道亦何為？早識荊軻無劍術。
燕丹力弱思報仇,滅亡禍伏智者憂。

---

[108]《小倉山房詩集》,卷1,頁15。
[109] 見《史記》,卷86,〈刺客列傳〉。

批鱗不聽鞠武諫（《太子丹傳》：鞠武，勸丹「疾遣樊將軍入匈奴以滅口」），結客竟與田光謀（與田光謀刺秦）。
高臺置酒美人舞，何以酬知心實苦。
人頭匕首兩俱得，易水歌成聲激楚。（高漸離擊筑，荊軻和而歌，為變徵之聲，……歌曰：「風蕭蕭兮易水寒，壯士一去兮不復還！」）
秦王虎踞咸陽宮，衛士不敢入殿中。擊之弗著意頗快，此時刺客心何雄！
虎狼倉卒威亦奪，環柱誰能使驚愕？藥囊提擲客笑罵，殺身已負燕丹託。
壯士不還奚足云，友子弗若衛成君。
狗屠變姓且矐目（矐：高漸離為庸保，匿於宋子。矐目為高漸離入秦宮，秦皇赦其罪而矐目），置鉛筑內誰殷勤？（以鉛置筑中，舉筑打秦皇帝，不中）
（荊軻嗜酒，日與狗屠及高漸離飲於燕帝）
噫戲吁！博浪之椎難中彼，天意未終空復爾。華陰道上鬼遮人，纔報明年祖龍死。[110]（祖龍指秦始皇，始皇36年秋，使者夜過華陰平舒道，有人遮使者曰：「今年祖龍死」，明年7月始皇崩）

此亦心餘40歲過荊軻里（在河北，安肅）作。據《史記・刺客列傳》云：「荊軻者，衛人也。其先乃齊人，徙於衛，衛人謂之慶卿。而之燕，燕人謂之荊卿。荊卿好讀書擊劍，以術說衛元君，衛元君不用。……荊軻嘗游過榆次，與蓋聶論劍，蓋聶怒

---
[110]《忠雅堂集校箋》，卷11，甲申，頁909。

而目之。……荊軻游於邯鄲，魯句踐與荊軻博，爭道，魯句踐怒而叱之，荊軻嘿而逃去，竟不復會。荊軻既至燕，愛燕之狗屠及善擊筑者高漸離。荊軻嗜酒，日與狗屠及高漸離飲於燕市。……其之燕，燕之處士田光先生亦善待之，知其非庸人也。居頃之，會燕太子丹質秦亡歸燕。……秦王之遇燕太子丹不善，故丹怨而亡歸。……居有閒，秦將樊於期得罪於秦王，亡之燕，太子受而舍之。鞠武諫曰：不可，夫以秦王之暴而積怒於燕，足為寒心，又況聞樊將軍之所在乎？是謂委肉當餓虎之蹊也。……太子曰：……夫樊將軍窮困於天下，歸身於丹，丹終不以迫於彊秦、而棄所哀憐之交，置之匈奴，是固丹命卒之時也。……太子曰：願因先生得結交於荊卿，可乎？田光曰：敬諾。……田光曰：今太子告光曰：所言者，國之大事也，願先生勿泄。是太子疑光也。夫為行而使人疑之，非節俠也。……欲自殺以激荊卿，曰：願足下急過太子，言光已死，明不言也。因遂自刎而死。……於是尊荊卿為上卿，舍上舍。太子日造門下，供太牢具，異物閒進，車騎美女恣荊軻所欲，以順適其意。久之，荊軻未有行意。……荊軻曰：……誠得樊將軍首、與燕督亢之地圖，奉獻秦王，秦王必說見臣，臣乃得有以報。……於是太子豫求天下之利匕首，得趙人徐夫人匕首，取之百金，使工以藥焠之（以毒藥染劍鍔），以試人，血濡縷，人無不立死者。乃裝為遣荊卿。燕國有勇士秦舞陽，年十三，殺人，人不敢忤視，乃令秦舞陽為副。……太子及賓客知其事者，皆白衣冠以送之。至易水之上，既祖，取道，高漸離擊筑，荊軻和而歌，為變徵之聲，士皆垂淚涕泣。又前而歌曰：風蕭蕭兮易水寒，壯士一去兮不復還。……遂至秦，……軻既取圖奏之，秦王發圖，圖窮而匕首見。因左

手把秦王之袖,而右手持匕首揕之。未至身,秦王驚,自引而起,袖絕。……荊軻逐秦王,秦王環柱而走。……是時侍醫夏無且以其所奉藥囊提荊軻也。秦王方環柱走,卒惶急,不知所為,左右乃曰:『王負劍!』負劍遂拔以擊荊軻,斷其左股。荊軻廢。乃引其匕首以擿秦王,不中,中銅柱。秦王復擊軻,軻被八創。……於是秦王大怒,益發兵詣趙,詔王翦軍以伐燕。……其後李信追丹,丹匿衍水中,燕王乃使使斬太子丹,欲獻之秦,秦復進兵攻之。後五年,秦卒滅燕,虜燕王喜。……高漸離變名姓為人庸保,匿作於宋子、久之,作苦,聞其家堂上客擊筑,傍徨不能去。……高漸離念久隱畏約無窮時,乃退,出其裝匣中筑與其善衣,更容貌而前,舉坐客皆驚,下與抗禮,以為上客……宋子傳客之,聞於秦始皇,秦始皇召見,人有識者,乃曰:高漸離也。秦皇帝惜其善擊筑,重赦之,乃矐其目。使擊筑,未嘗不稱善,稍益近之,高漸離乃以鉛置筑中,復進得近,舉筑朴秦皇帝,不中,於是遂誅高漸離」[111]。心餘詩中所紀,即此段史實。「殺身已負燕丹託」,有譏貶之意。「狗屠變姓且矐目」,兼及高漸離俠義、末以天命為歸、是張良之博浪椎始皇,皆不能如意。此就史事確言。[112]

　　心餘詩就《史記》所載荊軻事點染,「唯屠狗變姓且矐目」,「矐目」事,非宋子所為。因客傳聞高漸離善擊筑,召入秦宮,秦皇乃矐其目。而子才詩則就《史記》所載大略,不如心餘詩詳贍。

---

[111] 《史記・刺客列傳》,卷86,頁9。
[112] 拙著《蔣心餘研究》,頁653～654。

子才〈漂母祠〉

千金一飯尋常事,不肯模糊是此心。
我受人恩曾報否?荒祠一過一沾襟![113]

本詩為子才丙寅至戊辰,31 至 33 歲間作(《小倉山房詩集》卷 5)詩的重點在「一飯」是否「報恩」。
甌北〈漂母祠〉云:

淮陰生平一知己,相國酇侯而已矣。用之則必盡其才,防之則必致其死。
何物老嫗偏深沉,能於未遇相賞深。吾哀王孫豈望報,此語早激英雄心。
布衣仗劍試軍職,寧但重瞳不相識?將壇未築官連敕,劉季亦無此眼力。
何況區區亭長妻,因宜蓐食私鹽豉。客來輟釜似邱嫂,飯來打鐘如闍黎。
獨悲淮陰奇才古無偶,始終不脫婦女手。時來漂母憐釣魚,運去娥姁解烹狗。[114]

本詩為甌北 26 歲至 29 歲間作(《甌北集》卷 3,為壬申至乙亥年作),因詩在本集之末,可能 29 歲作品。韓信淮陰侯一生知己蕭何,所謂「成之者蕭何,敗之者蕭何」,而本詩特就蕭何未識之前,言漂母之知遇,先於蕭何,詩從此點染。甌北在

---

[113]《袁枚全集》,《小倉山房詩集》,卷 5,頁 68。
[114]《甌北集》,卷 3,頁 63。

《甌北集》卷26，庚子年，54歲有〈漂母祠和韻〉詩：「神祠因一飯，千載尚銘恩。月旦歸巾幗，丞嘗抵子孫。士窮來欲哭，女俠此長存。亭長妻何陋，盤餐太較論。」

心餘〈漂母祠〉云：

婦人之仁偶然耳，不遇韓侯何足齒？
鬼神默相飯王孫，齊王不死楚王死。
千金之報直一錢，老母廟食今猶傳。
丈夫簞豆形諸色，餓殍紛紛亦可憐。[115]

本詩為心餘乾隆29年，40歲時，作者經過淮陰作，由漂母之行仁，巧遇淮陰，而得以廟食百代。

又，心餘〈岳鄂王墓〉詩云：

白日滿湖光，忠貞骨並香。
靈威馳玉壘，宰木指錢塘。
二帝陵何有？群奸怨已忘。
徒令鑄錯鐵，遺臭兩階旁。[116]

岳飛，字鵬舉，相州湯陰人，生時有大禽若鵠，飛鳴室上，因以為名。未彌月，河決，內黃水暴至，母姚，抱飛坐甕中，衝濤及岸、得免，人異之。少負氣節，沉厚寡言，家貧力學，尤好

---

[115] 《忠雅堂集校箋》詩作於乾隆29年11月，時過淮陰。漂母祠，《大清一統志·淮安府》：「漂母祠，在山陽縣望雲門外」。《忠雅堂集校箋》，頁940。
[116] 《忠雅堂集校箋》，卷15，頁1093。

《左氏春秋》《孫、吳兵法》。生有神力，未冠，挽弓三百斤，弩八石。學射於周同，盡其術，能左右射。同死，朔望設祭於其家，父義之，曰：『汝為時用，其徇國死義乎？』……（四年），兀朮、劉豫合兵圍廬州，帝手札命飛解圍，提兵趨廬，偽齊已趨甲騎五千逼城，飛張「岳」字旗與「精忠」旗，金兵一戰而潰，廬州平。……六年，太平山忠義社梁興等百餘人，慕飛義，率眾來歸。……九年，以復河南，大赦。飛表謝，寓和議不便之意，有「唾手燕雲，復讎報國」之語。……十年，金人攻拱，亳，劉錡告急，命飛馳援。飛遣張憲、姚政赴之。……兀朮大懼，會龍虎大王議，以為諸帥易與，獨飛不可當，欲誘致其師，併力一戰。……初，兀朮有勁軍，皆重鎧，貫以韋索，三人為聯，號「拐子馬」，官軍不能當。是役也，以萬五千騎來，飛戒步卒以麻札刀入陣，勿仰視，第斫馬足。拐子馬相連，一馬仆，二馬不能行，官軍奮擊，遂大敗之。……兀朮大慟曰：「自海上起兵，皆以此勝，今已矣！」……梁興會太行忠義及兩河豪傑等，累戰皆捷，中原大震。……方兀朮棄汴去，有書生叩馬曰：「太子毋走，岳少保且退矣。」兀朮曰：「岳少保以五百騎破五十萬，京城日夜望其來，何謂可守？」生曰：「自古未有權臣在內，而大將能立功於外者，岳少保且不免，況欲成功乎？」兀朮悟，遂留。……（十一年）初，檜逐趙鼎，飛每對客嘆息，又以恢復為己任，不肯附和議。讀檜奏，至「德無常師，主善為師」之語，惡其欺罔。惎曰：「君臣大倫，根於天性，大臣而忍謾其主耶！」兀朮遺檜書曰：「汝朝夕以和請，而岳飛方為河北圖，必殺飛，始可和。」檜亦以飛不死，終梗和議，己必及禍，故力謀殺之。……獄之將上也，韓世忠不平，詣檜詰其實，檜曰：「飛

子雲與張憲書雖不明,其事體莫須有。」世忠曰:「莫須有三字,何以服天下?」……飛至孝,母留河北,遣人求訪,迎歸。母有痼疾,藥餌必親。母卒,水漿不入口者三日。家無姬侍,吳玠素服飛,願與交驩,飾名姝遺之,飛曰:『主上宵旰,豈大將安樂時?』卻不受,玠益敬服。少豪飲,帝戒之曰:『卿異時到河朔,乃可飲。』遂絕不飲。帝初為飛營第,飛辭曰:『敵未滅,何以家為!』或問:『天下何時太平?』飛曰:『文臣不愛錢,武臣不惜死,天下平矣。』師每休舍,課將士注坡、跳壕,皆重鎧習之。子雲,嘗習注坡,馬躓,怒而鞭之。卒有取民麻一縷以束芻者,立斬以徇。卒夜宿,民開門願納,無敢入者,軍號『凍死不拆屋,餓死不鹵掠』。卒有疾,躬為調藥;諸將遠戍,遣妻問勞其家;死事者,哭之而育其孤,或以子婚其女。凡有頒犒,均給軍吏,私毫不私。善以少擊眾,欲有所舉,盡召統制與謀,謀定而後戰,故有勝無敗。猝遇敵不動,故敵為之語曰:『撼山易,撼岳家軍難。』張俊嘗問用兵之術,曰:『仁、智、信、勇、嚴,闕一不可。』」[117]

《宋史》記載岳飛一生精忠報國,十分詳實。

又,子才〈岳武穆墓〉:

岳王墳上鳥聲悲,半是黃鸝半子規。鐵像至今長跪月,金牌當日早班師。清宮客少王思禮,前進兵翰來護兒。公本純臣無底恨,可憐慈聖茹齋時。[118]

---

[117] 岳飛,見《宋史》,卷365,列傳124,頁4540,臺北:藝文印書館。
[118] 《小倉山房詩集》卷17,頁337。

悲歎岳飛精忠之遭遇。

甌北〈岳忠武墓〉詩卷13,丙戌至戊子為40至42歲之作。詩云:

> 背嵬軍來敵鋒避,撼岳難,撼山易。樞密使罷賊疏彈,縛虎易,縱虎難。宰木蒼蒼向南拱,此是改葬祁連塚。祠前已植分屍檜,(明同知馬偉所植)更鑄烏金長跪竦。(都指揮李隆所鑄)卻憶圜扉橫賚時,格天閣秘無人窺。櫜韇安有肉笑靨,拉脇遽定柑劃皮。鐵椎郎君戮都市,銀瓶弱女投井湄。全家薄錄赴嶺表,僅有獄卒潛瘞屍。(隗順)百戰不死死牢戶,從古冤禍無此奇。邪正由來冰炭異,奸臣逞毒何足計。獨怪思陵非甚暗,曾寫精忠鑒素志。是時權相日尚淡,未至鞲刀嚴戒備。言官誣劾韓良臣,猶能力持格群議。胡獨於公任羅織,自壞長城檀道濟。千載人思贖百身,當年獄竟成三字。乃知風旨本朝廷,為梗和戎亟拔釘。可惜垂成功八九,少緩須臾兀朮走。生平誓踏賀蘭山,未飲黃龍一杯酒。空令敷天抱冤憤,恢復初心豈願有。不見兩溪寨降神,還寫中原字如斗。知不以死懟君父,只痛前勞棄敝帚。豐碑突兀西湖濱,孤忠雖雪志未伸。有時風號怒浪起,猶似熱血蟠輪囷。[119]

由岳飛憤前思及其一生,岳飛勇敢善戰,卻遭秦檜所誣,令人悲憤。

有關詠楊貴妃及馬嵬事,子才有〈馬嵬〉絕句詩。第一首:

---
[119]《小倉山房詩集》卷17,頁337。

「倚杖營門淚數行,君臣此際太倉皇。興元一詔三軍泣,何必傷心向佛堂。」又第二首,「莫唱當年〈長恨歌〉,人間亦自有銀河。石壕村裏夫妻別,淚比長生殿上多!」[120] 以漢朝文君(昭君)相比,有新意。又,〈再題馬嵬驛〉絕句第一首云:「萬歲傳呼蜀道來,鸞輿兵諫太匆匆。將軍手把黃金鉞,不管三軍管六宮。」(同卷,頁 156)諷刺陳玄禮,含蓄。而《甌北集》有〈古來詠明妃楊妃者多失其平,戲作二絕〉,其一有:「遠嫁呼韓豈素期?請行似怨不逢時。出宮始覺君恩重,臨去猶為斬畫師。」根據傳說寫來,借史事諷諭。第二首末云:「馬嵬一死追兵緩,妾為君王拒賊多。」[121] 更為諷刺矣。

六、結論

　　由上述比較三家同題詩,有些詩體形式同,如〈讀隨園詩題辭〉袁、蔣、趙同用古體,〈次韻答心餘見寄〉,皆用古體,〈望山尚書以七十生辰作相,仍督兩江奉賀四首〉,三人全用律詩。子才的〈諸公挽章不至,口號四首催之〉,與甌北同用七絕。大部分的詩,形式不同,如〈題蔣苕生太史歸舟安穩圖〉、〈題羅兩峰鬼趣圖〉等等。

　　就酬酢類說,如〈讀隨園詩題辭〉,心餘以子才詩起滅風雲變化,情景追摹,出神入化,就子才詩方面著墨多。而甌北詩兼及子才生平出處,論及子才詩本身稍簡,此詩材運用不同。而子才評心餘詩,言其橫出銳入,自由奔肆,境界變化,如神獅怒蹲,如長劍倚天,非常人可以仰望。子才評甌北詩,雜錄所見、

---

[120]《小倉山房詩集》卷 8,頁 147。
[121]《甌北集》卷 20,頁 414。

所記、所讀鎔於胸臆，奇正莊俳，兼及各體。可知甌北詩較駁雜，類學者詩，心餘詩以儒家思想為本，較醇正，境界高。

以〈次韻答心餘見寄〉，就兩人相識，往來情形、或歸隱或著書，內容大體同，就表現技巧皆直述生平遭遇，兼有諷諭詩句。

〈題蔣苕生太史歸舟安穩圖〉，甌北、子才皆就心餘歸舟金陵點染，甌北言之較詳，道出心餘心情，相憐之心深。子才敘述內容稍略，較富應酬味。

〈題羅兩峰鬼趣圖〉，心餘、子才就〈鬼趣圖〉分詠，〈鬼趣圖〉有八幅，心餘分別就八幅詠之，與圖畫相符，子才以三首五言短古敘述，雖能得鬼趣，與羅聘八幅圖畫相比，較為疏略。就比興、典實言，心餘較費心。

子才的〈臘月五日，相公招同秦學士（大士）、蔣編修（士銓）小集西園、各賦四詩〉，子才詩見真性情，唯文字較率易、心餘詩則應對身分，婉轉合宜。

又〈望山尚書七十生辰作相，仍督兩江，奉賀四首〉，袁、蔣、趙皆有賀作，形式言，同為七律，袁詩四首，蔣詩六首，趙詩四首。就內容言，袁詩純就富貴壽，以為祝頌。蔣詩言賢人執政，一片冰心，且吏治膏澤千里，人民多福。趙詩則及於世家宰輔，福澤百姓，並能拔擢才俊。

袁枚〈題駱佩香〈秋燈課女圖〉〉，子才甌北同為七古詩，就內容說，甌北詩表達重男輕女的教育觀念，袁枚重視女子教育，所謂「何必男兒始讀書」，思想較開通。

又，甌北〈西湖晤袁子才喜贈〉，甌北美子才，「才可必傳」，子才稱甌北「生面果然開一代，古人原不占千秋。」互相

恭維，甌北言子才「自說前生出點蒼」，子才言甌北「定來甌北捉閒鷗」互為調侃，不同一般文人相輕。

甌北〈子才到揚州預索輓詩，戲和其韻，意有未盡，又增二首〉，子才在詩中言「行期將近自家知」，「人人有死何須諱？」思想通脫。甌北言「挽詩最好是生存，讀罷猶能飲一樽」，思想亦通脫，並認為子才「生平花月最相關，此去應將結習刪」，調侃子才風流也。

心餘〈自題黼佩偕老圖〉，敘述與妻張氏同歡共苦生活點滴，字字真情，子才詩則酬酢味濃。

詠物詩，包括：鏡、簾、床、燈，……不粘不脫，各有所長，尤以子才詠物詩為佳。[122]唯不知是否如前林昌彝所說，襲自同鄉崔邠，須再斟酌。

寫景詩，如〈十八灘〉，心餘詩言十八灘險，托以神話想像，子才詩言十八灘流險，篙工不畏險阻，記遊覽經過。〈靈谷〉詩，子才詩稍平淡，甌北詩典故多，用心鍛鍊。〈西湖〉詩心餘、子才、甌北，皆借景抒懷。

詠史詩言荊軻、韓信、岳飛，〈荊卿里〉詩，子才與心餘皆就荊軻刺秦王事點染，心餘詩議論多，感情激楚。〈漂母祠〉子才言韓信一飯之報，遂令漂母名傳千古，甌北言漂母能先知遇韓信，因以救濟。心餘詩言漂母偶然為善，卻能廟食後代，關於漂母取義不同，內容有別。至於〈岳鄂王墓〉，子才、心餘、甌北皆就史事喧染，不過詳略不同耳。又有詠楊貴妃事，借史事諷

---

[122] 南村著《攄懷齋詩話》云：詠物詩以不粘不脫、不即不離，刻畫工而不落色相，寄意遠而不失物情為貴。袁隨園詠〈鏡〉〈錢〉諸什，最得此中神髓。（收在張寅彭編《民國詩話叢編》，上海：上海書店出版社，2002年）

論。

　　由以上三家同題詩作分析，知三人詩，大抵出乎真性情，而同題之作取義觀點不同，影響內容不同，子才偏向文學家風味，就其生平出處點染；對女子教育、生死思想開通。甌北屬學者型詩人，能衡量古今史事變化，[123] 雜以個人見解作詩。心餘詩頗端莊，以忠孝為本，用字較為典雅，符合儒家思想之創作精神。亦即表現「成教化，助人倫」的社會功能。拙著《蔣心餘研究》曾就三家詩比較。大體說，皆以古風為第一，子才意到筆注，筆所未到意無窮，雜以「神仙龍虎」嬉笑，忽起忽滅；甌北結構變化，大筆淋漓，出于自然；心餘能取人之長、之精，棄其所短，氣勢萬鈞，扶持名教，兼含忠孝思想[124]，此從整體言，三家詩各別風格，各有所長，亦可參考。

附：
1. 本文承東海大學中文系退休教授柳作梅先生審閱指正，謹此致謝。
2. 本文在民國 95 年（2006）11 月 16 日東海大學中文系論文發表會發表，與會老師、同學提出相關問題討論、指正，獲益良多，特此致謝。
3. 文長，引用書目皆見於當頁註，不另表列。

---

[123] 錢振鍠著《謫星說詩》，卷 1，頁 589，一百條云：「甌北詩快意出色處，千人皆廢。惟貪為考據，雜以詼諧，去中道蓋遠。」（收在張寅彭編《民國詩話叢編》，第 2 冊，上海：上海書店出版社，2002 年）
[124] 拙著《蔣心餘研究》，頁 1265。

第九單元：乾隆三大家——袁枚、蔣士銓、趙翼不同文史成就之探討

一、前言

袁枚（1716～1797）、蔣士銓（1725～1785）、趙翼（1727～1814）稱為乾隆三大家，袁枚詩近七千首，蔣士銓約四千九百首（含北京圖書館《清容先生手書稿》），趙翼有五千餘首，「旗鼓相當」，堪稱乾隆三大詩人。三人亦有同題之作[1]，以見交情。他們從小生長的環境也相似，袁枚在〈遺囑〉中云：「家徒四壁，日用艱難」、「每過書肆，垂涎繙閱」。蔣士銓出生時，「室如懸磬」，母親在「家益落」的情況下，典當首飾，補貼生活。趙翼家貧，家中產業僅老屋七間，上有三姊，下有二位弟弟，任杭州講習，待遇「六金」，23 歲失館，到北京依靠岳父劉鶴鳴。可知三位詩人皆窮困出身。袁枚在 37 歲因父丁憂後，辭官，過著文學家的生活。趙翼則在 46 歲辭歸。蔣士銓在 40 歲辭官，皆屬中年辭官，相同。

在滿清政府統治下，除了種族歧視外，用文字獄來統治，使文人帶有政治活動轉趨文藝活動。而袁枚生於浙江杭州，蔣

---

[1] 參拙著〈袁枚趙翼蔣士銓三家同題詩比較研究〉，收入《東海中文學報》19 期，臺中：東海大學，2007 年 7 月，頁 139 至頁 194。

士銓生於江西鉛山,趙翼長於常州陽湖(江蘇武進),在明清時代,浙江、江西、江蘇學者文人多。文士多,互相激盪,容易產生有成就的文人。三人出身江南環境也相似。

而袁、蔣、趙除了詩歌有一定的成就外,論詩皆主性靈[2]。雖然三人論詩皆主性靈,然蔣、趙二人不專著力於詩論,是以本文要論述的是袁枚在詩論上,提倡性靈說,蔣士銓則在戲曲,及趙翼在史學上的成就。表彰三人表現在文史方面特殊的造詣。

---

[2] 袁枚詩主性靈,在《隨園詩話》卷14頁6:

漢軍劉觀察廷璣,號葛莊,……然一片性靈,不可磨滅。〈漁家〉云:「一家一個打漁舟,結個姻盟水上浮;有女十三郎十五,朝朝相見只低頭。」〈偶成〉云:「閒花只好閒中看,一折歸來便不鮮。」

又,《隨園詩話·補遺》卷4頁2:

偶理舊書,……又摘其〈贖出典裘〉斷句云:「老妻見故衣,開箱色先喜;姬人持熱升,殷勤熨袖底。無奈縐痕深,熨之不肯起。」獨寫性靈,清妙乃爾。

可知詩主性靈。(參袁枚著《隨園詩話》引自《隨園三十六種》本,清光緒18年(1892)上海圖書集成活字本,下引《隨園詩話》、《小倉山房尺牘》、《小倉山房詩集》、《小倉山房文集》等皆同,不贅)

甌北詩論亦主性靈。〈論詩〉絕句有:「滿眼生機轉化鈞,天工人巧日爭新。預支五百年新意,到了千年又覺陳。」又,「李杜詩篇萬口傳,至今已覺不新鮮;江山代有才人出,各領風騷數百年。」重創新。亦重「隻眼須憑自主張」(第三首),有真情、真見為主。趙翼〈書懷〉:

共此面一尺,竟無一相肖。人心亦如面,意匠戛獨造。同閱一卷書,各自領其奧。同作一題文,各自擅其妙。問此胡為然,各有天在竅。乃知人巧處,亦天工所到。所以才智人,不肯自棄暴。力欲爭人乘,性靈乃其要。(卷24頁515)

以上二首皆見趙翼《甌北集》卷28,上海:上海古籍出版社,1997年4月,頁630,下引《甌北集》同,不贅。

蔣士銓〈擬秋懷〉詩云:文字何以壽?身後無虛名。元氣結紙上,留此真性情。讀書確有得,落筆當孤行……(見邵海青校·李孟生箋,蔣士銓著《忠雅堂集校箋》卷1,上海:上海古籍出版社,1993年12月,頁91)

二、袁枚的性靈說

袁枚（1716～1797）字子才，浙江杭州人。袁枚性靈說思想淵源，大致可歸納為：

（一）鍾嶸《詩品》認為詩不貴雕飾，音韻求自然和諧，不貴用事，主由直尋，重性情。（二）楊萬里，推許晚唐，求味外之味，翻陳出新，反對和韻，求性情的本質「真」「我」（個性）。（三）袁宏道主張：反摹擬，獨抒性靈，詩文重趣，博習。這些都影響袁枚性靈說。[3]

袁枚性靈說的意義：在《隨園詩話》（卷 14 頁 13）

> 人必先有芬芳悱惻之懷，而後有沈鬱頓挫之作，人但知杜少陵每飯不忘君，而不知其于朋友、弟妹、夫妻、兒女間，何在不一往情深耶？

言下之意，人須有芬芳悱惻的情懷，才能產生美好的詩篇。學古人詩篇，無真性情要成為好作品，乃是緣木求魚。杜甫於朋友、弟妹、夫妻、兒女表現情深，就是最好的例子，不止於每飯不忘君。又說：

> 詩者，人之性情也，近取諸身而足矣。其言動心，其色奪目，其味適口，其音悅耳，便是佳詩。（《隨園詩話·補遺》卷 1 頁 1）

---

[3] 關於以上見解可參拙著《袁枚的文學批評》第 2 章〈袁枚文學批評思想的淵源〉，頁 94 至頁 133，桃園：聖環圖書公司，2001 年 12 月。

表示詩的本質是真情,感發而起,表現的語言要能動心,色彩要奪目,味道要雋永,聲音求悅耳,便是佳詩。又在〈童二樹詩序〉說:

> 詩,性情也;性情得,而形骸可忘。(《小倉山房續文集》卷28頁4)

以性情為詩之本質。有真性情,不必合不合乎格律。在〈答何水部〉:

> 若夫詩者,心之聲也,親情所流露者也;從性情而得者,如出水芙蓉,天然可愛。(《小倉山房尺牘》卷7頁8)

上面所引皆以詩是「性情所流露」。如杜甫〈自京赴奉先詠懷五百字〉:「老妻寄異縣,十口隔風雪。誰能久不顧,庶往共飢渴。入門聞號咷,幼子餓已卒。……所愧為人父,無食致夭折。」可說遠別、貧困、喪子的真實寫照。又如〈羌村〉:「柴門鳥雀噪,歸客千里至。妻孥怪我在,驚定還拭淚。」表達歸客心靈的悸動。又〈天末懷李白〉:「文章憎命達,魑魅喜人過。」歎李白遭遇的不幸。袁枚所謂性情,是指「真」性情說的。《隨園詩話》卷5頁13云:

> 人悅西施,不悅西施之影。明七子之學唐,是西施之影也。

是因為「西施」是真,「西施之影」是虛幻的,不真實的。真東西人家喜歡,虛偽的東西,就不喜愛了。在《隨園詩話》卷8頁13引王崐繩[4]曰:

詩有真者,有偽者,有不及偽者。真者尚矣,偽者不如真者。

真者,指真實性情為基礎的作品,偽者,指學唐之形式,而無其真實情感作品。不及偽者,指摹擬古人內容不佳者。也因為袁枚重視「真」字,反對虛偽,偽作的,所以他抨擊重視形式格調的詩論,在〈趙雲松甌北集序〉(《小倉山房續文集》卷28頁2)云:

吾非不能為何、李格調以悅世也,但多一分格調者,必損一分性情,故不為也。

袁枚又把作詩比作交朋友,在〈與羅甥(又)〉云:

作詩如交友也,倘兩友相見,終日一味作寒喧通套語,而不能聽一句肺腑之談,此等泛交,如何可耐?足下(指其甥,姓羅)之詩,敷衍唐人皮面,不能表現性情,有類泛交之友,靜言思之,亦自覺少味矣。(《小倉山房尺牘》卷5頁10)

---

[4] 根據楊廷福、楊同甫編《清人室名別號索引》,名王源,宛平人,別號信芳齋,上冊,頁420;下冊,頁861。上海:上海古籍出版社,1988年11月。

以上就真性情言。對于真性情的說法,從「詩言志」(《尚書‧虞書》) 之說以來,用真性情來表達,歷代說者甚多,此不過舉其要者。蔣、趙、張問陶,性靈詩人龔自珍 (1792~1841) 倡性情,所謂「歌泣無端字字真」(〈己亥雜詩〉)。至於袁枚之後,甚至王國維《人間詞話》講「境界」,胡適等人提倡新文學等等莫不以「真」字為詩文表達首要之事。魯迅得力於中國小說「有真意,去彩飾」的白描。「真」字可說是文學的根。

　　就「靈」字言,包括「空靈」「機靈」的意思,袁枚引:

> 嚴冬友[5]曰:「凡詩文妙處,全在於空,譬如一室之內,人之所遊焉、息焉者,皆空處也。若窒而塞之,雖金玉滿堂,而無安放此身處,又安見富貴之樂耶?鐘不空則啞矣,耳不空則聾矣。」(《隨園詩話》卷 13 頁 14)

空的意思是不塞,有「空」,才見詩文妙處;詩文之空,指其有空靈,超脫,才有想像的空間。否則即使金玉滿堂,處處窒塞,無安放身處,有如雜貨舖,安見其美?猶如國畫,留白才顯得有靈氣、靈妙。袁枚又說:

> 孔子曰:「剛毅木訥,近仁。」余謂人可以木,詩不可以木也。人學杜詩,不學其剛毅,而專學其木,則成不可雕之朽木矣。(《隨園詩話》卷 15 頁 9)

---

[5] 嚴長明:江寧人,字號有:用晦、冬友、東友、道甫、東有、歸求草堂。引自楊廷福等編《清人室名別號索引》下冊,頁 1770,版本同前註。

寫詩作文與做人不同，為人可以木，顯得誠懇、誠實。詩文要講究變化、靈巧，顯得有生命力、活潑。也就是說，詩不僅有「空」、有「留白」，還要「機靈」、「靈動」，不可一成不變，做朽木。這一點看法，袁枚是首創。詩論講空靈、講機靈，袁枚可說是空前的創見。

三、蔣士銓的戲曲

蔣士銓（1725～1785）字心餘，又字苕生，號藏園，江西鉛山縣人。

其詩論主「惟直抒所見」[6]。又云：「十五齡學詩，讀李義山愛之」，後改讀「少陵、昌黎」，「四十兼取蘇、黃」，「五十棄去，惟直抒所見」。又，言「古今人各有性情」、「直達所見」、須「忠孝義烈之心」、「溫柔敦厚之旨」。[7]至於文學作品有《藏園九種曲》。[8]

有清戲曲作家，前後約二百餘人，重要作家明末清初有：吳偉業（如《秣陵春》）、尤侗（如《讀離騷》等劇五種）；康熙期有：洪昇（如《長生殿》）、孔尚任（如《桃花扇》）；雍正乾隆期：以蔣士銓最有名。以後漸式微，蔣士銓所著《紅雪樓九種曲》（《藏園九種曲》）分：雜劇三，傳奇六。敘論如下：

《一片石》雜劇：敘明武宗正德14年，寧王朱宸濠反，妻

---

[6] 蔣士銓著《忠雅堂集校箋》邵海青校・李夢生箋，卷2，〈學詩記〉，上海：上海古籍出版社，1993年12月，頁2060，下引同，不贅。

[7] 蔣士銓著《忠雅堂集校箋》卷1，《文集》卷1，序1，〈鍾叔梧秀才詩序〉，頁2013，版本同註6。

[8] 蔣士銓著《紅雪樓九種曲》臺北：藝文印書館，原刻景印叢書集成續編，未註明出版年月，以下引文只言頁數，皆據此本，不贅。

妃諫不聽，寧王敗後，投水死。乾隆辛未（1751），士銓為南昌縣志總纂，聽聞城外隆興觀，側有婁妃墓，已廢，告于江西布政使彭青原，彭氏急遣吏訪得共處，遂立碑表識之。本雜劇，共四齣。分別為：〈夢樓〉、〈訪墓〉、〈祭碑〉、〈宴閣〉。如第一齣〈夢樓〉：[黃鶯兒]：貞魂怨狂夫，麝蘭香散綠蕪，當時枉勸公無渡，鴉巢樹古，魚罾浪粗，亂帆高下收前浦，怪樵蘇，松楸代盡，碑斷尚存無。（頁 4）……訴說寧王婁妃的幽怨。

又，[看介] 王陽明先生祠，呀，原來是文成公。[揖介] 我想宸濠之亂，婁妃苦諫於前，先生智擒於後，竭忠全節，實可同揆。乃先生千秋廟食，賢妃抔土無存，豈非恨事。（頁 10）表彰王陽明之忠，婁妃之節，可為典範。然陽明先生千秋廟食，而妃「抔土無存」，十足堪憐，亦以為恨事。

朱湘云：「全曲不過四齣，喜劇部份倒佔去了一大半，這種現象是蔣氏以後的曲子所無的，並且第二齣中，對於『豁免七釐半』這種豆大的皇家恩典加以嘲笑，在當時雍正死不多久高壓的專制政策還沒有銷歇的那種時候，這種大膽的公開譏笑，真能算是一種破天荒的舉動。」[9] 所說大略是。

《第二碑》雜劇又名〈後一片石〉與前戲相連。士銓作《一片石》事隔二十餘年，續作《後一片石》，即《第二碑》。王均於該書〈序〉云：「宸濠雖叛，妃則始以歌諷、繼以泣諫，終以死殉，其忠也，義也，烈也，不相掩也」。表彰婁妃貞烈。該雜劇有六齣。分別為：賡韻、留香、上塚、尋詩、題坊、書表。步步經營，架構完整，詞藻亦富。不過，此作畢竟是蔣士銓 52 歲

---

[9] 朱湘著〈蔣士銓〉，收在周康燮主編《宋元明清劇曲研究論叢》第 4 集，香港：大東圖書公司，1979 年，頁 20。

作品，比起〈一片石〉內容，樂觀、銳氣要少許多。如「關心為甚來，弔古偏能耐，故國山圍，潮打空城在。咳！此地徐穉之墳，澹臺之墓，皆破碎蓬蒿中無人料理。」（第二齣，頁7）。又如：「狂歌醉吟，獨自首頻搔；無人共語，閑行狎漁樵。青衫半曳，也如君年少。今日呵，便酒樓依舊，怕向欄干重靠；還恐那守墓神鴉，認不出前度詩人有二毛。」（第四齣，頁14）這種蒼涼之感，正表現作者的身世。

《四絃秋》雜劇，其創作動機在於端正馬致遠〈青衫淚〉的錯誤，內容言白居易與商婦花退紅嫁寡情郎，白居易論事抗直干怒；花退紅悲寡情郎重利棄家。共傷淪落，借別人酒杯以澆胸中壘塊。共四齣。分別為：〈茶別〉、〈改官〉、〈秋夢〉、〈送客〉。本劇後人評價高，選本往往取材（如吳梅《曲選》），甚至遠傳日本。[10] 如第四齣〈送客〉，[生冠帶引儀從上] 潯陽江頭夜送客，楓葉荻花秋瑟瑟，苦竹黃蘆繞宅生，住近湓江地低濕。下官白居易，去歲改任江州，不覺一載，公餘退食，與夫人楊氏，賦詩飲酒，令樊素、小蠻兩婢，清歌遣日，而且黃花滿逕，不須陶令折腰，翠黛撲人，常與匡君攜手，甚覺地覺煩囂，心生歡喜。（頁15）符合白居易身份。所謂君子失志，猶能自守。

《空谷香》傳奇，表彰南昌令顧孝威（瓚園）姬姚氏之節烈。一絲既聘，能為令尹數死亡，志不見奪。共有30齣。分：〈香生〉、〈賢餞〉、〈閨怨〉、〈絲引〉、〈利遷〉、〈諢樓〉、〈飲刃〉、〈移官〉、〈誓佛〉、〈辭幕〉、〈闃賤〉、〈店縊〉、〈買櫬〉、〈護蘭〉、〈殺艙〉、〈懷香〉、〈勸訟〉、〈虎窮〉、〈旅婚〉、〈散疫〉、〈佛醫〉、〈賢聚〉、〈報選〉、〈心夢〉、〈麟祥〉、〈病俠〉、

---

[10] 日本文學博士久保得二譯有《四絃秋》，收在久保得二著《支那戲曲研究》，日本東京：弘道館發行，1928年9月，頁655至656。

〈佛召〉、〈香銷〉、〈賓輓〉、〈香圓〉等。張三禮《空谷香・序》云:「余謂海內如顧姚之事者,不知凡幾。不遇苕生,莫傳姓氏。今觀三十首,菀結纏綿,淋漓透豁,意則草蛇灰線,文則疊矩重規,語則白日青天,聲則晨鐘暮鼓,吾不知出于仙佛之炎炎皇皇耶,出于兒女子之喁喁于于淒淒楚楚耶,抑出于苕生之諄諄懇懇借存提命耶,問之苕生,不知也。……予曰:此有關風教之文也。」(頁1)正說明《空谷香》表彰姚姬貞魂烈性旨意。郭英德云:「『開場數語,包括通篇』的慣例相沿成習,直到乾隆蔣士銓的劇作才有所改變。蔣士銓從『命由天定』的宿命論出發,在他的傳奇的第一齣安排一個神仙出場的場面,預先說明全劇主人公的因緣與命運。如《空谷香》第一齣〈香生〉,演眾花仙受召至西天華嚴佛會,唯幽蘭仙遲到二十九刻,遂被罰謫人世二十九年,托生為姚夢蘭。從戲劇結構藝術技巧來說,蔣士銓的創新把傳奇開場單純的說明斜述組織到戲裏去,作為戲的序幕,實在是一種有意義的嘗試。」[11]郭先生所說甚洽,蔣士銓《空谷香》傳奇,把傳奇開場的說明,斜述組織到戲裏,作為序幕,是一種創新手法。至於《空谷香》結構,分30齣,如同鈎連,前後貫穿,大筆大收。

《桂林霜》傳奇,敘述吳三桂據雲南,廣西將軍孫延齡與之勾結,百計誘馬雄鎮降,不從,馬雄鎮全家38口死節,教忠教孝[12]。共24齣。分:〈家祭〉、〈粵氛〉、〈出撫〉、〈幕議〉、〈平

---

[11] 見郭英德著《明清文人傳奇研究》,臺北:文津出版社,1991年,頁211。

[12] 據《聖祖仁皇帝實錄》(二)卷73,臺灣:華文書局,頁9。……撫蠻滅寇將軍廣西巡撫傅弘烈疏言,故撫臣馬雄鎮,當康熙13年春,逆賊孫延齡反叛時,誓死抗賊,又密遣其子馬世濟,從世道赴京師請兵,孫

寇〉、〈閨誡〉、〈叛噬〉、〈告變〉、〈脅降〉、〈遣遁〉、〈投轅〉、〈再遣〉、〈幽禁〉、〈釋帖〉、〈誅判〉、〈移帳〉、〈完忠〉、〈烈殉〉、〈客竁〉、〈私葬〉、〈議岬〉、〈歸骸〉、〈立祠〉、〈靈合〉。蔣士銓在〈自序〉云：「他日，客有過予曰者：『讀君《空谷香》，如飲吾越醖，雖極清冽，猶醇醴也。此文（指《桂林霜》）則北地燒春，其辣逾甚，豈五齊之法未辨耶？』……予靦然曰：『枚皐飛書，相如典冊，辛毗寒木，劉逖春華，夫固各有其筆也。冬日飲湯，夏日飲水，甘酒母痰，燒春宰凍，所宜有間焉。子酒家南董也，予沽語耳。』」（頁2）由此看來，《桂林霜》比《空谷香》作風更悲壯、悽厲。雖然文中敘述馬雄鎮全家38口死節，教忠教孝，悲壯事蹟，足以感人。然而……24齣中，以結構言，失之冗長，尤其殉節始末，長而少味。[13]

《雪中人》傳奇，敘述鐵丐吳六奇受恩於查培繼，而為水陸提督；培繼蒙冤入獄，為六奇所救，報恩故事。本傳奇共分16齣，含：弄香、眠雪、角酒、占茶、聯獅、放鶴、請纓、飛綎、挂弓、傳檄、脫網、營巢、賞石、移雲、花交、蝶聚。本傳奇從內容上說，「鐵丐」吳六奇受遇於水陸提督查培繼，培繼蒙冤入獄，為六奇所救就。就結構上說，主題明顯，頭緒不多，分16齣敘述，情節緊湊。在第11齣〈脫網〉，吳六奇差使引查培繼至廣州府邸，「悶殺」培繼。12齣〈營巢〉，以薛忠仁名義託

逆覺之，囚馬雄鎮於別室，及康熙16年10月，吳逆偽將軍吳世琮，破桂林，殺孫延齡，令兵士擁馬雄鎮至營逼降，馬雄鎮大罵，遂為吳世琮所害，并殺其幼子三郎、四郎及家人等，其妻妾女媳皆投繯自盡，闔門殉節，世所罕有。

[13] 日本‧青木正兒已有此說，見所著《支那近世戲曲史》，日本東京：弘文堂刊行，1953年，頁649。

贈三千金及修葺宅第,亦使家人「悶殺」,皆具趣味。從詞采、賓白等方面如第二齣〈眠雪〉段:[正宮過曲][錦纏道]戰群龍,剪殘鱗,逐梨花墮空。天地大包容,把閻浮茫茫遮蓋無踪。則待學避冰山無言夏蟲,翻做了印霜泥有跡秋鴻。我想為人在世,得一知己,死可不恨。俺吳六奇寄身宇內,直恁孤凄也。獨自弔英雄,幾時得皇天心動,煎煎熱血湧,算只有剛腸難凍。(頁5)。英雄失路之悲,寄身宇內,孤淒冷落,念天地之悠悠矣。

　　《香祖樓》傳奇,寫仲約禮妾李若蘭一生哀婉故事傳奇,與《空谷香》傳奇相仿,然其結構與製局各極變化。全劇分上、下卷,上卷楔子有:〈轉情〉、〈蘭因〉、〈蚓配〉、〈蟻封〉、〈蘭怨〉、〈釋蚓〉、〈憐蘭〉、〈發廩〉、〈嫁蘭〉、〈錄功〉、〈觴芰〉、〈蚓悔〉、〈蘭啼〉、〈鳥陣〉、〈緣終〉、〈恨始〉等16齣。下卷楔子為::〈守情〉、〈哭束〉、〈移蘭〉、〈撻蚓〉、〈投賊〉、〈劫商〉、〈射蟻〉、〈懷驛〉、〈窺營〉、〈獻鹹〉、〈訪葉〉、〈殉情〉、〈埋蚓〉、〈緘恨〉、〈樓圓〉、〈情轉〉等16齣。上下合為32齣。《香祖樓》蔣士銓〈自序〉後,有羅聘〈論文〉一則云:「甚矣!《香祖樓》之難于下筆也。前有《空谷香》之夢蘭,而若蘭何以異焉?夢蘭與若蘭同一淑女也,孫虎、李蚓同一繼父也,吳公子、扈將軍同一樊籠也,紅絲、高駕同一介紹也,成君美、裴畹同一故人也,小婦同一短命也,大婦同一賢媛也,使各為小傳,且難免雷同瓜李之嫌,況又別撰三十二篇,洋洋灑灑之文必將襲馬為班,……試合兩劇而參觀之,微特不相侵犯,且各極其變化,推移之妙。……玉茗先生(湯顯祖)寫杜女離魂若彼矣,作者偏不畏其難,而一再攖其鋒,犯其壘,弗以為苦。……而立言之旨,動關風化、較彼導欲宣淫之作,又何其婉而多風,

嚴而有體也。」(頁1)。羅聘之意，前有《空谷香》，則《香祖樓》難作，在於人物、情節皆相彷彿。然仔細探究，無論結構、製局、謀篇、故事發展，各極變化。雖然蔣士銓戲曲傳奇，上承玉茗堂（湯顯祖），羅聘所言杜麗娘（《牡丹亭》中女主人）死于情欲，不如《香祖樓》更具教化作用。不過，站在劇曲本身，杜麗娘「生者可以死，死可以生」的情，像厲風和狂濤一樣，可以衝破專制主義的樊籠和堤防，[14] 是個性的解放，從藝術的觀點相當可貴。從結構方面說，本傳奇分成32齣，稍多，然首尾相貫如環，頭緒少，是以故事發展緊湊。

《臨川夢》傳奇，言湯顯祖才華出眾，不邇權貴，終以一官潦倒，借古諷今。(和珅當道，貪婪專權)卷上10齣為：〈拒弋〉、〈隱奸〉、〈譜夢〉、〈想夢〉、〈改夢〉、〈星變〉、〈抗疏〉、〈哱叛〉、〈送尉〉、〈殉夢〉。卷下10齣為：〈宦成〉、〈遣跛〉、〈續夢〉、〈雙噬〉、〈寄曲〉、〈訪夢〉、〈集夢〉、〈花慶〉、〈說夢〉、〈了夢〉等共20齣。據蔣士銓〈自序〉云：「嗚呼！臨川（湯顯祖，臨川人）一生大節，不邇權貴，遞為執政所抑，一官潦倒，里居二十年，白首事親，哀毀而卒，是忠孝完人也。……乃雜採各書，及《玉茗堂集》中，所載種種情事，譜為《臨川夢》一劇，摹繪先生人格，現身場上，庶幾癡人不以先生為詞人也歟」（頁1至2）。可知本傳奇有感於湯顯祖一生大節，不邇權貴，為執政所抑，一生潦倒，卻能白首事親，哀毀而卒，為忠孝完人，令人敬仰。蓋乾隆間，和珅當道，貪婪專擅，諂媚者皆官顯達，而蔣士銓不近權貴，終以一官潦倒，其才其遇與顯祖同，

14　參張庚、郭漢城著《中國戲曲通史》，第2冊，臺北：丹青圖書公司，1985年，頁92至頁93。

且二人同為江西人,蔣士銓承其戲曲,則《臨川夢》之作,實借他人酒杯,以澆心中壘塊。[15] 綜合詞采、人物及結構,吳梅先生云:「余謂傳奇中情詞贈答,數見不鮮,其能掃盡牆窺穴之陋習。而出以正大者,惟藏園而已。臨川四夢,紫釵還魂,皆少年筆,邯鄲南柯則不作綺語,而身亦老大矣。此記將若士一生事績,現諸氍毹,已是奇特,且又以四夢中人一一登場,與若士相周旋,更為絕倒。」[16] 蔣士銓此作,具雅正之意。與湯顯祖四夢少年筆有別。是以吳梅《顧曲麈談》云:「世皆以《四絃秋》為最佳,余獨取《臨川夢》,以其無中生有,達觀一切也。」[17] 是也。

《冬青樹》傳奇,譜宋末文天祥、謝枋得之忠烈殉國事。分上下卷。卷上 19 齣,有:〈提綱〉、〈勤王〉、〈畫壁〉、〈留營〉、〈寫像〉、〈急遁〉、〈納欸〉、〈辭官〉、〈賣卜〉、〈發陵〉、〈收骨〉、〈局逃〉、〈得朋〉、〈疑逐〉、〈題驛〉、〈航海〉、〈私葬〉、〈夢報〉、〈開府〉。卷下 19 齣為:〈轉戰〉、〈厓山〉、〈和驛〉、〈生祭〉、〈抗節〉、〈守正〉、〈小樓〉、〈浩歌〉、〈神迓〉、〈柴市〉、〈却聘〉、〈遇婢〉、〈餓殉〉、〈碎琴〉、〈野哭〉、〈歸櫬〉、〈菴祭〉、〈西臺〉、〈勘獄〉等,共 38 齣。張塤《冬青樹・序》云:「以文山,疊山為經,以趙王孫、汪水雲幕府諸參軍,

---

[15] 參徐信義教授著〈蔣士銓《臨川夢》對湯顯祖《牡丹亭》主題的體會〉云:「蔣士銓仰慕江西先賢顯祖的品節,撰寫《臨川夢》來表彰他,……湯氏作《牡丹亭》是湯氏自況,蔣氏作《臨川夢》其實也是自況。」民國 82 年(1993)11 月 20 日,國立中山大學舉辦清代學術研討會論文,頁 547,此說是也。

[16] 吳梅著《霜厓曲跋》卷 2,收入任中敏編《新曲苑》(三),臺北:中華書局,民國 59 年(1970),頁 20(總頁 674)。

[17] 吳梅著《顧曲麈談》,臺北:廣文書局,民國 51 年(1962)7 月,頁 186。

及一切遺民為緯。采掇既廣，感激亦切，振筆而書，褒貶各見，此良史之三長，略具於此。而韻如鐵鑄，文成花粲，此先生老境之文如此。……　」（頁1）。本曲譜南宋末年事，除卷下〈小樓〉、〈勘獄〉外，餘為實錄。而張塤以為「老境之文」，就詞采言，文采風華，非少年可學，又，吳梅《顧曲麈談》云：「《冬青樹》，譜宋末年時事，未免手忙腳亂。」[18]「手忙腳亂」，因蔣士銓「三日而成此書」，結構不免曼衍。

　　心餘九種曲皆吐屬清婉，有功名教。雜劇傳奇結構以《臨川夢》為第一，《雪中人》亦佳，《四絃秋》能創新編，情詞悽切，《桂林霜》、《一片石》、《第二碑》、《冬青樹》皆有功於名教。《香祖樓》、《空谷香》，言情佳，具能擺脫「猥褻」的毛病。至於散曲體格，音律略有差池，不失為乾隆第一大曲家。

四、趙翼的史學成就

　　趙翼（1727～1814）字雲崧、雲松，號甌北，常州陽湖人（江蘇武進）。

　　趙翼的史學成就，主要在《廿二史箚記》[19]，其次《陔餘叢考》[20]，今分述如下：

（一）用比較歸納法治史

　　史料經搜集、審訂、整理、批判等研究方法，得出歷史真

---

[18] 同前註。

[19] 趙翼著《廿二史箚記》，臺北：藝文印書館影印廣雅書局本，以下引文皆據此，不贅。

[20] 趙翼著《陔餘叢考》，臺北：新文豐出版公司影印乾隆庚戌湛貽堂本，民國64年（1975），以下引文皆據此，不贅。

實。乾、嘉以來，考證學統一學界，職志在於「考證史蹟，訂誤正謬」，趙翼更能「用歸納法比較研究，以觀盛衰之原」[21]。

甌北歸納、比較法來撰著篇章，《廿二史箚記》中，觸目皆是。先舉用歸納法，如卷二〈漢初布衣將相之局〉條，言漢初將相除了張良，為韓相之子，及張蒼等部分出身較高外，其他出身低賤，像酈食其、夏侯嬰等為白徒，樊噲為屠狗者，周勃是織薄曲吹簫給喪事者，灌嬰則販繒者，婁敬則輓車者，蓋君既起自布衣，其臣亦多亡命無賴之徒。因「立功而取將相」，「此氣運為之也」。此就同時代人物歸納。若不同時代人物歸納如：卷五〈累世經學〉言孔聖後，歷戰國、秦及兩漢，無不以經業為業，見於前、後《漢書》，此儒學之最久者。其次，伏勝以《尚書》教授，世傳經學，歷兩漢四百年。又如，卷七〈關張之勇〉條，係自《三國志》、《晉書》、《宋書》、《齊書》、《南史》、《魏書》諸書中歸納出關羽、張飛皆為萬人之敵。[22]

除歸納法，趙翼又用比較法，甌北稱之為「比對」。如《廿二史箚記》卷一的〈《史記》自相岐互處〉，比較《史記》各傳、得知其間「自相岐互處」。「《史》《漢》不同處」條，〈《史》《漢》互有得失〉條，皆比對《史記》、《漢書》，得知其紀年、紀事、紀人、官職、文字本身等等不同。

趙翼以比較歸納治史外，又富有《春秋》大義的精神，梁啟超云：趙翼之《廿二史箚記》，「此書（雖）與錢大昕、王鳴盛之作齊名，然性質有絕異處。錢、王皆為狹義的考證，趙則教

---

[21] 梁啟超著《清代學術概論》，臺北：商務人人文庫，民國 55 年（1966），頁 54。

[22] 杜維運著《校證補編·廿二史箚記》〈前言〉，臺北：華世出版社，民國 66 年（1977）9 月，頁 4。

吾儕以蒐求抽象的史料之法，昔人言：「屬辭比事，《春秋》之教」，趙書蓋（最）善於比事也。」[23]

錢大昕《廿二史考異》，由《史》《漢》以迄金元，就史書內容「反覆校勘」「偶有所得，寫於別紙」（序）[24] 王鳴盛的「《十七史商榷》，上起《史記》，下迄五代史書，「商度而揚榷」也，且「猥以校訂之役，穿穴故紙堆中，實事求是，庶幾啟導後人」（序）[25]，難怪梁啟超言錢、王二人皆為「狹義的考證」。甌北則教導吾人「蒐求抽象的史料之法」，善於「屬辭比事」（連綴文辭，排比史事），換言之，錢大昕、王鳴盛具備乾嘉的考據，缺乏趙翼「屬辭比事」的比較歸納治史，趙翼善於比較歸納治史，不止於考證而已。錢、王二人成就不如趙翼的原因。

（二）政治人物及政治手段的評析

1. 評論帝王、后妃

趙翼富《春秋》精神，《廿二史劄記》中，「筆伐」「筆削」，不論帝王、后妃，言行不當，都加以無情的揭露，如《劄記》卷3頁7，〈婚娶不論行輩〉條，言漢惠帝后張氏，帝姊魯元公主之女，是帝之女甥，呂后欲為重親，遂以帝之甥而為妻；哀帝為傅太后之孫，而傅太后欲重親，以姪女為妻。更壞的，如同卷〈漢

---

[23] 梁啟超著《中國歷史研究法》，第2章〈過去之中國史學界〉，臺北：中華書局，民國45年（1956），頁26。又見於臺北：臺灣商務印書館，民國56年（1967）10月臺二版，頁38，文字稍異。

[24] 錢大昕著《廿二史考異》，〈序〉，收在錢大昕著《讀書筆記廿九種》之一，臺北：鼎文書局，民國68年（1979），頁1。亦收在《嘉定錢大昕全集》冊2，孫開萍等點校《廿二史考異》（上），上海：上海古籍出版社，1997年12月。

[25] 王鳴盛的《十七史商榷》〈序〉，收在王鳴盛著《讀書筆記十七種》之一，臺北：鼎文書局，民國68年（1979），頁3。

諸王荒亂〉條云，燕王劉定（國）與父康王姬姦，生一子，又奪弟妻為姬，並與子女三人姦，事發自殺。衡山王孝與父侍婢姦；趙太子丹與同產姊及王後宮亂。……卷11〈宋齊多荒主〉條云：宋少帝義符之乖戾，前廢帝子業，納其姑新蔡公主，並裸湘東王彧入地坑中，令左右淫建安王休仁生母楊太妃，毆搥山陽王休祐；而山陰公主，帝姊，置面首（男寵）三十人；後廢帝昱，擊殺路上無辜；齊廢帝鬱林王與左右無賴二十餘人，共衣食臥起，妃何氏，擇其中美者，皆與交歡。……又如卷15，〈北齊宮闈之醜〉，言北齊神武在時，鄭妃已通於文襄，及歿後，蠕蠕公主亦為文襄所烝，文襄后又為文宣（高洋）所污，文宣后又為武成所污，武成后胡氏，當武成時，已與閹人褻狎，又通和士開，武成崩後，與沙門通，齊亡後，入周，恣行奸穢。

2. 評論人臣

趙翼敢於評論帝王、后妃、對於文武大臣，亦秉《春秋》大義精神，以褒以貶。如《劄記》卷2，〈武帝三大將皆由女寵〉云，衛青以后（衛子夫）同母（衛媼，與衛青父鄭季通，衛青昌姓衛氏）弟，見用為大將軍。霍去病為皇后姊（衛子夫姊少兒，與霍去病父霍仲儒通）子，見用為驃騎將軍，封冠軍侯。李廣利以女弟（妹）為倡，幸於帝，帝用廣利為貳師將軍，封海西侯。趙翼以為「三大將軍皆出自淫賤苟合，或為奴僕，或為倡優，徒以嬖寵進，後皆成大功，為名將，此理之不可解也。」

又如卷34，〈明鄉官虐民之害〉，言楊士奇子稷、居鄉，營侵暴殺人[26]。梁儲子次攄為錦衣百戶，居家時，與富人楊端爭民

---

[26] 此條據杜維運〈考證〉云：〈士奇傳〉，僅言士奇子稷營侵暴殺人。而未言其侵暴殺人地點。是時，士奇方為首輔。居京師。其子是否居鄉或居京師，實難斷言。《校證補編廿二史劄記》臺北：華世出版社，民國66年（1977）9月，頁785。

田,端殺田主,次攄、遂滅端家二百餘人。焦芳治第宏麗,數郡之民皆為所役。……等等皆是。

3. 補正史人物之不足

趙翼讀廿二史,知曉歷朝人物輕重,其功業顯赫,卻名不載史書中,趙翼以為當補之。如《箚記》卷 2〈與蘇武同出使者〉,除蘇武人盡知外,其他守節絕域者,或歸或不得歸,如任敞使匈奴,單于留敞不遣。又,郭吉留於單于,辱之於北海之上。路充國亦為單于所留,且鞮侯單于立,始得歸。此皆在蘇武之前。與蘇武同歸者,尚有馬弘。趙破奴與子定國,守節不屈,在匈奴 10 年,逃歸。張騫亦留居匈奴 10 年,持漢節不失,趁其國內亂乃歸,崎嶇險阻,甚於蘇武。與蘇武同出使者,中郎將張勝為匈奴所殺,常惠亦在匈奴 19 年,而同時隨蘇武還者九人,如常惠、徐聖、趙終根,然至今但稱武而已!此幸與不幸。

4. 政治手段

為達到統治目的,統治者利用各種政治手段來消除異己,像文字獄,用來統治思想最好手段。《廿二史箚記》卷 26,〈秦檜文字獄之禍〉條云:

> 秦檜贊成和議,自以為功,惟恐人議己,遂起文字之獄,以傾善類。……但有一言一字稍涉忌諱者,無不爭先告訐,於是流毒遍天下。……

秦檜兩據相位,凡 19 年,以文字獄來「傾陷善類」,只要言語文字稍涉忌諱,即橫遭誣害,所以善類漸空[27],忠良漸絕!後來明太祖繼之。《廿二史箚記》,卷 32〈明初文字之禍〉條云,

---

[27] 脫脫等修《宋史》,卷 473,列傳 232,姦臣 3,〈秦檜〉,臺北:藝文印書館,民國 44 年(1955)總頁 5688。

明太祖其初學問未深,「往往以文字疑誤殺人」,讀書人動輒被殺,此或即〈明初文人多不仕〉(亦卷32) 的理由吧!或者「文人學士,一授官職,亦罕有善終者」(同上)。至於有清一代,上承秦檜遺風、明祖遺法,變本加厲,大興文字之獄,「傾陷」漢人,推其原始,滿清不過襲漢人之法,以「漢」制「漢」而已!

(三) 重視財政、經濟、教育,及刑罰等方面研究

趙翼重視財政、經濟、教育,及刑罰等方面研究,如就財政、經濟方面說:《箚記》卷3,〈漢多黃金〉條云,漢高祖以四萬斤與陳平,使為楚反間;文帝即位,賜誅諸呂有功大臣,周勃五千斤,陳平、灌嬰各二千斤。梁孝王薨,有四十萬金。衛青擊匈奴,軍受賜二十餘萬斤等等,由此歸納「漢多黃金」。且言「後世黃金日少」、「金價亦日貴」(頁9至頁10),方法上,甌北用歸納法得「漢多黃金」是正確的,不過推論「後世黃金日少」有待商榷。而「金價亦日貴」,應與通貨澎脹有關。又,在卷30頁10有〈元代專用交鈔(紙幣)〉條云:

> 交鈔之起,本南宋紹興(高宗1131~)初,造此以召募商旅,為沿邊糴買之計,較銅錢易齎,民頗便之。……金章宗時,亦以交鈔與錢並行。……

講交鈔通行情況,十分清楚。不過,對於交鈔的起源,仍有待商榷。在《宋史、食貨志》:

> 交子(紙幣)之法,蓋有取於唐之飛錢。真宗時,張

> 詠鎮蜀，患蜀人鐵錢重，不便貿易，設質劑（買賣）
> 之法，一交一緡（絲也，以貫錢。一貫千錢），以三
> 年為一界而換之，六十五年為二十二界，謂之交子。[28]

依此說，唐憲宗（806～820）時代，以合券兌錢（飛錢），已是鈔法的開始。至宋真宗（998～1022），張詠鎮守四川，以鐵錢重，正式發行紙幣，以便交易，則北宋已有交鈔之法。並非南宋高宗紹興時。

趙翼又關心教育，在《廿二史箚記》卷15頁1〈北朝經學〉云：

> 大概元魏時，經學以徐遵明為大宗，周、隋間以劉
> 炫、劉焯為大宗。按《北史‧儒林傳》，遵明講鄭康
> 成所著《易》，以傳盧易裕、崔瑾，是遵明深於《易》
> 也。《尚書》之業，遵明所通者鄭注之今文，後以授
> 李周仁等，是遵明深於《尚書》也。……

北朝經學，元魏時以徐遵明為大宗，周、隋間則以劉炫、劉焯為大宗，其餘治經學者，亦皆能著書立說，以開後學。蓋北朝帝王極力提倡，命授諸皇子經，並徵通經學之人為諸王師，是以研究經書蔚然成風。而南朝經學又如何呢？趙翼（《箚記》卷15，頁3）云：

> 南朝經學本不如此，……《齊書‧劉瓛傳》謂：晉尚

---

[28] 脫脫等修《宋史》，卷181，志第134，食貨下3，〈會子〉。總頁2136。

玄言，宋尚文章，故經學不純。齊高帝少為諸生，即位後，王儉為輔，又長於經禮，是以儒學大振。……

南朝帝王，除梁武帝開五館、置博士，以五經教授，經學極盛一時外，其餘諸帝或尚玄談、或好詞章，儒家經學漸趨式微。又在《箚記》卷12頁1〈齊梁之君多才學〉中提到，蕭梁父子才學，「獨擅千古」，簡文帝「九流百氏，經目必記」，「篇章詞賦，操筆立成」，帝王之文采風流，其他朝代難以比擬。

在刑罰方面，如《箚記》卷3頁3〈武帝時刑罰之濫〉條，言杜周原為南陽守，放縱爪牙，後事張湯至御史、廷尉，「專以人主意指為獄」，不論官職高低、距離遠近，動輒得咎，只要一牽連，或數十，或數百，有時「奉令」收押牢獄人犯，增至「十有餘萬」（《史記》原文：十萬餘人），可見當時「刑罰之濫」！在〈後魏刑殺太過〉（卷14），言後魏專以刑殺為政令；〈五代濫刑〉（卷22），雖然五代刑罰不及漢代「濫」，畢竟還是「濫刑」。至於族誅之法，本起於秦（卷14頁16），一人有罪，延及三族（父族、母族、妻族），害及無辜，此濫刑、濫殺，秦漢以來未曾消滅（除漢文帝外），至後魏有夷五族者，可見古代專制之「族誅」慘無人道！至宋太祖，決定「定罪歸刑部」（卷25），人命始稍獲保障。

（四）社會禮儀、風俗及建築等方面探究

在《陔餘叢考》[29]卷31有〈同姓為婚〉〈交婚〉（交互為婚，親上加親），〈指腹為婚〉、〈劫婚〉、〈初婚看新婦〉、（新婚三日內，不問親故，皆可看新婦），〈冥婚〉、〈拜堂〉、〈婦人拜〉等

---

[29] 趙翼著《陔餘叢考》湛貽堂本，見前註。

篇,《廿二史箚記》卷 15 有〈財婚〉條(婚姻以財幣往來),此皆與婚姻制度有關。又如〈劫婚〉條:

> 村俗有以婚姻議財不諧,而糾眾劫女成婚者,謂之搶親。《北史‧高昂傳》:昂兄乾,求博陵崔聖念女為婚,崔不許,昂與兄往劫之,置女村外,謂兄曰:何不行禮?於是野合。是劫婚之事,古亦有之,然今俗劫婚,皆已經許字者,昂所劫,則未字,固不同也。(《陔餘叢考》卷 31 頁 4)

劫婚,即搶親。趙翼所舉《北史‧高昂傳》,昂與其兄乾搶親事,以為古已有之,與清代許字後劫婚不同。《易經‧屯卦‧六二》有「屯如邅如,乘馬班如,匪寇,婚媾」[30],又《賁卦‧六四》云:「賁如皤如,白馬翰如,匪寇,婚媾。」[31]知搶親遠古已有。

又如「尚左尚右」習俗,《陔餘叢考》卷 21 頁 8 云:

> 大抵三代以上,朝班官序,本皆尚左,惟燕飲之事,沿鄉飲酒禮,以右為尊,其後相習為常,遂一概尚右。至六朝,官序已上左,而燕席猶尚右也。唐時朝制尚左,尤為明證。……

尚左、尚右本無一定道理,大體說來,歷朝以尚左多,尚

---

[30] 《周易》,王弼註,〈乾傳〉第 1,臺北:商務四部叢刊正編本,民國 68 年(1979),頁 5。

[31] 同註 19,〈噬嗑傳〉第 3,頁 16。

右少（惟漢、元而已）。今日尚有左青龍，右白虎之說。古人以尚左多吉，尚右主凶。《老子》有云：「居則貴左，用兵則貴右」；「吉事尚左，凶事尚右」。[32]

趙翼《陔餘叢考》卷 17 頁 2，又有〈六朝重氏族〉，以為魏以來，「選舉多用世族，下品無高門，上品無寒士」也。魏行九品中正，至南朝，帝王欲變易其門第，有所不能。

至於各地民俗災異，趙翼也多關注，如《簷曝雜記》[33] 卷 4〈甘省陋俗〉，記載甘肅省男女之間關係，兄死弟妻嫂，弟死兄妻其婦。同姓惟同祖以下不婚，過此則不論；並有兄弟數人合娶妻者，或輪夕而宿，或白晝有事，輒懸裙於房門，即知迴避。

在災異迷信方面，趙翼在《廿二史箚記》，卷 2 有〈漢儒言災異〉、〈漢重日食〉、〈災異策免三公〉，卷 8 有〈相墓〉，卷 20 有〈長安地氣〉，以知曉古人迷信思想。今日這種迷信思想，言災異，看風水，亦常見。

（五）檢討史書得失

趙翼史學的成就，包括補正史書的疏漏，端正史書的錯誤。先就補正史書的疏漏說，如《陔餘叢考》卷 5 有〈《史記》闕文，《漢書》衍文〉條，言《史記·趙世家》不書成侯在 22 至 24 年間，魏會王拔邯鄲（成侯）所在，為缺文。又言《漢書》景帝中元 3 年正月，「皇太后崩」四字為缺文。《廿二史箚記》卷 4 有〈《後漢書》間有疏漏處〉條，云《光武本紀》中，未言

---

[32] 見於清·魏源撰《老子本義》，上篇，收在《諸子集成》（三），臺北：世界書局，民國 61 年（1972），頁 24。

[33] 趙翼著《簷曝雜記》卷 4，收在《甌北全集》湛貽堂本，頁 7 至 8，下引文同此。

建武 16 年，民變《本紀》不著其根由，實因度田不實，即由田畝分配不均而起釁。又言《光武本紀》中，光武年 62，應改作 64。《本紀》所云「六十二，殊不符也」等是。

就端正史書錯誤言，如《廿二史箚記》卷 6 有〈《三國志》誤處〉，言〈魏武本紀〉中，建安 2 年劉辟被戮，而建安 5 年，居然又有袁紹使劉備助劉辟事。〈于禁傳〉中，云建安 2 年劉辟已死，《蜀先主傳》又云劉辟尚在，此或有二劉辟？否則忽生忽死，令人困惑！此見趙翼讀史之細心。《陔餘叢考》卷 6 有〈《晉書》舛訛〉條云：〈懷帝本紀〉，永嘉 5 年，「東海世子毗及宗室四十八王沒於石勒」，與〈東海王越傳〉，「毗及宗室三十六王俱沒於賊」不同，必有一誤。又，〈安帝本紀〉與〈天文志〉星變事驗所載，劉穆之、朱齡石之死互相違錯。此皆本書內自相矛盾者也。又《陔餘叢考》卷 6 有〈《宋書》敘事及編次俱有失檢處〉，云〈劉穆之傳〉，「高祖克京城」，京城指京口城，下文又云「從平京邑」，京邑指建鄴，然京城、京邑容易混淆。又，《叢考》同卷亦有〈繁簡失當處〉條。《叢考》卷 7 有〈《梁書》編次失當〉，言《梁書》於宗室諸王及諸帝子編次，多失序。同卷又有〈《梁書》多載蕪詞〉，言《梁書》所載文詞，循《宋》（書）、《齊》書舊式，少載史事，不免繁蕪。又，《叢考》同卷有〈《魏書》蕪冗處〉。如〈陸俟傳〉、〈李順傳〉、及〈盧玄（元）〉、〈李靈〉、〈崔逞〉、〈封彝〉等（傳），一人立傳，皆載其子孫宗族數十人，不論有官無官，有功無功，一似代人作家譜者，尤為可厭。《叢考》卷 8 有〈《南史繁簡失當處》〉趙翼云：《南史》於宋事惟劉穆之、謝晦、檀道濟諸大傳多刪改，實為繁簡得宜，其餘大都仍《宋書》原文等等。

至於史書之優點，如《廿二史箚記》卷27〈遼史立表最善〉條，言其體例完善，在於立表之多，表多則傳自可少。又《箚記》卷31〈明史〉條云：近代諸史，除歐陽公《五代史》外，《遼史》簡略，《宋史》繁蕪，《元史》草率，惟《金史》行文雅潔，然未有《明史》之完善。標明諸史的優缺點。

　　趙翼運用科學方法治史，分析政治人物、政治手段、重視金融、財政、教育、刑罰、社會禮儀、風俗、檢討正史得失，其學識之淵博，非等閒一般研究史者可以企望。日本東京國帝大學史學家以投票方式選出中國最偉大的史學家，趙翼是其中之一。

五、結語

　　由上述看來，袁枚、蔣士銓、趙翼，出生貧窮環境、中年辭官相似，在詩歌創作數量上「旗鼓相當」、論詩主張也相似，為乾隆三大家。而袁枚在性靈說方面，蔣士銓在戲曲方面，趙翼在史學方面，各有表現，超越前人，獨樹一幟，令人敬佩。袁枚在性靈說方面，不僅主張真性情的表達，還要有「空靈」「機靈」的意思，使詩文作品，更加強機靈、靈活，相對於明朝袁中郎「獨抒性靈」的文學理論，可說更進一步。而蔣士銓的九種曲，包括《一片石》、《第二碑》、《四絃秋》等等，文辭典雅，內容有功於名教，使戲曲富於教忠教孝。又，雜劇傳奇結構則以《臨川夢》為第一。至於趙翼在史學方面，用比較歸納法治史，評論帝王后妃，評論人臣，或補正史之不足，或揭示政治人物政治手段，以及重視財政、經濟、教育及刑罰等方面研究，往往非前人所及。由於袁、蔣、趙在文學、史學等方面有特殊不同的成就，今就其內容精要論述，以為後學參考。

附記：

　　本人曾於民國 95 年（2006）4 月應北京大學中文系邀請至該系講學，題目為「乾隆三大家：袁枚、趙翼、蔣士銓」，雖所講內容與本文相似，並收錄拙著《山中偶記》頁 167 至 188，臺北：釀出版，2012 年 3 月。但演講稿不同於學術論文，因此，中山大學邀請發表，重新整理合於論文格式、體例、並將內容大幅度增修，特此說明。

參考書目

一、傳統文獻：

1. 不著編者《隨園三十六種》，包含：《小倉山房文集》35卷，（清・袁枚撰）、《小倉山房外集》8卷（清・袁枚撰），《小倉山房詩集》37卷《補遺》2卷（清・袁枚撰），《袁太史稿》不分卷（清・袁枚撰），……等等，清光緒18年（1892），上海圖書集成印書局活字本。
2. 蔣士銓《忠雅堂集校箋》，邵海青校，李孟生箋，上海：上海古籍出版社，1993年12月。
3. 蔣士銓《紅雪樓九種曲》，臺北：藝文印書館，原刻景印叢書集成續編，未註明出版年月。
4. 趙翼《甌北集》，李學穎、曹光甫校點，上海：上海古籍出版社，1997年4月。
5. 趙翼《廿二史劄記》，臺北：藝文印書館據廣雅書局史學叢書影印。
6. 趙翼《陔餘叢考》，臺北：新文豐出版公司影印乾隆庚戌湛貽堂本，民國64年（1975）11月。
7. 趙翼《簷曝雜記》，收在《甌北全集》（含：《皇朝武功紀盛》4卷，《簷曝雜記》6卷，《甌北詩鈔》、《甌北年譜》、《甌北詩話》12卷，《甌北集》53卷），嘉慶湛貽堂本。
8. 馬齊、張廷玉、蔣廷錫、朱軾等監修《大清聖祖仁皇帝（康熙）實錄》（二），臺北：臺灣華文書局，民國53年（1964）。

9. 錢大昕《廿二史考異》，收在錢大昕《讀書筆記廿九種》之一，臺北：鼎文書局，民國 68 年（1979）。亦收入錢大昕《嘉定錢大昕全集》，孫開萍、孫永如等點校，南京：江蘇古籍出版社，1997 年 12 月。
10. 王鳴盛《十七史商榷》，收在王鳴盛《讀書筆記十七種》之一，臺北：鼎文書局，民國 68 年（1979）。
11. 王弼註《周易》，臺北：商務四部叢刊正編。民國 68 年（1979）11 月。
12. 元・脫脫《宋史》，臺北：藝文印書館影印武英殿本。民國 44 年（1955）。
13. 清・魏源《老子本義》，收入《諸子集成》，臺北：世界書局，民國 61 年（1972）。

二、近人論著：

1. 梁啟超《中國歷史研究法》，臺北：中華書局，民國 45 年（1956）。
2. 梁啟超《中國歷史研究法》，臺北：臺灣商務人人文庫，民國 56 年（1967）臺二版。
3. 梁啟超《清代學術概論》，臺北：臺灣商務人人文庫，民國 58 年（1969）。
4. 楊廷福、楊同甫編《清人室名別號索引》，上海：上海古籍出版社，1988 年 11 月。
5. 杜維運《校證補編・廿二史箚記》，臺北：華世出版社，民國 66 年（1977）9 月。

6. 吳梅《顧曲塵談》,臺北:廣文書局,民國 51 年(1962),7 月。
7. 張庚、郭漢城《中國戲曲通史》,臺北:丹青圖書公司,民國 74 年(1985)。
8. 郭英德《明清文人傳奇研究》,臺北:文津出版社,民國 80 年(1991)。
9. 日本・青木正兒《支那近世戲曲史》,東京都:弘文堂刊行,1953 年。
10. 日本・青木正兒《中國近世戲曲史》,王吉廬譯,王雲五主編,臺北:商務印書館,民國 55 年(1966)。
11. 王建生《袁枚的文學批評》,桃園:聖環圖書公司,2001 年 12 月。
12. 王建生《趙甌北研究》,臺北:學生書局,1988 年 7 月。
13. 王建生《蔣心餘研究》,臺北:學生書局,1996 年 10 月。
14. 王建生《清代詩文理論研究》,臺北:秀威資訊科技,2007 年 2 月。
15. 王建生《山中偶記》,臺北,釀出版,2012 年 3 月。
16. 徐信義〈蔣士銓《臨川夢》對湯顯祖《牡丹亭》主題的體會〉,高雄:國立中山大學《清代學術研討會》論文,民國 82 年(1993)11 月 20 日。
17. 王建生〈袁枚、趙翼、蔣士銓三家同題詩比較研究〉,臺中:東海大學《東海中文學報》19 期,2007 年 7 月。

第十單元：從《興懷集》、《獨往集》看蕭繼宗先生生平與人格思想

一、前言

　　本論文是為了紀念蕭繼宗老師寫的。蕭師繼宗於民國 44 年東海大學創校時即來校服務，至民國 65 年離開東海至臺北任職，也就是從 41 歲至 62 歲，人生最精華的時期，奉獻給東海。蕭先生當過中文系所主任、教務長，對東海文學教育貢獻良多。個人不論在學期間、畢業之後，受老師拔擢、教誨甚多，感激不盡。正逢本校 50 週年校慶，本系舉辦懷念早期師長學術研討會，特就已完成的《蕭繼宗先生傳》初稿，截取部分，先行發表，以為紀念。文以其所著《興懷集》、《獨往集》為主，敘述生平，兼及人格思想。由於取自《蕭繼宗先生傳》初稿，前後剪裁，恐未盡善，尚請諸位先進指正。

二、家世與幼年至 30 歲時期

　　蕭師繼宗，字幹侯，晚號信天翁，湖南湘鄉人。根據《獨往集》篇末〈校後記〉云：吾家梁簡文帝家書裡說過……[1]，知

---

[1] 蕭繼宗著《獨往集》，頁 294，臺北：正中書局，民國 72 年。

為六朝梁簡文帝蕭綱之後。

由於手邊並無蕭先生《家譜》、《族譜》之類書籍,所以簡文帝以後世代關係,個人並不十分清楚。僅就其書中所載片斷,及蕭師母張宗毓、蕭東海(蕭先生公子)所知,及個人當學生時所了解部分加以陳述而已!

有關蕭先生先翁有荃先生,字芳谷,同治8年9月初八生[2]。應于民國38年逝世,曾在私塾教書,夫人顏氏[3]。先生生於民國4年(西元1915年)陰曆3月19日。在〈淘米沙沙〉序中云:

> 先妣顏孺人,妊予而有疾。予生三日,即就乳於牛砦頭聶氏,凡三年。時在嬰提,然每聞鵜鴂先鳴,輒為愴惻,亦不自知其故。頃坐南樓,忽聞鵑泣,追憶兒時,悽然作此。「淘米沙沙」,俗譯此禽言也。「沙沙」,淅米聲。[4]

從這首詩序,知道蕭先生生下來三天,即給牛砦頭村的聶氏餵乳,且長達三年之久。而且,在嬰孩時,每次聽到鵜鴂,即杜鵑鳥啼叫,即感悽惻,在《楚辭‧離騷篇》有:「恐鵜鴂之先鳴兮,使夫百草為之不芳」。洪興祖《補注》引服虔曰:鵜鴂,一名鵙,伯勞也。[5] 又,《昭明文選》、張衡〈思玄賦〉云:鵜鴂鳴而

---

[2] 見蕭繼宗著《興懷集》,首頁,臺北:臺灣學生書局,民國79年3月。下面文字引《興懷集》皆據此本,不贅。又,蕭繼宗著《實用詞譜》民國58年10月再版題記,亦有載。
[3] 同註2,《興懷集》,頁12。
[4] 同註3。
[5] 同註5。

不芳。並引《臨海異物志》曰：鶗鴂，一名杜鵑，至三月鳴，晝夜不止，夏末乃止。[6]蕭先生詩序中所言「鶗鴂」，指杜鵑鳥，亦即伯勞鳥，所以後來寫這首〈淘米沙沙〉詩時，「忽聞鵑泣」，聽到杜鵑鳥啼泣之聲，才「追憶兒時」，聽聞鶗鴂鳴而為之愴惻的往事。此或許天生感物之情，不同於常人。

　　蕭先生出生於民國4年乙卯（1915）。有關蕭先生自小為「神童」之說，有不同的講法：蕭先生幼時置《易經》於枕下，日久讀之，自能通曉，與人相對，每能測中未來，號「神童」。另據91年（2002）9月8日個人訪問東海大學退休教授柳作梅先生，柳先生云：蕭先生六歲能詩，蕭先生的家人、親友，也都知道。柳先生又云：當時蕭家族長有出對子考他，上聯云：「鎮本神童（婁底鎮，原名神童鎮），神童出在我族」。蕭先生對云：「村本石井（石井村，蕭先生所居住之村名），石井不知誰家」。一試之下，蕭先生神童之名，果不虛傳。[7]我曾於2001年7月23日，在臺北正中書局訪問蕭先生任董事長時聘任的總經理李元哲先生[8]，他說蕭先生曾跟他提及幼年時期，即人人皆知的神童，出口成文，所以本不打算到學校唸書，後來，聽了別人勸說上學校的好處，才上學校唸書。

　　至於他唸的學校，是春元中學（據柳作梅教授說），中學畢業以後入中央政治學校（第八期）。該校蔣中正為校長，余井塘

---

[6] 洪興祖著《楚辭補注》，〈離騷經〉第一，頁39，臺北：漢京文化事業，民國72年（1983）。

[7] 柳作梅教授於民國94年（2005）9月8日受訪時告知。

[8] 民國90年（2001），個人獲得國科會短期研究補助，至臺北訪查與蕭先生相關事蹟。

為中央政治學校教務主任,民國 20 年,羅家倫繼任該校教務主任兼代教育長。[9]中央政治學校在南京,蕭先生在南京唸書時(18 至 22 歲)尚留有部分作品,如 18 歲時所作〈青玉案・重游後湖〉:

> 綠楊驕馬長隄路,但愛向、湖邊去。記得年時行樂處:一天芳草,滿城樹,依約還如故。 俊游多少閒情緒。怨粉羞紅亂無數。恰對江南春色暮。杜郎詩筆,庾郎辭賦,合借江山助。(《興懷集》,頁 69)

後湖,南京玄武湖亦稱後湖,在南京市北。亦名練湖。舊時湖面甚大,南朝時常為操練水師之地。宋以後漸淤,僅存一池。明初復濬,置黃冊庫於此,以儲天下圖籍,中有舊洲,新洲及龍引,蓮萼等洲,春夏時為遊覽勝地。本闋詞,作者言過年(年時)曾來此遊,當時雖只一日遊,卻見滿城芳草、烟樹。杜牧〈江南春〉:「千里鶯啼綠映紅,水村山郭酒旗風;南朝四百八十寺,多少樓臺煙雨中」。詞中上片的「綠楊」、「驕馬」、「長隄路」、「湖邊」、「芳草」、「滿城烟樹」,亦極盡南京遊湖美景,與初遊相似。下片,言己晚春遊賞,殘紅無數,引起閒情緒而已!有如杜牧、庾信借江山之助而成美辭。

又,同年(民國 21 年,18 歲)〈虞美人・莫愁湖〉:

> 愁來只向湖邊去,勾卻愁無數。輕舟短櫂不須歸,驚

---

[9] 參呂芳上、夏文俊編《羅志希先生傳記暨著述資料》,臺北:中華民國史料研究中心發行,民國 65 年(1976)12 月。

第十單元:從《興懷集》、《獨往集》看蕭繼宗先生生平與人格思想 347

起一灘鴛鷺掠沙飛。　　阿儂十五盧家女,未解愁多許。何來年少欲尋儂,儂在一湖菱葉藕花中。(《興懷集》,頁 69)

莫愁湖,在南京市水西門外,明時為徐中山園。相傳六朝時有女子盧莫愁居此,故名。風景清絕。此闋借由盧莫愁點染愁字。「驚起一灘」句,出自化用歐陽修〈采桑子〉「驚起沙禽掠岸飛」,及李清照〈如夢令〉「驚起一灘鷗鷺」。

在 21、22 歲時,蕭先生有〈雜憶詩〉:

青苔平滑烏衣巷,綠樹扶疏紅紙廊。
野戰歸來塵滿面,長鳴吹送飯微香。(《興懷集》,頁 16)

本詩蕭先生自註云:(民國)二十四、五年間旅學京師時事。舊時王謝府第的烏衣巷,長滿平滑的青苔;宅邊的樹,枝葉扶疏,立在學校邊(南京紅紙廊,中央政治學校,來臺改稱政治大學)。三句言蕭先生自己野戰歸來塵土滿面,亦如烏衣巷塵滿面。末句轉回現實,聽到鳴笛之聲亦聞到飯菜香味,回到餐廳用膳。

又,22 歲〈雜憶〉詩云:

記得輕騾駕小車,醉翁亭畔看瑯琊。
當年粉黛圍身地,應有衝輣碾落花。(《興懷集》,頁 16)

作者自註云:二十五年遊滁之瑯邪,今同游星散,徒縈夢寐。註

文應為後來補記。當年粉黛，六朝粉黛，指南京。衝軺，軺車，指戰車。詩中首二句言駕車醉翁亭看瑯琊山、三句，遙憶南京戰事頻煩，戰車往來而已。

22 歲又有〈憶秦娥〉、〈采桑子〉等詞。如〈憶秦娥〉云：

> 春來慢。今年三月春纔半。春纔半，柳兒黃了，乍垂隄岸。　　人人曾是溫柔慣，只今空見櫻花瓣。櫻花瓣，臂痕猶在，水流雲散。(《興懷集》，頁69)

愛春、憐春、惜春之詞。

又，先生25歲有〈郴縣，蘇仙寺題壁〉詩云：

> 為愛清溪溯碧流，尋源直到遠峯頭。
> 懸崖迎面遮樵徑，茂樹分泉隱寺樓。
> 林表彩雲疑繞舍，磯邊翠縷漫盈溝。
> 此游未遂游仙夢，得識仙蹤亦勝游。(《興懷集》，頁15)

詩序所言「蘇仙」，見於《聊齋志異》，言郴州民女蘇氏，浣衣於河，有苔一縷，浮水漾動，蘇氏歸而娠，數月生子。然藏之於櫃，待蘇女氣絕，後蘇女去世，彩雲繞舍，少年歸而出金葬母故事[10]。蕭先生督糧至郴，漫游至「蘇仙寺」，言「蘇仙超舉之地」。詩末句「得識仙蹤亦勝游」，能盡遊樂之趣。

民國29年，先生26歲，北行過河南霍山。有〈蘭之華〉

---

[10] 見蒲松齡著《聊齋志異》，卷14，頁450，〈蘇仙〉，臺北：中國聯合書局，民國48年（1959）。

詩。序云：

> 北行過霍山。中間盛產蘭，香溢于野。野人刈之，如刈楚焉。作〈蘭之華〉四章，章八句。(《興懷集》，頁16)

本年亦有〈悼三女士〉詩，詩序云：

> 湘鄉譚熙雲、彭馨臨、陳定亞三女士，充七十六師政訓員，隨軍入桂。今年二月奉調赴賓陽前線，撫輯流亡，組訓民眾。會寇大舉攻城，三女士照常工作，艱險不避。及事急，知不免於難，相率自經巖谷間。鄉人士哀之，徵辭及余，遂作是篇。(《興懷集》，頁17)

序中言譚、彭、陳三女士，為76師政訓員，隨軍入桂，組訓民眾，撫輯流亡，自經巖谷間事，令人感動。其詩云：

> 蘆溝橋畔烽煙起，上國薦食馳封豕。
> 三年苦戰猶未休，大地茫茫血凝紫。
> 國殤豈獨是男兒？亦有十八十九好女子。
> 娉娉玉質走沙場，執梃殺敵重圍裡。
> 敵勢如潮捲地來，旌旗黯淡千夫靡。
> 四顧無非狼與豺，不辭玉骨窮塵委。
> 張先許後盡成仁，蛾眉化作睢陽齒。
> 浩氣千秋未可泯，碧血斑爛照青史。
> 至今賓陽城外秋騷騷，萬谷淒風弔雄鬼。
> 嗟嗟三女士！汝死吾悲吾亦喜。

吾知汝血不唐捐，國魂賴汝血以蘇，
國恥憑汝血以洗，國運緜緜汝不死。(《興懷集》，頁17)[11]

詩中言從民國 26 年日軍發動蘆溝橋事變，已有三年，死傷無數，不止男兒，女子亦赴沙場，為國捐軀之三女士，尤其喚起國魂，洗雪國恥。稱揚為三女士，亦說出日軍入寇下的時代悲劇。

先生 26 歲又有〈水調歌頭〉(自註：秋季野餐用東坡韻)：

秋意在何許？宿霧破晴空。山南山北如畫，霜葉幾分紅。快近重陽時節，不教滿城風雨，詩思逐征鴻。一簇好兒女。齊到畫圖中。　孤邨畔，臨曲水，倚危峰，少年叢裡，還著一箇白頭翁。也有揚鞭縱馬，也有呼鷹射獵，游戲亦英雄。且坐莫歸去，側帽聽西風。(《興懷集》，頁70)

詞中言近重陽秋季，與友朋出游至山下，孤村、面著曲水野餐，或有人揚鞭縱馬，或有人呼鷹射獵，在秋風瑟瑟中。詩中亦歎己早生華髮，與霜葉紅，流水青，危峰翠，霧散晴空，縱馬，射鷹等形成動態畫面。

民國 30 年，蕭先生 27 歲，有〈長相思〉詞：

長相思，短相思。我自思儂儂未知。相思無已時。
　短相思，長相思。若道相思無已時，不如從此辭。(《興懷集》，頁70)

---

[11] 末行，洗，《興懷集》作洒，疑作「洗」字。

照蕭先生寫作原則,有所感而後作,則 27 歲之年,或有心儀之人,未能如願,故末云:「若道相思無已時,不如從此辭。」

民國 30 年,日犯中國甚急,蕭先生參與「大別山之役」,有〈國殤〉之作,其序云:

> 美人殷格沙南北戰爭後陣亡將士墓前追悼詞,予少日於課本中讀之,以為似江文通。及民紀三十年于役大別山中,竟取其意,敷為韻語,命曰國殤。茲復稍加更定,取協華言,不期嚴合也。(《興懷集》,頁 1)

詩中表達在大別山役中為國事死傷之英雄的哀悼。如首段:

> 維往事之如夢兮,紛歷歷其盈前。
> 方窮討而殊鬥兮,冀國祚之長緜。
> 伐鼓兮淵淵。吹角兮喧喧。
> 陳師兮鞠旅,待發兮闐闐。
> 慘將別兮,女失其妍;
> 勇以怒兮,士赬其顏。
> 瘞歸骨以眾芳兮,哀英烈之身捐。
> 孰云去者之日疏兮,猶目想而心鐫。
> 方其負羽以從軍兮,為自由而身先。
> 憤公義之不彰兮,割私愛之嬋媛。
> ……(《興懷集》,頁 1)

哀傷捐軀英烈,歌讚為捐軀之勇士。有如《楚辭・國殤》之意。愛國思想,令人動容。而是年 12 月 8 日,日本偷襲珍珠港,美

對日宣戰。

據《興懷集》〈評訂霹塵蓮寸集序〉文云，蕭先生抗戰時在皖南屯溪的重鎮，主辦皖報。（頁238）並且和歙縣的許際唐先生、江彤侯先生、高鐵君先生有往來。〈自貴池渡江過陷區、得小湖，詢之篙師曰後湖〉云：

> 無限溫馨憶舊游，藕花香裡白蘋秋；
> 即今不見蒼家艇（自註云：南京後湖有蒼家艇子），忍把池州當石頭。（《興懷集》，頁18）

先生至安徽貴池渡江過小湖，與南京後湖同名，卻不見蒼家艇子，興傷國之哀感。而〈登鯽魚背〉詩：上有青冥之高天；下臨不測之深淵；山縹渺兮凌雲煙，眼中無物當吾前，仙乎仙乎吾其仙！（《興懷集》，頁20）表現當時登山豪邁心情。

民國31年，蕭先生28歲，有〈重遊黃嶽題白龍稿答僧問〉、〈宿黃山第一茅蓬〉等詩。皆見先生游於黃山所作。

民國32年，蕭先生29歲，有〈與吳企雲遊祁門行抵閃里〉、〈除夕吳企雲索詩、作短短歌〉等詩。在其〈除夕吳企雲索詩、作短短歌〉云：

> 短短復短短，百年苦易滿。
> 為問三萬六千場，那見流光去復返？
> 君不見去來今世如長流，萬象變滅何異波中漚？
> 彭籛王好都蜉蝣，豈獨朝菌不足知晦朔，蟪蛄不足知春秋？
> 而我蠢其間，夢非夢，覺亦非覺，不知為胡蝶兮為莊

周?
今夕何夕一彈指,二十八年去如矢——
百年已過四之一,修蛇入蟄五丁死。
茫茫大地紛兵戈,烽煙熏天海沸波。
休論晨花與夕月,得全性命真足多。
君莫作王郎斫地歌,侯門彈鋏叢譏訶。
君莫作秦郎仰天笑,鍼線年年空蹉跎。
我非虎頭燕頷飛而食肉者,其奈布衣祭酒諸生何?
年年江淮倦奔走,強說折腰換五斗。
丈夫不為龜曳泥,說與旁人事已醜。
何用泄泄自拘檢?餅中有酒且飲酒。
且飲酒,杯莫停,能令今年醉到明。
銅盆熾炭煨清罇,便覺斗室生春溫。
雙燒絳蠟高一尺,照我大醉紅顏醺。
使君意氣殊絕倫,眼前富貴真浮雲。
徑須裁句寄左右,為我高唱迎新春。(《興懷集》,頁21至22)

蕭先生感慨行年29,百年已過四分之一。並舉古來長壽如彭祖、西王母,不過如蜉蝣。而大地兵戈,烽烟處處,苟全性命已足。不必如杜甫〈贈王郎司直〉:王郎酒酣,拔劍斫地歌莫哀。[12]也不必如戰國齊人馮諼,以食無魚、出無車、無以為家,三興彈鋏之歌。自己亦非班超,生燕頷虎頭,飛而食肉的萬里侯相。年來江淮奔走,勉強不為五斗米折腰的書生,且飲酒,杯莫停,讓紅蠟

---

[12] 錢謙益註《杜工部集註》,卷5,頁9,臺北:新文豐出版公司,民國68年(1979)。

照著大醉紅顏,眼前有酒最樂。借古來故實,飲酒及時樂,有感於亂世,而前途茫茫然。

民國 32 年,蕭先生 29 歲,有〈客屯溪移居劉紫垣宅〉及〈寄懷高鐵叟壽恆〉詩。在〈客屯溪移居劉紫垣宅〉詩云:

> 移居入舊宅,金碧猶縈紆。
> 主人走海上,烽燧迷歸塗。
> 當年事堂構,頗懷長遠圖。
> 選材及瓦石,積貨由錙銖。
> 孰意值亂離,纔存兵燹餘。
> 綠窗穴螻蟻,畫棟巢鼪狐。
> 今我一窮漢,暫亦居其居。
> 懇念主人心,閒中聊糞除。
> 玉几耀明鏡,瑤牀垂流蘇。
> 豈為百年計,真令纖塵無?
> 天地本逆旅,華屋終丘墟。
> 吾廬非我有;況又非吾廬。(《興懷集》,頁 22)

先生客居劉紫垣宅,言劉宅興建,遇亂荒廢;己來作客暫住,因起人生苦短及對劉宅興衰感慨。又,6 月,蕭先生有〈己丑六月亂中獨游西子湖〉詩,其一:

> 千頃湖波一鑑開,可憐閒殺好樓臺。
> 無言獨有東方朔,認取昆明劫後灰。

其二云:

銷盡黃金一寸鍋,即今王氣亦銷磨,
天教打疊風光好,祇把湖山付釣蓑。

其三云:

南渡君臣事可傷,北來虜氣壓錢唐。
臨安未見偏安局,獨蓺心香拜岳王。

其四云:

雙堤界破水中雲,南北高峯指顧分。
名士美人都一夢,漫尋芳草弔秋墳。(《興懷集》,頁24)

蕭先生至杭州。此詩,言西湖之美,亦言時勢之危,感慨人生,第一首言西湖湖波,樓臺悠悠閑閑,已不如東方朔寓諷於滑稽,無言以對。二首言西湖為銷金鍋,連年爭戰,此地王氣蕩然,只適合隱逸。第三首言國內紛爭,北來侵略(含日本、中共?),臨安失守,足以燒香拜岳王,求其抗虜。四首,言西湖雙堤倒影,南北山峰,不過手指而目顧,人之生死,名士美人,瞬間成空,唯有荒草秋墳。

三、31 歲至 40 歲時期

據柳作梅教授言,30 歲以後,蕭先生至山東,任職新聞處長;因亂,曾回湖南老家,再由老家至香港。民國 39 年,蕭先生 36 歲。有〈將之臺灣留別香江諸友〉詩云:

翻作他鄉別，同深故國情。
關山縈旅夢，雪浪壯行程。
海外饒知己，人間有不平。
恩讎非大計，第一慰蒼生。(《興懷集》，頁25)

蕭先生由香港至臺北，留別香港友朋之作，深感故國之情、關山羈旅、悼念大陸百姓。

此年蕭先生有〈減字木蘭花〉詞，序云：

歲庚寅，違難香江，欲入臺而未得，八月十八夜，夢中得此解，覺而記之，知為減蘭。且用石孝友體，亂後愁中，亦何言之衰也。(《興懷集》，頁71)

知為八月十八夜，違難香江，入臺未得，亂後愁作。其詞云：

江山如此，所欠浮生惟一死。如此江山，行到天涯步步難。　朝朝暮暮，歲月悠悠愁裡度。暮暮朝朝，悵望來潮又去潮。(《興懷集》，頁71)

朝朝暮暮，愁裏渡歲月；只欠一死，步步艱難心情，與吳梅村〈過淮陰有感〉詩：「浮生所欠只一死，塵世無緣識九還。」差可比擬。

又，此年蕭先生有〈友紅軒詞話自序〉

雞鳴風雨，天步方艱；龍血玄黃，人間何世！仲尼浮海，悲大道之難行；桓景登山，信不祥之可袚。遂乃

第十單元：從《興懷集》、《獨往集》看蕭繼宗先生生平與人格思想 357

> 片颿東渡，萬里孤征。巨浸無涯，嘆蟲沙之入刼；蓬萊可到，望雞犬而疑仙。塵海滄桑，浮沈何極！中年絲竹，哀樂無端。懷土有甚乎仲宣；感舊亦深於季重。榕煙椰雨，時興喬木之思；春月秋花，幾見韶華之逝。請纓磨盾；彈鋏吹簫。廡下賃春，式舉齊眉之案；軍中記室，還憐短後之衣。既無補於明夷；庸何傷乎習坎！紀炎荒之風物，集乏瓊瑤；念故國之山川，情同辛陸。焦廬跼蹐，居如戴屋之蝸；鄴架荒寒，飢甚食書之蠹。慰客懷之騷屑，偶託詩餘；擷藝圃之芳馨，漸饒語業。披尋故紙，商略名篇。每有會心，輒為載筆。賞音難遘，謬尚友於古人；攻錯相期，求同聲於大雅。索瘢摘垢，技止雕蟲；批卻擊軱，狂同捫蝨。平戎萬字，換來種樹之書；泛越一舸，廢卻屠龍之手。古今一轍，能無慨然？得失寸心，抑自知矣。(《興懷集》，頁169)

感念故土，有如王粲。情同辛棄疾、陸放翁，思念故國，比之於庾子山〈哀江南〉。

又，民國41年時蕭先生重獲汪淵《霽塵蓮寸集》準備出版，據蕭先生所撰《霽塵蓮寸集》〈水龍吟〉詞序云：

> 書竟不傳，益增文人遇合之感，亟屬柳君作傳，重為繕校一過，並集〈水龍吟〉一調題其耑，兼示柳君。(《興懷集》，頁72)

序中言《霽塵蓮寸集》為積溪汪淵集句，其妻程繡橋為之校注，

有三百餘首，同郡江煒以所藏授高壽恆，壽恆轉授蕭先生，屬為再版，蕭先生屬柳作梅先生繕校，並以〈水龍吟〉詞題其耑也。

蕭先生又有〈辛卯詩人節沈斯庵應社〉詩：

赤霞爛海隅，令節逢重五。
詩人多牢愁，瓣香禮初祖。
屈子古纍臣，行吟涉湘浦。
懷沙示潔躬，孤忠託蘭杜。
舉世帝強秦，亡秦始張楚。
三閭雖云亡，三戶終難侮。
風騷未淩替，餘芬振千古。
今日復何日，文星聚孤嶼。
浩浩發長歌，心危志亦苦。
詩窮信始工，於事竟何補？
斯庵復何人，天遣來茲土。
風雅開榛蕪，辭賦廣鸚鵡。
一士魁其曹，餘難更僕數。
冷落三百年，祔祀踰廊廡。
吾生重慨慷，所厭惟酸腐。
樂從屠狗遊，畏與詩人伍。
所望在群公，中興資鏡鼓。
指日收神京，洗甲開文府。
千載下視今，英風猶虎虎。（《興懷集》，頁26）

詩人節紀念屈原，潔躬孤忠，餘芬留千古。寶島文星、浩浩發長歌，繼以風雅，開闢榛蕪，盼望中興、收回大陸。愛國、興國之

心,溢於言語。

又,40 年 12 月 20 日起,蕭先生曾遊中南部諸名勝,包括:日月潭、吳鳳廟、阿里山、關山。《興懷集・游記》有〈臺灣中南部紀游〉篇(頁 281 至 287)。該篇記游散文,除記載旅遊勝地,亦兼考據。

如〈日月潭〉云:

> ……日月潭,一日龍湖。周三十餘公里,名之曰湖,宜無不當。意者,湖中故為山,因地震而陷,致成沼澤,瀦諸山水,初為池;繼為潭,迨日人役三萬眾,鑿山通渠,引遠山之水,匯之潭中,以供水電,潭面日廣,終乃為湖矣。湖心有小渚,曰光華島,無可觀者,而近山諸處,往往有枯木如林,陷諸潭中,枝幹猶槎枒出水面,殆即震陷之遺蹟也。……蕃社者,故高山族人之所居。曩為日人所迫害,復不與外族通婚媾,生齒日衰。居蕃社者,今纔百七十餘人。……山胞矯健絕倫,登山升木,捷於猱鳥。性嗜酒,無外人虛浮機狡之心,以作以息,無復塵累。……村中多高、朱、黃、毛四姓,酋長毛信孝。所居獨脩飭明潔,儼然府第。無識者逕呼之以「王」,其女則曰「公主」。聞客至,始易裝,酋長裸膝跣足,衣綵衣,佩木劍,披衣坎肩,戴蕨葉為冠。諸女衣繒,著繡褌,服色各殊其制。好事者與之錢,攜與攝影,與美洲印第安人相似,此俗不知昉於何時也。(《興懷集》,頁 281 至 283)

言日月潭之形成,及當地原住民生活情景。

蕭先生與張宗毓女士結褵臺北,即有礁溪之游。歸後,何武公先生首以〈綺羅香〉一詞為賀,賡而和者有:嚴賓杜、姚蒸民、黃樾蓀、劉孝推諸君,凡十餘家,因成此調。

　　先生與夫人在臺北結褵,時先生任職廣電處(據柳先生言),游礁溪,後有嚴賓杜等人作〈綺羅香〉詞賀之,唯未見蕭先生收集。至於蕭先生該詞云:

撥霧風迴,梳花雨過,又是一番春好,好趁佳期,莫待小園梅摽,證同心、鴛牒前盟,賦催妝、玉臺新調。漫重題,十載幽思,吹簫人憑鳳樓峭。　　青廬天設海嶠。相對溪山罨畫,三星光照。桂閣蘭泉,最是稱人幽討。蝶飛時,綺陌花繁。燕歸來,錦堂香悄。直饒他,石爛天荒,白頭相並老。[13]

蕭先生與夫人張宗毓女士結婚。宗毓女士為蕭先生同學之妹。詞中表達趁著蝶飛花繁好時節、催妝、錦堂拜婚、白頭偕好。所謂人逢喜事精神爽。

　　又,6月2日在臺中元杰出版社出版《獨往集》,有梁實秋、蔣君章、劉垕、耶和等人作序。蕭先生在詩人節寫的原序云:

最近,寫了這幾篇雜文,可說是閉著眼睛寫的。所謂閉著眼睛也者,是從來沒有留心外界的情形,也就是說與外界毫沒干涉,只自一個人自說自話,所以叫它

---

[13] 見蕭繼宗著《友紅軒詞》,頁10。臺北:正中書局,民國50年(1961)。

《獨往集》。……貧道胡謅了幾篇雜文應景,真是膽大妄為,……[14]

蕭先生文筆幽默,序中所言是自謙之詞。梁實秋先生的序文云:

蕭先生這二十六篇雜文,確實可以證明這集子的標題沒有錯,每一篇都有作者自己的見地,不人云亦云,這樣的文章在如今是並不多見的。作者有他幽默感,也有他正義感,這兩種感交織起來,發為文章,便不免有一點恣肆,嬉怒笑罵,入木三分了。[15]

梁實秋先生是當時文壇大老,如此評論《獨往集》,可見先生文筆造詣之深。

又,蕭先生有〈獨往集出版用絜生韻〉:

眾醉薈騰未易醒,強持絜語破沈冥。
平生不慣因人熱;倦眼難為對客青。
蒼隼翔雲成獨往,幽蘭得雨發孤馨。
菩提只許瞿曇坐,自笑凡夫妄說經。(《興懷集》,頁27)

絜生,江絜生,安徽合肥人,詞家。詩中以「蒼隼」獨往、「幽蘭」孤馨比喻「獨往」之意,言其文中雖自笑凡夫妄說經,實則

---

[14] 同註1,頁9。
[15] 同註1,頁10。

幽深典雅。

又,〈窮卷〉二首:其一

閉居窮巷裡,真如蝨處褌。悠悠百年事,苦樂難具論。乘暇理荒穢,荷鉏務中園。南國盛草木,糞土繁子孫。虛華豈足貴;生意於焉存。乾道貴行施,載物惟厚坤。混然獨中處,吾道以之尊。推此悲憫懷,乃見天地根。

其二

往歲客巴蜀,遭時值亂離。九土爛如沸。封豕來東夷。頗負澄清志,振羽思高飛。虞虞倦行役,所遇誠已稀。惟期故物復,隨分甘如飴。豈意收京初,百事良已非。瘡痏猶未平,樂土淪泥犁。吾民故不肖;天意真難知,毒痛終無極,血淚長淋漓。落落梁伯鸞,空向蒼天噫。(《興懷集》,頁28)

第一首言閉居臺北窮巷,只得乘暇理荒穢,糞土繁子孫,以為進德修業,傳之以道。二首言昔時動盪,客居巴蜀,奔波至江蘇安徽、香港、轉徙至臺北,盼恢復中華,有負澄清志,思高飛,翱翔於仕途。豈知抗戰勝利之後,病痏未除,國事日非,大陸淪為中共政權。此天意難測,毒痛不已!雖宜家室,而偏安之局,亦感慨蒼天安排!可見蕭先生之關懷國家大事。

又如:〈木蘭花慢〉:序云:

祝甲午詞社成立,去臺灣割日之歲,且六十年矣。

(《興懷集》，頁76)

1894年甲午之戰，中國戰敗，1895與日本《馬關條約》，割臺灣澎湖給日本。蕭先生有感於「甲午詞社」成立，乃填詞云：

> 向殘山賸水，借尊酒，飾疏狂。問換羽移宮，添聲減字，費甚斟量？臺陽更逢甲午，集吟朋、聊共說滄桑。自媿何郎漸老，春風詞筆都忘。　　何當故國慶重光？結伴好還鄉！把海嶠雄圖，蓬壺勝事，盡付詩囊。平章中興事了，便山林、鐘鼎任低昂。料得歸期未遠，樓船五兩先颺。(《興懷集》，頁76)

詩中作者感慨大陸淪陷，逃難來此，暫居臺灣，把酒話滄桑，而身逢甲午，想起昔日中日之戰敗割臺，後賴八年抗戰，光復臺灣，而今反是大陸淪陷，何時光復，結伴還鄉，話說今日臺灣雄圖大事。也許中興之後，只等季節風一到，歸期未遠。一種愛國憂民的情懷，令人感動。

四、41歲至50歲時期

民國44年，蕭先生41歲。由《中央日報》董事長曹聖芬先生介紹，任教于東海大學中國文學系。本年7月7日《中央日報》蕭先生發表《閒話短文——兼介《匕首集》》(《匕首集》為應未遲作)。是年又撰詞：〈鷓鴣天〉(乙未歲朝)、〈憶舊游〉(重遊陽明山賞櫻)、〈念奴嬌〉(四十生辰感賦)、〈高陽臺〉(題瀛海同聲選集)、〈鷓鴣天〉(和絜生詩)、〈好事近〉(題畫)、

〈阮郎歸〉（去年移樹傍疏蘿）、〈點絳唇〉（以菸入詞。酒後茶餘）、〈謁金門〉（春寂寞）、〈蘭陵王〉（儘飄泊）、〈踏莎行〉（題成惕軒藏山讀書圖）等詞作。另《友紅軒詞》有〈鷓鴣天〉（壽蔣總統）[16]、〈臨江仙〉（正月某日筠廬夫婦珠婚徵詞此二調以酬）、〈藍橋怨〉（悼一江山殉國諸烈用流行曲 Auld Lang Syne 試填），詞作十分豐富。

〈念奴嬌〉：四十生辰感賦

> 乘桴浮海，笑栖栖，某也東西南北。少日風懷都昨夢，鏡裡又添華髮。壯不如人，老將何及，只有心猶鐵。輪囷肝膽，照人一片冰雪。　慚愧強仕年華，郎當舞袖，字字書空咄。悵望中原飛不到，千里蒼溟波闊。鬱鬱詩腸，勞勞塵網，那更長為客。會須沈醉，百年幾箇今夕。（《興懷集》，頁78）

蕭先生言已年四十，東西飄泊，乘船來臺，昨日風懷皆已成夢。今添白髮，壯年不如人，只是肝膽之心，猶鐵未變。悵望中原，隔海蒼波，令心惆悵。而長年勞勞，奔波為客，百年如夢，不如一醉。

又，〈點絳唇〉：唐人謂菸為相思草，不知何義？後世亦無以菸入詩者，客窗無俚，戲而賦此。

> 酒後茶餘，片時消受閒中好。些須煩惱，付與相思草。　一縷氤氳，不似鑪香裊。風兒小。紗窗人悄。吐

---
[16] 同註13，頁18。

筒圈兒巧。(《興懷集》,頁79)

酒後茶餘,借吞雲吐霧,以消除心中煩惱。
又,〈踏莎行〉:題成惕軒藏山閣讀書圖

壇坫雄藩。雲宵倦羽。十年踏遍緇塵路。誰知家住武陵源,避秦翻向瀛洲住。　夢裡琴尊,圖中烟樹。重簾小閣山無數。但期不作畫圖看,著君直到山深處。(《興懷集》,頁80)

成惕軒先生,湖北陽新人,時45歲,為總統府參事。蕭先生此作,題成惕軒藏山閣讀圖書,亦有欣羨之意。
又,〈木蘭花〉:

當年但有閒煩惱,樂日甚多愁日少。明知花落不關人,卻怨春歸愁不了。　如今流落關山道,解惜歡娛人漸老。花開花落管他休,一睡鼾騰情味好。(《興懷集》,頁82)

41歲,蕭先生已有「人漸老」之歎,不過略作無知世事。
由於先生於此年10月任教於東海,而有〈江城子〉歲暮攜諸生登大度山巔望海:

怒濤狂打海西灣。水天寬,亂雲翻。遙指水雲深處是鄉關。誰道鄉關千里隔,元只隔,一重山。　年年高唱大刀環。歲云闌,鬢先斑。準擬青春結伴幾時

還。莫上新亭空涕淚，雲漠漠，水漫漫。(《興懷集》，頁84)

在大度山巔眺望千里鄉關，引起鄉愁，盼望「青春結伴」好還鄉。

又，此年有〈鷓鴣天〉壽　蔣總統

攬轡當年海宇青。收京大漢振天聲。天心欲斡貞元局。瀛嶠長輝福壽星。　　開景運。奠中興。及時霖雨徧蒼生。待公手挽銀河水，再為人間洗甲兵。[17]

蔣中正總統華誕是 (1987) 10月31日，此年應為69歲，此闋詞當作於該日，以壽總統福壽，盼能中興國運，光陸河山，造福百姓。此見蕭先生堅貞思想。民國47年，撰寫〈定風波〉以壽于右任先生：

記得關中樹義旗，佳人馬上索題詩。斗大黃金腰下印，誰信，當年曾是牧羊兒。　　白首狂歌歌大戰。惟見，龍蛇爭向筆端飛。八十功名猶未老，長好，何妨直到太平時。(《興懷集》，頁101)

于右任先生，原名伯循，字右任，後以字行，生於清光緒5年 (1879) 陝西三原縣人。六歲時，隨一群牧童去牧羊，不幸遇狼，險些喪生。光緒28年，其友人將其詩集印成冊，名《半哭

---

[17] 同前註。

半笑樓詩草》。民國以後，任交通部次長，民國 20 年 2 月起任監察院長至民國 53 年 11 月 10 日病逝。蕭先生此作於民國 47 年，則于先生為八十大壽。于先生詩作中，表達抗戰詩篇多，亦即詞中之意。

民國 48 年，蕭先生 45 歲。任「東海概況編輯委員」、「圖書館學報編輯委員會」委員。10 月 16 日，原中文系主任徐復觀先生休假，先生兼任系主任，授「各體文習作」、「歷代文選」、「國文」等課。[18]

先生於此年有〈木魚銘〉，序云：

> 東海大學循教會學校故事，琢堅木為魚，象徵傳統。將由首屆學生於畢業儀式中，授之次屆。以後年以為常，傳承屆替。器成，予為之銘。
>
> 維澤有魚，囷囷洋洋。既之東海，鬐奮鬐揚。乘雲變化，萬里騰驤。為霖為雨，其道大光。波瀾壯闊，銜尾相將。迢遙前路，來者毋忘。（《興懷集》，頁 30）

東海大學，在東海之東，傳承教會故事，琢堅木為魚，以為傳統，由先生撰〈木魚銘〉，屆屆相傳。

又，此年先生詞作有：〈南浦〉、〈高陽臺〉、〈宿鳥呼晴〉、〈小重山〉、〈鷓鴣天〉、〈閒琴〉、〈好事近〉、〈窗內翠簾垂〉、〈清平樂〉等等。

其中如：〈翠堤春曉〉

晨興，步山徑於雜草中，得香茅歸，賦舊調〈醉翁操〉既

---

[18] 有關蕭先生擔任學校各委員會資料，曾請託圖書館謝鶯興先生查尋，特此致謝。

成,實之 Johann Strauss 之 One Day When We Were young 中趁拍可歌,因用其譯名〈翠堤春曉〉名其調,近本意也。

> 烟霏。雲稀。星低。月沈西。熹微。行吟者誰過山谿?山中春草萋萋。露未晞。野色正淒迷。怨王孫兮胡不歸?　杜衡蕙茝,何所無之!蒦而不見,孰信脩而慕之?或芰荷兮為衣;或萋菔兮充幃。遭逢兮非時,孤芳兮誰知?昧昧復何辭,采之將以詒所思。(《興懷集》,頁 106)

至於〈定風波〉(率諸生畢業旅行彰化八卦山):

> 選勝偷閒結伴行,迤邐山徑舊曾經。腰腳漸驚輸少俊,酸困,披襟消受玉壺冰。　同在天涯同作客,傷別,鵷雛行看奮雲程。歸趁斜陽千轂動,相送,車窗時見佛頭青。(《興懷集》,頁 118)

先生率東海中文系同學畢業旅行八卦山作。「同在天涯同作客」,多少感慨。

又,此年先生尚有:《The Preface inedited to Chinese Village Plays》(《興懷集》,頁 218)

民國 51 年 2 月 14 日,中研院院長胡適在臺北逝世。此年,蕭先生 48 歲,有為唐昌晉所著《擊磬集》作序。(《興懷集》,頁 234),唐昌晉與振楚,號稱「湘南二唐生」。先生又有「胡慶育以其潑墨詞見貽卻寄」詩。詞作有:〈鵲橋仙〉、〈浣溪沙〉、〈鷹〉、〈風入松〉、〈八拍蠻〉、〈卜算子〉、〈柘枝引〉、〈謁金

門〉、〈憶秦娥〉、〈鷓鴣天〉等等。

其中，〈鵲橋仙〉悼胡適之先生：

> 提倡科學；提倡民主；文學提倡白話。但開風氣不為師，舉世有、客觀評價。　　灌輸思想，轉移時代，重擔一朝放下。先生原自有千秋，那管得、旁人笑罵。(《興懷集》，頁118)

悼念胡適之提倡民主科學，提倡白話文學運動。對一代白話文運動的導師，開拓風氣的精神，令人佩服。

是年元月17日，有金門之行，所見皆中興氣象，因作：〈謁金門〉：

> 金門島。四面海環山抱。萬箇蜂房通隧道。千重山外堡。　　不似元嘉草草。那為彈丸地小。試看馬騰皆士飽。黃龍須直擣。(《興懷集》，頁124)

又，〈憶秦娥〉：

> 桃花開。桃花處處軍人栽。軍人栽，披荊斬棘，帶得春來。　　金門山勢高崔嵬。金門人似登春臺。登春臺，十年薪膽，一夕風雷。(《興懷集》，頁125)

又，〈八聲甘州〉：

> 御長風、銀翼度晴空，蓬萊靜波瀾。向澎湖列嶼，金

門戍壘,一縱游觀。天作三臺屏障,拔海出層巒。十萬貔貅在,劍氣霜寒。　試上七重峰頂,指荒煙蔓草,是處鄉關。恨盈盈一水,咫尺隔悲歡。好男兒、封侯骨相,為諸君、高唱大刀環。歸期近,跨甌閩去,收拾江山。(《興懷集》,頁125)

詞中之意,金門遠眺大陸,恨咫尺之隔,未能相見,金門戰士,臥薪嚐膽,必能光復大陸。顯現蕭先生愛國戀家園情操,令人敬佩。

民國52年,蕭先生49歲。有〈讀老〉、〈午日以拙文寄屈萬里並勝以詩〉、〈壽蔣劫餘七十〉、〈九月十一日葛樂禮颱風過境〉等詩。並有〈張母許太夫人九十壽言〉(附有于右任先生墨跡)。及學術論文〈湘君湘夫人及大司命少司命四篇結構之研究〉(應《東海學報》作)。

其中如:〈午日拙文「湘君湘夫人及大司命少司命四篇結構之研究」〉寄屈萬里并勝以詩:

千載騷魂不可尋,空持菰黍費沈吟。
蟲魚瑣瑣非吾事,蘭茝幽馨媵此心。
漫記江鄉傳楚些,安排粉黛唱巫音。
只今三姓惟公健,願共蒲觴細細斟。(《興懷集》,頁31)

屈萬里先生(1907～1979),山東魚臺人。屈先生此時(民國46年),為中央研究院研究員,仍為臺大教授,與蕭先生以文會友。蕭先生以所作《楚辭・九歌》〈湘君〉、〈湘夫人〉諸篇結構,發表于《東海學報》,就正於屈先生也。此年,在《興懷

集》頁 123，蕭先生又有〈鷓鴣天〉詞壽曾約農先生。
　　又如：〈九月十一日葛樂禮颱風過境，山中殊無大害，夜起聽廣播，始知北部災情奇重，不寐，有作〉詩云：

　　無端怒海走鯤鯨，颶母西來客夢驚。
　　故國陸沉千劫久，橫流天赦一隅輕。(《興懷集》，頁 32)

由天災而思及大陸沈淪，憂國深。

五、51 歲至 60 歲時期

　　蕭先生 52 歲有詩作如：〈飛度洛基山機中書示鄰座〉、〈奇懷熊式一教授檀香山〉、〈飲碧潭客百園〉、〈送柯安思退休歸國〉等。其〈飛度洛基山機中書示鄰座〉：

　　不見雪花二十年，今朝飛度雪山巔。
　　窺窗一覺還鄉夢，塞北風光到眼前。(《興懷集》，頁 36)

詩中言已離開大陸 20 年，見洛基山而思鄉。思鄉之愁，溢於言語。
　　又如：〈送柯安思退休歸國〉

　　知君生小居中土，久客他鄉即故鄉；
　　目極河山悲破碎，手栽桃李播芬芳。
　　樹人原作百人計，信主真成卻老方。
　　記取餐蓮（用希臘神話事）蓬島上，縱教歸去莫相忘。
　　(《興懷集》，頁 37)

詩中言柯安思（Miss Anne Cochran），美國新澤西州人，生於中國廬山，幼隨父居皖北懷遠，及長，復來華，執教于燕京及東海逾三十載，篤信基督，獻身教育，令人感動。

此年，先生有〈麥秀歌〉、〈登幽州臺歌〉、〈將進酒〉、〈結愛〉（孟郊）等譯詩。又有：〈張道藩先生七十壽序〉文。

民國56年，先生53歲。在2月7日出版的《東海文學》第12期，有蕭先生演講，東海文學莊同學記錄的〈小別一年〉文章，記載去年旅居講學的情況。此年，有〈題盧元駿故山別母圖〉：

廿載家山別，高堂日倚閭。天昏狼燧隔，雲斷雁書疏。
遊子髮初白，慈親淚已枯。春暉終莫報，茹恨待來
蘇。（《興懷集》，頁36）

盧元駿先生任教於政治大學，精於詩詞曲繪畫，是以蕭先生題其〈故山別母圖〉。又，盧先生曾題字寄〈關漢卿考述〉、〈宏揚詩教與文化復興〉與蕭先生。[19]

又，此年蕭先生有〈荒園〉詩。

在文章方面，有〈王雲五先生八十壽序〉云：

今歲七月八日為中山岫盧王先生八十生辰，國民大會諸君子謀壽之以文而徵辭於予。……方先生之董理商

---

[19] 盧元駿先生發表〈關漢卿考述（上）〉，載於《國立政治大學學報》第2期，〈宏揚詩教與文化復興〉，載於《慶祝蔣復璁先生七十歲論文集》，皆有盧先生題字，呈蕭先生教正等字。

務印書館也，聲名藉甚——無論識與不識，莫不以非常人目之。……，先生起自寒畯，家非素封，少就闤闠之間，僅以暇餘問學閭巷之師，且就傳不滿五稔，……乃一以自力精進不懈，爐冶古今，郵通中外，……（《興懷集》），頁397）

王雲五先生，字日祥，號雲五。西元1888年，生於上海，原籍廣東香山。民國10年，先生以胡適之先生推薦，出任商務印書館編譯所所長。後，研發中外圖書統一分類法及四角號碼檢字法。民國43年，政大在臺復校，即聘先生在政治研究所任教，53年先生自政壇退休後，改為專任。蕭先生此文，受國民大會委託作祝壽文，以雲五先生堅苦卓絕有成。後雲五先生過世，蕭先生亦有追思輓聯曰：「少壯偶從龍、卷舒以時、出山志在為霖雨」、「耄期仍炳燭、教學不倦、易簣心猶繫簡編。」[20]說明雲五先生為國為民，教學不倦的精神。

又，此年蕭先生有：自譯《豆棚瓜架錄》中之一則。

民國59年，蕭先生56歲。6月19日，接中國文學研究所主任。《東海大學校友通訊》云：

蕭主任籍隸湖南湘鄉，才識優長，自本校草創，即應聘來校任教，平日以書畫自娛，尤擅詞賦。數年前曾應日本國際基督教大學，韓國延世大學及美國加州大學（University of California, Los Angeles）之邀，前往美韓日三國講學，深受彼邦學者重視。蕭主任前於

---

[20] 參王壽南編《王雲五先生哀思錄》，頁73，臺北：臺灣商務印書館，民國69年8月。

四十八年至五十年間曾膺任中文系主任,下學年因該系主任江舉謙教授休假,復行兼代,再度馮婦,當可收駕輕就熟之效云。[21]

可知,蕭先生掌研究所主任,頗受當時重視。

又,此年所作〈自題海角幽居圖〉

近歲山居久,丘陵妨視界。刻意狀峰巒,烟霞弄狡獪。谿壑等坳堂,置舟纔可芥。自謂心境寬,微覺天地隘。世亂易迷方,況予倦行邁。試筆作安瀾,不惜駱駝瘠。髼鬙搏扶搖,此身附鵬背。春露冷於冰,一杯或可賣。(《興懷集》,頁 40)

自註云:民國 66 年,承漢城東國大學校贈授名譽文學博士,聊以是圖報之。……

以此圖回報漢城東國大學。

民國 63 年,蕭先生 60 歲。為東海中文系主任兼教務長。《東海校刊》云:

本校虛懸已久之教務長一職,至上月杪已由謝(明山)校長聘蕭繼宗教授兼任,並於二月一日開始辦公。蕭教授於民國四十四年本校創始時,應聘來校,任教中國文學系,曾至韓、日、美諸國講學,旋復兼任系主任及中文研究所主任,對系務與所務之主持與推展,獻替良多。

---

[21] 見《東海大學校友通訊》第 3 卷 3 期,民國 60 年(1971)12 月 25 日。

蕭教務長於接見本刊記者時，向記者表示，教務處在唐前教務長領導之下，早具規模，且該處各組同仁均已在校服務多年，教務行政均極純熟，彼到職後，當與該處同仁推誠合作，在崇法務實之原則下，力求業務之推進。[22]

可知蕭先生當時受謝明山校長倚重。

又於 12 月 10 日，蕭先生任教內募相對基金委員會副主任委員兼隊長。

本年，蕭先生詩作如：〈中華詩學研究所甲裸分韻徵詩得之字〉、〈印尼金山本哲坐雨〉、〈宿雅加達〉、〈星洲偶感〉、〈新加坡白沙湖所見〉、〈曼谷玫瑰園即目〉、〈游湄南河支流水上市場實無可觀〉、〈曼谷逢熊伯穀・不相見四十年矣〉、〈曼谷三友寺金佛〉、〈暹京謁鄭王祠〉等（皆見於《興懷集》）。可見此年先生曾至印尼、泰國、暹羅東南亞各地遊歷。並留有詩作。

又，本年楊亮功院長曾至東海，有〈聽蛩詩〉，蕭先生曾和之。

〈和楊院長亮功遊溪頭詩〉云：

東南廉鎮埒專征，老去千鍾一粟輕。
旌節不期臨草野，情懷何似聽蛩聲。
林寒晚約孤雲宿，地僻春饒萬木爭。
為水難於觀海後，濯纓粗愛小池清。（《興懷集》，頁 41 至 42）

---

[22] 《東海大學校刊》第 146 期．臺中：東海大學出版，民國 63 年（1974）3 月 1 日。

自註：亮老嘗宿東海大學客館，有〈聽蛩詩〉，屬予書之壁間。又：溪頭有大學池。

詩中言楊亮功院長偶臨東海，遊溪頭，休閒於自然美景。

六、61歲至70歲時期

民國65年，蕭先生62歲。2月1日，至臺北，任國民黨黨史會主任委員。[23] 3月31日，主持黨史會。臺大兼任教授。開「李白詩」、「東坡詞」，元月，先生於學生書局出版《評點校注花間集》。於《中央日報》發表〈陳英士在革命史上的地位〉。又，是年，先生獲韓國漢城東國大學頒贈名譽大學博士。（參《興懷集》，頁40，〈自題海角幽居圖〉詩注）

此年，蕭先生詩作有：〈臺北植物園新荷〉、〈丁巳重五盤谷詩人雅集用柬邀原韻〉、〈陳紀瀅七十生辰及寫作五十年徵詩〉、〈迎范園焱義士〉（自注：范義士於7月7日駕米格十九自晉江飛抵臺南，投奔自由）。

〈迎范園焱義士〉詩云：

舉世風雲幻，中原血淚潮。在囚思羽翼，有命賤鴻毛。歧路分魔道，高騫判鳳鶚。貪狼方競肉，健鶻已摩霄。瘴霧妖氛外，青天白日高。鯤鵬償夙志，矰繳笑徒勞。戢翼歸馴鳥，輕裝犯怒濤。將迎來護衛，指顧失儕曹。豈愛燕金賞？都因漢幟招。盟邦猶瞶瞶，浮議柱囂囂。順逆徵天命，安危自我操。收京應不

---

[23] 參中國國民黨史會編《中國國民黨六十五年工作紀實》，頁654，臺北：近代中國出版社，民國70年（1981）6月。

遠，父老望人豪。(《興懷集》，頁46)

自註：范義士於7月7日駕米格十九軍機自晉江飛抵臺南，投奔自由。

稱揚范義士之順應天命，來歸中華民國。詩中表達范義士去魔就道，奔向青天白日的自由中國。

又，〈臺北植物園賞新荷〉云：

紅酣翠匝鬪嬋娟，看到荒蘆斷葦天。莫為彫殘暗惆悵，今朝新綠又田田。
日涉園池損砌苔，芙容新見一枝開。平湖打槳蘅皋約，往事悠悠入夢來。
子午蓮開太瘦生，難將菡萏鬪豐盈。亭亭玉立姍姍影，冉冉香傳脈脈情。
宿醉厭厭眼倦開，粉腮紅暈費人猜。小姑初墮相思障，盼斷蜂媒蝶使來。
豆蔻初春未是嬌，嫣紅侵頰漲情潮。老夫久脫燕支陣，小立移時意也銷。(《興懷集》，頁45至46)

可見詩中表現悠然閒適心境。

民國67年12月15日，美國承認中共政權，與中華民國斷交。蔣經國總統發布緊急處理事項。

又，蕭先生此年詩作〈戊午歲除寄東兒金門〉：

遠適金門戍，辭親第一年。
遙知前敵地，正值大寒天。

酒好須防醉，魚多不論錢。
家中方餞歲，念汝未成眠。(《興懷集》，頁 47)

詩中思念在金門服役的兒子東海，表現親情，自然流出。

此年又有曲作：〈越調憑闌人〉、〈仙呂一半兒〉。如〈越調憑闌人〉：

纔喜春來春又闌；纔見花開花又殘。百年彈指間，怎禁雙鬢斑。(《興懷集》，頁 142)

感慨花開花謝，歲月匆匆，鬢髮斑白，令人惆悵。

又，本年 2 月，蕭先生於臺北由聯經出版社出版《麝塵蓮寸集》，蕭先生撰（序）言，該書出版經過，〈評訂麝塵蓮寸集序〉云：

現在，書總算出版了。我總算了我多年未了的心願；我給它重新校閱、訂正、批評，總算使汪氏花了一生心血之作，其精光巧思，能夠豁露于無數讀者之前。(《興懷集》，頁 238 起)

又，此年詩作如：〈己未二月初三日畫三松圖壽宗毓六十〉、〈植物園所見〉、〈中國電視公司開播十周年題辭〉、〈清陰〉。及曲作〈雙調殿前歡〉。

其中如：〈己未二月初三日畫三松圖壽宗毓六十〉：

畫松或貴曲，虬蟠取姿媚。直幹復何如？挺立有高致。二松漸老境，交柯聳蒼翠。一松尚弱齡，已有干

霄意。畫此以壽君,自壽亦何異!有兒方遠征,儼作
干城寄。舉案聊相娛,筆墨小游戲。

蕭夫人張宗毓女士,江蘇南通人,民國 9 年 2 月 3 日出生。以
〈三松圖〉象徵蕭先生夫妻,一松象徵其子東海,不過東海至金
門服役,而夫妻舉案齊眉,亦自歡樂。

民國 69 年,蕭先生 66 歲,仍任職正中書局董事長。臺大
兼任教授。開「李白詩」課。3 月,完成《湘鄉方言》。序云:

> ……喪亂以還,播遷海嶠,閱三十餘載,四方之人,
> 薈於一地,通用之言,已不期變而自變。後昆繼起,
> 盡習國音,至於母語,視若侏離矣。茲以退食餘閒,
> 就記憶所及,雜綴成書命曰《湘鄉方言》。……是書
> 由何大安博士測定調值,李公弢繕寫。[24]

又,該書分上下二篇。上篇為聲韻,篇為語彙,分:語辭、
狀辭、時象、地形、人稱……。8 月,寰球詞苑集海內諸家之詞
為《臺嶠集》,敦請先生作〈臺嶠集序〉。

民國 70 年,蕭先生 67 歲,任正中書局董事長,臺大兼任
教授。11 月 2 日,東海大學校園內座落農牧場有「東海湖」、
「東美亭」完工,有梅可望校長撰文,蕭先生書石。

七、71 歲至卒年時期

民國 76 年,蕭先生 73 歲。本年東海大學新建圖書館落成,
館內有首任校長曾約農造象,由蕭先生撰寫〈象贊〉,詞云:

---

[24] 蕭繼宗著《湘鄉方言》,臺北:正中書局,民國 71 年(1982)1 月。

湘鄉曾約農先生，茂德懿行，博聞通識。益以世第高華，風神閒雅，早繫儒林之重望。乙未之秋，膺聘東海大學首任校長。締造方始，經緯百端，先生招延賢俊，作育英髦。廉以潔躬；寬能得眾。乃至擁彗與庸保同勞；回輪引生徒附載，皆出性真，非由矯飾。至其教育方鍼，尤重培養通才，弘揚中國文化。一時同風，群言交美。雖在職日短，而流譽彌長。門生雅故，念哲人之日遠，期古道之常存，范金造象，樹之校園，用申崇敬；復勒貞珉，系之以贊。辭曰：
弘博其知，深銳其思；雋永其辭；清逸其姿。東海之父，多士之師。儀型具在，式爾來茲。(《興懷集》，頁371)

曾約農，湘鄉荷塘鄉人，曾祖國藩，為清廷中興大臣，而約農為首任東海大學校長，東海初創，經緯百端，以建校風，弘揚中國文化，受學生愛戴，為儒林重望。蕭先生亦任教于東海，又同為湖南鄉親，是以相知甚深。

又，4月，蕭先生撰〈楊亮功先生叢書序〉。

又，該年，巴壺天教授過世。巴教授曾任師範大學、臺灣大學、東海大學、文化大學等校中文、哲學系所教授，教育部聘為博士學位審定委員。個人念研究所時，即由巴先生指導。[25] 又，在《巴壺天先生追思錄》有蕭先生題字，並撰有〈憶巴壺天先生二三事〉：

---

[25] 巴先生除指導個人碩士論文《袁枚的文學批評》外，個人所著《鄭板橋研究》、《吳梅村研究》、《趙甌北研究》，也經由巴先生審閱。

巴壺天先生為皖人，宦湘歲久；予則湘人，而遊皖之日為長，故往時無由相識。

民國五十九年，予主持東海大學中國文學研究所，方物色學人主授群經大義，戴靜山（君仁）、唐弘亮（振楚）二先生以壺天先生見介，是為相識之始。

聘未發時，有短之者曰：「此君通才耳」──意謂先生學無所專。予嘗見其所著《藝海微瀾》及詩文稿，知以禪為極詣，而所涉甚博雅，遂不為所動。

或又謂「禪為宗教哲學事，與文學殊科」，予漫應之。憶六十五年秋，博士候選人杜松柏君之學位評定，在教育部舉行，予亦忝在簾中。杜君論文主題為禪學與詩，而同考諸公，多深於詩而淺於禪，惟壺天先生，兼工並至，獨能發隱指瑕，大暢厥旨。故知禪學之於詩，亦猶不龜手藥之於水戰也。宏通何害哉？

先生之禪學，固無論已；即其經學、子學，以及小學、詩文等，詎不若人？人有以一藝自矜者，即以其所專，亦未必足與先生一較短長也。

「人之有技，若己有之。」使有此胸襟，當不至以此病先生矣。

*　　*　　*　　*　　*

先生禪學造詣之深，曾不作第二人想，海內外禪伯學人，亦莫不斂然推重。嘗自謂涉獵禪籍達二千種，即所自藏之書，亦復可觀。雖遊身于語言文字之中，將五十年，豈徒知解？意必有證悟處。若是，則了知自性，出生死海，為當然事，是不足為先生悲；況遺著足以傳世，子孫亦躋昌榮，即論世法，亦無微憾。今先生歿已周歲，宿草已青，追懷往事，聊復記之，固

無所用其戚戚也。[26]

可見蕭先生聘人，本於真才實學，不隨俗俯仰。民國 59 年，蕭先生主持東海中文研究所碩士班，聘請巴先生任教「群經大義」、「文心雕龍」、「清代專家詩研究」等課，以至 65 年 7 月。蕭先生此文，推崇其詩、禪造詣，不曾作第二人想，知之甚深。

又，10 月 21 日，蕭先生有〈故陸軍一級上將何公墓表〉（《興懷集》，頁 372），以紀念何應欽將軍。

本年又有為國史撰〈晏殊傳〉（《興懷集》，頁 377），為中華民國名人傳寫〈譚延闓傳〉（《興懷集》，頁 380）。另取材雪萊作品，效徐庾體而作〈叢憂賦〉（《興懷集》，頁 7）。

此年詩作有：〈寄鐵珊香港〉、〈寓中龍吐珠一夕盛開〉、〈雲漢池觀魚〉、〈桃李〉、〈答客嘲〉、〈晨興步中庭〉、〈生事〉三首、〈晚飲〉、〈過跛翁故居已治為平地、行建新廈矣〉、〈文化〉、〈所寓潮州街老室、羅志希先生嘗住之、今已敝甚〉、〈將僦室遷居園中、花事忽盛、前所未睹〉等。

在〈晨興步中庭〉云：

晨興步中庭，游絲縮飛絮。攬之偶諦視，微蟲厚黏附。蝸角蚋睫中，兩國方交惡。強梁肆侵暴，弱眾徒扞禦。大塊育群生，一一出天賦。其族恆河沙，受命無窮數。大或為鯤鵬；小或如塵霧。熱或棲火山；寒或宅冰冱。深或飲黃泉；淺或爭沮洳。求飽互吞噬；求偶勇奔騖。一意圖生存；一例期蕃庶。愚智既萬

---

[26] 收在林義正編《巴壺天先生追思錄》，頁 83。

> 殊;欣戚非一趣。代謝如流水,千古猶旦暮。誰其使
> 之然,不自知其故。惟人長百蟲,亦非金石固,以之
> 方蜉蝣,差幸非朝露。上智學無生,千修不一悟。佛
> 且不度人,眾生更誰度?咄此修羅場,何日歸一炬!
> (《興懷集》,頁54)

詩中云萬物各有生存之道,愚智不同、悲戚不一,而命如朝露,代謝不已,惟有學佛理不生不滅,方為上智。

在〈過跂翁故居、已治為平地、行建新廈矣〉:

> 宰木三年拱,僑廬易主頻。
> 已無門館舊;惟見構圖新。
> 勛業都成夢,歌詩獨率真。
> 斯人今不作!誰復念斯人?(《興懷集》,頁55)

蕭先生經過余井塘先生(曾為中央政治學校教務主任)故居,已為平地,似乎象徵以前勛業成夢,令人感慨,而其詩歌存真,聊可安慰。

而〈所寓潮州街老屋羅志希先生嘗居云、今已敝甚〉:

> 三十年前造此廬,詩人髮白貌清癯。詩人何止詩難
> 敵;室陋如斯豈易居?(《興懷集》,頁56)

由老屋而言及羅家倫。羅家倫先生廣東縣人,曾為中央政治學校教務主任,蕭先生老師。

民國78年,蕭先生75歲。7月,先生撰〈陳立夫先生九十

壽序〉云：

> ……吳興陳立夫先生幼有異稟，出恆流。早歲治礦冶之學於美邦，歸而承父兄之志，赴國家之急，獻身於革命建設。……今歲之七月，先生年九十矣。……國立政治大學校友會諸君子，或屬及門，或嘗私淑，莫不仰口先生為嵩岱，將及攬揆之辰，壽先生以言，而徵辭於予。……[27]

陳立夫先生黨國元老，生於民國前12年（1900），浙江吳興，古稱湖州，美國畢茲堡煤礦工程科碩士，民國20年10月10日，於南京創立下中書局，民國26年，盧溝橋戰爭以後，中央政治學校由南京遷至江西廬山，校長蔣公命果夫弟立夫代理，民國27年由國民黨中央組織部長，調任教育部長，抗戰勝利，被選為立法院副院長。九十華誕，成立立夫醫藥文教基金會，設置「立夫醫藥學術獎」。[28] 與政治大學關係深，眾推先生寫祝壽詞，以見蕭先生名高。

4月，蕭先生《實用詞譜》，由國立編譯館三版出版。徐國能先生有〈蕭繼宗《實用詞譜》評介——兼較舒夢蘭《白香詞譜》、龍沐勛《唐宋詞》在應用上，優劣得失〉，即以此本為底稿論述，其文略云：

---

[27] 《湖南文獻》17卷3期，頁64，民國78年（1990）7月出版。
[28] 參中國醫院學院「財團法人中國醫藥研究發展基金會」網頁，及曹聖芬撰《陳果夫傳》，頁107，國史館編印《中華民國國民稿》，民國77年（1988）6月。

(《實用詞譜》)(一)目錄明確、索引清晰。……
(二)新建記譜符號,解決舊譜籠統之缺。……(三)
除平仄外,尚分四聲[29]等等特點。

除了徐國能先生所提到的優點外,《實用詞譜》在學習上有莫大的方便。

民國83年,蕭先生80歲,蕭先生畢生從事文藝創作,文化工作之推展及教育工作,作育人才頗眾,勳績顯著,貢獻卓越,對中國文化之宣揚,民族精神之研發。5月11日,先生得第二屆國家文藝獎的「特別貢獻獎」。蕭先生曾邀請李金星教授、談海珠教授及個人參與頒獎盛會。

有關特別貢獻是對文學教育、文藝創作有特別貢獻者。得獎介紹文,除介紹有關先生生平著作外,並云:

> 蕭先生所為詩、詞、曲等,無論古、近、正、變各體,均為精心創作,自成面貌,各有風神,學力深厚,境界高超;譯詩部分,雖取材他人,但一經鎔裁,即成新裝,千錘百鍊,推陳出新,顯示譯者風格,抑別具創作之一體。
>
> 蕭先生才大筆健,根柢深厚,以古典詩詞之形式,表現現代文化之精神,閎通中外,融合傳統與創新,在此一轉型時代中具有承先啟後、繼往開來之地位,對文藝之發展,文心之滋潤,有重大之貢獻。蕭先生在東海大學,經常為外籍教授作系列專題講演,宣揚中國文化,又於七十二及七十五年,為臺視及中視公司

---

[29] 參國立暨南大學《暨南大學學報》第3卷第2期,頁203。

指導製作詩詞電視節目,文藝叢談及花間之歌,擴大文藝教育功能,促進國人文學修養,播出後,深獲各界好評,錄影帶發行海內外,普及各級學校及基層社教文化中心機構,使中國古典文學產生廣大普及薰陶之效果。[30]

可知,蕭先生天才早發,不論詩、詞、曲古今中外文學皆所擅場;滿腔愛國熱血,於文字間常思報國,功於文學教育,榮獲國家文藝獎,立命儒道,源源流長,令人敬仰。

蕭先生卒於民國85年(1996)3月11日車禍意外,享年82歲,令人無盡的哀思。

八、結語

蕭先生自幼以「神童」聞名於鄉里。長大,就讀中央政治學校。讀書於南京,愛好詩、詞,作品豐富。爾後,日軍發動盧溝橋事變,及以後侵略,中國男女死傷無數,蕭先生也曾參與「大別山役」,有「國殤」之作,其忠貞愛國情操,表彰愛國男女,如《楚辭、國殤》,令人動容。以後至安徽主辦皖報,結識文壇宿老;至山東,任職新聞處長,後至香港,展轉至臺灣,奉獻教育,功業可傳千古。

尤其任教東海,不論詩、詞、曲,無論古今、中外,皆具備大手筆風韻,難以匹對。任教中文系所期間,開「古文義法」、「專家詞」、「李白詩」、「專家詞」等課,學生獲益良多。

---

[30] 國家文藝基金會編印《中華民國第十九屆國家文藝獎第二屆翻譯獎,獲獎人及作品簡介》,頁23,民國83年(1994)5月11日。

正所以感恩之情,難以忘懷。任職教務長,更為學校開闢規模,立一新基。

以後出任黨職、文化事業,提振中國文化,以文報國,任重道遠。弟子追隨其學,不論何時、何地,皆有傳承人才,莫不歸結先生辛勤澆灌,開花結果。如此,先生之學,元元本本,傳之無窮。

附:本文為作者《蕭繼宗先生研究》,其中《蕭繼宗先生傳》初稿的部分,本研究曾獲國科會短期研究補助。又,本文曾請柳作梅教授審閱、指正,謹此致謝。

第十一單元：蕭繼宗先生寫景詩的探討

一、前言

　　蕭繼宗先生（1915～1996）南京國立中央政治學校（即政治大學前身）畢業，韓國東國大學名譽文學博士，曾任東海大學中文系主任、中文研究所所長、教務長，美國加州大學洛杉磯分校（UCLA）客座教授。著有《獨往集》、《友紅軒詞》、《評校花間集》、《評訂麝塵蓮寸集》、《實用詞譜》、《興懷集》、《Chinese Village Plays》等書。在古典文學方面成就很高，歸功於平日從事文藝研究、創作，與文藝工作的推展。尤其古典詩方面，在近現代人物中，可說是箇中翹楚。特就先生古典詩部分作一分析及探討。文中採用先生所著《興懷集》為底本[1]。該集收古近體共190首詩，起自民國26年，止於民國77年。其實蕭先生在15歲以前即有《良能集》，1929年在長沙出版。30歲以前詩作為《滄夢集》，1945年青島出版，惜民國39年（1950）由大陸來臺時已散失[2]。蕭先生古典詩分成：酬酢、寫景、抒懷、紀事、反

---

[1] 蕭繼宗《興懷集》，臺北：臺灣學生書局，民國79年（1990）3月，下引文本此，不贅。

[2] 據蕭先生自訂表，整理蕭先生書籍時發現。民國102年（2013）1月《滄夢集》由李公弢先生（蕭先生湖南同鄉好友）之孫李逸凡同學（東海中文系大一學生）帶至中文系辦公室，得其允諾，掃瞄影印，分置學校圖書館。

映時事、詠物與題畫、說理詩等部分。由於文長,今就蕭先生寫景詩來提出討論。

寫景詩主要包括登山、臨水、遊覽、閑適等方面。

元‧楊載《詩法家數‧登臨》云:「登臨之詩,不過感今懷古,寫景歎時,思國懷鄉,瀟灑遊適,或譏刺歸美,有一定之法律也。中間宜寫四面所見山川之景,庶幾移不動。」照楊載的說法,登山、臨水詩篇,借景以為感今懷古,思國懷鄉。至於遊覽詩,重在遊覽,中間詩句最為重要,以前稱為「征行」。《詩法家數‧征行》認為「征行之詩,要發出悽愴之意,哀而不傷,怨而不亂。」[3] 清代王夫之《薑齋詩話》云:「情景名為二,而實不可離。神于詩者妙合無垠。巧者則有情中景、景中情。景中情者如『長安一片月』,自然是孤淒憶遠之情;『影靜千官裏』,自然是喜達行在之情。」[4] 又,沈德潛《說詩晬語》卷下云:「寫景寫情,不宜相礙,前說晴,後說雨,則相礙矣。」[5] 表示詩中情景應互相融合,不可相礙。也就是說,詩中言情言景整首要有統一性,又,李重華《貞一齋詩話》云:「寫景是詩家大半功夫,非直即眼生心;詩中有畫,實比興不踰乎此。」[6] 可知古典詩情景名二,實則又不可分離。

蕭先生寫景詩分為登山、臨水、遊覽、閑適四方面敘述。

---

[3] 元‧楊載《詩法家數》,頁9,收在何文煥《歷代詩話》,臺北:藝文印書館,民國60年(1971)2月。

[4] 清‧王夫之《薑齋詩話》卷下,收在丁福保(仲祜)《清詩話》,臺北:西南書局,民國68年(1979)11月。

[5] 清‧沈德潛《說詩晬語》卷下,頁7面a。收在丁福保(仲祜)《清詩話》,臺北:藝文印書館,民國60年(1971)10月

[6] 清‧李重華《貞一齋詩說》,頁8面b,版本同註5。

二、登山詩

先就登山詩言，如〈龍首峀雲海〉(頁11)：

獨騎龍首出雲端，不露之而與世看。
噓氣近堪通帝座，天飛政要海漫漫。

龍首峀，在江西廬山。[7]首言作者登龍首峀四面雲海，二句借《周禮‧考工記》典故[8]，言雲海瀰漫，不露山之草木。三句以韓愈《雜說‧龍說》篇典故，言龍變化可為帝，末，龍藏身於「政要」(大臣)之漫漫雲海。言情寫景融成一片。且詩有起承轉合變化，尤其三句，語氣一轉，全詩靈活。

又如〈巫山高〉(頁14)：

巫山高，上與蒼天齊。
陰崖稜稜怒相向，猿猱莫度飛鳥低。
江濤湍急逝不竭，自來行子驚魂魄。

---

[7] 據《興懷集‧古近體詩》由〈汎江即景〉至〈行次九江遊甘棠湖〉，皆為民國26年作，地點言南京、廬山。本首〈龍首峀雲海〉前一首為〈廬山過東林寺〉，依詩集似應以時間地點排列，故推測「龍首峀」應在江西廬山。考察臧勵龢等編《中國古今地名大辭典》(臺北：商務印書館，1960年6月臺一版)，頁1267，云「龍首山」(不見龍首峀)：1. 在遼寧西安縣東，2. 在福建霞浦縣北，3. 在陝西長安北，4. 在寧夏阿拉善額魯特部西南。又，據劉均仁原著，鹽英哲編著《中國歷史地名大辭典》(日本東京：凌雲書房，1980年10月)，第5冊，云，「龍首山」，在安徽旌德縣北四十里，山西北有龍潭，徽水經其下，與涇縣接界。由此推斷「龍首峀」應在江西廬山，或安徽旌德縣北四十里龍首山處。

[8] 《周禮‧考工記‧梓人》：深其爪，出其目，作其鱗之而。臺北：商務四部叢刊正編，卷12，頁220，民國64年(1975)6月。

夜深孤月照空山，一十二峯峯頂白。
朝朝暮暮年復年，人間想望高唐客。
若有人兮山之陽，雲為衣兮霓為裳，精華藹藹爛生光。
下視人間塵飛揚，神之靈兮何所望？

此作於民國 27 年，作者 23 歲。巫山，在湖北與四川交接處。唐・崔令欽《教坊記》有〈巫山女〉、〈巫山一段雲〉教坊曲。[9] 郭茂倩《樂府詩集》〈漢鐃歌〉有〈巫山高〉[10]。詩中首言巫山之高與天齊，北山（陰崖）稜稜猿猴莫渡，鳥難飛，江濤急，古人行船為之驚恐，月照巫山十二峯，峯峯白頂，想起宋玉〈高唐賦〉典故，言楚襄王與宋玉游於雲夢之臺，與高唐之客相遇事[11]。高唐，天帝季女，名媱姬，未行（嫁）而亡，對於巫山之陽，神女所在的巫山點染。詩又借用《楚辭・九歌・山鬼》典故[12]，言高唐，即媱姬、神女、山神，雲為衣，霓為裳，下視人間濁世塵土飛揚，戰事不停，如白居易〈長恨歌〉所說：「九重城闕烟塵生」、「黃埃散漫風蕭索」[13]，當不勝噓唏！此作者先言巫山，而有感戰爭而發。

---

[9] 唐・崔令欽《教坊記》，任半塘《箋訂》，〈曲名〉，頁 64 及頁 102，臺北：宏業書局，民國 62 年（1973）元月。
[10] 郭茂倩《樂府詩集》，卷 16，頁 4〈漢鐃歌〉，及頁 6 有〈巫山高〉，臺北：商務四部叢刊。民國 64 年（1975）6 月。
[11] 有關高唐神女典故，張軍著《楚國神話原型研究》，二、〈高唐神女的原型與類型〉，頁 27 至 61（臺北：文津出版社，1994 年 1 月初版）。所論頗為豐富，可供參考。
[12] 參王建生《楚辭選評注》，頁 99，臺北：秀威資訊科技，2009 年 4 月。
[13] 參白居易《白氏長慶集》，卷 12，頁 63，臺北：商務四部叢刊正編縮印，明嘉靖刊本，民國 64 年（1975）6 月。

又〈登黃山望奕仙峯〉(頁 18):
自註:清涼臺遠眺,有四峯削立,彷彿二人於松下對弈,一官服者負手旁觀;又一少年負囊趨而前。

鴻濛未判初,有此一枰子。神仙偶遊戲,知自何時始?
二叟坐深隱,堅壁各山崖;真官壁上觀,袖手但凝視;
天童負豪注,黃白纍纍似。仙手擅妙算,料敵知己彼。
鷸蚌苦相持,豈遽關生死?昕夕久沉思,終年不移指。
爭此一著棊,廢卻多少事!誰知楸枰外,世途益艱詭。
時局棼如絲,人情薄逾紙。一步百機穽,險更甚於此。
不如松下坐,橘隱閱千祀。得喪固無論,乃不知成毀。
為問爛柯人,可曾喻其旨?

　　詩作於民國 30 年。黃山位於安徽翕縣西北。羅願《新安志》云:舊名黟山,東南則翕,西南為休寧,相傳黃帝嘗命駕於容成子、浮丘公同遊,合丹於此,唐天寶 6 年敕改為黃山[14]。詩中言作者由清涼山遠眺,四峯削立,彷彿二人於松下枰上對弈,一官服者負手旁觀,一少年負囊而前,以「鷸蚌相持」喻二人對弈,廢棄多少事,殊不知時局棼亂如絲,人情薄逾紙,翻手雲雨,機穽危險,不如松下坐,隱閱千祀。借景以抒懷。亦有遊仙情趣,而「時局棼如絲,人情薄逾紙。一步百機穽,險更甚於此」,諷諭現實。

---

[14] 以上參日本・諸橋轍次《大漢和辭典》,第 12 冊,「黃山」條,日本東京:大修館書店,1960 年。

又,〈登天都峯絕頂〉(頁 20):

側身上天都,八荒放眼初。茲山富丘壑,一覽今無餘。
群峯類兒戲,撮土堆錙銖。始知造化心,刻意工一隅。
其餘止陪襯,信手成粗疏。此峯獨奇絕,他峯所不如。
尼采揭超人,矯矯出庸奴。白日耀雪山,蒼隼擊天衢。
蒙莊齊物論,乃復稱藐姑。粃糠舜與堯,冰雪為肌膚。
眾生何芸芸,紛如甕附蛆。我坐萬山頂,昂首聊長噓。
吐故納真氣,灌頂承醍醐。白雲涌腳根,天風遙清虛。
暫與人境絕,轉覺形骸孤。高寒不可極,真欲颺雙
鳧。[15]

此詩作於民國 30 年,與前首同。天都峯在華山。一稱太華山,古稱西嶽,在陝西省華陰縣。詩首四句,言天都峯高,放眼四方,一覽無餘。次四句言群峯如撮土錙銖,造化巧奪之工,令人驚歎!「其餘」下四句,天都峯奇絕,非他山粗疏可比擬。「尼采」以下四句,以德國尼采所言超人喻天都,其境則「白日耀雪山,蒼隼擊天衢」之脫俗飄逸,與凡俗庸奴,難以相比。「蒙莊」下四句,言猶如《莊子》書中所言姑射山神人高潔相比,視堯舜帝位為粃糠。「眾生」二句,言眾生如甕附蛆蟻,與姑射山神人壤之別,難以比擬。則二者間強烈對比。「我坐」下四句,言作者至此,昂首噓氣,吞吐雲霧,醍醐灌頂,有如天仙。「白雲」下四句,言山下白雲,天風過耳,暫與俗境隔絕。末二

---

[15] 本詩「吞納吐真氣」,原無「吐」字,漏一字,疑作「吐」字,先補之。後,整理蕭先生書籍,得蕭先生自校本《興懷集》,據此改作「吐故納真氣」。

句,言高處不勝寒,欲學鳧鳥舉翼高飛。詩中充滿仙道想像,與「天都」意境相合,而仙境與俗境,凡夫與脫俗對比,令人耳目新鮮。詩中「一覽今無餘」,「始知造化心」,「白雲涌腳根」似從杜甫〈望嶽〉詩[16]「一覽眾山小」,「造化鍾神秀」,「盪胸生曾雲」,變化而出。

再如〈登鯽魚背〉(頁20):

上有青冥之高天;下臨不測之深淵;
山縹渺兮淩雲煙,眼中無物當吾前,
仙乎仙乎吾其仙!

此民國30年作。鯽魚背,亦在黃山。首二句由上、下觀察,言「鯽魚背」之高、之險。三句,有縹渺雲煙。四句,言高之極。末,轉言己是仙人嗎?托出此為仙境。表現技巧突出,有李白風味。

又〈阿里山道中〉詩(頁27):

轆轆車輪轉,峯巒面面新。五丁開混沌,百里入荒榛。
雲作崇朝雨,山藏太古春。桃源如可就,願結九彝鄰。

此民國41年作者登臺灣阿里山道中作。首聯言車行阿里山道,面對峯巒,依次新貌。頷聯,以蜀王所生五丁開道故事,言開通阿里山道路,始能一見阿里山荒榛之地。腹聯,山高則雲雨時

---

[16] 杜甫《杜工部集》,錢謙益《註》,卷1,頁4,臺北:新文豐出版公司,民國68年(1979)10月。

見，林木四季常春。末聯，憧憬此地為桃花源，願卜鄰為居。上阿里山，依次寫來，並用神話故事使詩更生動。

又：〈宿黃山第一茅蓬〉自註：即慈光寺為登山入口處（頁21）：

夜宿茅蓬接玉京，秋燈照徹夢魂清。
千峯寂寂月當午，露下松梢聞鶴聲。

此民國 31 年作。地點亦在黃山。首二句言秋夜宿黃山茅屋，三句，言午夜千峯寂寥，末，但聞松間鶴聲。如東坡〈後赤壁賦〉，鶴聲劃破天際，所謂「劃然長嘯，草木震動，山鳴谷應，風起水涌」，其境冷清。結尾有勁。末二句亦有王維〈鳥鳴磵〉：「月出驚山鳥，時鳴春澗中」意味。

又，〈久雨乍晴獨遊陽明山〉（頁 50）：

勝日胡為坐斗室，郊原況復櫻花開？
輕車破霧鴻脫網，清氣甦魂魚潤鰓。
後苑前林亂紫翠，流泉步磴交縈迴。
乾坤漸欲成火宅，據此自謂清涼臺。

詩作於民國 74 年，臺北作。首二句言久雨乍晴，想像櫻花盛開，景色迷人，宜出遊。用問句方式，起首有力。三句，輕車獨遊，破霧而出，如飛鴻脫網，心中歡愉可知。四句，山上清新空氣，令人甦魂爽心。五六句，言陽明山林木紫翠，流泉步道，交相縈迴，美不勝收。七八句，以五臺山清涼臺，言陽明山清新脫

俗,不同凡俗喧囂、雜亂,同於火宅,不堪居住。比喻巧妙,清人耳目。

又,〈遊指南宮〉(頁 51):

其一:

無主林花爛漫,依山店舍高低。夢到故園亭午,飯香時節雞啼。

其二:

風飽垂肩短袖,沙迎輓底輕鞋。辦得少年腰腳,全拋老大心懷。

其三:

見說洞庭三醉,岳陽樓上真人。今日不曾歸去,萬家香火縈身。

其四:

假日橋頭花市,萬千紅紫成堆。怎及凌霄殿下,三枝兩朵初開?

其五:

鼎盛仙宮呂祖,香濃寶殿如來。冷落文宣王府,門牆長了莓苔。

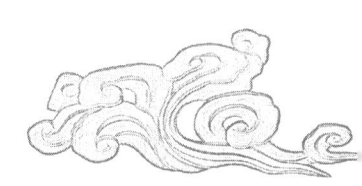

其六：

前番點點青丘，今番處處高樓。禁得幾番削剗，十年
赭盡山頭。

此六首組詩，民國 74 年臺北作。「指南宮」位臺北木柵。本詩六首皆用六言詩句。就形式言，較特殊。王維《王摩詰文集》卷 6 有〈田園樂〉七首，用六言體[17]。語言節奏，與五七言詩不同。蕭先生此作或承繼王摩詰六言體。本詩第一首，作者往指南宮，隨山勢高低，路旁野花爛漫。三句，轉至夢境思歸，家園中午時分，一邊用膳，一邊聽雞啼叫。其二，山上風沙大，著短袖、輕鞋。三句，已如少年腰腳，直奔山上。四句，忘卻自己年紀老大。其三，指南宮供奉八仙之一呂純陽洞賓，傳說呂洞賓三醉湖南岳陽樓，已念別家久，萬家來此上香火，由呂洞賓引起思家情緒。其四，橋頭花市，花朵萬紫千紅，而指南宮凌霄殿下，只二三朵初開，難以相比。說賣花處萬紫千紅，而凌霄寶殿下，卻是冷清，有託意。其五，臺灣佛道鼎盛，祭拜者多，唯孔子儒家文化，少有朝拜，忽略儒家教育，令人噓唏！其六，昔日指南宮地處僻遠，青樹茂林，今則開發殆盡，處處高樓，不同往昔，再過十年，可能遍山盡赤，只有高樓，不見青翠山頭矣！後面三首，作者有感而發。

又，〈四月十四日遊指南山〉（頁 52）二首，其一云：

---

[17] 王維著《王摩詰文集》〈田園樂〉7 首，卷 6，頁 6，上海：上海古籍出版社，2003 年 12 月。

不因休務始登攀，草帽膠鞾任往還。
石腳樹根容坐久，天公寬賜乃公閒。

其二云：

霧散長天開寶鏡；雨餘芳草進蘭湯。
洗將表裏一時淨，始信森林是浴場。

此蕭先生於民國 75 年作。遊指南山時，蕭先生已退休。第一首首句言「不因休務始登攀」，言平時既常來此攀登。言攀登時，著草帽、球鞋，十分自在。三句，轉，既登山上，在石邊樹根休歇，四句，天公對我厚賜，有餘閒登山，不必操勞雜事。第二首，雲霧散去，太陽光照，猶如打開寶鏡，跟前時雨及蘭花香草時天空一片烏雲不同。三句，由二句出，前時雨滴，洗盡大地，忽覺大地清新，草木放香，即末句「始信森林是浴場」，洗滌林木，亦洗滌身心。詩中亦表達作者閒適心情。

三、臨水詩

次就臨水詩言。

臨水詩如〈汎大江即景〉（頁 11）：

帆腳天斜風突兀；船頭出沒水崎嶇。
群山據岸青成列；孤塔黏天白欲無。

詩作於民國 26 年。大江，指長江，時蕭先生往來於南京、廬山間。首言風起突兀，帆桿傾斜；二句承上，船受風影響，上下浮

沉。三句，轉至船外，見群山成排，岸邊林木青翠。四句，忽見青山中，孤塔矗立，與天相接，塔天一色，幾乎無法辨識，亦近佛教「無」（空靈）之境界。詩境層層上推。

又，〈行次九江游甘棠湖〉（頁 12）：

歌管無聲畫舸藏，千家碪杵擣秋霜。
分明一帶垂楊樹，憶到金陵便斷腸。

此民國 26 年作。船泊江西九江甘棠湖。甘棠湖，一名景星湖，又名李渤湖。首言船泊江西九江甘棠湖，不聞歌管，二句，正值秋日，但聞處處碪杵擣衣聲。三句，轉變視野，遍地垂楊。末句，憶及金陵亦垂楊絲絲，陷入爭戰紛擾，令人不勝唏噓！詩亦感時。

又，〈舟次沅陵〉（頁 13）：

輕車發漵岸，晡食到沅陵。綺散暮山紫，鏡空秋水澄。
楚音雜吳語，翠袖障華燈。饒有昇平氣，流亡似未曾。

詩作於民國 27 年。沅陵，在湖南沅水邊，或稱辰州。首言漵水出發，下午及至沅陵。可以看到晚山紫色，秋水澄靜。人則吳楚，華燈雜錯翠林之中。末二句感言，自流亡逃難以來，此處未見烽火，並有昇平景象。以此反襯當時戰爭背景。

又，〈舟近宜昌市〉（頁 14）：

大野行看盡，江流漸有聲。都門成遠別；蜀道忽前橫。

此民國 27 年，舟近江西宜昌。首言一路行船，看盡郊野景色。

次言船近宜昌，船距陸地漸近，江流水聲漸喧。三句，離開南京後，不知何時再見？末句，忽見蜀山已橫前頭。詩言舟近宜昌所見、所聞之景，亦有憂國之心。寫景有咫尺千里之勢。

又，〈海水浴〉（頁 24）：

海畔風光好，清游夏最宜。花浮紅菡萏，人浸碧琉璃。
小艇輕於葉，柔波滑似脂。浮沉君莫問，聊學弄潮兒。

詩作於民國 35 年。在山東青島任新聞處長作。首二句，言青島近海邊，夏日宜游泳。頷聯，水上有荷花，人入琉璃（學名青金石）般碧水游泳。對仗工。腹聯，水上有小艇，波滑如脂，光艷照人。對仗亦工。尾聯，言已學習游泳，不必問泳技高明與否。詩中充滿生活樂趣。亦自我解嘲。

此外如〈雲漢池觀魚〉：「結隊從容碧水濤，濠梁有客最知音。客心未抵魚心樂，分取魚心樂客心。」（頁 53）。就觀魚之樂取景，「分取魚心樂客心。」又，〈海峽〉詩云：「海峽風塵斂，鄉園涕淚滋。謀皮驚眾醉，抱布嘆氓蚩！故土非吾土；今時異昔時。今行惟荷鍤，翻笑首丘癡。」（頁 57）。感慨海峽彼岸，昔日故土非今日吾土，時代異於往時。

四、遊覽詩

遊覽詩包括紀遊和行旅。

蕭先生博學多聞，除行遍大陸許多地方，甚至到各國遊歷、訪問，往往達之於詩。現在順著《興懷集》先後次第，說明如下：

〈廬山過東林寺〉（頁 11）：

一百八盤山下路，一百八杵山寺鐘。
東林近在遠公遠，我生猶幸聞蓮宗。

此民國 26 年在江西廬山東林寺作。首言往東林寺山坡路一百八級，聽聞一百八響鐘。李白〈廬山東林寺夜懷〉有：「霜清東林鐘」[18]。由清澈鐘聲消除人世一百八煩惱。三句，已至東林寺訪問，而曾在此修行晉末高僧慧遠雖已去遠，佛教並不因此失傳，仍然在此可聽聞佛理。詩純白描。由山路、寺鐘、慧遠點染，意象清晰，紀遊，敘述層次。

又如：〈棲賢橋夜坐〉（頁 11）：

急瀨發清響，冰壺釀瓊液。
露冷月華滋，寺樓深夜白。

棲賢橋在江西。首由急流水聲說起。二句，言水色，如冰壺倒出瓊液。鮑照〈白頭吟〉有：「清如玉壺冰」[19]句。三句，轉至夜坐，地上草露冷，想天上月華更冷，一實一虛。四句，由月冷，轉月之白，而棲賢寺樓之白。本詩由水聲，層層轉至色，而天上

---

[18] 李白《李太白文集》，卷 21，〈廬山東林寺夜懷〉云：「我尋青蓮宇，獨往謝城闕。霜清東林鐘，水白虎溪月。……」，頁 5。上海：上海古籍出版社據康熙繆刻本，2003 年 12 月。

[19] 鮑照《鮑參軍詩》，黃節《注》，卷 1，頁 26〈代白頭吟〉注云：……其詩云：「直如朱絲繩，清如玉壺冰。」北京：人民文學出版社，2008 年 3 月。

月,地面寺樓,月照之下,月白、景白,水聲不斷,動靜之間,一片天然。亦紀遊之作。詩有視覺、味覺、聽覺美感。

又,〈牯嶺雪後即景〉(頁 11):

枝頭馱殘雪,天半瀉晴霞。
霞雪偶相映,滿林紅杏花。

牯嶺,亦在江西。首由題意雪後紅杏枝頭尚留殘雪說起。二三句,雪後初晴,晴光直下,日光與雪輝映。末句,紅杏花滿林,即牯嶺雪後景。詩由枝頭殘雪,雪後晴光,嶺上霞雪相映成趣。末,轉至紅杏花,在雪後特別嬌豔,不待言矣。

又,〈黃昏詣文殊院結跏處〉(頁 19):

文殊趺坐處,石痕今宛然。惜我獨來晚,不當文殊前。
乃復坐其所,此美無由專。跬步蹈窠臼,靜觀參重玄。
左拍天都頂,右按蓮華顛。龍象勇護持,師子音徹天。

(自註:天都蓮華龍象師子皆環院諸峯名。)

前谷黝然黑,莽莽橫蒼烟。明霞散奇采,舒卷鋪紅縣。
眾峯聳醜怪,襯之當以妍。微妙[20]超言說,丹青安能傳。
西方有樂土,吾嘗聞佛言。彼土極光明,七寶炤青蓮。
望之在咫尺,爛此孤星懸。即座禮文殊,與佛生因緣。

---

[20] 詩中,「微紗」的「紗」字,據蕭先生自校本改為「妙」字。

此為蕭先生民國 30 年在安徽黃山作。文殊，梵語曼珠室利（Manjusri）音譯，妙德、吉祥義。法身、般若、解脫三德之菩薩，與普賢相對，在釋迦牟尼左側，駕獅子。跌坐，腳指壓在股上坐，圓滿安坐。《婆沙論》[21]：結跏趺坐，是相是圓滿安坐之意。本詩首四句，言作者來此文殊菩薩圓滿安坐處，石上宛然留有痕跡。接言來之稍晚，不在文殊之前，不及與菩薩相見，有些遺憾。詩句神而有力。「乃復」四句，雖不及見，積步至此參訪菩薩談玄之處，復坐於此，亦屬幸運。「左拍」下四句，言文殊結跏處，居高位，左為天都峯，右為蓮華峯，並有龍象峯、師子峯護持，使人聯想佛經所說，龍象具有神力，而如來說法，外道、惡魔懾伏徹天聲音意象。「前谷」以下四句，言山谷黝黑，莽蒼雲氣，彩霞中射出異彩，卷卷舒舒，陽光射下，如紅色絲綿。「眾峯」下四句，言週遭山峯聳立、形貌怪特，令人歎美，非畫工所能臨摹。「西方」下四句，轉至佛說西方有樂土，七寶照蓮花之地，襯托此地環境之幽美。「望之」下四句，西方樂土近在咫尺之地。來此禮文殊之餘，亦與佛結緣。紀遊之作。全詩意境曲折，景、境、語言與佛典息息相關，難能而可貴。

又如：〈與吳企雲遊祁門行抵閃里〉（頁 21）：

夕陽照墟落，林表受餘暉。霜勁黃華瘦；風乾丹柿肥。
寇深憂戰火；世亂賤儒衣。倦鳥投林晚，山村一款扉。

---

[21] 據丁福保編《佛學大辭典》，頁 1880，《婆沙論》是《阿毘達摩大毘婆沙論》之略名。臺北：天華出版社，民國 76 年（1987）7 月 4 版。又，據日本・中村元《佛教大辭典》下卷，頁 1097，言「婆沙」為毘婆沙之略，廣說之意。日本東京：東京書籍株式會社，平成 3 年（1991）九月第四刷。

此為民國32年在安徽屯溪作。首句來自王維〈渭川田家〉詩,「斜陽照墟落」。二句,承上,林表尚留太陽,燦爛光輝。頷聯,言秋景,菊花瘦,枾(柿)子紅。腹聯,憂國事,戰火蔓延,儒生不受重視。末聯,回歸題面,與吳企雲遊祁門,如倦鳥投宿,閃里山村款待過宿。詩由秋天夕陽寫起,次言菊、柿秋景,轉至戰火,儒生奔波於途,只得投宿山村。作者寫時、寫景,亦有感於世情。

又,〈漢城機上作〉(頁33):

偶尋劫隙御風游,腳底晴雲冉冉浮。
鄰壤明知非故國;客身粗喜近中州。
戎機虛費將軍略;廟算偏教豎子謀。
一線依然界南北,不堪遙望鴨江頭。

此為作者民國53年在漢城飛機上作。首言趁著閒暇至漢城乘機遊覽,機下晴雲冉冉。頷聯,地面,鄰境北韓,並非中國,卻喜接中國土地。腹聯,言南北韓分界,未能統一,則將軍謀略虛費,而豎子不足以成事。(用《史記》鴻門宴典故)。末聯,依舊38°一線南北韓分立,不忍遠眺中國。思念大陸故國之情,溢於言語。

又,〈挈東兒游加州聖地埃哥途中即景〉(頁36):

一杯春露幻重洋,極目天西即故鄉。
天到盡頭愁不盡,海波紅沸煮積陽。

此民國54年作。東兒指蕭先生獨子蕭東海。該年,蕭先生至美

國講學。並與子東海游加州聖地埃哥沿途風景。詩中首句來美國作客,猶如幻夢般。次言,在美國眺望,極西之地是中國,故鄉所在。亦有夢幻之感。三句,再從極西中國講起,思念家鄉,鄉愁不盡。末,點時,正是夕陽日落方向,橘紅的太陽在海面,猶以沸水煮著夕陽。想像出人意外。

又如〈登洛瑪岬古燈塔口占〉(頁36):
自註:感恩節攜東兒遊聖地埃哥(San Diego),登洛瑪岬(Point Loma)燈塔。廨中具筴索題,因書一絕句。

天畫蛾眉好,長堤青一彎。胸開滄海闊,心共白鷗閒。

詩亦作於民國54年,蕭先生在美國作。首言洛瑪岬彎曲,有如美女畫眉,是天作之巧。三句,遊外景轉向內心世界,作者來至岸邊,滄海遼闊,心胸為之開朗。末,直指內心,與天上白鷗閒適。透露作者此時悠閒心境,令人羨慕。此亦為紀遊之作。

又,〈飛度洛基山機中書示鄰座〉(頁36):

不見雪花二十年,今朝飛度雪山巔。
窺窗一覺還鄉夢,塞北風光到眼前。

此為民國55年,蕭先生洛基山飛機上作。民國39年蕭先生離開大陸來臺,臺灣氣候炎熱,冬天不下雪,「不見雪花二十年」。二句,現實,來美飛度洛基山。三句,見雪山引起聯想、夢想還鄉,只在窺視窗外,得到片刻的滿足。末句,來自前句,彷彿見到塞北風光。本詩詩境迴環,甚佳。

又,〈遊慶州石窟庵佛國寺〉(頁39):

絕海穿雲一葦杭,遠游聊為看山忙。
川流後水隨前水,木葉深黃間淺黃。
古寺寒林巢鸛鵒;崇陵衰草臥牛羊。
瀛壖亦有興亡史,石佛無言應斷腸。

此首於民國60年,蕭先生在韓國慶州石窟庵佛國寺作。首聯乘飛機至韓國慶州,猶如當年達摩乘葦渡江;純為瞻望坐落山邊石窟庵佛國寺。次聯,言佛國寺周遭風景,後山之水注入前川,木葉漸次著黃,亦言時序屬秋。腹聯,寺邊樹林鸛鵒築巢,山上高大陵墓旁牛羊喫草休息。末聯,引起興亡之感,不論中韓皆如此,想像石佛有靈亦斷腸,有餘韻。

又,〈游湄南河支流水上市場實無可觀〉(頁43):

湄南河畔水兼沙,敗葦枯楊屋柱斜。
艇子去來招遠客,尋幽真悔到天涯。

此民國63年作者至曼谷遊游湄南河支流作。首言湄南河畔水沙混雜,不清澈。次,但見河邊敗葦、枯死楊樹,屋柱傾斜,一片荒蕪景象。三句,雖景象荒涼,遊艇主人討生活,去來穿梭招客。末句,作者悔恨到此蠻荒之地旅遊。以應題目「水上市場實無可觀」。此詩亦可作遊覽詩。記遊覽實情,為行旅之作。

又,〈曼谷玫瑰園即目〉(頁43):

雨過名園洒路塵,平川瘛浪戲游鱗。

蒼生那得如魚樂，不待濠梁辯始真。

首句點題「玫瑰園」雨中過訪泰國曼谷。二句，承上，觀看魚在河川戲浪。三句，就魚戲水之樂，引發人生感慨。末句，不須如莊子、惠施辯魚之樂。而魚之樂，自然可知。勝過人之勞累奔波，人不如魚之樂也。由遊覽而轉至人不如魚之樂，順應詩意境變化，自然。亦為行旅所作。

〈宿雅加達〉（頁 43）：

自註云：「印尼地大物博，而積弱不振。國中建設，不外馬埒歌廔。貧富懸殊，尤為隱患。」

被褐懷珠未是貧，徒從爵馬鬥尖新。
眼前無數溝中瘠，慮患何人勸徙薪。

此蕭先生於民國 63 年至印尼宿雅加達作。其序指出「印尼地大物博，而積弱不振」，「貧富懸殊，尤為隱患」。首二句「被褐懷珠」，「從爵馬鬥尖新」，追求頂尖新潮，言富者自富，三四句，「眼前無數溝中瘠」，貧者填溝渠，「慮患何人勸徙薪」，民不安定，憂慮跳槽。此宿雅加達有感貧富懸殊而作。行旅所作。

又，〈印尼金山本哲坐雨〉（頁 43）：

車入層雲障碧紗，山樓坐聽雨如麻。
有人飛渡蓬萊水，來喫蠻荒阿桫茶。

自註云：阿桫茶，assam tea 之粵音正譯，印度 Assam 州所產。通常譯作阿薩姆。

金山本哲位在山上,故言「車入層雲障碧紗」。二句「山樓坐聽」以應金山本哲位置;「雨如麻」,聽樓外雨聲,如麻豆撒地,叮叮咚咚。三句,轉至作者,由臺灣(蓬萊)飛渡來此;四句,來此品嘗阿薩姆茶,蘊藉。

又,〈桂離宮〉(頁44):

樹老苔深石徑斜,茅簷土竈劣烹茶。
天人舊館今何似?不及尋常百姓家。

此蕭先生於民國64年至日本訪問作。「桂離宮」為日本貴族宮殿。首言桂離宮殿不似往日繁盛,「樹老」、「苔深」、「石徑斜」,皆言其老舊、荒涼。剩下茅屋、土竈,甚至煮茶都困難。三句,言「桂離宮」昔日天人舊館,富貴之地。末,借劉禹錫〈烏衣巷〉「舊時王謝堂前燕,飛入尋常百姓家。」詩句引起感慨,今日殘敗景象,已不及尋常百姓住家。

又,〈二條城〉(頁44):

濬洫崇墉罨畫林,權臣邸宇故沉沉。
早知勳業終流水,虛費吳廊伏甲心。

　　自註:地為德川家康(1542～1616)之行營。寢所長廊,
　　雖潛行亦有聲,所以防暴客也。

此為蕭先生民國64年至日本德川家康行營「二條城」。寢所有長廊,潛行亦有聲,以防刺客。二句言「權臣邸宇故沉沉」即是。首句則言其外貌之美。三句,感慨,古來勳業隨流水而去,是費

盡心機建構巧妙長廊以防刺客,是作「虛功」。有餘響。

又,〈宿日光龍宮殿〉(頁 44):

綺疏明檻淨無塵,一枕清酣自在身。
絕羨蓬瀛好風物,微嫌風物勝於人。

此亦民國 64 年蕭先生至日本宿光龍宮作。首言光龍宮清靜無塵,宮殿主神自在。三句,轉言宮殿之美,勝於人,有諷刺意味。

又,〈風雨游箱根宿蘆之湖及明小霽〉(頁 45):

海上尋仙不見仙,看山空費草鞋錢。
誰知一夜瀟瀟雨,淨洗烟鬟侍枕邊。

此亦民國 64 年蕭先生在風雨中游日本箱根,宿蘆之湖,及明小霽。首二句虛言,尋仙不得。三句,轉現實,在風雨中,宿蘆之湖,「淨洗烟鬟侍枕邊」,則言山明水秀。

五、閒適詩

閒適詩,在於閒暇賞景,表現悠然自得心境。

如,〈荒園〉(頁 38):

不道荒園辨冶春,朱朱白白忽紛陳。
巡簷俊鳥解窺客,入座好風時醉人。

此首民國 56 年蕭先生作。在臺中東海大學校園內。首言居處東

海校園似荒蕪,卻踏春冶遊,在白日照耀下,花朵朱朱白白,春氣蓬勃。三句,屋簷角落俊鳥棲息,屋內外之人,偶作窺視俊鳥外貌。末句,此刻坐擁春風令人陶醉。在校園內寫景,景物似蓬萊。

又,〈臺北植物園賞新荷〉(頁 45):
其一:

紅酣翠匝鬪嬋娟,看到荒蘆斷葦天。
莫為彫殘暗惆悵,今朝新綠又田田。

其二:

日涉園池損砌苔,夫容新見一枝開。
平湖打槳蘅皋約,往事悠悠入夢來。

其三:

子午蓮開太瘦生,難將菡萏鬪豐盈。
亭亭玉立姍姍影,冉冉相傳脈脈情。

其四:

宿醉厭厭眼倦開,粉腮紅暈費人猜。
小姑出墮相思障,盼斷蜂媒蝶使來。

其五:

豆蔻初春未是嬌，嫣紅侵頰漲情潮。
老夫久脫燕支陣，小立移時意也銷。

此為蕭先生於民國66年至臺北任國民黨新職，至植物園賞新荷作。第一首，言新荷花紅葉翠最為美好，即便凋枯亦有一番景象。三四句轉，不必為昔日荷花凋萎惆悵，今朝又是一翻新葉。二首，取《古詩十九首》「涉江采芙蓉，蘭澤多芳草」事，見芙蓉（荷花）新開，憶昔玄武平湖打槳遊興，舊事入夢。三首，子午時見新荷初放，已亭亭玉立，四處脈脈傳香。四首，新開荷花之美，如宿醉美人慵懶，粉腮紅暈，似相思有情之人，企盼蜂蝶來使。五首，初春荷花未放，夏荷嫣紅，如美女情懷。三四句，言己年齡已長，見此美艷之花，意亦銷魂。則荷花之美，不言可喻。詠物而極巧妙。

又，〈植物園所見〉（頁47）：

宵來豪雨漲前溪，水面浮萍欲上堤。
一路荷花新得意，紛紛開向小橋西。

此為蕭先生於民國68年臺北任職正中書局董事長作。首言夜來豪雨，溪水暴漲，水面浮萍隨水漲而高。三句，順上意，荷花新開，順著水漲，橋之西面偏多。詩中一幅天然景象，不必多費筆墨，而植物園之美，自然浮現。

又，〈壬戌十一月二十九日偕內子植物園看梅〉（頁49）：

丹鉛鹽米作生涯，儒素家風澹不華。
三十年來忙裏過，今朝攜手看梅花。

此民國 71 年 11 月作，蕭先生與夫人至臺北植物園賞梅。冬天賞梅，亦見堅貞。詩中表達閒適之情。

又，〈乙丑冬日坐臺灣大學醉月湖畔作〉（頁 51）：

稍謝塵紛累，今真賦遂初。閒閒仍捉塵，到此輒停車。
曉露蘇鬌柳，晴漪聚凍魚。觀河驚面皺，一瞬十年餘。

自註云：湖實非湖，只三小池耳。十餘年來，予授課前必繞池散步，幽懷政亦不惡。

此為蕭先生於民國 74 年作。臺大「醉月湖」，雖稱作「湖」，其實三小池而已。蕭先生自民國 64 年離開東海大學（臺中），至臺北任國民黨職，亦在臺大兼課，有 11 年授課前必繞池散步，觀賞池邊柳樹，晴日看池中游魚相聚，怡然自得，在水波下，凝然不動，有如「冰凍」之魚，描寫頗為特出。

六、結語

由上面所述寫景詩，不論登山、臨水、遊覽、閒適等方面，蕭先生詩作，大體說來，結構富於起承轉合變化，妙用典故，使詩的內涵更加婉轉、曲折；作品中，或比喻巧妙，清人耳目，如〈久雨乍晴獨遊陽明山〉，或借景抒情，如〈登黃山望奕仙峯〉、〈巫山高〉，有感戰爭而作，亦見蕭先生憂國、愛國情操。又如〈遊指南宮〉感慨儒家文化不受重視，令人唏噓！該地處處高樓，樹林砍伐殆盡，令人憂心，如〈舟近宜昌〉亦有憂國之心。〈宿雅加達〉，有感貧富懸殊，〈與吳企雲遊祁門行抵閃里〉，言儒生奔波於途，只得投宿山村，等等皆緣情感作。再如〈漢城機

上作〉，思念大陸故國之情，溢於言語。而〈黃昏詣文殊院結跏處〉，意境曲折，兼用佛典，十分不易。至於〈臺北植物園賞新荷〉、〈植物園所見〉、〈乙丑冬日坐臺灣大學醉月湖畔作〉、〈四月十四日遊指南宮〉等詩，表現閑適之情，怡然自得，令人神往。

附記：
1. 本文為《蕭繼宗先生研究》一書（第五章〈蕭繼宗先生古典詩探討〉）其中部分。
2. 文經東海大學退休教授柳作梅先生審閱，特此致謝。
3. 本文於 99 年 10 月 28 日東海中文系論文發表會發表，系上同仁李建崑教授、朱岐祥主任、李金星教授、彭錦堂教授等提出寶貴意見增補，謹此致謝。

參考書目

一、蕭繼宗先生著作

1. 蕭繼宗《興懷集》，臺北：臺灣學生書局，民國 79 年（1990）3 月。另有蕭先生自校本《興懷集》。
2. 蕭繼宗《獨往集》，臺北：正中書局，民國 72 年（1983）2 月。
3. 蕭繼宗《友紅軒詞》，臺北：正中書局，民國 50 年（1961）。
4. 蕭繼宗《評校花間集》，臺北：臺灣學生書局，民國 70 年（1981）10 月再版。
5. 蕭繼宗《評訂麝塵蓮寸集》，臺北：聯經出版社，民國 67 年（1978）6 月。
6. 蕭繼宗《實用詞譜》，臺北：國立編譯館，民國 79 年（1990）4 月三版。
7. 蕭繼宗《Chinese Village plays》（譯著）。
8. 蕭繼宗《澹夢集》，山東：青島，民國 35 年（1946）9 月。
9. 蕭繼宗著作〈自訂表〉2009 年整理蕭先生書籍時發現。

二、古籍

1. 《周禮》，臺北：商務四部叢刊正編，民國 64 年（1975）6 月出版。
2. 隋樹森《古詩十九首集釋》，香港：中華書局印行，民國 62 年（1973）。

3. 南朝宋・鮑照《鮑參軍詩》，清・黃節《注》，北京：人民文學出版社，民國 97 年（2008）3 月。
4. 唐・崔令欽《教坊記》，任半塘《箋訂》，臺北：宏業書局，民國 62 年（1973）1 月。
5. 唐・王維《王摩詰文集》，上海：上海古籍出版社，民國 92 年（2003）12 月。
6. 唐・李白《李太白文集》，上海：上海古籍出版社，民國 92 年（2003）12 月。
7. 唐・杜甫《杜工部集》，清・錢謙益《註》，臺北：新文豐出版公司，民國 68 年（1979）10 月。
8. 唐・韓愈《昌黎先生集》，蔣復璁〈序〉，昌彼得〈跋〉，臺北：故宮博物院影印宋本，民國 71 年（1982）年。
9. 唐・白居易《白氏長慶集》臺北：商務四部叢刊，民國 64 年（1975）6 月。
10. 宋・郭茂倩《樂府詩集》臺北：商務四部叢刊。民國 64 年（1975）6 月。
11. 元・楊載《詩法家數》，收在何文煥《歷代詩話》，臺北：藝文印書館，民國 60 年（1971）年 2 月。
12. 清・王夫之《薑齋詩話》，收入丁福保（仲祜）編《清詩話》，臺北：西南書局，民國 68 年（1979）11 月。
13. 清・沈德潛《說詩晬語》，收入丁福保（仲祜）編《清詩話》，臺北：藝文印書館，民國 60 年（1971）10 月。

三、今人論著

1. 張軍《楚國神話原型研究》,臺北:文津出版社,民國 83 年（1994）1 月。
2. 王建生《楚辭選評注》,臺北:秀威資訊科技,民國 98 年（2009）年 4 月。
3. 王建生〈從《興懷集》《獨往集》看蕭繼宗先生生平與人格思想〉,《東海中文學報》第 18 期,頁 131～162。

四、辭典

1. 臧勵龢《古今地名大辭典》,臺北:商務印書館,民國 49 年（1960）6 月。
2. 劉鈞仁原著,鹽英哲編著《中國歷史地名大辭典》,日本東京:凌雲書房,民國 69 年（1980）10 月。
3. 丁福保《佛學大辭典》,臺北:天華出版社,民國 76 年（1987）7 月。
4. 日本・中村元《佛教大辭典》,日本東京:東京書籍株式會社,平成 3 年（1991）9 月。
5. 日本・諸橋轍次《大漢和辭典》,日本東京:大修館書店,昭和 35 年（1960）。

第十二單元：蕭繼宗先生感懷詩的探討

前言

　　蕭繼宗先生（1915～1996）南京國立中央政治學校（即政治大學前身）畢業，韓國東國大學名譽文學博士，曾任東海大學中文系主任、中文研究所所長、教務長，美國加州大學洛杉磯分校（UCLA）客座教授。著有《獨往集》、《友紅軒詞》、《評校花間集》、《評訂霽塵蓮寸集》、《實用詞譜》、《興懷集》、《Chinese Village Plays》等書。在古典文學方面成就很高，歸功於平日從事文藝研究、創作，與文藝工作的推展。尤其古典詩方面，在近現代人物中，可說是箇中翹楚。特就先生古典詩部分作一分析及探討。文中採用先生所著《興懷集》為底本[1]。該集收古近體共190首詩，起自民國26年（1937），止於民國77年（1988）。其實蕭先生在15歲以前即有《良能集》，1929年在長沙出版。30歲以前詩作為《澹夢集》，1945年青島出版。惜民國39年（1950）由大陸來臺時已散失[2]。蕭先生古典詩分成：酬酢、寫

---

[1] 蕭繼宗《興懷集》，臺北：臺灣學生書局，1990年3月，下引文本此，不贅。

[2] 據蕭先生自訂表，整理蕭先生書籍時發現。民國102年（2013）1月《澹夢集》由李公弢先生（蕭先生湖南同鄉好友）之孫李逸凡同學（東海中文系大一學生）帶至中文系辦公室，得其允諾，掃瞄影印，分置學校圖書館。

景、感懷、紀事、反映時事、詠物與題畫、說理詩等部分。由於文長，已發表〈蕭繼宗先生寫景詩的探討〉[3]，今就蕭先生感懷詩來提出討論。

一、感懷詩的意義

　　鍾嶸《詩品》云：「若乃春風春鳥，秋月秋蟬，夏雲暑雨，冬月祁寒，斯四候之感諸詩者也。嘉會寄宿以親，離群託詩以怨。至於楚臣去境，漢妾辭宮，或骨橫朔野，或魂逐飛蓬，或負戈外戍，殺氣雄邊，寒客衣單，孀閨淚盡，或士有解佩出朝，一去忘反，女有揚蛾入寵，再盼傾國。凡斯種種，感蕩心靈，非陳詩何以展其義？非長歌何以騁其情？」[4]詩本情性，賦詩得情性之真。宋代詩話（如黃徹《䂬溪詩話》、魏慶之《詩人玉屑》、王直方《王直方詩話》等等）所論甚多。然則，作者必感於四時，感於嘉會，感於分別，或入寵、或解佩出朝，皆令人感蕩心靈，因以賦詩。換言之，作者有感四時變化，人間聚散，或得寵、失寵，搖蕩心靈，皆可以成詩。元・楊載《詩法家數》云：「詩不可鑿空強作，待境而生自工。或感古懷今，或傷今思古，或因事說景，或因物寄意。」[5]因時、因事、因物而作，或以寄託，則詩自佳。正如明・徐禎卿《談藝錄》云：「情者，心之精也。情無定位，觸感而興，既動於中，必形於聲，故喜則為笑啞，憂則為吁戲，怒則為叱吒。」[6]一樣的道理。所以說，感懷詩是因為

---

[3] 參《東海中文學報》第 23 期，頁 1～22。
[4] 梁・鍾嶸《詩品》，頁 3，收在何文煥《歷代詩話》，臺北：藝文印書館，民國 60 年（1971）2 月。
[5] 元・楊載《詩法家數總論》，頁 12，版本同註 4。
[6] 明・徐禎卿《談藝錄》，頁 3，版本同註 4。

人們感於四時早晚，或聚或離，或事業上得與失、禍或福，或觸景生情而產生的作品。

感懷詩重在抒情，而可抒之情貴真，貴出己意，表現技巧尚曲折。正如袁枚在〈答何水部〉云：「若夫詩者，心之聲也，性情所流露者也；從性情而得者，如出水芙蓉，天然可愛。」[7] 袁枚《隨園詩話》云：「凡作人貴直，而作詩文貴曲。」孔子曰：『情欲信，詞欲巧。』孟子曰：『智譬則巧，聖譬則力。』」[8] 巧、曲，指心情的搖蕩，語言文字的比興，變化，即是此番意思。

蕭先生感懷之作，分為：追憶往事，豁達、平淡人生，忠愛國家情操，關懷國際，親情，感時懷鄉等部分論述。

二、感懷詩的意義

（一）追憶往事

蕭先生追憶往事之作如〈雜憶詩〉（頁16）：
其一：

青苔平滑烏衣巷；綠樹扶疏紅紙廊。
野戰歸來塵滿面，長鳴吹送飯微香。

自註：二十四、五年間旅學京師時事
其二：

---

[7] 清・袁枚《小倉山房尺牘》，卷7，〈答何水部〉，頁8，上海：圖書集成印書局，清光緒18年（1892）。

[8] 清・袁枚《隨園詩話》，卷4，頁5，版本同前註。又參王建生《袁枚的文學批評》，頁354，臺北：聖環圖書公司，2001年12月。

記得輕騾駕小車，醉翁亭畔看琅琊。
當年粉黛圍身地，應有衝軺輾落花。

自註：二十五年遊滁之瑯邪今同游星散徒縈夢寐

其三：

柚子花香四月初，鷓鴣聲裡雨如酥。
綠陰無限江南意，道是江南卻不如。

自註：二十七年居芷江、沅水校經堂

其四：

潕溪春水碧如烟，風送漁郎曬網船。
說與外人渾不信，桃花深處即桃源。

自註：芷江遊桃花溪

其五：

登盤初進麻蘋果，上市新來生荔枝。
試向名園尋晚步，秦淮河畔夜燈時。

自註：成都少城公園入夜有秦淮風味

其六：

彝陵江上漫尋幽，千載名賢跡並留。
自笑狂生最無似，雙攜仙侶續三游。

自注：泊舟宜昌偕同學漫步江干竟得三游洞讀刻石始知白蘇而後代有俊游皆三人行也
其七：

近市梅盦深復深，碧桃夾路紫藤陰。
依然庭院多修竹，翠袖天寒不可尋。

自注：小梅厂在巴縣土橋境幽邃二十八年嘗游其地
上述七首詩為民國 29 年作，「雜憶」民國 24 至 28 年間事。
　　第一首，蕭先生記憶民國 24、25 年間，在南京中央政治學校（南京紅紙廊，後改稱政治大學）[9] 讀書情形。首言烏衣巷，昔日貴族式微，今日已青苔平滑，返回校舍綠樹扶疏。三句，轉上野戰課歸來，滿面塵土。四句接上，上野戰課，疲憊、飢餓，只聽得長鳴喇叭聲送來飯香，準備就食。此回憶昔日南京學校生活。
　　第二首，民國 25 年至安徽滁縣遊琅琊山，宋代歐陽修曾官此處，並作〈醉翁亭記〉。故本詩首二句，言當時駕輕騾小車，遊覽歐陽修所遊醉翁亭，看琅琊山。三句，轉至六朝，故言「當年粉黛圍身地」，末句，承上，如今戰車輾落花，有感於戰事，造成友朋之星散。
　　第三首，作者居芷江、沅水校經堂。首言四月柚子花香，雨中鷓鴣鳥啼，一片綠意似江南，猶勝江南之盛。

---

[9] 該校為蔣委員長中正先生創辦。又據李松林、陳太先著《蔣經國大傳》頁 237，北京：團結出版社，2002 年 2 月。據該書云：蔣經國回到關內，一度被任命政治大學教育長。

第四首,言春天潕溪碧綠春水煙波浩渺,和風徐徐,水上漁夫在船上曬網,此處遍桃花,外人或許不信,想當然的,桃花深處即是桃花源。

第五首,作者言成都有「麻蘋果」、「荔枝」等名產。少城公園,入夜之後有秦淮風味。

第六首,作者泊舟宜昌,與同學漫步岸邊,但見留有白(居易)、蘇(軾)刻石。末言己之來游,同於古人,皆三人行,亦巧合。

第七首,作者至巴縣小梅盦土橋境,故言「近市梅盦」,此次重遊,夾路有碧桃,紫藤,庭院人家依然多修竹,取杜甫〈佳人〉詩:「天寒翠袖薄,日暮倚修竹」[10]句意,言人事已非,令人惆悵。詩富神韻。

又如:〈靜夜〉詩(頁17):

靜夜雨已過,孤舟人初歸。掬水弄素月,流螢分清輝。
笑語雜雅俗,論詩爭幽微。往事繫夢寐,天涯今分飛。
記取此夕飲,襟懷毋相違。

此蕭先生27歲在安徽屯溪作。前四句言景,夜雨,孤舟人歸,天上明月與流螢分輝。「笑語」二句,言友人相聚,爭論詩意,語有雅俗,意爭隱微。「往事」二句,勾起鄉愁,家人四處分散,不勝噓唏!末二句,言此次飲宴,值得記憶,莫相忘也。此感懷戰爭引起的亂離。

10　參唐・杜甫《杜工部集》,清・錢謙益《杜工部集註》,卷3,頁3,臺北:新文豐出版,1979年10月。

又如〈海上作〉(頁23):

嚴居三十年,胸次饒塊磊。無以鳴不平,結念慕滄海。
挂席出春申,乘風向膠澥。漸覺天宇寬,一碧了無礙。
雪浪捲晴空,綺霞散奇采。晝夜逝百川,浩瀚渟千載。
挹注誰其司?茫茫託真宰。造化信神偉,眾生徒傀儡。
一髮望中原,舉目河山改。泽水苦橫流,生民供菹醢。
乘桴非所甘;投艱力已殆。何時見清晏?拭目吾其待。

此民國35年蕭先生在青島作。首言自己在陸地生活30年,胸中多有不平塊磊。為了消除心中塊磊,想往大海遊覽。於是揚帆出山東(春申,春申君,戰國四大公子之一,居山東),向膠洲灣出發,漸覺海面寬闊,碧藍的海一望無盡。「雪浪」下四句,言海上所見,晴空下,雪般浪花不斷翻起,隨著美麗的彩霞四處散射,在這百川匯聚的海面。「挹注」下四句,言茫茫世界,唯賴神明造化,眾生勞碌奔波,亦不過傀儡。「一髮」下四句,看看中原,大半淪落,遍地赤色(指中共)橫流(佔據大半中原),生民只供其驅馳、宰割。末四句,乘舟出游有如孔子不得已乘桴於海(《論語‧公冶長》)非所願。蓋天下亂象已生,己亦盡力,又不知等待何時天下清平。前半敘事、言景。詩末在於感懷。

又如〈灌園〉(頁24):

簪筆事彫蟲,壯夫所不屑。豈容七尺軀,徒懷徑寸鐵?
八荒伏殺機,九鼎方阢陧。疆寇尚鷹瞵;時賢工鼠竊。

人微實無補,退將養吾拙。不如向寒圃,抱甕汲清冽。豆蔓自攀牽。菘[11]韭漸成列。欣欣有生意,茹之亦芳潔。

嘗聞肉食鄙,益信菜根別。生不慕何曾,一飽良易得。

此蕭先生於民國 36 年 33 歲青島作。詩中作者首言平日事文墨,壯夫所不為(揚雄典故),豈可一生懷此「徑寸鐵」?「八荒」下四句,言天下大亂,中共乘勢而起,而時人工於投機。「人微」下四句,言己人微,無補於國事,只得藉書養拙,亦如淵明言己「才拙性剛」。並引樊遲請學稼故事(語出《論語‧子路》),想種田歸隱。李白〈贈張公洲革處士〉有「革侯遁南浦,常恐楚人聞。抱甕灌秋蔬,心閑遊天雲。」[12]句。「豆蔓」下四句,所栽豆子、白菜、韭菜漸成列,欣欣向榮,食之亦覺芬芳,足以安慰。末四句,古有肉食者鄙[13]說法,與菜根香者不同。平生不慕何曾日食萬錢,但飽一餐即可,言知足可以常樂。詩中表達處於動盪社會,感慨世道,己又才拙,不如過平淡、平實生活。

---

[11] 「菘」字,原作「松」,據蕭先生《興懷集》自校本,(整理蕭先生書籍發現),改作「菘」,指白菜。潘富俊《中國文學植物學》頁 227,引沈約〈行園〉詩有:初菘向堪把,時韭日離離。臺北:貓頭鷹出版社,2011 年 6 月。

[12] 李白《李太白文集》,卷 7,頁 1,收在《四庫全書珍本》11 集,臺北:臺灣商務印書館,,民國 70 年(1981)年。

[13] 肉食者鄙:據孔穎達《左傳注疏》,卷 8,(莊公十年春有:曹劌 請見,其鄉人曰:肉食者謀之,又何間焉?劌曰:肉食者鄙,未能遠謀,乃入見。肉食者,指在位者)頁 13,臺北:中華書局四部備要本。

（二）豁達、平淡人生

蕭先生感懷詩，表達豁達、平淡人生作品如：〈歌〉詩（頁19）：

天如廬，地如席；我身孤。得與失，胡為乎！

此蕭先生民國 30 年、27 歲作。在戰亂中，作者東奔西走，總有天似穹廬，一望無盡的地如鋪席，自己孤立在天地間的感覺，感受生命的渺小，因而認為得與失的小事，不必計較。由天地之大感悟己身之渺小。

又如〈讀老子〉（頁31）：

為賺開關強著書，五千言少義尤疏。
雞鳴自向流沙去，一任人間說老夫。

此民國 52 年，蕭先生 50 歲在臺中，任教東海大學中文系作。本詩首用《史記‧老子本傳》事，言當時關令尹喜之言「彊為我著書」，老子乃著《道德》之意五千餘言[14]。二句承上，言《道德經》五千言與先秦諸子所論相比，嫌少；且內容空疏。三句，言老子完成《道德經》後，即向沙漠走去。四句，承上，

---

[14] 司馬遷《史記》卷 63〈老子韓非列傳第三〉（臺北：藝文印書館）云：老子者，楚苦縣厲鄉曲仁里人也。姓李氏，名耳，字聃。周守藏室之史也。……老子修《道德》，其學以自隱無名為務。居周久之，見周之衰，迺遂去。至關（散關、或曰函谷關），關令尹喜曰：「子將隱矣，彊為我著書。」於是老子迺著書上下篇，言《道德》之意五千餘言而去，莫知其所終。

不管時人或後人如何批評，或褒或貶，老子瀟灑離去。詩中描寫老子為人處世，自由瀟灑，不顧世人短長，此亦可作為個人行為準則。

又如〈偶成〉（頁 41）：

春來春去竟何之？來不匆匆去不遲。
我不留春春自去，年年人有送春詩。

此為蕭先生於民國 62 年 59 歲作。首言春來春去，去來皆順其時序之自然。三句，我知四季自然運行，故不必留春，春亦留不住而自去。末，儘管四季如此循環，感於春去，年年有作送春詩。言詩人之多愁善感之情，不停惜春、送春。

又，〈己未二月初三日畫三松圖壽宗毓六十〉（頁 47）：

畫松或貴曲，虬蟠取姿媚。直幹復何如？挺立有高致。
二松漸老境，交柯聳蒼翠。一松尚弱齡，已有干霄意。
畫此以壽君，自壽亦何異！有兒方遠征，儼作干城寄。
舉案聊相娛，筆墨小游戲。

詩作於民國 68 年居臺北時。首言畫松，或屈取其姿媚，或直取其高致。次言所畫三松中，二松漸老，然則蒼翠交柯，以喻夫妻年雖漸老，而感情愈篤。次言，一松尚弱齡，此喻其子蕭東海年紀尚幼，卻有偉器，有直上雲霄之意。「畫此」二句，畫松以壽夫人張宗毓（蕭先生妻）女士，亦以自壽。「有兒」二句，言蕭東海服役於金門，遠征服勤，以為干城，即如畫中小松，有青雲之志。末，言此畫為游戲之作，聊為夫婦排愁解悶。詩中以

畫中三松,以喻家中老小三人,志節高昂而婉轉含蓄。
　　又,〈壬戌十一月二十九日偕內子植物園看梅〉(頁49):

丹鉛鹽米作生涯,儒素家風澹不華。
三十年來忙裏過,今朝攜手看梅花。

此作於民國71年,蕭先生偕夫人臺北植物園看梅所作。詩中言蕭夫人張宗毓女士抱持儒家清淡生活,少施丹鉛(或可說平時書畫自娛)而鹽米渡日。轉眼結褵30年,好不容易,今朝有空,攜手看梅花。詩中表達夫妻相敬,生活雖平淡,家庭和樂融融在其中。
　　又,〈乙丑九日作〉(頁50):

今日復何日?豈與平日殊?無事自蚤起,非為公府趨。
南窗迎好風,庭樹搖清虛。齋心齊得喪,洗耳聞榮枯。
鄰花送幽馨,好鳥時謹呼。雖非羲皇上,吾亦全真吾。
便爾為佳節,安用簪茱萸!

此蕭先生民國74年重九作。首二句以問話起興,問今日是何日?三句,起問原因,無有公事,卻「無事自蚤起」。「南窗」二句,言早起但覺南風吹來,庭院樹在空中搖擺。「齋心」,言己達到莊子所謂「齊得失」、「心齋」「坐忘」的境界,亦不關世俗榮枯禍福。「鄰花」二句,言鄰居所植好花,時送幽馨之氣,而附近好鳥,亦時聽啼叫。「雖非」二句,言非遠古太上之時,亦能保其全節、全真,足以自慰。末二句,以淡然之心面對重九,心情恬淡,自然遠離禍患,不必特意插茱萸以避邪也。詩中表達

作者恬淡清遠之心。有陶淵明田園詩風味。

又,〈晚飲〉(頁 55):

勇向急流退,頹齡要自娛。已判翻著襪;常愛倒騎驢。蔬果四時足;圖書萬卷餘。晚來一杯酒,不飲待何如?

此蕭先生民國 76 年作,時已 73 歲。首二句,言凡做人之道,亦言己。晚年以詩書畫自娛。三四句,言年老生活有些顛倒,卻如八仙中張果老倒騎驢之趣味。腹聯,生活上,蔬果自足;精神上,圖書萬卷;足供精神與物質陶冶。末,以傍晚杯酒取樂,乃是生活快意。詩述晚年自在生活。

(三)忠愛國家之情

蕭先生忠愛國家詩篇如:〈悼三女士〉(頁 17)

湘鄉譚熙雲、彭馨臨、陳定亞三女士,充七十六師政訓員,隨軍入桂。今年二月奉調赴賓陽前線,撫輯流亡,組訓民眾。會寇大舉攻城,三女士照常工作,艱險不避。及事急,知不免於難,相率自經嚴谷閒。鄉人士哀之,徵辭及余,遂作是篇。

蘆溝橋畔烽煙起,上國薦食馳封豕。三年苦戰猶未休,大地茫茫血凝紫。國殤豈獨是男兒?亦有十八十九好女子。娉婷玉質走沙場,執桴殺敵重圍裏。敵勢如潮捲地來,旌旗黯淡千夫靡。四顧無非狼與豺,不辭玉骨窮塵委。張先許後盡成仁,蛾眉化作

睢陽齒。浩氣千秋未可泯,碧血斑爛照青史。至今賓
陽城外秋騷騷,萬谷淒風弔雄鬼。嗟嗟三女士!汝死
吾悲吾亦喜。吾知汝血不唐捐,國魂賴汝血以蘇,國
恥憑汝血以洒,國運縣縣汝不死。

此為民國 29 年作。〈序〉言湘鄉三女士,譚熙雲、彭馨臨、陳定亞三人,二月奉調赴賓陽前線,撫輯流亡,組訓民眾。寇大舉攻城,知不免於難,相率自經巖谷間。蕭先生詩從盧溝橋七七事變講起,中原各地處處為國事爭戰,染紅血凝紫。「國殤」句下,言日寇入侵,日處豺狼,不惜攜牲性命。以唐代安祿山反,張巡、許遠守睢陽殺身成仁,言三女士之英勇。碧血照青史。「至今」句下,言每秋起,賓陽城下,萬谷淒風。末,蕭先生云三女士之犧牲,國魂得救,國恥得洗,國祚得縣延。表揚三女士忠貞愛國情操。

又如:〈五日弔屈原〉(頁 18)

沅湘蘭芷吹香風。沅湘詩人離愁窮。上官媚行深九
重,子蘭蜇語螫且工。欲叩帝閽帝耳聾。九關虎豹無
由通。荷衣躑躅江之東。行唫搔首如飛蓬。美人香草
明孤忠。雲雷迴幻奔騷雄。陳詞二姚兼有娀。靈修浩
蕩不可逢。國殤山鬼紛悲恫。哀絲猶激章華宮。忠言
逆耳誰其同?載拜用告先祖熊。汨羅湛湛森青楓。涉
江去國吾心忡。蘅皋捐珮示潔躬。馮夷撥棹羌相從。
安歌浩倡為愉容。忠憤上薄成蒼虹;下垂風雅歸其
宗。水仙逝矣靈其憧。但看艾綠榴花紅,椒漿桂醑陳
天中,尚希靈貺昭愚蒙。

此民國 30 年作。詩由沅湘蘭茝起興，思及詩人屈原。屈原雖一片忠心，然則上官大夫、子蘭屢進讒言，使屈原遭憂。「欲叩」起，言楚王裝聾，而虎豹把持天門，使屈原無法向楚王進言，乃被放逐，行吟澤畔。「美人」句下，言〈離騷〉以美人香草喻其忠，驅馳雲雷，並邀集二姚、有娀等美人，為楚國效命，然失望而歸。甚至楚君不用心思，浩浩蕩蕩，令人憂傷。《楚辭‧九歌》中〈國殤〉歌詠為國捐軀英雄而悲。〈山鬼〉悲其山中孤寂。「哀絲」句下，言屈子忠言逆耳，不得時君青睞，乃祭拜先祖後，自沉汨羅。「涉江」句下，言屈子渡江去國，如《九章‧涉江》篇，及《九歌‧湘君‧湘夫人》篇所言，以杜蘅捐珮，以示自身潔白。故司馬遷言屈子〈離騷〉，「推此志也，雖與日月爭光可也」。屈原雖死，後人五月競舟，以祀以敬，盼屈原魂魄歸來。一片赤誠愛國之心，如讀〈離騷〉。

又如：〈窮巷〉詩二首（頁 28）：

其一云：

閉居窮巷裏，真如蝨處褌。悠悠百年事，苦樂難具論。
乘暇理荒穢，荷鉏務中園。南國盛草木，簣土繁子孫。
虛華豈足貴；生意於焉存。乾道貴行施，載物惟厚坤。
混然獨中處，無道以之尊。推此悲憫懷，乃見天地根。

其二云：

往歲客巴蜀，遭時值亂離。九土爛如沸，封豕來東夷。
頗負澄清志，振羽思高飛。慼慼倦行役，所遇誠已稀。
惟期故物復，隨分甘如飴。豈意收京初，百事良已非。

> 瘡痏猶未平,樂土淪泥犁。吾民故不肖;天意真難知。
> 毒痛終無極,血淚長淋漓。落落梁伯鸞,空向蒼天噫。

此蕭先生於民國43年、40歲作。此時已至臺北。詩中第一首,作者言閉居窮巷,如蝨處褌,渾身不自在。「乘暇」下六句,閒來鋤草(陶淵明〈歸園田居〉有「晨興理荒穢」、「帶月荷鋤歸」句),蓋臺灣處南方,氣候炎熱,草木本就繁盛,增加土泥,使其繁衍。不必追求虛華,但求生命、生長而已。「乾道」下四句,天道貴行,坤道載物,人處天地之中,儒道為尊。末二句,應以悲天憫人為懷,為立足天地根本。蕭先生以儒家仁愛思想可知。

第二首,前四句,作者回憶昔日亂離,客居巴蜀,土高地熱,而日本入侵。「頗負」下四句,己雖有澄清政治、遠舉高飛心志,但行旅多愁,同此懷抱之人少之又少。「惟期」下四句,盼收復失土,隨著機遇,大半時間,受盡磨難,亦甘之如飴。豈料打敗日本、收復國土後,中共政權趁機興起,國事日非。「瘡痏」下四句,言國家災難,舊傷未平,樂土轉為泥犁,歎中國百姓遭遇,而天意如此,亦難以知曉。末四句,思及如此,內心痛苦,無邊無際,暗自流淚帶血,難向他人訴說。只得如後漢梁鴻(字伯鸞)[15]居於海濱。蕭先生抒發中國近年多事,生平歷盡煎熬,悲歎中國人不幸遭遇,溢於紙上。

又:〈曼谷逢熊伯穀不相見四十年矣〉(頁42):

---

[15] 梁鴻,後漢平陵人,讓子,字伯鸞,博學多通章句學,娶同縣孟氏女,共霸陵山中,耕織業。章帝求之,尋變姓名,閒居齊魯間,又適吳,居廡下,著書十餘篇。見范曄《後漢書》,卷113,頁7,總頁987,臺北:藝文印書館武英殿本。

四十年來夢寐中，何期異域忽相逢。
營巢君似棲梁燕；印爪吾如踏雪鴻。
同輩弟兄俱老大；成行兒女各西東。
燈前不下憂時淚，恃有丹心一寸同。

詩作於民國 63 年，蕭先生 60 歲在泰國曼谷與友人熊伯穀先生相逢作。首言 40 年分離，不期與伯穀先生在曼谷忽然相遇。伯穀先生在此成家似棲息屋梁營巢燕子，頗為安穩，己則如鴻鳥踏雪而過，旋即了無蹤跡。活用東坡〈和子由澠池懷舊〉：「人生到處知何似？應似飛鴻踏雪泥，泥上偶然留指爪，鴻飛那復計東西」句。腹聯，同輩兄弟皆已年老，且兒女成行、各分東西。末，言彼此皆分隔一處，惟報國丹心不變。

又，〈甲子二月十五日中山樓作〉（頁 49）：

群賢高會志澄清，午枕瀟瀟夢不成。
十億蒼生望霖雨，莫教一意賞新晴。

詩作於民國 73 年。詩中首言國民黨高層菁英聚集中山樓會議如何治理國政。次言午休聽到窗外瀟瀟雨聲，是以難以成夢。三句，轉至大陸十億苦難同胞，希望國民政府領導反攻回去。末句，勿以觀賞今日中山樓雨後新晴美景忘記使命。詩有憂國之心。

（四）關懷國際，感時懷鄉

蕭先生有國際觀，其關懷國際詩作如：〈星洲偶感〉（頁 43）：

綰轂西東氣象恢，誰知天賜一丸纔。

並時多少烹鮮手，微惜江山負此才。

自注：新加坡開國日淺，壤地褊小，而執政者則偉器云。詩作於新加坡，時民國63年，言新加坡國家土地面積狹小，而執政者有偉器。三句，語出《老子》「治大國如烹小鱻。」[16]四句，轉向新加坡本國，治理的很好，惜受限國土範圍，即便有「偉器」，難有施展的空間。詩一以美執政，一以歎國土小。

又如〈東洋學術會議後感賦〉（頁39）：

鯤島攜雲至，雙鳧落碧岑。樓臺臨漢水，圭璧重儒林。
勝會賢豪集，同文氣誼深。秋風原上急，不盡鶺鴒心。

自註云：10月25日應邀赴韓，出席東洋學會，是日我自聯合國退出。

詩作於民國60年12月25日，蕭先生應邀赴韓，出席東洋學術會議。會後所作。首二句言作者乘飛機至漢城（今稱首爾），頷聯言該校面臨漢水，為儒林所重。腹聯言參與群賢以文會友。末，雖已秋至，與會之士討論熱烈，兄弟情誼不盡。由會議之熱烈，思及中韓本兄弟之邦。

又，蕭先生感時懷鄉之作，如：〈飛度洛基山機上書示鄰座〉（頁36）

不見雪花二十年，今朝飛度雪山巔；窺窗一覺還鄉夢，塞北風光到眼前。

---

[16] 語出《老子‧道德經》60章，臺北：世界書局，收入《新編諸子集成》第3冊，頁36，1972年10月。

民國 50 年蕭先生至美國講學非渡洛基山機上作。詩言飛機飛過雪山巔，從窗視之，如一夢覺，眼前所見，猶如昔日所見塞北風光。末句轉入懷鄉。

又如：〈和袁企止江絜生二老市茶之作〉其二（頁 49）

> 溫柔輭飽各成鄉，道力堅持應坐忘。獨有故鄉忘不得，粗茶薄酒亂詩腸。

本詩民國 71 年和袁企止、江絜生作。詩言「粗茶薄酒」之後，亂了思緒，總是忘不了故鄉也。此酒後真情流露。

〈海峽〉（頁 57）：

> 海峽風塵斂，鄉園涕淚滋。謀皮驚眾醉；抱布嘆氓蚩！故土雖[17]吾土；今時異昔時。我行惟荷鍤，翻笑首丘癡。

此作於民國 77 年。首言海峽兩岸雖平靜，但思鄉之愁不盡。頷聯，與中國大陸談和平，如與虎謀皮，眾人卻如醉酒，猶如《詩經‧氓》，假裝作生意的男子，獲得女子青睞，成婚後，立刻露出猙獰之目，家暴女子。言中共政府往往出爾反爾，不可信。五六句，轉至大陸，雖仍為中國國土，今為中共政權所有，已非「中華民國」，今非昔比。末，在臺灣唯有努力耕作，不必妄想落葉歸根，狐死首丘之意。詩中表達思鄉之情，與中共政權商謀國事之不可靠，大陸淪陷多時，亦難預料何時還鄉。末，用反語寫懷鄉之苦。感時懷鄉之作。

---

[17]「雖」原作「非」字，據蕭先生自校本改作「雖」。

（五）表現生活趣味、親情

蕭先生生活恬淡有趣，亦往往表現親情，詩作如：
〈病院中經大手術後自嘲〉（頁45）：

不是屠門是佛門，森羅殿上奪歸魂。
身同半死隨人割，氣等游絲不用吞。
四面牽絲如傀儡，多番撮弄似猢猻。
隔宵又到人間世，好把前生仔細溫。

自注：64年9月28日歸自漢城，十二指腸潰瘍出血，送醫。延至30日，始經榮民醫院吳紹仁醫師施行手術，歷四小時而畢。翌日，雖已「恢復」而深感虛弱。又明日，病榻中試作此詩，以自驗精力如何，詩成，即取「護理紀錄單」書之於背。手戰筆亂，詩有重字，但平仄韻腳不誤，尚足自慰也。

此民國64年蕭先生於臺北榮總大手術後作。據該詩自注文，蕭先生於9月28日歸自漢城，十二指腸潰瘍出血。30日，經醫師手術後，次日，病榻中取「護理紀錄單」，於背面作詩。詩中首言，己動手術似佛門從森羅殿奪得歸魂。頷聯，言施行手術時，身同半死，任人宰割，氣息奄奄，如游絲飄散。腹聯，言己在手術檯上，四面管線多，如牽絲，情同拉住傀儡；醫生多番撮弄，有如猢猻。末聯，手術完畢，翌日，身體恢復，恍如再世為人，猶如前生種種，可仔細重溫、體會。詩記病中手術情形，有趣。

又〈所寓潮州街老屋羅志希先生嘗居之今已敝甚〉（頁56）：

三十年前造此廬，詩人髮白貌清癯。
詩人何止詩難敵；室陋如斯豈易居？

此亦民國76年作。本詩言蕭先生寓居潮州街。首言所寓老屋為30年前造，羅家倫（志希）曾住，而己住時，髮白而清癯之身。三句，轉至詩創不易，末，轉回主題，老屋室陋，前賢如何居住？

又，〈戊午歲除寄東兒金門〉（頁47）：

遠適金門戍，辭親第一年。遙知前敵地，正值大寒天。
酒好須防醉，魚多不論錢。家中方餞歲，念汝未成眠。

此為蕭先生於民國67年臺北作，時蕭先生64歲。東兒，指蕭東海。時東海服役金門外島。首聯即言東海第一次辭親戍守金門。金門對岸廈門，為大陸，國共分治，是以稱廈門為敵地。「正值大寒天」，應題「歲除」。金門，四周環海，魚多價廉，所以「魚多不論錢」。金門高粱酒，不可貪杯，故勸東海飲酒不可過量，故「須防醉」。末聯，家中除夕餞歲，東海未在身邊，故「念汝未成眠」。表現親情。

此外，如：
又，〈過跛翁故居已治為平地行建新廈矣〉（頁55）：

宰木三年拱，僑廬易主頻。已無門館舊；惟見構圖新。
勛業都成夢，歌詩獨率真。斯人今不作！誰復念斯人？

詩作於民國 76 年，與前一首同為 73 歲作。跛翁，余井塘[18]曾經擔任政府許多要職，然則，昔日舊居，「易主頻」，更換多少屋主。是以三四句，已無舊館，但見新廈。腹聯，昔日豐功偉業，今成夢幻，惟獨詩集，能率直表現性情。末，今之視昔，猶後之視今，則余先生詩歌，必為人懷念。

---

[18] 李獻《龍碉詩話・讀跛翁遺詩》頁 363 起云：「先生擔任交通銀行的常務董事。……他的詩，共一冊，不分卷，前有陳立夫先生和蕭繼宗先生的序文，蕭先生的序文中說『今讀翁之詩，四事具而四體兼，斯誠得香山之髓者，故其所作，字字從肝鬲中出，攬之可掬，挹之不窮，又懼其滑易焉，時復以宋人之刻至救之，遂不盡為香山詩，而自成其為跛翁詩。』這一節話，評論得十分中肯，而我的看法，除了上述條件之外，還有先生胝摯的個性，澹淡的風格，所以讀他的詩，與世俗的詩，有完全不同的感覺。」民國 79 年 12 月臺灣商務印書館出版。又有關余井塘生平，程中行撰、蕭繼宗書余井塘〈墓表〉云：「先生諱愉，字景棠，余氏易為井塘，以字行。先世自福建莆田遷江蘇興化縣，遂為興化人。生於民國紀元前 16 年 9 月 15 日寅時。……民國 9 年就學上海復旦大學，……入美國愛我華攻經濟學碩士學位，……民國 14 年回國任教，……民國 18 年任中央政治學校教務主任，嗣膺第四屆中央執行委員。……民國 28 年 8 月任教育部次長。……民國 39 年 3 月受命內政部長，……民國 43 年遞補國民大會教育團體代表並當選歷次大會主席團主席，……民國 52 年冬，……出任行政院副院長，……任職二年半，旋聘為總統府資政，70 年 4 月國民黨第十二屆全國代表大會通過為中央評議委員會主席團主席，73 年秋先生八十晉九壽辰，蔣總統特授一等卿雲大授勳章。……」收在林熊徵學田策劃，大華晚報社編輯《余井塘先生紀念文集》，1985 年 10 月出版，又該集頁 7 收錄蕭先生〈跛翁逸墨序〉。又，據陳立夫〈跛翁逸墨序〉云：「溯憶與先兄果夫及立夫共事黨國，由少壯而至白首，顛沛造次，一德一心，迄今六十年矣。」收在余井塘《跛翁逸墨》，頁 1，民國 74 年（1985）10 月，國立政治大學、國立復旦大學校友會出版。

三、結語

　　感懷詩重在抒情,而抒情貴真,貴出己意,綜合蕭先生感懷詩作,追憶往事,如〈雜憶〉回憶民國 24 至 28 年間事,〈靜夜〉家人分散,勾起往事鄉愁,〈海上作〉,言天下亂象已生,不知何時清平。表現豁達、平淡人生,如:〈歌〉由天地之大,感悟己身渺小。〈偶成〉表現作者多愁善感。〈植物園看梅〉,表達夫妻和樂,生活美滿。表現忠愛國家之情,如:〈悼三女士〉〈五日弔屈原〉等等,一片赤誠,如讀〈離騷〉。關懷國際,如:〈星洲偶感〉、〈東洋學術會議後感賦〉,皆關懷鄰國之作。感時懷鄉之作,如:〈飛度洛基山機上書示鄰座〉、〈和袁企止江絜生二老市茶之作〉等眷戀故鄉。表現生活趣味、親情,如:〈病院中經大手術後自嘲〉、〈戊午歲除寄東兒金門〉,表現病中情形、天倫親情等等,大體說來感懷諸作,先生生活親身體驗,因感時感物而成,處處表現真情,蕭先生集名《興懷集》,詩作皆因興感懷而起。

附記:
1. 本文為《蕭繼宗先生研究》一書(第五章〈蕭繼宗先生古典詩探討〉)其中部分。
2. 文經東海大學退休教授柳作梅先生審閱,特此致謝。
3. 本文在民國 100 年 11 月 20 日參與東海大學「中國古典詩學新境界」學術研討會宣讀,並承張簡坤明教授提出寶貴意見修正,特此誌謝。

參考書目

一、蕭繼宗先生著作

1. 蕭繼宗《興懷集》,臺北:臺灣學生書局,民國 79(1990)年 3 月。另有蕭先生自校本《興懷集》。
2. 蕭繼宗《獨往集》,臺北:正中書局,民國 72(1983)年 2 月。
3. 蕭繼宗《友紅軒詞》,臺北:正中書局,民國 50(1961)年。
4. 蕭繼宗《評校花間集》,臺北:臺灣學生書局,民國 70 年(1981)10 月再版。
5. 蕭繼宗《評訂麝塵蓮寸集》,臺北:聯經出版社,民國 67 年(1978)6 月。
6. 蕭繼宗《實用詞譜》,臺北:國立編譯館,民國 79 年(1990)4 月,三版。
7. 蕭繼宗《Chinese Village plays》(譯著)。
8. 蕭繼宗《澹夢集》,山東:青島,民國 35 年(1946 年)9 月。
9. 蕭繼宗著作〈自訂表〉2009 年整理蕭先生書籍時發現。

二、傳統文獻

1. 《老子》,臺北:商務印書館四部叢刊,民國 64 年(1975)6 月出版。
2. 漢・司馬遷《史記》,臺北:藝文印書館,民國 44 年(1955)。

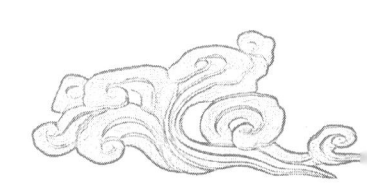

3. 南朝宋・范曄《後漢書》臺北：藝文印書館，民國 44 年（1955）。
4. 唐・孔穎達疏《左傳注疏》，臺北：中華書局四部備要。
5. 梁・鍾嶸《詩品》，收在何文煥《歷代詩話》，臺北：藝文印書館，民國 60 年（1971）2 月。
6. 唐・王維《王摩詰文集》，上海：上海古籍出版社，民國 92 年（2003）12 月。
7. 唐・李白《李太白文集》，收在《四庫全書珍本》11 集，臺北：臺灣商務印書館，民國 70 年（1981）年。
8. 唐・杜甫《杜工部集》，清・錢謙益《註》，臺北：新文豐出版公司，民國 68 年（1979）10 月。
9. 明・徐禎卿《談藝錄》，收在何文煥《歷代詩話》，臺北：藝文印書館，民國 60 年（1971）2 月。
10. 元・楊載《詩法家數》，收在何文煥《歷代詩話》，臺北：藝文印書館，民國 60 年（1971）年 2 月。
11. 清・袁枚《小倉山房尺牘》，上海：圖書集成印書局，清光緒 18 年（1892）。
12. 清・袁枚《隨園詩話》，上海：圖書集成印書局，清光緒 18 年（1892）。
13. 清・沈德潛《說詩晬語》，丁福保（仲祜）編《清詩話》，臺北：藝文印書館，民國 60 年（1971）10 月。

三、近人論著（依姓名筆劃）

1. 王建生《袁枚的文學批評》，臺北：聖環圖書公司，民國 90 年（2001）12 月。

2. 王建生〈從《興懷集》《獨往集》看蕭繼宗先生生平與人格思想〉,《東海中文學報》第 18 期,民國 95 年(2006)7 月,頁 131～162。
3. 王建生〈蕭繼宗先生寫景詩的探討〉,《東海中文學報》第 23 期,民國 100 年(2011)7 月,頁 1～22。
4. 余井塘《跛翁逸墨》,臺北:國立政治大學、國立復旦大學校友會出版,民國 74 年(1985)10 月。
5. 李猷《龍磵詩話》,臺北:商務印書館,民國 79 年(1990)12 月。
6. 李松林、陳太先《蔣經國大傳》,北京:團結出版社,2002 年 2 月。
7. 潘富俊《中國文學植物學》,臺北:貓頭鷹出版社,民國 100 年(2011)6 月。

附：本書作者著作及書畫展覽活動表

（一）論著

書名	出版地	出版社	出版時間	頁數
1.《說文解字》中的古文究	臺中	手抄本	1970年6月	271頁
2. 袁枚的文學批評	臺中	手抄本	1973年6月	568頁
3. 鄭板橋研究	臺中	曾文出版社	1976年11月	212頁
4. 吳梅村研究	臺中	曾文出版社	1981年4月	377頁
5. 趙甌北研究（上、下）	臺北	臺灣學生書局	1988年7月	864頁
6. 蔣心餘研究（上、中、下）	臺北	臺灣學生書局	1996年10月	1305頁
7. 增訂本鄭板橋研究	臺北	文津出版社	1999年8月	312頁
8. 增訂本吳梅村研究	臺北	文津出版社	2000年6月	418頁
9. 袁枚的文學批評（增訂本）	臺北	聖環圖書公司	2001年12月	490頁
10. 古典詩選及評注	臺北	文津出版社	2003年8月	473頁
11. 簡明中國詩歌史	臺北	文津出版社	2004年9月	341頁

書名	出版地	出版社	出版時間	頁數
12.《隨園詩話》中所提及清代人物索引	臺北	文津出版社	2005年7月	223頁
13. 清代詩文理論研究	臺北	秀威資訊科技公司	2007年2月	246頁
14. 韓柳文選評注	臺北	文津出版社	2008年9月	318頁
15. 陶謝詩選評注	臺北	秀威資訊科技公司	2008年9月	226頁
16. 詩學・詩話・詩論講稿	臺中	東海中文研究所講義	2008年9月	391頁
17. 歐蘇文選評注	臺北	文津出版社	2009年1月	354頁
18. 詩與詩人專題研究講稿	臺中	東海中文研究所講義	2009年1月	214頁
19. 楚辭選評注	臺北	秀威資訊科技公司	2009年4月	306頁
20. 山水詩研究講稿	臺中	東海中文研究所講義	2009年11月	328頁
21. 鏤金錯采的藝術品——索引本評點補《麝塵蓮寸集》	臺北	秀威資訊科技公司	2011年4月	270頁
22. 山水詩研究論稿	臺北	華藝數位股份有限公司	2011年11月	348頁
23. 古典詩文研究論稿	臺北	華藝學術出版社	2014年2月	463頁
24. 蕭繼宗先生研究			（整理預備出版中）	

（二）合集

書名	出版地	出版社	出版時間	頁數
1. 王建生詩文集	臺中	自刊本	1990年7月	168頁
2. 建生文藝散論	臺北	桂冠圖書公司	1993年3月	254頁
3. 心靈之美	臺北	桂冠圖書公司	2000年11月	208頁
4. 山濤集	臺北	聯合文學	2005年8月	206頁
5. 山中偶記	臺北	秀威資訊科技公司	2012年3月	234頁
6. 一代山水畫大師井松嶺傳（井松嶺先生口述 王建生整理）			待刊	

（三）詩集

書名	出版地	出版社	出版時間	頁數
1. 建生詩稿初集	臺中	自刊本	1992年11月	70頁 270首
2. 涌泉集	臺中	自刊本	2001年3月	145頁 310首
3. 山水畫題詩集	臺北	上大聯合股份有限公司	2009年12月	136頁 600餘首
4. 山水畫題詩續集（附畫作）	臺北	秀威資訊科技公司	2011年8月	158頁 440餘首

書名	出版地	出版社	出版時間	頁數
5. 建生現代詩選	臺北	秀威資訊科技公司	出版中	

（四）畫集

書名	出版地	出版社	出版時間	頁數
1. 消暑小集（畫冊）	臺中	臺中養心齋	2006年9月	2（上下卷）長卷軸
2. 建生書畫選輯	臺中	天空數位圖書出版社	2013年5月	192頁

（五）收集金石文物

書名	出版地	出版社	出版時間	頁數
1. 尺牘珍寶	臺中	自刊本	2005年5月	32頁
2. 金石古玩入門趣	臺北	貓頭鷹出版社	2010年3月	143頁（精裝本）

（六）、單篇學術論文、文藝創作作品、展演

著作篇名	出版書籍及期刊名稱	卷期、頁數	出版年月
1. 鄭板橋生平考釋	東海學報	17卷　頁75-92	1976年8月
2. 吳梅村交遊考	東海學報	20卷　頁83-101	1979年6月
3. 吳梅村的生平	東海中文學報	第2期　頁177-192	1981年4月
4. 屈原的「存君興國信念」與忠怨之辭	遠太人	15期　頁53-54	1984年12月
5. 淺論我個人對文藝建設的新構想	東海文藝季刊	16期　頁1-5	1985年6月
6. 談文學的進化論	東海文藝季刊	17期　頁3-8	1985年9月
7. 淺談文學的多元論	東海文藝季刊	20期　頁6-8	1986年6月
8. 談文學的波動說	東海文藝季刊	24期　頁1-14	1987年6月
9. 「性靈說」的意義	東海文藝季刊	25期　頁2-7	1987年9月
10. 清代的文學與批評環境	東海文藝季刊	26期　頁3-27	1987年12月
11. 與青年朋友談文藝—須有「個性」	東海文藝季刊	27期　頁18-21	1988年3月

著作篇名	出版書籍及期刊名稱	卷期、頁數	出版年月
12. 與青年朋友談文藝—須有「真」「趣」	東海文藝季刊	33期　頁7-11	1988年6月
13. 從文藝創作獎談文藝創作論	東海文藝季刊	28期　頁2-11	1988年6月
14. 趙甌北的文學批評—論李白	中國文化月刊	104期　頁32-47	1988年6月
15. 趙甌北的史學成就	東海學報	29卷　頁39-53	1988年6月
16. 趙甌北的文學批評—論杜甫	中國文化月刊	105期　頁32-41	1988年7月
17. 趙甌北交遊	東海中文學報	8期　頁19-66	1988年6月
18. 趙甌北的文學批評—論韓愈	中國文化月刊	106期　頁36-44	1988年6月
19. 憶巴師（古詩）	巴壺天追思錄	頁112-114	1988年8月
20. 與青年朋友談文藝—須有「主」「從」	東海文藝季刊	29期　頁6-9	1988年9月
21. 趙甌北的文學批評—論白居易	中國文化月刊	107期　頁105-114	1988年9月
22. 趙甌北的文學批評—論歐陽修	中國文化月刊	108期　頁34-38	1988年10月

著作篇名	出版書籍及期刊名稱	卷期、頁數	出版年月
23. 與青年朋友談文藝—須有「結構」	東海文藝季刊	30期　頁2-7	1988年12月
24. 趙甌北的文學批評—論王安石	中國文化月刊	110期　頁27-31	1988年12月
25. 趙甌北的生平事略	書和人	611期	1988年12月
26. 趙甌北的文學批評—論蘇軾	中國文化月刊	112期　頁30-40	1989年1月
27. 與青年朋友談文藝—須有「氣」「象」	東海文藝季刊	31期　頁2-10	1989年3月
28. 詩經、楚辭	中國文化月刊	121期　頁98-113	1989年11月
29. 漢代詩歌—樂府民歌	中國文化月刊	122期　頁95-105	1989年12月
30. 魏晉南北朝民歌	中國文化月刊	123期　頁65-86	1990年1月
31. 唐代詩歌（一）	中國文化月刊	124期　頁27-46	1990年2月
32. 唐代詩歌（二）	中國文化月刊	125期　頁73-92	1990年3月
33. 唐代詩歌（三）	中國文化月刊	126期　頁83-108	1990年4月
34. 宋代詩歌（上）	中國文化月刊	128期　頁59-81	1990年6月

著作篇名	出版書籍及期刊名稱	卷期、頁數	出版年月
35. 宋代詩歌（下）	中國文化月刊	129 期　頁 66-80	1990 年 7 月
36. 中國散文史	東海中文學報	9 期　頁 33-96	1990 年 7 月
37. 金元詩歌	中國文化月刊	130 期　頁 71-80	1990 年 8 月
38. 明代詩歌	中國文化月刊	131 期　頁 54-73	1990 年 9 月
39. 清代詩歌（上）	中國文化月刊	132 期　頁 68-78	1990 年 10 月
40. 清代詩歌（下）	中國文化月刊	133 期　頁 44-62	1990 年 11 月
41. 歲暮詠四君子（古詩）	東海校刊	238 期	1990 年 12 月
42. 東坡傳	中國文化月刊	135 期　頁 36-56	1991 年 1 月
43. 歐陽修傳	中國文化月刊	138 期　頁 43-62	1991 年 4 月
44. 慶祝開國八十年（古詩）	實踐月刊	816 期　頁 12	1991 年 5 月
45. 應東海大學書法社國畫社邀請參加師生聯展（展出書法）	在東海大學課外活動中心展出		1991 年 12 月
46. 題畫詩（八十二首，自題所作水墨畫）	中國文化月刊	152 期　頁 87-97	1992 年 6 月

著作篇名	出版書籍及期刊名稱	卷期、頁數	出版年月
47.應中國當代大專教授聯誼會邀請聯展（展出書畫）	在臺中文化中心文英館		1993年1月展出
48.應臺灣省中國書畫學會邀請聯展（展出書畫）	在臺中文化中心文英館		1993年1月展出
49.蔣心餘文學述評—藏園九種曲（一）	中國文化月刊	160期　頁62-82	1993年2月
50.題畫詩（有畫作）	東海文學	38期　頁37-38	1993年6月
51.應中國當代大專書畫教授聯展作品刊出	中國當代大專書畫教授聯展選集	頁15	1993年7月
52.蔣心餘文學述評—藏園九種曲（二）	中國文化月刊	166期　頁91-110	1993年8月
53.刊出行書中部五縣市書法比賽入選作品	臺灣省中國書畫學會會員作品專輯	頁35	1993年
54.評「李可染畫論」	書評（雙月刊）	8期　頁3-5	1994年2月
55.蔣心餘文學述評—藏園九種曲（三）	中國文化月刊	173期　頁75-91	1994年2月

著作篇名	出版書籍及期刊名稱	卷期、頁數		出版年月
56. 蔣心餘文學述評―藏園九種曲（四）	中國文化月刊	177期	頁95-118	1994年7月
57. 蔣心餘與袁枚、趙翼及江西文人之交遊	東海中文學報	11期	頁11-29	1994年12月
58. 也談玉璧	中國文化月刊	194期	頁121-128	1995年12月
59. 談玉圭	中國文化月刊	198期	頁114-127	1996年4月
60. 應中國當代書畫聯誼邀請「傑出書畫名家聯展」（展出書法、水墨畫）	在美國洛杉磯展出			1996年10月
61. 應兩岸書畫交流暨臺灣區國畫創作比賽聯展（展出書法、水墨畫）	在臺中市文英館展出			1996年12月-1997年1月（聯展作品于1996年12月31日出版）
62. 清代文學家蔣士銓	書和人	823期		1997年4月19日
63. 神韻說的意義	中國文化月刊	220期	頁62-67	1998年7月
64. 肌理說的意義	中國文化月刊	221期	頁46-48	1998年8月

著作篇名	出版書籍及期刊名稱	卷期、頁數	出版年月
65. 憶江師舉謙	東海大學校刊	7卷1期	1999年3月10日
66. 憶江師舉謙	東海校友雙月刊	207期	1999年3月
67. 參加「臺灣文學望鄉路」現場詩創作	臺中文化中心		1999年4月
68. 懷念老友松齡兄	東海大學校刊	7卷3期	1999年5月
69. 臺灣省中國書畫學會會員聯展（展出書畫）	臺中市文化中心第三、四展覽室		1999年11月20日-12月2日
70. 揚州八怪的鄭板橋	書和人	910期	2000年9月16日
71. 韓愈的生平	未刊稿（後收在《山濤集》）	頁80-95	1999年8月
72. 柳宗元的生平	未刊稿（後收在《山濤集》）	頁96-113	1999年8月
73. 憶方師母	方師母張憼言女士紀念文集	頁152	2001年6月
74. 捐出書畫、參與財團法人華濟醫學文教基金會舉辦「關懷心，濟世情」書畫義賣會	嘉義縣華濟醫院		2001年8、9月

著作篇名	出版書籍及期刊名稱	卷期、頁數	出版年月
75. 參與臺灣省中國書畫學會聯展（展出書畫）	臺中市文化中心文英館		2001年12月15日
76. 參加臺灣省中國書畫學會聯展（展出書畫）	彰化社教館		2002年11月
77. 參加臺灣省中國書畫學會聯展（展出書畫）	臺中市文化中心文英館		2003年8月23日
78. 應臺中科博館邀請演講〈菊花與文學〉	臺中科博館		2003年11月
79. 菊花與文學	東海文學	第55期 頁83-87	2004年6月
80.〈從《興懷集》、《獨往集》看蕭繼宗先生生平與人格思想〉	緬懷與傳承—東海中文系五十年學術研討會	頁93-123	2005年10月
81. 參加臺灣省中國書畫學會書畫聯展主題畫廊（展出書畫）	臺中市文化中心文英館		2005年10月1日
82. 應邀北京大學中文系講座，題目：乾隆三大家：袁枚、趙翼、蔣士銓	北京大學中文系		2006年4月

著作篇名	出版書籍及期刊名稱	卷期、頁數	出版年月
83.參加第九屆東亞（臺灣、韓國、日本）詩書展	臺中市文化中心	收在《作品集》31-32頁	2006年5月
84.〈從《興懷集》、《獨往集》看蕭繼宗先生生平與人格思想〉	東海中文學報	18期 頁131-162	2006年7月
85.參加臺灣省中國書畫學會書畫聯展（展出書畫）	臺中市稅捐處畫廊		2006年10月
86.袁枚、趙翼、蔣士銓三家同題詩比較研究	東海大學中文系教師論文發表會	42頁	2006年11月
87.大雪山一日遊—中文系系友會紀實	《東海人》季刊	第6期第2版	2007年5月20日
88.參加2007臺灣省中國書畫學會會員聯展（展出書畫）	臺中市文化局文英館主題畫廊	有《作品集》刊出	2007年7月14日
89.袁枚、趙翼、蔣士銓三家同題詩比較研究	東海中文學報	第19期 頁139-194	2007年7月
90.接受《東海文學》專訪，題目：〈他的專情專心與專一〉	《東海文學》	第58期 頁53-59	2007年6月

著作篇名	出版書籍及期刊名稱	卷期、頁數	出版年月
91. 兩岸大學生長江三角洲考察活動參訪紀實	東海校訊	131期第3版	2007年10月31日
92. 從《興懷集》、《獨往集》看蕭繼宗先生生平與人格思想	東海中文系五十年學術傳承研討會論文集	臺北：文津出版社 頁130-168	2007年12月
93. 參加臺灣省中國書畫學會會員聯展（展出書畫）	臺中市稅捐處畫廊		2008年11-12月
94.「博愛之謂仁」書法	臺北：《新中華》雜誌	第28期46頁	2009年1月
95. 王建生資深理事：精進書藝，著作《陶謝詩選評注》表現卓越，推展中華文化有功，接受表揚	臺灣省中國書畫學會及臺中市青溪新文藝學會舉辦「吉祥聯誼」團拜，臺中市後備指揮部		2009年2月15日
96.「臺灣省中國書畫學會」、臺中市青溪新文藝學會聯展（展出書畫）	臺中市後備指揮部官兵活動中心大禮堂		2009年10月10日
97. 赴南京大學學術交流，題目：袁枚與《隨園詩話》。並列為「明星講座」	南京大學文學院		2009年10月21日起一個月

附：本書作者著作及書畫展覽活動表

著作篇名	出版書籍及期刊名稱	卷期、頁數	出版年月
98. 臺灣省書畫學會聯展（展出畫作）	臺中文化中心大墩藝廊(四)		2010年8月21日-9月2日
99. 大道中國書畫學會聯展（展出畫作）	臺中文化中心大墩藝廊(四)		2010年8月21日-9月2日
100. 臺中文藝交流協會（展出畫作）	臺中財稅局藝廊		2010年9月1日-9月15日
101. 蕭繼宗先生寫景詩的探討	東海大學中文系教師發表會		2010年10月
102. 敬悼鍾教授慧玲	東海大學中文系鍾慧玲教授紀念集	頁16-17	2011年1月
103. 臺灣省中國書畫學會聯展（展出水墨山水畫）	臺中市立大墩文化中心門廳		2011年2月12日-17日
104.《東海文學》62期封面封底水墨畫二幅	東海文學	62期	2011年6月
105. 敬挽鍾教授慧玲〈七古〉	東海文學	62期	2011年6月
106. 我眼中的中文系學生	東海文學	62期	2011年6月

著作篇名	出版書籍及期刊名稱	卷期、頁數	出版年月
107. 蕭繼宗先生寫景詩的探討	東海中文學報	第 23 期	2011 年 7 月
108. 應臺中市藝文交流協會 100 年書畫聯展展出水墨畫二幅	臺中文化中心文英畫廊		2011 年 9 月 17 日 -29 日
109. 大道中國書畫學會（展出水墨畫）	臺中文化中心大墩藝廊(四)		2011 年 10 月 15 日 -20 日
110. 蕭繼宗先生感懷詩的探討	東海大學主辦：中國古典詩學新境界會議研討會主持人、論文發表人		2011 年 11 月 20 日
111. 蕭繼宗先生感懷詩的探討	中國古典詩學新境界學術研討會論文集	臺中：東海大學 頁 287-304	
112. 參加臺灣省中國書畫學會 2012 年會員聯展（展出水墨畫）	文英館文英暨主題畫廊		2012 年 7 月 21 日 -8 月 1 日
113. 參加「大道中國書畫學會」會員聯展（展出水墨畫）	臺中市立港區藝術中心展覽室 B		2012 年 8 月 4 日 -9 月 2 日

著作篇名	出版書籍及期刊名稱	卷期、頁數	出版年月
114. 乾隆三大家袁枚、蔣士銓、趙翼不同文史成就之探討	國立中山大學中國文學系「第七屆國際暨第十二屆全國清代學術研討會」主持人、論文發表人 國立中山大學國資大樓11樓		2012年11月17日-11月18日
115. 參與臺中市政府舉辦資深文藝作家重陽節餐敘（受邀：文學家）	臺中市全國大飯店地下一樓國際二廳		2012年10月22日
116. 參加臺灣文學發展基金會策畫：九九重陽、文藝雅集	文訊雜誌社承辦，財團法人新臺灣人文教基金會合辦 臺大醫院國際會議中心‧庭園會館二樓201廳		2012年10月23日
117. 參加臺灣省中國書畫學會2012年第二次會員聯展（展出水墨畫）	陽明大樓（豐原區陽明街36號）		2012年10月26日-11月04日

著作篇名	出版書籍及期刊名稱	卷期、頁數	出版年月
118. 參加臺灣省中國書畫學會會員作品聯展（展出水墨畫）	陽明市政大樓一樓中庭展示區（臺中市葫蘆墩文化中心，豐原區圓環東路782號）		2012年11月6日-2013年2月24日
119. 參加「大道中國書畫學會」會員聯展（展出水墨畫）	臺中市立大墩文化中心大墩藝廊		2013年6月22日-7月3日
120. 參加《文訊》30週年《作家珍藏書畫募款展覽暨拍賣會》開幕酒會（本人提供蕭繼宗先生行書（節曾文正〈湖南文徵序〉）	臺北：華山文創園區		2013年7月18日
121. 參加臺灣文學發展基金會策畫：九九重陽、文藝雅集	《文訊》雜誌社承辦，財團法人新臺灣人文教基金會合辦臺大醫院國際會議中心·庭園會館二樓201廳		2013年10月7日

著作篇名	出版書籍及期刊名稱	卷期、頁數	出版年月
122. 臺灣省中國書畫癸巳年聯展出版專集	《臺灣省中國書畫學會會員聯展專集》	頁 24、25	2013 年 11 月
123. 臺灣省中國書畫學會作品聯展	葫蘆墩文化中心 2 樓畫廊		2013 年 12 月 27 日 -2014 年 1 月 19 日

（七）主編學術性、文藝性刊物（略）

國家圖書館出版品預行編目（CIP）資料

古典詩文研究論稿／王建生著.--初版.--
新北市：華藝學術, 2014.01
面；公分
ISBN（平裝）978-986-5792-55-8
1. 中國文學 2. 文學評論 3. 文集

820.7　　　　　　　　　　　103001137

古典詩文研究論稿

作　　者／王建生
責任編輯／古曉凌
執行編輯／陳水福
美術編輯／林玫秀

發 行 人／鄭學淵
經理暨總編輯／范雅竹
發行業務／楊子朋
出版單位／華藝學術出版社（Airiti Press Inc.）
　　　　　234 新北市永和區成功路一段 80 號 18 樓
　　　　　電話：(02)2926-6006 傳真：(02)2923-5151
　　　　　服務信箱：press@airiti.com
發行單位／華藝數位股份有限公司
　　　　　戶名（郵政／銀行）：華藝數位股份有限公司
　　　　　郵政劃撥帳號：50027465
　　　　　銀行匯款帳號：045039022102（國泰世華銀行　中和分行）
法律顧問／立暘法律事務所　歐宇倫律師
ISBN／978-986-5792-55-8
出版日期／2014 年 02 月初版
定價／新台幣 580 元

版權所有・翻印必究　　Printed in Taiwan
（如有缺頁或破損，請寄回本社更換，謝謝）